时光的忧伤

张宗子 著

张宗子自选集

广西师范大学出版社
GUANGXI NORMAL UNIVERSITY PRESS
·桂林·

世界，而且是更可自由放纵、更可驰骋想象力和艺术情感的世界。

现实世界应该是美好的，也应该是丰富多彩的，但不必是自由的。人所受的羁绊与生俱来，对此，即使是运气不太好的人，也无须怨天尤人。文字是一片自由的天地。在现实之外，有很多这样的自由天地。人热爱生活，享受生活，便是享受两个世界的相互交融和相互弥补。古人称道的闲、静、安、乐，无非如此。

闲来读禅宗灯录，记得两个故事。其一说寿州的道树禅师，在三峰山结茅而居。山中虽然寂寞无人，却常有野人来骚扰。这些野人穿着素朴的衣服，言语怪异，幻化成佛、菩萨、罗汉和天仙的形象，放出神光，弄出种种声响。道树的学生耳闻目睹，不堪其扰，道树却不为所动。如此过了十年，野人逐渐消退。道树便对弟子和信众们说："野人弄出千奇百怪的花样，企图眩惑我们。我的应对方法很简单，就是不见不闻。野人再怎么闹，毕竟伎俩有限，而我的不见不闻，那是无穷无尽的。"

另一个故事说，石霜庆诸禅师出名之后，隐居在长沙浏阳的陶家坊。有个僧人从洞山和尚那里来，找到庆诸禅师，庆诸问他："你从洞山那里来，洞山和尚都跟你们讲了什么？"僧人回答说："散会那天，洞山禅师对我们说，'离开这里，大家就各奔东西了。无论去哪里，我只告诉你们一句话：要往万里无寸草的地方去。'稍停，又说，'你们说说，去万里无寸草的地方干什么？’”庆诸问僧人：“有人回答他吗？”僧人说：“没人答得上来。”庆诸微微一笑：“为什么不回答说，‘出门就是草’呢？”

这两个故事，我的理解，是在解释人和世界、人和生活的关系，告诉我们应该用什么样的态度对待世界、对待生活。人的超越和依附是辩证的关系。有些事，浸淫其中，探本寻源，其乐无穷；有些事，只能不闻不问，全当从未发生。凡事有度，从心则不逾矩。现实是个“出门就是草”的世界，要寻找万里无寸草的地方，首先必须明白，这个世界，触目所见，步履所及，无时无刻，无处无地，全都是草。不认识到这一点，只能永远陷在乱草之中。

本书选取的五十余篇文章出自二十年来出版的十余种散文和随笔集，少数几篇，如《秋天的湖》《晨光和暗色里的事物》，尚未结集成书。在我出版的书中，最主要的散文集是《垂钓于时间之河》《空杯》和《一池疏影落寒花》，因此，这三本书中选入的文章较多。《开花般的瞻望》收录短文，这里选了多篇，分置于两个题目下，以见一斑。其他各书，虽以读书随笔为主，但也从中选了一些比较随性的篇章。如此，从二十世纪九十年代直到今天，有代表性的作品大致汇集于此了。限于容量，有些喜欢的文章只得割爱，好在原集俱在，查找不难。至于三十岁前的“少作”，且留待将来去钩沉拾遗。

老杜《北征》诗中有云：“山果多琐细，罗生杂橡栗。或红如丹砂，或黑如点漆。雨露之所濡，甘苦齐结实。”雨露二句，岂不是对于写作的恰好形容吗？重要的是每一种植物都按照习性结出了果实。

感谢刘荒田兄、夏维东兄、朱航满兄，鲁燕和李万华女士，以及微信“羊角风”群的朋友在编选本书过程中给我的鼓励和帮助。他们根据自己的阅读，各自选出喜欢的、觉得不应当遗漏的篇目。在此基础上，我对选目做了调整。过后想来，他们的取舍是很有启发性的：很多写作时投入甚多的文字，并不因投入甚多而出类拔萃，而我敝帚自珍，意在酸咸之外，所选未必合理。可以说，没有他们，本书的选目将不可避免地充满个人的私见，而对于一部选本，这显然是不妥当的。

最后，感谢多马兄的热情鼓励和为本书出版付出的不懈努力。

张宗子

2018 年 1 月 10 日于纽约

2021 年 7 月 19 日改定

时光的忧伤

目 录

黑鸟的翅膀

拉赫玛尼诺夫的《C 小调第二钢琴协奏曲》，怎么说它的人都有，旅法钢琴家傅聪直言不讳：他不喜欢拉赫玛尼诺夫，“拉二”是一碗糖水，加了太多的糖。在音乐里，忧伤总是和甜蜜在一起，能够迅速流行的，差不多都是这类东西。“拉二”开头命运的沉重撞击声，过于灰暗的调子曾经被人比拟为爱伦·坡的诗《乌鸦》，然而他们指出，《乌鸦》抒写死亡，并不单纯出自诗人神经质的臆想，瞻前顾后，都有现实的坚实基础。拉赫玛尼诺夫这一点个人的艺术困窘，何至于夸张到与死亡一般肃穆。何况这样的处理，很容易使人认为，它是贝多芬《第五交响曲》的不恰当的模仿。事实上，拉赫玛尼诺夫的第二协奏曲确实来之不易。1897 年，他的第一交响曲在圣彼得堡首演，结果是一场惨败。受此打击，拉赫玛尼诺夫对创作失去了信心，在近三年时间里什么都写不出来，只能专注于钢琴演奏。无奈之下，他求助于莫斯科的精神病专家，靠催眠疗法恢复正常。病愈后的第一部作品，就是这首风靡一时的《C小调第二钢琴协奏曲》。

从江淹到席勒，很多作家和艺术家都曾经为创作的巨大困境而痛苦，最终能够跨越关山的少之又少。托马斯·曼的短篇小说《沉重的时刻》，描写席勒在创作诗剧《华伦斯坦》的过程中，因无法写好一个重要场面而产生的内心焦虑，不知是实事还是虚构。参照曼的描写，拉赫玛尼诺夫的痛苦我们感同身受。因此，在“拉二”中，强烈的情绪之后出现的那些如云间流泉的淙淙之音，纤丝细缕，空灵飘忽，又似松下之风，携花香，伴鸟鸣，洗愁肠，破溽暑，那是得自在后的欢愉，不在所取得成就的大小，只在欢愉，哪怕只是一点点。这是我们最能消受的情感，至少对于我，“拉二”的好处在此，这是他更了不起的《第三钢琴协奏曲》里没有的。既然好，暂时不要想到贝多芬，更不要说勃拉姆斯的《第二钢琴协奏曲》如何如何。

1945年的电影《相见恨晚》(*Brief Encounter*)以此为贯穿影片的配乐，给人相当煽情的印象。一些乐评家一次次预言（更确切地说是希望），“拉二”将很快被人遗忘。但直到一百零八年后的今天，“拉二”和公众的蜜月似乎仍未结束。在网络和多媒体文化以摧枯拉朽之势横扫传统文化形式并全方位地改变大众的阅读和欣赏趣味的情势下，“拉二”的夕阳不仅没有垂直沉落，兴许还能逆向攀爬得更高。

从糖水曾是待客饮料的中国迁居到葡萄酒之乡的傅聪，当然不会再去喝糖水。而另一位从法国出来的钢琴家埃莱娜·格里莫（Helène Grimaud），却对拉赫玛尼诺夫怀着特殊的感情（尽管她最爱的是德国浪漫派的大师们）。格里莫十五岁那年，凭着一曲拉氏的第二奏鸣曲扬名西方乐坛。她2000年为Teldec录制的“拉二”，据说销路极佳。一些心有不忿的乐迷说，这张唱片，卖点不在钢琴演奏，甚至也不在拉赫玛尼诺夫，而是封面上年轻貌美的女钢琴家的玉照。

2000年，格里莫刚过而立之年，清爽的男孩子似的短发，白色粗毛背心，仿佛来自安格尔画笔之下的蓝绸大裙子，双肘轻拄琴上，一手托腮，回眸浅笑。格里莫的唱片里，再没有这么动人的画面。古典音乐界难得出一个美女，不管是歌唱家还是演奏家，好不容易从天上掉下一个，如果不追捧，岂不是暴殄天物？

格里莫的唱片，听过几张，没有很深的印象，说不定也是因为她音乐之外的事太转移人的注意力了。她给人的感觉，有点野，有点异类，有点叛逆。她的自传名叫《野性的变奏》（*Variations Sauvages*），英译本略变一下，叫《野性的和谐》（*Wild Harmonies*）。她喜欢狼，视狼为亲人。1999年，千辛万苦，在纽约上州的South Salem建起一处野狼保护基地，她自己也移居纽约。自传的封面上，三头狼围着她，狼头紧挨着她的脸，一副亲密无间的样子。

狼也可以温柔。格里莫的钢琴，并不狂暴和怪异。弹贝多芬，她首选第四而非第五，似是一种本分的宣告。就是弹拉赫玛尼诺夫的第二，在众多版本里，她的版本似乎还更轻柔一些。异类和野性，是迎风张扬的旗帜，还是天生的气质？我们不知道。

在“拉二”的唱片说明书里，有萨宾·施耐德（Sabine Schneider）写的一段，讲格里莫天生的色彩感受。

对于格里莫来说，音乐始终和颜色密不可分。十岁那年，她第一次发现，巴赫《赋格的艺术》在她心里唤起了色彩感。每个单一的音符都和特定的颜色对应，但通常的情况是，整部曲子从总体上印证了某种色调。调性本身也各有色彩：升F大调是鲜艳的红色，G大调则是绿的。在乐曲的进行中，一种色彩浮现，变化，而后消失。

弹奏和单纯的聆听不同，聆听时的感受更强烈。而当格里莫阅读乐谱或想着某一部作品时，她能够利用色彩帮助记忆。这样，在她凭记忆弹奏时，她记起的不仅是音符，还有颜色的印象。

至于拉赫玛尼诺夫的《第二钢琴协奏曲》，在格里莫眼里，那是黑色的所有浓淡变化，“就像黑鸟熠熠闪烁的羽毛”。具体地说，在第二乐章里，她看到“一块被铁匠烧得白热的金属，逐渐冷却，颜色也越来越暗淡，最后变为暗褐色”。

施耐德女士说，很多人具有听见颜色或看见声音的能力，这就是所谓“通感”。有通感的人，两千人里就有一个，但只有少数人能意识到自己具有这种天赋。很多大文学家和艺术家的作品都受到通感的影响，如画家康定斯基、小说家纳博科夫、作曲家梅西安和利盖蒂。

施耐德的论断，在我看来，有装神弄鬼之嫌。通感，假如只是外物引起的情绪或感觉上的联想，那一点也不稀奇。我们常说冷色调暖色调，说某人的目光是温暖的，某人的话语是冷酷而尖利的，蛇“让我们的血液一下子降到零度”（艾米丽·狄金森的诗），琴声一会儿似烧红的火炭，一会儿像冰（韩愈），如此通感，人人都有。可是格里莫的通感是那么明确，那么具体，我们不能不觉得惊讶。事实上，这种带点神秘性质的异秉，更像是一种感觉的串位或错乱，不过是良性的。还有一些类似的颜色游戏，看起来是把也许实有的感觉加工和提高了，本身与创作无异。法国诗人兰波用诗排了字母和颜色的对照表，虽然看似神秘，说穿了，和帮助小孩子记忆的“3是耳朵，7是拐棍”差不多。

相比之下，倒是俄国作曲家斯克里亚宾在神秘之路上走得最远。他构想中的巨作《神秘物质》，是一部“包含了声音、视觉、味觉、感觉、舞蹈、舞台装置、管弦乐队、钢琴、歌唱演员、灯光、雕刻品，拥有色彩和幻想，处于催眠状态的各种媒介的狂想曲”（哈罗尔德·C.勋伯格：《伟大作曲家的生活》）。他的第五交响曲“普罗米修斯”的演出，“除了完整的交响乐团，还使用了一架钢琴、一个合唱队和一个用来把色彩投射到屏幕上的色彩机”。

斯克里亚宾为此列出了一个详细的音和色的对应表：C，

红色；升C，紫色；D，黄色；升D，闪烁的青灰色；E，珍珠白和月光；F，深红色；升F，鲜亮的蓝色；G，橙粉色；升G，紫红色；A，绿色；升A，闪烁的青灰色；B，珍珠蓝色。

在《神秘物质》的演出设想里，场上要“弥漫着香水和烟草的辛辣味，以及乳香和没药的味道”，演出场地必须设在印度的神庙里。

说颜色，就想到很多人对某种特定颜色的迷恋。我说的不是个人介绍里常有的“最喜欢的颜色”，我说的是迷恋。严格地说，迷恋是一种病态，但大多数时候无伤大雅。而在艺术和艺术欣赏里，迷恋常常表现为一种趣味，一种很高级的趣味。一件寻常的事物因此附载和提供了超出其本身的意义，就此而言，审美怎么说也是更多地决定于审美者，而非审美对象。

普鲁斯特喜欢红色：奥黛特初次登场是一身玫瑰红，这为“斯万之恋”那首洋溢着光怪陆离的激情的乐章定下了基调。男主人公马塞尔最崇拜的盖尔芒特公爵夫人，也以她的红色裙子著名。其中一件是淡红色的天鹅绒连衫裙，普鲁斯特这样描写马塞尔的感受：

> 我不像往常那样伤感了，因为她脸上的忧郁表情和连衫裙的鲜艳色彩一道，仿佛组成了高墙，把她同世界隔开，使她显得可怜、孤独，使我感到放心、宽慰。我

> 觉得，这件连衫裙向周围发出的鲜红光辉，象征着她那颗鲜红的心，对这颗心我还不大了解，但我也许能给它安慰：德·盖尔芒特躲在微波荡漾、神秘莫测的天鹅绒的红光中，就像早期的基督教女圣徒。

另一件是“下摆缀有闪光片的红缎晚礼服”。这件红缎晚礼服在《追忆似水年华》中大名鼎鼎。马塞尔说，穿上这件衣服的盖尔芒特夫人，“就像是一朵嫣红嫣红的花儿，一颗火红透亮的宝石”。第三卷第二部的结尾，盖尔芒特夫妇为了不耽误参加德·圣德费尔特夫人家的晚宴，对于老朋友斯万透露的自己病重、将不久于人世的消息假装不信，而以玩笑置之。盖尔芒特夫人为晚宴而精心准备的盛装，就是这件红缎长裙，而且“头发上插着一根染成紫色的鸵鸟羽毛”。公爵夫妇的义无反顾，斯万的被“抛弃”，如一位美国女评论家所言，被描写得“如此惊心动魄”，以至于盖尔芒特夫人一身的红艳，在夕阳中令人永世难忘。在第五部《女囚》里，马塞尔更是不厌其烦地打听这件衣服的细节，以便为女友阿尔贝蒂娜照样裁制一套。

对于那些值得仰望和热爱的女人，普鲁斯特说，特定的衣着“并非一种无所谓的、可以随便更换的装饰，而是一种确定的、带有诗意的现实，如同一天的天气，如同这一天里某个时刻特定的光线”。“这些长裙被赋予一种非常特殊的性质，使穿着这些长裙等你前去或是与你交谈的这个女人，变得异乎寻常地重要起来，仿佛这装束是长时期深思熟虑的结果，仿佛这谈话是超脱于日常生活之上，有如小说中的场景。”

将生活的每一个细节艺术化，将意义皴擦在每一件被纳入关注和情感投射的事物上，普鲁斯特也许在试图告诉我们，流淌在时间之河上的广大世界，不过是心智和记忆的游戏而已。

联想到普鲁斯特的同性恋倾向，盖尔芒特夫人们的红色意味深长。

李贺也是颜色的迷恋者。早年的印象，现在可能不准确了。据说他眼中和幻梦中的颜色，和他长期的吐血有关：红，和红的对比色——绿。他的红往往牵涉到死亡，是一个触目即是的死亡过程。他的绿常被用来象征鬼魂的世界。红和绿本是强烈的对比，而在李贺那里，它们却能互相代替和转换，如《神弦曲》中的“笑声碧火巢中起”，如《苏小小墓》中的“冷翠烛，劳光彩”。《巫山高》的尾句：“椒花坠红湿云间。”注者以为，椒花本非红色，李贺此处是误用。王琦说椒花坠红是无人花自落之意，指人去楼空，不是王维的“涧户寂无人，纷纷开且落”。但我觉得，坠红乃是暗示死亡，以花落暗示女人——尽管是一位神女——的死亡。

就像刚开始听京剧的人容易为马派的潇洒着迷一样，初听古典音乐的人，遇到“拉二”这样的作品，一定爱不释手。要说这也是我听得几乎能背下来的曲子，可从来没想过颜色这回事。读了格里莫的故事之后，找到她的碟，一心去听颜色，但那块烧得白亮的铁板，怎么也听不出来。

当然，格里莫还提到了黑鸟，这关系到整首协奏曲，不单是第二乐章。黑鸟很自然地使我想起写了著名的《观察黑鸟的十三种方式》的华莱士·史蒂文斯，一个因为纯粹而鹤立鸡群的美国现代诗人。在午后强烈的阳光下，黑鸟的羽毛熠熠闪光，幻化出多种色彩，而且有一种神奇的金属光泽。史蒂文斯在诗中发问：你们为什么尽想着虚无缥缈的事物，而从不费心注意你们身边女人脚下那些走来走去的黑鸟呢？由此可见，黑鸟只是寻常花鸟，随处即是。不寻常的是，当黑鸟的羽毛出现在从虚空开始的背景中，它必然引起创造性的联想。正如史蒂文斯断言的：

一个男人和一个女人
是一个整体。
一个男人和一个女人和一只黑鸟
也是一个整体。

我们活在世上，无非是活在与其他事物的关系之中，我们的喜剧和悲剧，我们的意义和无意义，都是关系的体现。

在过去住的地方，我常在天将破晓时听见乌鸦的叫声，白天却看不见它们；我常在白天看见从容踱步的黑鸟，却不知道它们夜晚的叫声如何。乌鸦和黑鸟，是时间的不同层次。一切都归于从前，那里有太多出发的误解。只要乌鸦和黑鸟的叫声和步态依旧，我们就还是原来的自己，在原来的地方，左右瞻顾。乌鸦和黑鸟，就像对于“生长中原，身未入蜀”的李贺，“蜀地之椒，目所未睹”，不论多么狂傲，总是有所欠缺。集万千因缘于一身，终归不能完美，甚至不能有所成就。

勋伯格这样描述拉赫玛尼诺夫从噩梦中的解脱：达尔博士在拉赫玛尼诺夫的耳边一遍遍地重复暗示：“你将写出你的协奏曲，你将写出你的协奏曲，你将写出你的协奏曲，你会写得称心如意，这部协奏曲将是了不起的杰作……”这样，不管音乐理论家和欣赏者后来怎么评判，在 1901 年，“拉二”总算完成了。回到李贺，椒花该红的时候，它就是红的。回到我自己，乌鸦到头来，也是黑鸟的一种。

整整两个星期里，埃莱娜·格里莫的唱片静静地搁在办公室的桌上，在一排字典的前面，任何时候，微微转首，就看见了碟面上那个赏心悦目的蓝色形象，耳机里确实飘着不同风味的琴声，里赫特，吉列尔斯，巴克豪斯，布伦德尔，施纳贝尔，肯普夫，阿劳，吉塞金，鲁宾斯坦，霍洛维茨，米开朗杰利，柯托，波里尼，柯曾……还有如布伦希尔德一般英迈超逸的阿赫里奇，以及她欣赏的波哥莱里奇。在普鲁斯特的阴影下，我们很容易成为普鲁斯特，成为一个病态地迷恋某种事物的人。也许在这种意义上，每个人都是艺术家。艺术把不相从属的事物连接在一起，形成一个中心，一个圆，使我们有所依归：

黑鸟的影子
来回穿梭。
情绪
在影子中辨认着
模糊的缘由。

2009 年 10 月 21 日

乔伊斯的雪

中国人的墓地，不管多么华丽，都是在强调生死之隔，气氛是阴森的。小时候在乡下，别说夜晚了，就是阳光亮丽的大白天，也不敢在坟墓丛中玩耍。或者因此之故，坟头周边的草木多较别处更茂盛，肥美的野果也没人敢摘。西方人的墓地要随和得多，一应装饰皆如花园，很有淡化阴阳两界的意思。墓地附近的住户，也许会把墓园当作极好的散步之处。面对坟墓而居，心中没有阴影。二十年来，我虽然换过几次工作，上下班途中，总要经过大片墓地，久而久之，也看习惯了。

早年在报社上夜班。报社在唐人街，我住皇后区。从皇后区开车过去，走高速公路，上桥不久，就看见夕照下一片林立的墓碑，背靠东河的逝水，金光灿烂。对岸是曼哈顿整齐的楼群，越过新泽西斜抹过来的阳光，留给我墓碑正面浓重的暗影。但厚厚一层余晖铺在碑顶，愈加光彩夺目。

死亡离我还太远，我能以游戏的态度看待，就像更早的年代，以更轻佻的态度看待古人严肃地吟咏他们的脱发和落齿。三十多岁的杜甫在诗里自称“老夫”，让人忍不住发笑。后来想想，他只活了五十八岁，自称“老夫”那年，死亡离他不过二十年的光景。他的预感真真切切，不是夸张。

每当一个熟悉的人离去，每当听到远近的朋友传来伤逝的消息，我时常会想起詹姆斯·乔伊斯小说《死者》的结尾，爱尔兰静静地下雪那一段。书在手边，会拿起来读一读，还会把这段文字抄送给别人，希望能够抚慰他们失去亲人的痛苦。

偶尔也会想起潘岳的《哀永逝文》，但那是不宜多读的文字。

生物物种的遗传基因里，很多设定是为了保证种族延续，对于个体的消亡，并不十分在乎，就像人为的集体主义和鼓励自我牺牲一样。但没有考虑到的情形是，人有一天会进化到有感情、有思想，而感情和思想常常与理智作对，支配了人类的行为。如果预作安排，哀伤就不会那么强烈、那么具有伤害性了吧，宗教可能也会有不同的发展方向。

《死者》写了老小姐莫坎姐妹家的一场晚会。主人公加布里埃尔是莫坎姐妹的侄儿，一个快乐的年轻人。他带妻子格丽塔与会，因晚会上的一首歌唤起妻子的回忆，他也因此得知了妻子年轻时的一段往事：一个爱她的十七岁男孩迈克尔·富里，在她离家赴修道院的前夜，为了再见她一面，拖着病体，来到她家花园，长久守候在雨中，结果病重不治。

小说里，宴会之后，加布里埃尔回到旅馆，躺在妻子身边，想起妻子路上讲的迈克尔·富里之死，忽然觉得伤感。他的伤感不是因为觉得生命脆弱，而是因为柔情。他因为想象中的妻子的哀伤而油然生起深深的爱意，同时觉得，多年以来一直隐忍在痛苦中的妻子，因为痛苦和隐忍突然变得那么美丽，而她的美和哀伤，多年来他一直忽视了。他爱她，没错，始终对她满怀激情。结婚多年，他甚至还会因为触摸到她的身体而心跳加快，会在她身后看着她行走的步态而无比爱怜。但他的爱又有多深呢？他爱她的美貌，爱她性子温柔，爱她的贤惠——尽管他母亲不怎么喜欢她，她还是悉心照顾她——这些都是诚挚的，持久的，但他也许太习惯以自我为中心了，习惯了妻子围着自己转，却不曾花一点功夫深入到她的内心世界，分享她全部的生活经验：她的成长，她曾经的期望和痛苦，她的一声“累了”之后的一切一切。不错，她确实是他那位为了赴宴“需要打扮三个小时”，被他像孩子一样呵护的太太，但她不止如此。格丽塔不止是一个漂亮的洋娃娃，她的情感世界同样辽阔深邃。

加布里埃尔想到，人都会老，就像他的两位姨妈凯特和朱莉娅。凯特已经行动不便了，朱莉娅经常会突然陷入忧郁。对他和格丽塔，死亡也是随时即可到来的事情，就像每天到来的黎明和夜晚。他并不惧怕死亡。在他之前，已经有无数人离去，在他之后，还将有无数人出生，生活，然后一一离去。有什么可害怕的呢？他只是觉得，因为这个欢宴之夜意外插入的死亡主题，他的情感进入了一个从未到达过的世界：

> 泪水涌进加布里埃尔的眼睛。他自己从来不曾对任何一个女人有过那样的感情，然而他知道，这种感情一定是爱。泪水在他眼睛里积得更满了，在半明半暗的微光里，他在想象中看见一个年轻人在一棵滴着水珠的树下的身形。其他一些身形也渐渐走近。他的灵魂已接近那个住着大批死者的领域。他意识到，但却不能理解他们变幻无常、时隐时现的存在。他自己本身正在消逝到一个灰色的无法捉摸的世界里去：这牢固的世界，这些死者一度在这儿养育、生活过的世界，正在溶解和化为乌有。

接着，世界再度被围裹在温暖的雪中：

> 玻璃上几下轻轻的响声吸引他把脸转向窗户，又开始下雪了。他睡眼迷蒙地望着雪花，银色的、暗暗的雪花，迎着灯光在斜斜地飘落。该是他动身去西方旅行的时候了。是的，报纸说得对：整个爱尔兰都在下雪。它落在阴郁的中部平原的每一片土地上，落在光秃秃的小山上，轻轻地落进艾伦沼泽，再往西，又轻轻地落在香

农河黑沉沉的、奔腾澎湃的浪潮中。它也落在山坡上安葬着迈克尔·富里的孤独的教堂墓地的每一块泥土上。它纷纷飘落，厚厚积压在歪歪斜斜的十字架上和墓石上，落在一扇扇小墓门的尖顶上，落在荒芜的荆棘丛中。他的灵魂缓缓地昏睡了，当他听着雪花微微地穿过宇宙在飘落，微微地，如同他们最终的结局那样，飘落到所有的生者和死者身上。

美国导演约翰·休斯敦根据《死者》拍了同名电影，效果并不理想。乔伊斯的小说是高度精神性的。《都柏林人》里的十五篇故事全都如此。故事情节是外在的，一个比拟，一个象征罢了。电影结尾再现的迷茫雪景，还不如前几年的一部恐怖片《静山》(*Silent Hill*)。我看那部电影里雪中无人的深山小镇，想到的正是乔伊斯的文字。那时我忽然注意到，躺在床上的加布里埃尔，紧接着那一句“整个爱尔兰都在下雪”之后，所有的描写，视角都是自空中俯瞰的，就像《静山》中的很多镜头。实际上，加布里埃尔的视角不可能那样。那不是加布里埃尔之肉身的视角，而是他心灵的视角。他是和作者一起，也和我们以及未来更多的读者一起，从一个现实中不可能的高度，观望着人类生生死死的世界。

休斯敦选了自己的女儿做电影女主角，须知安吉丽卡·休斯敦是不适合这种角色的。她的面相怪异，身材又极高瘦。乔伊斯在小说里对加布里埃尔太太格丽塔有过迷人的描写，不是写她的姿容，而是写她的感伤之美。宴会结束，即将离去，加布里埃尔在过道的暗处看见楼梯上的格丽塔：

> 一个女人站在靠近第一段楼梯拐弯的地方，也在阴影里。他看不见她的脸，可是他能看见她裙子上赤褐色和橙红色的拼花，在阴影中显得黑一块白一块的，那是他的妻子。她倚在楼梯扶手上，在听着什么。加布里埃尔见她一动不动的样子，感到惊奇，便也竖起耳朵听。但是除了门前台阶上的笑声和争执声、钢琴弹出的几个和音和几个男人的歌唱声音之外，就再也听不出什么了。
>
> 他静静地站在过道的暗处，试图听清那声音所唱的是什么歌，同时盯着他的妻子望。她的姿态中有着优雅和神秘，好像她就是一个什么东西的象征似的。他问自己，一个女人站在楼梯上的阴影里，倾听着远处的音乐，是一种什么象征。如果他是个画家，他就要把这个姿势画出来。她的蓝色毡帽可以在幽暗的背景上衬托出她青铜色的头发，她裙子上的深色拼花衬托出那些浅色的来。他要把这幅画叫作《远处的音乐》。

诺顿注释本《死者》有一条注释："远处的音乐"或许是有所指的，在狄更斯的小说《大卫·科波菲尔》中，远处的音乐被用来形容主人公在听人谈到已故的妻子时心中产生的情绪。

《死者》中的雪当然是关于死亡的，这从故事一开始就反复提到。先是兼任女仆的看楼人的女儿莉莉问刚进门的加布里埃尔："又下雪了吗，康罗伊先生？"然后凯特姨妈说：由于雪大，格丽塔告诉她，他们今晚上不打算坐出租马车回蒙克斯顿了。在宴会中间，关于室外的雪和寒冷的句子不时冒出来，但它隐藏在宴会的欢乐气氛中，令人难以觉察。直到宴会将散，歌曲《奥格里姆的姑娘》出现，死亡的主题才昂然浮出。格丽塔已经情不自禁，加布里埃尔还茫然未觉。然后，康罗伊夫妇走出室内，仿佛摆脱了一个幻境，走进寒风和泥泞的雪地。乔伊斯特地提到，马车经过奥康内尔桥时，他们看到那尊覆盖着一层雪，像个"白色的人"的雕像，那是死于 1847 年的爱尔兰政治家丹尼尔·奥康内尔的雕像。这意味着，他们终于回到了真正由时间支配的世界。他们不再谈论那些虚无缥缈的话题，不再为是否要在演讲中引用白朗宁的高雅诗句而犹豫不决，他们面对现实。一个很小的细节是，他们进入旅馆房间，吩咐服务人员不要开灯，借着窗外透进的"一道长长的苍白的街灯光"解衣就寝。

为什么不要开灯？对比小说绝大部分篇幅的欢笑嬉闹的宴会场面，旅馆的两人世界是幽静的。正是在幽暗中，加布里埃尔得以沉浸在安睡中的格丽塔的心灵之中。在此之前，乔伊斯描写康罗伊夫妇进入旅馆的一段文字，意味深长，充满感人的暗示或象征：

门厅里，一位老人在一只椅背顶端突出的大椅子上打瞌睡。他在柜台间点燃蜡烛，领他俩上楼去。他们一声不响地跟着他，脚步在铺了厚地毯的楼梯上发出轻轻的声音。她紧跟在看守人的身后登楼，头在向上走时垂着。她娇弱的两肩弓起，好像有东西压在背上，她的衣裙紧紧贴着她身体。他忍不住想伸出手臂拥住她的臀部，抱着她的身体，他用指甲使劲抵在掌心才止住了他身体的狂热冲动。看守人在楼梯上停了一下，收拾淌泪的蜡烛。他俩也停在他身后的下一步梯级上。寂静中，加布里埃尔能够听见融化的蜡油滴进烛盘里的声音，和他自己的心脏撞在肋骨上的声音。

灯光是幻境的标志，这里不需要幻境。幻境营造的美，爱也能提供。与此对比，悄立听乐的女人那段描写，是关于生命和爱的。应该说，死亡和爱息息相关，因为爱许诺了生死，同时超越了生死。而在约翰·休斯敦的电影里，所有这些都没有。

2013年9月30日改

叶芝

在武大老斋舍顶上的大图书馆，借到精装的厚厚的《牛津英国诗选》，也可能是《诺顿英国文学选集》，翻到叶芝，就看见了茅德·冈（Maud Gonne）的整页照片，黑白全身照，一个严肃而高贵的女人。二十世纪初的女装啰里啰唆，不见得好看，茅德·冈就裹在这样烦琐的衣饰里，连她的发型也是不自然的，过于蓬松，开张得咄咄逼人。茅德·冈的美使人肃然起敬，她坚强果决，是一个圣者，一个战士，不是可以手拉手悠闲地去看天鹅的人。叶芝在照片上文质彬彬，衣着几乎和艾略特一样考究，但眼睛里没有艾略特逻辑分明的机智。叶芝是经常不由自主地沉溺于情感和幻梦的人，但他愿意沉溺，什么都相信，而且要造出什么给别人看。创造之目的何在？无非是让自己信任的世界更完善。诗人是填补缝隙的人，补漏的人，补房子，也补一柄鲜艳的油纸伞。

我最早只读到大约十几首叶芝的诗，是从袁可嘉先生主编的《外国现代派作品选》第一分册中知道他的。叶芝的那几首，正是袁先生亲手所译，选择极为精当。后期几首代表作，更是所有英文选本不会遗漏的。《当你老了》是关于茅德·冈的，《一九一六年的复活节》也提到她，感觉很矛盾。什么是叶芝诗中“可怕的美”？如果是说革命本身，说任何暴力革命，任何不暴力却招致暴力结果的革命，这个矛盾的修饰无往而不正确，但革命仍然有可能只是一个外壳，叶芝所指，或有更深的意思。也就是说，革命即使是必然的，是正确的，但革命本身的性质，迫使我们不得不接受以一种不那么正当的方式对另外的美好事物的涤荡。

《一九一六年的复活节》彻底把我感动了，我大概在不少地方引用过其中的句子，包括很幼稚的“太长久的牺牲，能把心变成岩石”，也有同样幼稚却不失精辟的“我们知道他们的梦，知道他们梦想过而且已经死去，这就足够，何必管过多的爱，在死前使他们迷乱？”叶芝大概觉得自己的一生，尤其是对茅德·冈的爱，也必将是如此结果。他确实天真善良到不可救药，就连爱尔兰的神话也不足以形成一个恰如其分的背景，使他与身处的环境水乳交融。

我很少有耐心去读作家的传记，如果作品吸引了我，我宁可自己想象作品外的部分，注释和导言里的一点线索就够用了。多少年后，当记忆一直定格在那里，而我的生活已经容不下当初的一厢情愿，问题就来了：我的理解，由于这不完全的理解造成的影响，使内心的自我和此时此刻不得不现实的自我，距离越来越远，而且每有所思，每有所言，则漏洞百出。

叶芝是如此情致款款地说出“我梦见一个丽达似的形体”，然而在《丽达和天鹅》里，创造出希腊最美丽的女人海伦的宙斯袭击丽达的事件，丝毫不绮艳，相反，却充满了暴力，这不能不说是将心爱的女人卷入惨重牺牲的爱尔兰革命给叶芝留下的阴影：

> 身体，翻倒在雪白的灯芯草里，
> 感到的唯有其中那奇异的心跳！
> 腰股内一阵战栗。竟从中生出
> 断垣残壁、城楼上的浓烟烈焰
> 和阿伽门农之死。
>
> （飞白　译）

假如美诞生于暴力，那么暴力是不是美的必然代价？诞生于暴力中的美，拥有致命的力量，随之必然而然的，是更多的牺牲和毁灭，那么牺牲是不是对美的迷恋的必然代价？如果爱情真以倾国倾城为代价，叶芝最好还是像生着羊蹄的牧神潘那样，在阳光灿烂的午后，做一场无伤大雅的美梦。

晚年叶芝有一张照片，神态颇为落拓：头发白了，散乱，领结半歪，紧扣的西装外套，可能是姿势的缘故，皱巴巴的。他紧闭嘴唇，表情是茫然而不得已的，连背景也凌乱不堪，家具的线条轻微歪斜——没有查到照片的年份和出处。

重新看茅德·冈。维基百科上的茅德·冈词条在“政治活动”一栏配发了一张照片，冈女士全身裹在厚实的黑衣里，头饰有若两只羊角，一手悬垂，一手叉腰，像极了歌剧《女武神》一张早期剧照上大神沃旦最英武的女儿布伦希尔德的形象。在《一九一六年的复活节》里，叶芝这样写到茅德·冈：

那个女人的白天花在
天真无知的善意中，
她的夜晚却花在争论上，
直争得她声嘶脸红。
她年轻、秀丽，哪有声音
比她的声音更美好，
当她追逐着兔子行猎？

（查良铮　译）

由于自觉的牺牲，茅德·冈在叶芝眼里成为一位圣徒。他对茅德·冈的爱，洒上了仰望和崇拜的光辉。这里主动和被动的因素俱在。主动是由于茅德·冈自身的英雄形象，被动则是由于不能追攀。无论主动和被动，个人的情绪仍是主导的，对前者，可以无限放大，对后面的情况，可以自我安慰——因为爱的对象的神圣，得失皆为荣耀。这样的转换，在历史上几乎是毫无例外的。批评家说，几乎没有诗人像叶芝这样，在关于冈的诗里，将女性的美颂扬到如此高度。在他笔下，茅德·冈既是丽达，又是海伦，是爱尔兰神话中的黛尔德蕾，又是智慧女神雅典娜。

神化女性，本是文人惯技，事出有因，亦属自然。但叶芝被如此突出出来，除了诗艺，他的情感果然有非同常人之处吗？要说把所爱女子的地位抬到天上，抬到比天还高，但丁早已有前例了，而且是不可逾越的前例。不过在但丁那里，贝亚特丽丝实际上被宗教化，被形而上学化了，成为神学意义的某种美德的化身。但丁对于贝亚特丽丝的爱慕，不及于肉体而限于精神。这是但丁对未如愿之爱情的自我赎救。批评家说叶芝前所未有，在对女性美的倾慕，这是精神的，也是形体的，而且主要是形体的。虽然叶芝表白过，“多少人爱慕你青春欢畅的时辰，爱慕你的美丽，假意或真心，只有一个人爱你那朝圣者的灵魂，爱你衰老了的脸上痛苦的皱纹”，但在叶芝那里，爱的出发点毕竟是形体：一个丽达似的形体，诞生于人和天鹅的结合。他哀叹人的衰老，哀叹的正是老人形体的猥琐不堪——“衰颓的老人只是个废物，是件破外衣支在一根木棍上”。美和青春的国度，“不是为老人而设”（No country for old man，前几年成为一部恐怖的西部片的片名）。

叶芝喜欢爱尔兰的民间神话和传说，原因在于其中凡世所缺乏的空灵和自由，他爱的女人，无异穿行在芦苇丛中，逍遥于林间草地的仙女，遥远，神秘，是随时在轻盈飘飞的，随时在花枝和湖水上洒下梦幻般的影子。叶芝还痴迷于灵学，汉武帝招李夫人之魂，丽姿倩影，惊鸿一瞥，“是邪，非邪？立而望之，偏何姗姗其来迟”，大概是可以让他会心的。他觉得在自己和所爱的女人之间，有超乎言语和一切感觉的更高层次的交会和沟通。茅德·冈是一个政治领袖，一个战士，而非叶芝理想中温柔的情人和妻子，事实上，茅德·冈很有些看不上叶芝这样软弱的纯粹文人，以为他无用。但在叶芝诗里出现的茅德·冈，还是一个古典形象。政治色彩被叶芝刻意忽略了，即使提到，尊敬感佩之余，文字背后更多的是惋惜甚至不以为然：毕竟对于这样一尊女神，英国人的牢狱岂是安放其美貌和青春的地方？正如古代城堡的高塔，凭什么要禁锢一位命运多舛的公主？

2012 年 3 月 7 日作，2013 年 2 月 15 日改

杰克尔博士和海德先生

每个人身上都有善恶二重性，每个人都是某种意义上的双重人格。人类灵魂的二元性来自原初，而且毫无例外。善恶在不同的人身上，好比混合成溶液的两种化合物，只有配比的不同。杰克尔博士就认为，在他身上，善恶之比是九比一。正因为恶只占十分之一，纯粹的恶化身的海德先生，体型就比杰克尔博士小得多。

有人或者认为，借助书中角色杰克尔表达的善恶二重性的观点，不代表罗伯特·斯蒂文森本人的看法。这是不对的。斯蒂文森从小说一开始就强调了二重性这个问题。好人典范的律师阿特森——故事基本上是以他的视角叙述的——以自我克制著名，对于他人，有非凡的忍耐力。克制和忍耐，表明他身上有他不以为然、不愿意表现和不愿为人所知的一面。尽管作者用调侃的语气说他“用喝杜松子酒的方式克制对酒的欲望”，但背后的事情还很多，因此阿特森才成为一个“沉闷阴郁”的老单身汉。

书的最后一章是杰克尔博士的自供。在这一章里，杰克尔博士所有思索性的文字都是关于双重人格的。正像溶液的比喻所暗示的，杰克尔博士相信他能把两种截然不同的，互为牵制因此也是造成人痛苦根源的性质分离。纯粹的善和纯粹的恶在获得自由之后，带来的是无比的快乐，尽管后者在道德上是痛苦的。

杰克尔博士的冒险除了科学上的追求，或者更简单地说，是出于好奇心，出于长久的沉闷生活激发的异想天开。更重要的是，他相信分离带来的自由，分离是对一切束缚和权威的废弃，善恶各自摆脱对方的期望和折磨，从此可以为所欲为。杰克尔认为，把两种“道德指向南辕北辙”的事物捆绑在一起，是痛苦的根源，因此是一个大祸根。

事实上也是：当杰克尔博士服下配置的药物，完成化身过程，第一次在镜中看见另一个自己——海德先生——时，尽管海德先生满脸邪恶，丑陋而畸形，以至于其他人看见时，只有厌恶和恐惧，杰克尔博士看见的却是矮小和年轻：“当我在镜子里看到自己那丑陋的影像时，出乎意料，我心中涌起的不是强烈的反感，而是突然想张开手臂欢迎他的到来。这也是我，比我更自然，更人性化，他是我更加生气勃勃的化身。”

堕落是快乐的，这就是为什么人类忍受不了堕落的诱惑的原因。堕落之所以快乐，因为它总是和感官的欲望相联系，而道德是纯粹精神的，纯粹精神的事物不乏庄严，但基本上是枯燥烦闷的。我们可以从一个反面的例子来论证这一点：以道德自命的人物常常是暴虐的独裁者或酷吏。到后来，当道德需要操持道德的人继续自我克制、付出更多的牺牲时，他们不得不放弃，同样沉湎于俗世的快乐。于是，道德彻底变成了伪善，同时成为迫害他人更现成的借口。

和歌德笔下的浮士德一样，杰克尔说，他不能克服对自己所从事的研究工作之枯燥的厌倦，他的生活中固然有快乐，而且是容易得来的快乐，但这种在“伪装中匆忙寻来的快乐是有损尊严的”。这种“容易的快乐”是什么？作者没有明说，我猜是狎妓。好莱坞改编的电影就直接添加了一个妓女，其中一个版本中，妓女由英格丽·褒曼扮演。

堕落止于狎妓，那可能也不算什么。海德的快乐很快“转向骇人听闻的罪恶”。

首先，他从犯罪中得到享受，一切行动和思想为了自我，外在世界只不过是他享乐的工具，或者说，他享乐的牺牲品。为了个人的快乐，或者仅仅是为了一个偶然的、奇怪的念头的满足，他人可以供他为所欲为。海德说，他从对别人的折磨中获得快乐，就像痛饮杯中的琼浆。他不仅是彻底的自我中心者，而且欲望无穷，像野兽一般贪婪。

其次，快乐还在于，罪恶无虞惩罚。杰克尔博士通过海德犯罪，而海德可以说是不存在的。他说：“只要让我溜进实验室，给我一两秒时间，配好原料早已准备在那里的药，一口吞下，无论海德做了什么，他都会像呼在镜子上的水汽一样消逝无踪。静静地坐在家里，在午夜书房的灯下，面对别人的猜疑尽情嘲笑的，将是学者亨利·杰克尔。”

人们雇凶作恶，自己藏身背后，抱着侥幸之心转移罪恶，企图逃避惩罚。为了利益而犯罪，为了掩盖真相而犯罪，总之，大部分的罪恶多少是“不得已”而为之的。犯罪的过程充满焦虑，充满恐惧，带着矛盾和犹豫，因此不免痛苦纠结。杰克尔说，他的犯罪全然不同，他是第一个为了快乐而这么做的人，也是第一个能够这么做的人。超越犯罪本身的快乐在于，当其他人在社会上因为名誉和地位而戴着沉重的假面艰难行走之时，他却能够在一瞬间把负担全部甩脱，进入自由的天地。

在维多利亚时代的伦敦，一如在任何时代的任何地方，杰克尔不过是一个微小的人物，他没有想到国王、王后、首相、大臣、将军、市长等所有人，他们能够做的事比他不知容易多少倍。休说那些借助伪装得来的快乐，就是再骇人的罪行，也易如反掌。权力和法律操之己手，怎么会担心惩罚？当然，杰克尔在他的地位，只能想到这么多，他的洋洋自得不无理由。刘鹗在《老残游记》中曾经痛切表示，他最恨的，就是那些知法犯法，知道自己可以犯法而不受惩罚，又因为知道而以此自得，以此炫耀，以此为特权、为地位的标志，因而乐在其中，甚至为了乐趣和炫耀而超出实际需要故意犯罪的人。

在性质上，杰克尔和刘鹗指控的人并无不同，区别仅在于规模和档次。也许正是规模和档次上的限制，使杰克尔在罪恶的道路上只行走了有限的距离。在快乐之外，他有孤独，对于海德逐渐失控感到恐惧。这样，选择自杀是唯一的道路，他在杀死自己的同时也除掉了海德，否则，他最终将百分之百地成为海德，而谦谦君子杰克尔将不复存在。

没有权力的人相对而言更容易自我拯救，因为他只需要和自己做斗争，而无须面对权力的庞大网络。

在《杰克尔博士和海德先生》里，斯蒂文森的主要人物全是单身汉，包括杰克尔博士、他的同行林恩博士、他的好友阿特森律师。阿特森的远房亲戚兼好友恩菲尔德，将海德的故事最先讲给他听的人，书中也无只字提到他的家人，很可能也是一个单身汉。不消说，他们的个人生活一塌糊涂。杰克尔的悲剧之所以发生，个人生活的枯燥也许是一个重要原因。

全单身汉的安排显然与我们理解的生活格格不入，因此，在好莱坞最著名的电影版本，即 1941 年由斯宾塞·屈赛和英格丽·褒曼主演的版本中，杰克尔变年轻了，有一位上流社会的未婚妻，正是原著中被海德杀害的议员凯鲁的女儿。还有一位妓女，曾为杰克尔所救，却是海德欺凌的对象。好莱坞一贯喜欢把复杂的事情简单化。在同样著名的 1931 年由鲁宾·马莫利安导演的版本中，杰克尔没有自杀，是被警察开枪击毙的。杰克尔的自我救赎之路，至此被彻底断绝。

2012 年 2 月 5 日

凡·高的咖啡馆

坐在二楼靠窗的座位，饮茶或咖啡，最好是下午，有时光慵懒的感觉。窗外临河，那就更好了。“过尽千帆皆不是”，这样的词句，抛开温庭筠的闺怨，是物我了不相关的漠然之感。这漠然也便是从容，无论晴雨，时间是自由的，因此我喜欢盛夏的下午和傍晚，因为来得那么长，那么慢。如在深夜，就是你喜欢的凡·高画中的街边咖啡馆。柠檬黄的灯光映照一切，天空澄澈，开着大朵的星花。澄澈天空下的房屋，有着黎明的品质，但这确实是不折不扣的夜。因为长夜，咖啡才那么温暖，说过的话才那么细碎。深夜的时间是一只无比柔顺的猫，卧在膝上，趴在我的臂弯，轻轻从身上溜下，隐入街角的暗影，只露出两只眼睛。石板路像鱼鳞一样形状，我没有见过，相信你也没有见过。看着画，你会情不自禁地想，这街和咖啡馆，莫非就是筑在大鱼的脊背上？人倦而天色将明，星光隐退，街像鱼一样缓缓在夜色中游动，滑入画家无限绵延的失眠中去。没错，凡·高的心非常温柔。

凡·高还画了一张室内的咖啡馆。说咖啡馆，其实是酒馆，但我就当它是咖啡馆好了，大家也都这么说。它同样迷人，却是给孤独者的。是的，你说过，这一幅，你也喜欢。时钟指向十二点一刻，大部分客人离去了，剩下桌上孤零零的酒和酒杯。有人趴在桌上睡着，不知为什么他不肯回家——也许是一个行客，过路的水手？没人使用的台球桌，占据了画面中央，是困惑和孤零零的。灯光依然是柠檬的黄色，不过更青涩而已。

在这张画里，人物各自孤立，尤其是居中守着台球桌的人，他有落寞的神情。三盏灯的强大，更加强了人物的渺小和孤单。

天气渐凉，深夜暖室的感觉会越来越好，读书，听乐，翻翻画册，整理整理旧东西，都很悠然。如果喜欢把书和杂志铺满一地，翻到喜欢的那一页，有文字，有图片，一首诗，一件玲珑的古物，有人在古器物的拓图上勾画花鸟，题款，在大幅的水墨上只单单画出一位坐在树下的红衣头陀——当然不是赵孟頫：落红无数迷歌扇，嫩绿多情妒舞衣——如果这样，你坐在地上，一手拄地，或者侧身而卧，电脑里轻轻吐出莫扎特的嬉游曲，看着这些书，这些陪伴了好多年的书，当然是铺了厚厚软软的地毯才好。铺了地毯，忽然困倦，打个盹儿也没关系。

父母喜欢在卧室里燃着线香，供在观音像前。我其实也喜欢。香让你把思路放慢一些，让你走而不是跑。我的习惯不好，想起事来如快马狂驰，停不下来，以至于写文章时，无论手写还是打字，都跟不上思路，一小半想法就这样遗失了。有一天我老了，我终会慢下来，对着电脑，耐心地等待着思想的灵感像月光一样，从云缝里一丝一丝地透出来。但此刻，在这样的地方，燃香是一件何等奢侈的事，奢侈，而且可笑。

凡·高的室内有让人不舒服的闭塞和压抑，同时让人肃然起敬。他的室外，星空，树木，乌鸦，小教堂，弯曲的路，是自由的。但你不能屈服于他的色彩，你要单纯，澄澈，像蜻蜓一样轻盈，没有一丝戾气。你随时可达，像任意一条洁净的路，抵达任意一块洁净的草场。

凡·高喜欢黄和蓝，一冷一暖，代表内心世界的两极。他没有试图将两种颜色融汇在一起，造出一片春光骀荡的绿色。他是个充满矛盾的人物。他的蓝太杳远，他的黄过于灿烂。在他的麦地里，即使作为一只麻雀，也不能不戴上墨镜，而且汗流浃背。他的紫色颠覆了过去对于世事的幻想，我怎能想到把一条河流从头顶折回去，我怎能想到爬上一座山的山顶也是坠入涧谷。凡·高的旋转不是舞蹈，不是奥尔弗斯，不是贝多芬《第七交响曲》的第四乐章。我只有在饥饿时才如此纠结，然而一杯酒就把我拉直了，就像在无人料理的废园，陌生的杂草恣意狂长，凌乱而幸福地摇曳在一起。这时候，整齐和秩序便是一个罪恶，需要起码的蔑视。

凡·高瘦削的脑袋留着硬胡茬似的短发，像农夫，也像囚徒，拙朴，然而坚定不移。与麦田对应的，是在如淬过火的钢一样青灰色的监狱庭院里机械地转着圈子的一群青灰色的男人——这是凡·高内心的激情和焦虑。没有多少人喜欢这幅画。人物是凡·高的，色彩不是。这是凡·高不欲表达却又遏制不住要表达的情绪。每个人心里都有一大堆这样的情绪，没有美好的外衣，很难博得同情，最不好的，是总是被误解。写传奇的唐朝人说过，神仙也避不开生活中的卑微细节。

是的，是的，“凡·高特有的暖色与冷色各自铺开却又如此的和谐，星空透彻幽寂，小店芬芳迷人，仿佛只要一步就能踏进俗世的欢乐中去，又仿佛退一步就会被夜色的清凉浸没。然而画家只是看着，既没有前进也没有后退，几乎能感觉到笔触中的温柔眷恋”。既没有前进也没有后退，这就好，一个完美的状态，停留在那里，对着自己喜欢的事情，不需要趋近，也不曾离开。原地不动，是因为时间凝固了。那很少的时间，根本来不及过多回味，却因为珍惜而变得长久了。

写下这段文字的一年多以后，我在安德烈·马尔罗回忆录的结尾处读到：

1940年夏天，夜色降临时，我从夏尔特教堂里走出来，狭窄的街道已是阴影一片。一家鱼铺的橱窗里，孤零零地亮着一盏灯，一只猫全神贯注，盯着游动的鱼儿。第二天早晨，在教堂前的空地上，雄蜂在黑黄色的万寿菊周围飞舞。嗡嗡的群蜂飞舞声与从教堂传出的低沉的管风琴声混在一起……

猫，鱼，微弱的灯，阴影，夜色里的教堂……出现了这么多相同的意象。那是战时，马尔罗还写到了飞机的声音，像疮疤一样刺耳，我把它删去了。

另一个安德烈，安德烈·纪德，在《人间食粮》中也描写了阿拉伯风情的咖啡馆：喧闹的，欢快的，天方夜谭情调的，有歌女和舞女的。夜晚吹来的风热乎乎的，风中混杂着异香。我没有记住纪德，隐约想起来的时候，常常把他和洛尔迦的西班牙谣曲混在一起。但洛尔迦的美妙之夜，徘徊不去的是死亡的影子。

在《天堂电影院》——应该译作《电影乐园》——里，老阿尔弗雷多给年轻的托托讲了一个士兵爱上公主，天天在宫外守候她的故事。阿尔弗雷多的意思是，即使有青春的热情，也不要追逐太虚幻的东西。但托托以假为真，夜夜守望女孩的窗口。他的结局和士兵不同：他把幻想抱在怀里，享受了一段虚假的时光。

生活不是这样的。生活没有应该和不应该。超越死亡的唯一方式，是更多的预设。超越理想也一样。英明神武的人，不屑于预设，也就无从超越。事实上，也不需要超越。

马尔罗说："我们与艺术最深刻的关系，离不开我们与死亡的关系。"一个多次与死神擦身而过的人，才会有这样的体验。而我们这些一直在轻佻地活着的人，却在艺术中期望永恒。

永恒，对于我们今天在美术馆拥挤着去看凡·高的人，对于我们面对着不过一尺多高的画框既觉惊讶又恍然大悟的人，是夏日手中的一杯冷饮。对于凡·高，全然没有意义。而一旦我们走出生活，哪怕只是走出一点点，它也将毫无意义。

凡·高在给弟弟提奥的信里写道：

> 我想尽力表现出夜间的咖啡馆是一个能使人毁掉自己、使人发狂、使人忍不住犯罪的地方。我通过柔和的粉红色、血红色、深红的酒色和一种甜蜜的绿色互相对照来达到目的。这一切表现出一种火热的地狱气氛，惨白的痛苦和黑暗，压制着昏昏入睡的人们。
>
> 亲爱的兄弟，我在生活和艺术里没有那亲爱的上帝也很能过得去，但我作为受苦难的人，不能缺少一件比我强大的事物，它是我真正的生命，也是创造的力量……在画面里我想说出事物，像音乐那样安慰着：我

想用这个“永恒”来画男人和女人，这永恒的符号在从前是圣者的光环，而我如今在光的放射里寻找，在我们色彩的灿烂里寻找。

在每个形象里都是戏剧，甚至那些平凡的房屋，被风吹雨淋，也有独自的性格，我在它里面看到的是象征。所以，一个具有平凡形式和轮廓的人，只要真切的苦痛抓住了他，他也将成为一个独特的戏剧性人物。我有时想到今天的社会，尽管它正在没落中，而当人们把它放在任何一种变革面前来观察时，它会突然升起，成为一幅伟大的阴暗的剪影。

什么是真切的苦痛？

是赢得生命之独特价值的众多方式之一，还是唯一的方式？

回到凡·高，我又想起凡·高那些像外太空的星云一样旋转着的星星，他的星星比平原上裸露的房子还大，飘浮在夜空的表面，是肆意开张的，同时极其静谧。旋转是动的感觉，舞动，或者散射。在旋转中，花萼绽吐，衣摆飞扬。旋转的线条如果漫散开来，伸长，就成了扭曲，一种缠绕的神态。有人说那显示了他的神经质、迷惘和痛苦的感觉，是自知而不能抑制的。蓝色的鸢尾花看久了使人头晕，同样扭曲的向日葵却带着狂放的喜悦。

但在自画像中，凡·高把自己的狂乱画成了复杂颜色交织下的平静。他用了很多暖色，表情是自信的平静——火山炽烈的岩浆上面盛开着油菜花和紫云英花的土地的平静。

凡·高以痛苦为食，尼采鄙视黑暗。他们内心温柔，有如孩童。只有在凡·高以及尼采这里，我才愿意说，所谓“精神错乱”，不妨是一种美德。

现在很少在夜间喝咖啡了，即使是夏夜。

自从来到纽约，没在家里煮过咖啡。我连这点耐心都没有。觉得困倦的时候，只好喝茶。满屋飘着新煮的咖啡的香味，是很可惦念的情景，和满屋飘着音乐一样。事实上，在家里连音乐也很少放了。音量太小，没有感觉；音量过大，会影响别人。

中国人的饼屋，咖啡难以下咽。那不是咖啡，是一杯略带咖啡颜色和味道的加了很多糖的牛奶。到中国人的饼屋，只好点柠檬茶。两家星巴克，是我所在的这个中国人社区里最好的咖啡馆了。从星巴克门外走过，清晰地闻到咖啡的香味。从中国人和韩国人的饼屋走过，什么味道也没有。直至走进去，坐下来，即使满屋坐客一人面前一杯咖啡，还是闻不到一点香味。

慢慢地，习惯了那些根本不是咖啡的咖啡，吃早点，用它把面包和松饼冲下去，同时暖胃。不管怎么说，咖啡总是消掉了昨天最后残存的睡意，确定了一天的开始。

世界虽大，人需要的不过是一个属于自己的角落。

时间中的一个点，可以逗留，可以相逢，可以回转，可以告别。

我怀念在布莱恩特公园的春风里浅斟哥伦比亚咖啡的日子，人声嘈杂，我觉得安详。事情的开端都容易美好，如果起点太高，必然要滑落。我们不该把自己假装得太好：试想咖啡的第一口，那种舒适的热烫，怎么可能持久？到最后一口，不仅凉下来，而且索然无味了。如果我们能假装一辈子，又像隐修者在荒漠，能够经受得住清泉、美酒、声色、荣誉、权势的诱惑，并且无惧于死亡和痛苦的威胁，那么很好，你是在意气中生活，你用虚构把与生俱来的虚弱本质掩盖了，你创造了另一个自己。

一个人的单纯如果不可避免地造就他的肤浅，他是否应该放弃单纯而走向深刻？深刻是不是一定来自复杂，而以心性的沉落为代价？当然还有另外的可能性。那就是，愈是单纯，愈是深刻。单纯包含了一个入神的飞跃。

其实，单纯，深刻，都很难说清楚。杜甫单纯吗？李白深刻吗？李商隐呢？

说不清楚。

某一天，从唐人街得到一尊大理石佛头，半尺高下，虽然略显粗糙，但面相慈悲。五十年前之物，算不得古董。店主人说：那时工细，虽然是批量加工，还能一丝不苟，现在不行了，比不了。搁在窗边的小几上，懒得找人做一个支架，就这么放着，不平的地方，用一卷纸垫平。捧回家时正是深秋，心想，如果两边摆上菊花，佛在菊花丛中，照出来，那照片效果一定很棒吧。

好几年，我都在街上一家一家看花店，想找一盆半开的深黄色小菊花，不那么紧凑，略为舒展疏放些，还要有较多的叶子，和一段无花的斜枝。我没有找到：它们都开得太热闹了。

我老家那一带，各种野生的菊花，菊科的各种植物，包括像紫菀那样的，随处即是。那些细小的花朵，经过时看，毫不起眼，菊科植物特有的香味也闻不到。只有当你累了，坐下来，带花的小枝横在眼前，你一把揪住，拉近了细细看，才看出那些花瓣、花蕊、花托、叶子、叶柄、枝上的纹理、叶子的弧度、质地、茸毛、叶缘上的缺裂，以及花萼通向花心时颜色的过渡，都是何等精致。我喜欢随手扯断一棵草，一段细枝，揉碎一片叶子，然后，植物鲜活的气味便弥漫在周围。它们不仅有好闻的味道，也有苦涩的，更有苦臭的，粘在手上，久久不散，但所有味道都是干净的，至少我觉得，而且觉得它们是安全的。事实上当然不是，不少植物有毒，有一种叫猫儿眼的，形状可爱，然而折断处的白浆，皮肤触过，就很不舒服。

植物使人安静，不会骚扰你，一切由着你，有毒的植物也不会主动攻击，死活要钻进你嘴里或鼻孔里。你离开的时候，它们不会追逐，更不会抱怨。除了极少数例外，植物都是美的。

回家，读到支遁的诗：

端坐邻孤影，眇罔玄思劬。偃蹇收神辔，领略纵名书。
涉老怡双关，披庄玩太初。咏发清风集，触思皆恬愉。
俯欣质文蔚，仰悲二匠徂。萧萧柱下迥，寂寂蒙邑虚。
廓矣千载事，消液归空无。无矣复何伤，万殊归一途。

他是僧人，用典几乎全部出自老庄书中，沉稳，洒脱。他身上纯然名士风度，爱马，有豪爽之气，但归根结底，还是僧人。情怀在郭璞和阮籍之间。若生在唐初，当在陈子昂和张九龄之间。若在今天，他就成了我，一个无所事事的人，在相当多的事情上，一个废物。

在北京，第一次学会喝咖啡的时候，是用一个大的搪瓷缸子，把咖啡放进去煮，煮好，丢进几块方糖，就着缸子喝。咖啡渣子有一些浮在面上，吹不开，一起喝下去。单身宿舍，室无长物，连电视也没有。在机关食堂吃过晚饭，留在办公室看电视，听音乐，经常很晚才回去。煮咖啡总是等到夜深，有些困，又有些饿的时候。一大杯浓咖啡喝下去，人不困，也不饿了，精神十足地继续读书。我记得枕头边总搁着一本中文版的大英百科全书——人家赠送的——临睡前读几条或几页。但直到离开北京，那套书也没读完，连三分之一或四分之一都没读完。

那是我一生中最躁动不安同时又最充实的一段岁月，毕竟无忧无虑，是跌倒了还可以爬起来的岁月，擦伤，骨折，疼痛，都可以不在乎。

在纽约，只有偶尔几次在夜晚聚餐后换到咖啡馆里继续聊天。回程的地铁上，总是迷迷糊糊的，以至于觉得，聊天的时候，也许说了很多话，也许一直魂不守舍地想着别的事。过些日子，记忆慢慢清楚起来，各自说的话都记得清清楚楚。我身上随时带着一枚古钱，手插进裤袋的时候，捻着它，仿佛接通了一长串我惦记着的时代，纽约便有了故乡的感觉。某一次，聊得尽兴，身子在椅子上后靠，动作幅度大，而衣袋甚浅，结果回家发现，那枚心爱的靖康通宝大钱滑出口袋，丢了。这是我“牺牲”在咖啡馆的最珍贵的一枚古钱。在后来又发生过两次同样的事（其中一枚西夏钱遗忘在一条很少穿的西裤口袋底部，多年后重获，大出意外）之后，一钱相伴的习惯就改掉了。

九十年代，我和清角兄在北京一起逛琉璃厂，他买了一些宋徽宗亲笔书写钱文的大观当十钱，我买到那枚老熟坑的北宋亡国年号的折二钱；二十年后，我把它丢失在曼哈顿上西城的夜店，它成为垃圾，不知被填进了纽约周边的哪一块荒地。

一晃，都过去很久了。

我在深夜听着你的声音，窗外的风雪就要停息，我在风雪的声音里听到了沼泽地芦苇的瑟瑟声。初三的夜晚，弯月如弓，防火梯锈烂的铁条上缀满闪耀的珍珠。你的声音缓慢而轻，带着南方口音的轻柔，甚至不乏怯意。那么多年过去，你已离去很久，你的声音留了下来。播放录音的沙沙声充实了本来令人昏昏欲睡的午后教室。我忽然就坐到了你的门前，从一个岛到另一个岛，从北方到南方，从我所有的菊花和海棠花下，到你凯尔特式的昏暗的薄暮。我是从很远的朝代来的，一个不能喝酒的人，一个笑起来无所顾忌的人，但没有人知道我偶尔的失眠，和失眠中无穷无尽的漫游。我总是在道路的某个点驻足不前，因为前方的景色充满不确定感，或是每况愈下的重复，或是日益旷远。我后退，退到一定的点，然后重新出发。一次又一次，我走回原先抵达的地方：又一次可能的终结。但我成功地把时间填满了，而且感到了疲劳，这使我满足，因为疲劳至少表明，你是某种积极的存在。一辈子没有见过夜莺和云雀，也没听过它们的歌唱。但在记忆里，那是你的声音。时间不能折转，不能反复，我又怎么能亲近你？仅仅一本书在你手里，在我手里，就是我们所能有的全部交集？

故乡是不朽的，只因为你也要不朽，
有一天，你也会成为无数陌生人的故乡。

平常的时刻，平常的人，相互看到在心愿所营造的神话后的简单真相，不要幻想，不去美化，在语言之后，我们有着最普遍的弱点和最世俗的禀性。

这些，和美好有什么关系呢？我们因此并不美好了么？

学者风度的艾略特也写过看似矫情的诗句：

“我是用咖啡匙子量走了我的生命——”

多像何其芳的诗。或许年轻人才会发出如此感叹吧。比如：“燃在静寂中的白蜡烛，是我从胸间压出的叹息。”比如：“我昔自以为有一片乐土，藏之记忆里最幽暗的角隅。”比如：“在那古老的落寞的屋子里，我亦其一草一木，静静地长，静静地青……”

因为我已经熟悉了她们，熟悉了她们所有的人——
熟悉了那些黄昏，和上下午的情景，
而且我已熟悉了那些眼睛，熟悉了她们所有的眼睛——
那些眼睛能用一句成语的公式把你盯住，
当我被公式化了，在别针下趴伏，
那我怎么能开始吐出
我的生活和习惯的全部剩烟头？

我又怎么敢开口?

习惯了的事物与好坏无关，一个习惯而已。大多数早晨，当我小口啜饮着滚烫的咖啡时，我根本没有意识到是在喝咖啡，那只是上班前的例行公事，甚至连翻开的书页亦然：一首带注解的诗，可能是黄庭坚的，可能是欧阳修的，可能是一个无名诗人的，有什么区别呢?他们看到的，是同一弯月亮，喜欢的，是同一棵菊花。他们的情感，在何其芳身上，在艾略特身上，在你和我身上，在你们和我们身上，毫无二致。

走很远的路，只是为了回到原来的地方，像倦鸟归巢。

心外无安身立命之所。半偈藏心图一世，远离战火和洪水，自做道场，安心歌舞，无以欺世，也无从救世。事实上，这些都说不上，只是面对而已。

约翰·弥尔顿笔下那位失去了荣光的大天使说：与其在天堂为奴，不如在地狱称王。又说：以心为家，则天堂与地狱何有?天堂即地狱，地狱即天堂。这句话，与苏东坡称赏的“此心安处是吾乡”几乎相同。

岁末，雨后和暖，一路菊花犹盛，小樱争开，大树沉寂，想起陈与义的诗：天机衮衮山新瘦，世事悠悠日自斜。

君子，谦，尊而光，卑而不可逾。

2016年5月改定

夏洛特姑娘

我在淮南一年，讲中国古代文学史于教育学院，住在洞山一条宽阔洁净的大道上。房间不大，住两个人，两张书桌对置。我的座位面窗背墙，墙上挂了一本约一尺长、大半尺宽的年历。年历是从北京带去的，十二个月，十二幅西洋名画，都是流行的题材，不外乎《读书的少女》《破水罐》和《音乐课》之类，人物笔触工丽，色彩轻快明媚。其中有一幅，画一白衣女子坐在船上，岸上树林浓密，前景水草丛生。女子右手握住细铁链，左手轻搁腹部，头微微上仰，表情似带哀怨。她的头发是棕红色的，浓密而长，一直垂到腰带上方。凑近了细细看，两边船舷披了厚厚的彩织画毯，船头立着三只白蜡烛，两只已经熄灭，一只亮着。船首挂着风灯，隐约可见灯罩内一点红色火苗。树林疏处一小块天空，显见是白天，不知为何秉烛和掌灯。不仅如此，一个贵族少女怎么会独处于荒僻岸边的船上？这幅画怎么看都有一股神秘的气氛。

美如果没有秘密，一切豁然开朗，魅力终究是有限的。

就像伟大的人物，了解愈多，包围着他的烟雾逐渐散去，绝大多数都会失去原有的光彩。神秘的船上少女陪伴我整整一年，我在淮南留下的最值得纪念的一张照片，是和杨亮兄在房间下围棋，桌上乱糟糟地堆放着正在读的书，门后挂着毛巾。那幅画就在照片的右上角。

九十年代初，我在纽约，流连于书店和各大博物馆，在大都会艺术馆和现代艺术馆看油画。身入宝山，瞠目结舌。拊掌赞叹之余，大感对西方艺术的无知，于是到图书馆，一本本地读绘画史图册，从通史到国别，从国别到流派，最后集中于个人喜欢的画家。拉斐尔前派曾经很吸引过我一阵子，伯恩·琼斯，罗塞蒂，莱顿，威廉·亨特，米莱斯，经常挂在嘴边。就在拉斐尔前派的画册里，萦绕心头多年的船上少女，终于揭开了面纱：那是约翰·威廉·沃特豪斯（J. W. Waterhouse）作于1888年的一幅画，题为《夏洛特姑娘》（*The Lady of Shalott*）。

拉斐尔前派的绘画唯美而神秘，多取材于古代神话和传说，也从文学作品中寻找灵感。沃特豪斯严格地说，不属于拉斐尔前派，但他确实继承了拉斐尔前派的画风，所以很多书中，称他为拉斐尔前派第三期画家。拉斐尔前派最爱描绘神话传说中的神秘女子，特别是悲剧性的女子，沃特豪斯也是这样。

《夏洛特姑娘》源于维多利亚诗人丁尼生的一首诗，取材于中世纪亚瑟王的传说。在亚瑟王宫廷所在地卡姆洛的上游，河中小岛夏洛特的古堡里住着一位女子，没人知道她的来历和身份，只能从窗口瞥见她的身影，听到她的歌声，她被称为“夏洛特姑娘”。夏洛特姑娘受到仙人的诅咒，不能直接观看窗外的现实世界，只能透过镜中反映，把看到的情景织成图案。

有一天，亚瑟王手下最英俊的骑士兰斯洛特骑马走过，夏洛特姑娘在镜中看见，立刻爱上了他。她停止纺织，走到窗前向下望。镜子顿时破裂，咒语立即应验，夏洛特姑娘面临死亡的命运。痛哭之后，她离开古堡，在河边找到一只小船，把多年编织的挂毯挂在船边，在船头刻下自己的名字，解开船缆，放舟直下，漂向亚瑟王的宫廷，希望在死前能见到所爱的骑士一面。但她未能如愿，死在途中。

小船到达卡姆洛，骑士和贵妇人们纷纷围观，兰斯洛特也在人群中。他看到夏洛特姑娘的面容，惊叹其优雅美丽，但没有人，包括兰斯洛特，知道这姑娘的悲惨故事。

沃特豪斯的原画宽两米，高一米五三，其中丰富的细节，在挂历宽不及半尺的画幅上看不到。有些即使有迹可寻，由于细微，由于印刷的粗劣，也彻底失去了。彼得·特里皮（Peter Trippi）在费顿出版社（Phaidon Press）出版的关于沃特豪斯的专著中写道：

> 丁尼生的诗并没有具体形容夏洛特姑娘的相貌，只说她“一身白衣”，于是，沃特豪斯按照自己的理解，以无比精细的笔触，画出她因为哭泣而发红的眼睛，微微鼓

起的双唇，“唱着最后的歌”。一个双乳丰满的女人，腰带的弧线显出一点微凸的腹部，文艺复兴时期的画作常有这样的形象，以强调女性的丰满多产。腰带虽然早已在其作品《魔环》中出现过，却是到目前为止最意味深长的使用，意在强调，内心情欲使她不由自主地走向窗口，对这情欲她却丝毫无能为力。夏洛特女子透过窗口，“看见睡莲开放”，睡莲是性觉醒的比喻。一片秋叶飘落膝头，既是她丧失了纯真的象征，也暗示即将到来的死亡。为了表明对丁尼生的诗多么熟悉，沃特豪斯特地从丁尼生另外的诗作《垂死的天鹅》里借用了燕子的形象，在画的最左边，画上两只燕子，伴随着夏洛特姑娘歌唱。在丁尼生的诗里，燕子在一年一度的春天重临，象征着复活。

除此之外，在画面上还可以看到，蜡烛旁边，有一只小小的男性人偶，挂毯上的画面有完整的两幅，一幅是骑马的四名骑士，另一幅是骑马的妇人。这些，都是夏洛特姑娘内心世界的反映，正像已灭和将灭的蜡烛象征生命的结束，而风灯的一点鲜红，象征爱情的光明一样。

沃特豪斯前后画过三幅有关夏洛特姑娘的画，船上少女是最早的一幅。此后，1894 年，他画了第二幅：夏洛特姑娘看见兰斯洛特后，起身奔向窗口，双腿被画毯上的丝线缠住。在这幅画上，夏洛特姑娘双目闪亮，脸上充满渴望。1915 年，第三幅，题目是“夏洛特姑娘说：我厌倦了这投影的世界”，夏洛特姑娘一身红衣，从织布机上挺起身子，双手抱在脑后，眼光向上，若有所思，窗外，一对相恋的男女正要走过。在后两幅画中，和第一幅不同，夏洛特姑娘的头发是深色的。

丁尼生的诗寓意何在？夏洛特姑娘令人叹息的哀婉故事，究竟要说明什么？丁尼生自己曾有过解释：“从天而降的，对长期与自己隔绝的外部广大世界中的一个人的爱，引导她走出影子的国度，走进现实。”特里皮进一步引申道：“夏洛特姑娘就像一位艺术家，无名无姓，与世隔绝，年复一年地记录着他人的故事。当她带着自己的杰作来到现实世界，却发现这世界是那么沉闷乏味，甚至还不如禁锢她的古堡。”也就是说，艺术和现实的关系是最难把握的，与现实隔绝不行，直接踏入现实也不行，因为代价将异常惨重。夏洛特姑娘以死为代价，都未能获得爱的回报。更可悲的是，她的身份也未获认同，她到死都是神秘的，也是无名的。

因为沃特豪斯的一幅画，拉斐尔前派的唯美主义在我心里留下了深刻的记忆，连带着，整个英国维多利亚时代的绘画都成了一个亲切的名词。尽管像沃特豪斯、威廉·弗里斯、威廉·莫里斯这些画家都谈不上多么伟大，但至今仍给我带来快乐，我从他们的画里看到自己一如既往的幼稚梦想。作为最新的发现，詹姆斯·蒂索表现英国风俗的画集而今正摆在我的案头。

2013年3月10日

爱情女神

希腊神话里的爱神阿芙洛狄特，罗马的叫法是维纳斯，现在流行的是后一个名字。维纳斯身为情爱之神，天下的旷男怨女众目齐注，她自己更是绝顶美女，连天后赫拉都相形见绌。作为爱神，她的妩媚和风流都是其他女神望尘莫及的。

米洛的白色大理石断臂雕像，我看也只一般，不知为何能倾倒众生，怕也是联想能力在作怪。波提切利的油画上，维纳斯足蹬贝壳踏浪而来，全身一丝不挂，只有秀发遮体，要说是够迷人，然而她的态度，又过于严肃了。

古代文明中，希腊文明据说是最开通的。希腊神话中的神，其神性仅仅体现在长生不死和具有神力上，而没有道德的意义，因此，他们往往表现得比人还有人性。人的七情六欲，被放大几十倍，看起来自然清楚多了。

看典籍记载，贵为女神的维纳斯和“圣洁”二字是不沾边的，她是一个不折不扣的荡妇。如果不考虑地位的尊卑，她和潘金莲很有得一比。第一，美貌；第二，风流；第三，也是最巧合的，都有点身世的不幸，也就是遇人不淑。潘金莲被迫嫁给为人窝囊、性生活也不及格的矮子武大郎，维纳斯的丈夫赫淮斯托斯则是个跛子，“走路像火苗一样一窜一跳的”。武大卖炊饼，赫淮斯托斯虽然住在天上，不过是个铁匠，常受众神的讥笑和捉弄。对女人来说，世上万事皆可忍，就只是这件事忍不得。偏偏这两位既不是发下宏愿要挣一座贞节牌坊的主儿，更无为之可牺牲一切的革命理想，主客观缘由一汇合，红杏出墙是必然的事。但相比之下，维纳斯的戏演得高雅，结局当然大不相同。潘金莲让人觉得有点贱，有点俗，多少现代才子欲为她翻案，效果总是不尽如人意。维纳斯呢，我们即使认为她贱也不忍说她贱，谁叫她是神呢。再说她的情人中不乏英雄好汉，纵有武松式的疯子敢来闹事，也决计讨不了便宜去。

古希腊人说，赫淮斯托斯与维纳斯结婚，生了三个儿子，自以为夫妻恩爱，生活美满，却不知道三个孩子另有父亲，便是那年轻英俊、威武彪悍、脾气火爆的战神玛尔斯。直到有一天蒙友人点破，才从玫瑰梦中醒来。赫淮斯托斯是个粗人，天天打铁，蛮劲是有一些的，脑子却不大灵光，尽管如此，大约也知道捉奸一定要捉双，否则凭打嘴仗绝非女人的对手。听了别人的主意，精心打造了一张细得看不见、结实得连利剑也斩不断的罗网，暗中布置在卧房，然后假称有事外出，骗得那一对宝贝情人赶紧共赴温柔乡，一夜翻云覆雨，不计其他，结果赤条条地陷在网中。

跛子老兄一战成功，不知受了哪位高人的指点，当即大发请帖，召唤众神来看热闹，好让一向蛮横的玛尔斯出出丑。众神在奥林波斯山上整日游手好闲，听报告，看文件，眼耳鼻舌身意“都淡出鸟来”，唯恐天下不乱，巴不得有点乐子好耍，闻讯齐刷刷地赶来，比参加宙斯大神的会议还整齐。一看之下，个个乐不可支，在一旁指手画脚，议论纷纷，把个战神爱神羞得要死，恨不得改个名号，重新做人。苦主赫淮斯托斯反而没人搭理，被晾在一边。

不料爱神赤条条的裸体实在太美，平时难得有机会看到，今日一见，当场就有几位动了绮念。

话说天上跑腿的小神墨丘利，人小鬼大，对身陷罗网的玛尔斯羡慕得不行，声称若是换了他这样和爱神挤在一起，别说是区区一层罗网，哪怕是三层罗网，带钩带刺，再加上所有的女神在一边嘲笑，他也不在乎。

老谋深算的海神波塞冬早已被维纳斯迷得七荤八素，但他不动声色，等到戏唱得差不多了，笑嘻嘻地出面调解，把一对可怜宝贝放出来，送了维纳斯一个大大的人情。

维纳斯很为墨丘利的大胆表白高兴，决定以身相报，事后果然主动上门，和他欢聚一宿，生下一个双性人小怪物。波塞冬的大恩自然也不会忘，后来为海神生了两个儿子。铁匠老兄呢，事过气消，矢口不提离婚，因为他实在太爱这位不断给他绿帽子戴的老婆了。

年轻诗人写爱神颂歌，说维纳斯的双眸闪着“纯洁的光芒”，“处女般的肌肤”胜过百合花，这话维纳斯自己听了都要发笑，她要是以自己为样板替这些患爱情饥渴症的多情种子射中一位少女的心，让她做他们的情人，可就够他们受的。

维纳斯之所以没有堕落到潘金莲那样不堪的地步，除了赫淮斯托斯的宽宏大量和天界社会风气的开明，作为女神，她还有一个绝招：去帕福斯的海中沐浴，便可恢复贞洁。这种通过沐浴恢复贞洁的方法，是奥林波斯圣山上的神祇们特有的。天后赫拉也定期恢复贞洁，不过她去的是阿耳戈斯附近的卡那萨斯泉水。

神必须贞洁，因此不断地恢复贞洁是必要的。但恢复的贞洁毕竟和原版的贞洁不太一样，我们因此只能称之为神祇的贞洁。作为凡人之师表的，往往是这一类的美德。百姓无知，常常错会了意思，反而胶柱鼓瑟。

还有一些人显然忘记了人神之别，以为别人玩的游戏自己也能玩，结果触犯了这忌讳那忌讳，名誉扫地事小，弄不好把脑袋弄得搬了家。

昔年美国的畅销书，有名为《男人来自火星，女人来自水星》者，大概是教导男女如何和谐生活的，很快有了中译本，且不止一家。但你若看英文原名，则是《男人来自玛尔斯，女人来自维纳斯》，是不是有点巧合？憨大哥赫淮斯托斯呢？根本就没他什么事。玛尔斯和维纳斯双双在网中，这就是美好的生活。

告别天空

杜鲁门·卡波特的中篇小说《蒂凡尼的早餐》，讲了一个“开了蒙”的乡下女郎来到大都会“个人奋斗”的故事。霍丽·格莱特利年幼时丧失了亲人，和弟弟逃荒求食到道克的农庄，为道克所收留。道克是一个憨厚朴实的庄稼汉，妻子早逝，留下一群孩子，家里无人照应，生活一塌糊涂。过了不久，年方十三岁的霍丽，就给道克做了老婆，当了那些比她还大的孩子的“妈妈”。

农庄里的生活艰苦、原始，没有交际，没有娱乐，这些对于道克是再正常不过，但霍丽天性里却有着一些不同的东西。比如说，婚后她唯一的消遣，也是她与众不同的地方，是爱看电影杂志。电影杂志为她提供了外面世界的信息，她开始心情郁闷，喜欢一个人出去乱走，其结果是越走越远，终于有一天，她一去不归，从此再无消息。那时她才十五岁。

霍丽只身闯入纽约，在演艺界和社交圈子里混，多年下来，混出了不大不小的名头，裙下有一大帮仰慕者，享受她的美貌，供给她上流社会的生活。这些人中既有大亨，也有骗子，更有黑社会的人物。自恃有些小聪明的霍丽，以为她可以从容周旋其中，永远过这种无忧无虑的声色犬马的日子，岂料无意间充当了黑帮大佬的传信密使，成了警方抓捕的罪犯。霍丽无奈，只得借保释之机，仓皇逃往南美。

霍丽在名利场中终有厌倦的一天，当她企图为自己寻找一个安定的归宿时，才发现从前的海誓山盟全不作数。她去南美的机票，就是一个已决定要娶她、却在最后关头变卦的“有情郎”留下的，那原本是两人预备双栖双飞的。

卡波特小说的叙述者是个与霍丽为邻的作家，他和霍丽始终保持在亲密朋友的关系上。小说结尾，作家在一个风雨之夕送霍丽到机场，那时他十分清楚，霍丽的梦已经做到了头，没有人再能够挽救她了。他心中对霍丽的那点隐约的爱，变成了此后岁月中同样隐约的叹息。

然而霍丽的故事没有完。

三十年代与海明威齐名的斯科特·费茨杰拉德，被誉为“爵士乐时代”的桂冠诗人，他的作品集中地描写了“美国梦”的缤纷绚丽和这个激动了千万人的梦想的幻灭。我大学刚毕业时，学英文偶然读到他的一个中篇《富家少爷》，透过表面的热闹，那种深入骨髓的凄凉感让我惆怅不已。有了这个底子，后来读他的《了不起的盖茨比》，心里就淡然多了。我不知道美国人当年一窝蜂地争阅此书，以及更一窝蜂地涌向电影院争看由初出闺门的米亚·法罗主演的同名影片，究竟是什么感觉。他们津津乐道的，究竟是灯红酒绿下的衣香鬓影，还是酒醒人散后的空虚寂寥？

费茨杰拉德 1896 年出生于明尼苏达的圣保罗，就学于普林斯顿大学，之后参军服役，服役期间爱上一位富家小姐泽尔达，因为贫富太悬殊，很遇到一些波折，给了他极大的刺激。费茨杰拉德于是发愤写作，终因长篇小说《天堂的这一边》一举成名，和泽尔达的婚事也水到渠成。婚后，费茨杰拉德夫妇“生活阔绰，纵情享受，常常宾客盈门，觥筹交错，并长年侨居欧洲。但由于挥霍无度，终致入不敷出，生活便从欢乐转入悲惨。泽尔达因精神病多次发作被送入精神病院，费茨杰拉德也沾上酗酒的恶习，意志日益消沉，1940 年心脏病猝发去世，享年 44 岁”。（唐德清：《了不起的盖茨比·夜色温柔》代译序）

费茨杰拉德本人的故事比小说更像小说，不过结局太圆满，因此也就太平庸。这样的结局是写《马丁·伊登》的杰克·伦敦梦寐以求而又求之不得的。比起杰克·伦敦，费茨杰拉德运气“太好”，可是运气太好也是一种磨难，同样需要坚强的意志和高度的理性，才不至于被吞灭。费茨杰拉德有才华，但显然没有太高的理想，我相信他也算不上强者和智者，他连酒精都打不过，又能有何作为？

英年早逝的费茨杰拉德，以自己不幸的死为这段传奇涂上了一层意味深长的蓝色，否则真的是乏善可陈。

好莱坞把《蒂凡尼的早餐》拍成电影，知名度远远超过卡波特的原作。奥黛丽·赫本纤纤玉指夹着细长烟管的剧照，在街头小店比比皆是，《月亮河》媚人的旋律也时时可闻。在电影里，霍丽变成了一个出淤泥而不染的活泼纯真的小女孩，乔治·佩帕德扮演的作家本来受着一个半老徐娘的供养，感于霍丽的清纯，毅然改变了过去的生活。不用说，爱情是一定要发生的，小说中的旁观和叙述者在此变成了翩翩情郎（乔治·佩帕德确实够光鲜的），小说高潮的雨中送行，本来一派凄凉，在电影中则被修改为：

在坐出租车去机场的路上，霍丽毅然将自己养了多年的猫丢弃在路边，抹抹眼泪继续前行，作家则冷冷地在一旁观察，心中不无痛心和鄙夷。车子在哗哗的雨声中似乎没完没了地往前开，霍丽的表情越来越悲哀，越来越激动，终于，正像所有观众所期待的那样，恰到好处地，霍丽一声娇喝：停车！推开车门，一头扎进暴雨中。她叫着猫的名字，在成堆的纸箱子中搜寻，当那只瑟瑟发抖的小东西终于回到她的怀抱，她全身湿透，喜极而泣，作家的眼里露出柔情的光芒。可以想象，整个剧场都长长地出了一口气。霍丽幡然悔悟，她不走了，不去南美了！她眼含热泪和作家紧紧拥抱。此时镜头从高处拉开，雨中的曼哈顿那么美丽，缠绵的主题曲自天而降，不容置疑地告诉所有善良的观众：他们将幸福终生。

套一句时髦的说法，商业文化就是这样“消解”文学的。三十年代末的电影版《巴黎圣母院》，编导们就敢把结尾改为大团圆：钟楼驼背在起义群众的帮助下，救下吉卜赛女郎，然后是革命的狂欢。

在卡波特的小说中，霍丽的故事还没有完。

很多年之后，作家在同与霍丽为邻的摄影家那里，看到一具从非洲带回的土著的木雕。木雕的形象，尽管经过了变形，但还是能看出，那不折不扣就是霍丽。摄影家当时曾向土著人打听，得知确实有那么一个白人女郎，和两个白人男子一起来过这里，根据描绘，更可确定是霍丽没错……这里面有很多悬念，我们不知道霍丽是怎样一路混到这个样子的，到非洲是愉快的游猎，还是被迫的流亡？她最后的踪迹不得而知，但显然凶多吉少。在旁人，存在着无限的可能性；在关心她的人，她的遭际有令人怅惘的暗示……

在书中，霍丽把自己比喻为一只无法驯养的野物。道克从乡下找到城里，找到霍丽，天真地希望把她从天上拉回地上，希望她回家。霍丽告诉道克，他过去一直喜欢收留那些受伤的野生动物，真诚地对待它们，以为这样能把它们留住，这是一个巨大的错误，他不知道，野物永远是野物，你改变不了它们。结果，每一次他倾注了无数心力救助的野物，比如一只鹰，在养好了伤之后，最终都会离开他，飞上天空，他只落得个眼望天空发呆的下场。

至于天上，霍丽在为道克送行，举杯为他祝福时是这么说的：

好运气，最亲爱的道克，相信我的话：抬头仰望一下天空是不错，但最好不要置身其中。这样一个空旷无际的地方，这样令人茫然。一个只有雷电穿行的国度，万事万物全都在里面消失无踪。

2001年1月4日

昔游

我在那些奇怪的夜晚遇到他们
太熟悉了，不需要问候
也许倾谈了很久，直到露珠满天
也许视若不见，宛若路人。

在分手时礼貌地一笑
他们的面孔似乎令人不安
熟悉到不愿重温，陌生到难以回避
高贵中藏着未来的丑闻。

——嘉忆，2007

天宝三年，公元744年，杜甫三十三岁。那年夏天，他在洛阳第一次见到慕名已久的李白。秋天，杜甫、李白，加上高适，结伴同游梁宋。一年后，杜甫漫游东鲁，再度与李白相逢，度过了一段极其亲密的日子。白日把酒论文，夜晚抵足而眠。这是杜甫一生中少有的放浪形骸的快乐时光，值得他晚年一再追忆。漂泊西南的十年，高适和他时相过从，生活上大概也给他一些照顾，尽管贴心的程度不如严武。而李白此后天涯奔窜，居无定所，流言纷纷，生死无闻。杜甫后来所有关于李白的诗，都流露着生死永隔的哀痛。“魂来枫林青，魂返关塞黑。”写得鬼气森森，寒凉入骨。至情至性之人，每于伤悼之中不能自拔，然而悲人悲世而不自悲。仁者胸怀，深广远大，超逸乎文字之外。人以为自伤身世者，若只是自伤身世，不过一弱男子弱女子，嘤嘤于书房或闺中，终不能使闻者颜色沮丧，天地为之低昂。一己之得失，尤其是牵系在欲望上的，纵然美轮美奂，毕竟太小。杜甫写了那么多哀悼的诗篇，哀悼的不仅是李白，也包括那些遥远的政治人物和军事将领。他是在哀悼一个时代，或者也不是时代，是机运，是人的事业在历史上微微弹起的一点波痕。

相信很多人都做过与古人遇合的梦。伍迪·爱伦在《午夜巴黎》中借助这种遇合一诉其怀旧情怀，同时也宣告了个人的衰老。怀旧总是高尚的，因为无利可图。但《午夜巴黎》中功不成名不就的小作家，既希望前辈名流的指点和引介，又期待理想的爱情——完全非物质主义的巴黎女郎，这就相当实际。可见在如今，怀旧也不一定可靠。由于困难，难得纯粹。当然，曾经要多世俗有多世俗却又聪明得一塌糊涂的伍迪·爱伦先生，牛排肯定是啃不动了，坚果也不再齿颊留香，二十世纪二十年代的巴黎，以及更早的，早到印象派霞光初露，早到拿破仑三世时的浮华和优雅，对于他，彻底变成了一个符号，而且意义绝不超出符号自身。在这种意义上，伍迪·爱伦和毛姆笔下《刀锋》中的美国人艾略特·谈波登也没什么两样。老好人谈波登信奉的格言是：人死后进天堂，美国人死后去巴黎。他说，巴黎是世界上唯一适合文明人居住的城市。

巴黎有文学。巴黎有艺术。巴黎时尚。巴黎有最好的咖啡和葡萄酒。

巴黎的街道，巴黎的小店，这一切，归为一个词：巴黎是风流的。

但它们都是时代的产物，像对开的曾经风华绝代的书页，已被时光之手不经意地合上了。

关于酒吧、咖啡馆、旅馆大厅、贵妇人的沙龙和舞会的油画多不胜数。画面上的人彼此陌生。他们衣冠楚楚，端着酒杯，或指间夹着雪茄，交谈着，观看着，端坐着，身体相亲或距离遥远，目光在画布之外交集。他们同时又是朋友、情人、私密的仇敌、暗恋或暗自怀恨的人。

但没人否认他们彼此是陌生的。

他们也未必属于同一个时代，同一个世界。

他们之中必有回到过去的人，与古为徒，在浓密的烟雾和暗淡的灯光下，和他们热爱的古人交谈。他们不谈具体的事，不谈个人，没有介绍和寒暄，话一开始就深入主旨，好像在继续上一次没有谈够的话题。又因为他们相知已深，那些话语是零散的，不需要过渡和连接。有时他们只是随便提到一个名字，一首诗中的一句，其中一个人的眼光向远处一扫，立即收回来，另一个像是点了点头，又像是为了凑近拿起的杯子。总之，他们走动，在不同的群体间交错，随时离去，随时出现。不见得都是午夜，但记忆里也从没晨光熹微。时间是水，从一个杯子到另一个杯子，化为汽，凝结为冰块，凉得指尖颤抖，捂得心头温暖。

我总是这样无来由的。

和高李同游梁宋那年，杜甫三十三岁，李白比他大十一岁，高适还更年长，已经四十五岁了。对于李白，年龄不算件事。他一向率性而为。高适稳重，年纪又最大，虽有满腹牢骚，却出语温和，喜言王霸大略，务功名，尚节义。他肯定没有想到几年后会飞黄腾达，一直做到成都尹、剑南西川节度使，封渤海县侯，成为唐代大诗人中官职最高的一位。

常常把高李杜的壮游想象成刚来美国时留学生喜欢的野餐：开车到近郊，找一处山清水秀草绿花繁之地，铺布单于树下，喝啤酒，烧烤，高谈阔论。唐朝没有汽车，他们三位也不骑马。春光融融，信步走过宽阔的草地，走上山坡。李白不用说，昂首阔步冲在前头，高适稍落后一两步，在李白的右侧。他们谈兵，谈管晏和诸葛亮，谈朝廷的领兵大将，胡人彪悍，一枝独秀。李白不时要把鲁仲连拉出来展览一下，由鲁仲连扯到张良，而张良神话的重心不在运筹帷幄，而在授兵书的桥上老人。其次，还有张良的形象，“状貌如妇人好女”。桥上老人自然是仙道一流，而皇上也曾游过月宫的。

高适对鲁仲连没有兴趣，桥上老人他也不信。至于皇上有没有游过月宫，那不重要。《霓裳羽衣曲》偶尔听一次，大概还不错吧。

杜甫一个人落在后边。他背着所有的物件：酒和食物，铺地的席子。酒酣高歌劲舞，当然要带两把剑，一张琴。傍晚可能起风，那么，每人还得加一件袍子。当高李停下脚步，争执得不可开交的时候，他慢慢赶上了，听清楚他们的话，大多是李白的话。李白喜欢高声，旁若无人地喊叫，手舞足蹈。这时候，高适总是笑笑，然而不置可否。在李白以为已经说服了对方时，他其实寸步未退。

杜甫的理想是做一个谏官，一个道德主义者，一个孔子一样大节分明、温文厚道的长者。他觉得诗是他唯一玩得尽兴的游戏。他奇怪的是李白有旷世无二的才华，超过了鲍照、何逊、阴铿，也不亚于他最佩服的庾信，却并不把诗当回事儿，也许是得之太易吧。

他们当然也谈诗。杜甫心里想：李白总是说建安风骨，骨子里他也相当接近曹氏父子，可他自己偏偏口不离小谢，这也不能说不对，李白是可以像小谢一样秀丽飘逸的。他甚至有点郭璞，不过郭璞是站在地上的游仙，李白才是真正飞起来的。曹氏父子的游仙大气又质朴，那是汉人的境界。经过了南朝几百年的陶养，我们回到汉人已经不可能，然而李白身上确实有汉人的影子，这就是奇迹了。未经人为的，叫作“天”。李白的诗，该是天成的吧。

高适太像王粲，一步一步，很稳。

建安时代还没有苦吟派，南朝则很多。李白说，苦吟是缺乏才气的表现。这话最初很使杜甫沮丧。他是把李白看作亦师亦友的。想到谢灵运和庾信，他多少恢复了一些信心。谢庾两位的诗告诉他：苦吟也可以达到一种境界，那就是，通过限制而自由。放纵就是自由吗？未必都是。那么，限制亦然。自由就是，凡我所行皆成路。当格律变成个性时，谁能说是格律限制了我，还是我生成了格律。

“忆年十五心尚孩，健如黄犊走复来。庭前八月梨枣熟，一日上树能千回。”

不能想象这是小时候的杜甫。而李白用“飞扬跋扈”形容杜甫，也予人匪夷所思之感。

一方面是“胡姬压酒唤客尝”，一方面是“青娥皓齿在楼船”。那些年，杜甫三十三岁，李白则一直青春着。相对的，高适的青春五十岁才开始。

十九世纪的德国大指挥家汉斯·冯·彪罗，将巴赫、贝多芬和勃拉姆斯称为古典音乐中的“三 B”，因为他们姓氏的第一个字母都是 B。其中的后二 B，一直是我的心爱。我也可以添上布鲁克纳，凑成自己的“三 B”。布鲁克纳是年纪大了才慢慢喜欢上的，喜欢他的笨重和冗长，喜欢他的缓慢和固执。这一切，构成他的憨厚。得道者，要么天生才智过人，心有灵犀，要么满脑袋呆气，踏实而固执，近于愚笨。可见最近的路就是最远的路，而最远的路就是最近的路。最不可靠的，是既不够聪明，又不够笨。世人以为和自矜的，就是这样的聪明。不过，对布鲁克纳的喜爱，无法与对贝多芬和勃拉姆斯的相比，正像高适在我心目中不能和李杜相比一样。放在十年前，对于布鲁克纳动辄长达二十多分钟的慢板，我是没什么耐心的。现在，时间并没有更丰裕，但我学会了从容，学会了等，学会为了辉煌壮丽的几分钟的高潮，在几十分钟的轻抹慢捻中抽枝长叶。

那天，在回程的地铁上，听着勃拉姆斯的《第四交响曲》，读新买的第二和第三交响曲合集的唱片说明书。看到一处，乐不可支。

且说勃拉姆斯是个创作态度极为严谨的人，作品不厌修改，务求完美。他对贝多芬敬佩如神，家中供奉着一尊贝多芬的大理石胸像，俯瞰着他的写作之处。贝多芬的九首交响曲丰碑在前，朋友和民众都期待他踵武先哲，写出像贝氏之作一样深刻庄严的作品。对此，勃拉姆斯感到很大的压力。从 1854 年二十一岁时开始动笔，第一交响曲的完成，至少花掉了他十四年时间，到 1876 年首演时，他已经四十三岁。

第一交响曲的成就立即获得大批评家汉斯力克的肯定，彪罗称之为“贝多芬第十”。第一交响曲和贝多芬作品的密切联系是显而易见的，它和贝多芬的第五一样，都是强有力的 C 小调，结束于经由斗争而获得胜利的 C 大调，命运的动机也来自贝多芬的第五，而终曲的主题则和贝多芬第九的终曲如出一辙。当人们指出这一点时，实心眼的勃拉姆斯颇为郁闷，觉得这像是在指责他“抄袭”，实际上，他引用贝多芬，意在表达对乐圣的敬意。

使我觉得可乐的是他嘟嘟囔囔说出的那句话：像贝多芬？傻瓜都看得出来。

第二交响曲不搞英雄与命运搏斗最后赢得胜利那一套，结果，人们说，这是勃拉姆斯的“田园交响曲”。事情还没完，刚正爽利的第三，又被比为贝多芬的“英雄”。只有最后一首，不那么容易听的第四，没法简单地套贝多芬了。第四沉郁而雄壮，和贝多芬的区别，好比杜甫和李白。

听勃拉姆斯，我想到易经的乾卦：刚健中正，像日月星辰的运行一样精确严密，像物理学基本规律一样气魄宏大，同时简洁优美。这一点，贝多芬也不见得处处都能做到。勃拉姆斯之后，则再无第二人。

事实上，勃拉姆斯的音乐语言也像易经大传，精确，严密，刚劲，锐利，节奏明朗，有不容置疑的权威感，然而不失温暖和亲切。以后世的散文作比，他非常接近韩愈，也有蒙田的精神。以诗作比，秀丽大度如王维，织体绵密如老杜，胸襟恢宏如半山老人。有人说他骨子里是有感伤的，比如在他第二交响曲的第二乐章。他的室内乐多半委婉深曲，不是欲说还休，而是始终保持节制。在勃拉姆斯这里，我终于明白：节制不仅出于自尊，也和矜持无关，节制是一种高贵。

知道节制，勃拉姆斯有多少情绪，都能安排得像几何一样纯净。没有冗余，也不缺乏。在他的交响曲任一乐章的中途，我都无法停下来。不是沉迷于哀伤缠绵的旋律，而是他的音乐织体太强大，不可能撕裂打破。我走在路上，戴着耳机听，时时要为他的曲子多走一个站，只为了把一章听完。

有人对我说，你喜欢勃拉姆斯，是因为性格相似。

勃拉姆斯的性格和习惯，一般都会提到的有几点：

他和贝多芬一样热爱自然，喜爱在维也纳郊外的林中散步。他终身未娶，对小孩子有特殊感情，随身携带糖果，散发给他们。不擅长和成人交往，他的学生古斯塔夫耶纳说，有人说他脾气不好，那是不确切的，勃拉姆斯是一个再可爱不过的人。他对朋友讲义气，很大方，自己的生活却很简朴，尽管他成名后相当富裕。他住一套不大的公寓，乱糟糟地堆满了乐谱和书。一位管家替他清扫和做饭。他留大胡子，穿便宜的衣服，不穿袜子，人们常以此拿他开玩笑。他把很多钱用来资助朋友和学生，唯一的条件是要他们保密。

和康德相似，勃拉姆斯的一些生活习惯终生不变，而且精确。比如说，维也纳的“红豪猪”酒馆，他每日必去。他走路时永远背着手。由此传下一张漫画：勃拉姆斯负手而行，身边跟随着一只红色豪猪。

庄子在《田子方》篇讲过温伯雪子和孔子的故事。温伯雪子到齐国去，经过鲁国，鲁国人纷纷慕名求见，孔子也去了。见面，却不发一言。子路觉得奇怪，孔子解释说：若夫人者，目击而道存矣，亦不可以容声矣。

还有一个故事。孔子见老聃，倾谈甚久，出来后，大有感叹，对颜回说：我对世界的认识，不如醋缸里的小虫（醯鸡）。如果不是他老人家替我揭开盖子，我哪里能知道天地的真容。

敢于承认自己是醯鸡的人，是人中之杰。当有人“发其覆”的时候，他跃身而出，从此优游于大漠广野。旦暮之间，得遇发覆之人，是珍罕的缘分。

但仅有缘分还不够。缘分到时，你必须早已准备好。这是双重的罕遇。

如果没有缘分，怎么办？

你自己破覆而出。

勃拉姆斯和写圆舞曲的小约翰·施特劳斯是终生好友，就在他去世前，还挣扎着想去看施特劳斯轻歌剧《理性的女神》的首演。韩愈表达对孟郊的仰慕时说："吾愿身为云，东野变为龙。四方上下逐东野，虽有别离无由逢。"勃拉姆斯推崇施特劳斯的《蓝色多瑙河》，说愿以一切所有换此一曲。他曾在为人签名时抄下《蓝色多瑙河》乐谱的开头几小节，后面注以"惜非勃拉姆斯所作！"

至情至性之人，必有世俗难解之所为。认为凡事皆有正当理由的人，纵然从蚂蚁成长为一列火车，他一生之全部所为，不如改变一朵花的颜色。

2012年4月24日

满目山河

施特劳斯的《最后四首歌》听过很多遍了，看配上画面的光盘，却是第一次。几分钟的一小段，彻底颠覆了过去多年自以为是的悲秋情绪。小园僻径，落叶纷飞；寒霜铺降，月色满地，原来都不是。每个人都有他落寞的时候，即使是在辉煌热闹到不堪的得意之日。落寞也和日常生活无关，那似乎是一种预防机制，避免精神偏欹到不可救药的轻佻——然而这里也不是。在《最后四首歌》里，演唱者没有亮相，画面是“二战”临近结束的影片资料，黑白，缓慢，沉闷，而且忽闪忽闪的。

黑压压的难民在公路上无声地走，背影上写满惊惶和绝望。早年的摄影，人群走动时，身体像企鹅一样左右摇摆，迟钝而笨拙。然后是灰蒙蒙的阴雨天气，看不出是黄昏还是正午，道路泥泞不堪，绵延到无边无际的灰色和朦胧中去，撤退的士兵垂了头，麻木地往前走。一些车辆被挤到路边，陷入泥地，一个军官指挥着士兵，试图推出来。从近景可以看见军官的面容，端正而苍白，大盖帽，呢子大衣，仍然一丝不苟，但能想见已被汗水和泥土沾染了。

从军官的大衣知道这是严冬，天地之间浑然一片，被炮火犁过的土地，寸绿不存。

然后是从天空（轰炸机的视野）俯瞰的城市，炸弹雨点般地洒落，一朵朵死亡之花绽开，大地扬起一团团粉尘，奇怪的是完全没有声音，只有歌声在惊惶和绝望的面孔上飘浮。镜头回到地面，在废墟上漠然扫过，到处是坍塌和半坍塌的建筑。半边残缺的教堂，惨不忍睹如一具半边残缺的人，血淋淋地与观者四目相对。我想到德累斯顿，但无法肯定。这么老的资料，也许是“一战”的遗留。本来也没什么区别，甚至不一定非得是在德国。

实在想不到，文人抒情小品式的《最后四首歌》，竟然如此悲哀。

施特劳斯的垂暮之作本来就是告别和哀悼的，说它悲哀理所当然。但我很少去想的是，它可以悲哀得如此广阔，如此大，如此深，如此重。

一直喜欢伊丽莎白·施瓦茨科普夫纯正和甜美的嗓子，那种诗意的哀婉，仿佛宋末的慢词，尽管悲，总是以诗意为主，因此是优美的，能够面带微笑地听。黑塞和艾兴多夫此处的诗也是淡淡的。寒日西沉，孤帆远引，都是司空见惯，算不得惊天动地。文字的意思，到此不过如此。

但光盘看过，施特劳斯最后的歌就和这些意象永久地连在一起了。暗香弥漫的诗意原是我的以为和期待，你怎么可以从一个人的告别和伤逝中期待那么多针对你的安慰呢？

我找来杰西·诺曼和冈杜拉·雅诺薇芝版与施瓦茨科普夫版一起反复听。歌曲的情绪是渐进式的，越听越悲切。每一遍听都在加深这种感觉，直到疲倦得不想再听。

从此我知道，听《最后四首歌》，好比走向一座花园，一遍是一道门，一步步走进幽深，那才是施特劳斯的世界，或者说，那才是上苍借施特劳斯之手展示给我们看的世界。

有毛病的日子，问题接踵而至，必须打起精神，一一排解。

根源最终还在自己——不断地想，不断地想，满怀希望，同时又处处躲藏。

难以忍受的无尽的厌倦之感。无意义的重复，被人当作白痴或被迫转头向白痴看齐。人有时是孤独的，不可避免。

我愿意一个人来分享我的孤独，胜过分享我的欢乐。毕竟欢乐来得更容易些，而孤独则难。云飘在天上的时候多，沉落在地上为雾为湿气的时候少。

愿人以安静与我分享，以善良与我分享，以一句问候、几句对答，以随意的一笑与我分享。更深入的世界，不是言语可以到达的，除非言语仅是一个幌子，除非言语还将被超越。存在被感知的时候，就获得了自身之外的意义。但言语必须被超越。

人为彼此而存在，快乐地活着，甚至因为责任而快乐，因为有所为而快乐，因他人的快乐而快乐。

彼此存在，彼此感知。

于是相视一笑，莫逆于心。

夏天坐在小餐桌旁向窗外看，看见的是楼下路人一律的头顶。雪松的枝叶横于其上，他们的走动闪烁多姿。他们永远在高谈阔论，用不同的语言。夏天就在满世界的喋喋不休中变得沉甸甸的，让人睡意昏沉。

其实很多人并不是和一个同伴交谈，而是和手机交谈。和手机交谈使他们严肃和潇洒，话题也从日常生活的平庸中解放出来。无论声调、语气、表情和步态，他们看上去总离不开修订宪法、五年计划以及如何从伊拉克体面地撤军等重大内容。所以，我经常看见的是他们紧绷着的脸、僵直的身体和笔直的行进路线。幸好手机时代之前的伟大预言家们未雨绸缪，规划的路一律是直的。假如路是圆的，真难想象他们会走到哪里去，走到哪一天。

公寓对面的一家，是一对南方夫妻。吵起架来，如上演大歌剧，鼓之以雷霆，润之以风雨，欲罢不能，天地变色。女声好似《一八一二序曲》中的“马赛曲”，起而激昂雄壮，终至灰飞烟灭。男声则如拉威尔《波莱罗舞曲》中的那个简单得不能再简单的主题，靠着固执和坚持，由涓涓细流而怒涛澎湃，最后统领一切。

他们任何时候都吵，而以半夜为多。相信周围的几栋楼都知道这对战斗夫妻。总有四五年了吧，楼道和电梯里见过那位永远在固守马其诺防线的女士，中年，微胖，稍矮，很温吞水的样子，脸上没有表情。奇怪的是从来见不着那位男士，每次沉浸在他漫长的咆哮声中的时候，我总是不由自主地想象他的模样，最终的显影是，一个小个子，瘦，肤色较深，上衣好像一直短了一截。听声音，他应该比女人年轻。

一个夏天的周末，他们照例吵得甚欢的时候，有人打电话把警察叫来了。我从街上回来，看见楼门口停着警车，已觉吃惊。上楼走近，看见他们的门开了一条缝，一个胖墩墩的警察守在门外。不一会儿，里面出来两个瘦警察，一男一女。没有带走人，但他们从此休战了几个月。再以后，一切照旧。楼里的老住户都是极有耐心的人，否则不会忍耐这么多年。既然警察都无可奈何，大家也就认了。

忽一天，这家里多出一个更年轻的女人来，进进出出了一些日子，然后又不见了。不管怎么说，叫骂声是少下去了。

我不善观察人，也不爱观察人，觉得别人的生活距离太远，而且能够看到的，不外乎那些琐碎的东西。运气好的时候，碰到一个读者文摘式的感人传奇，或看了一部未剪辑的欧洲艺术影片。

因此，我也不在乎怎么被人观察——假如有这样的观察者——我觉得人和人不同是世界上最重要的事，就像我们不希望看到办公室的几十个人全都长着一样的面孔，穿着完全相同的衣服一样。

但是，该让你看到和听到的，一定会送到你眼前和耳边。

那么，任何偶然都是有意味的。在人的一生中，耳闻目睹的事有限，那么，每一件纳入知觉范围的事，每一个相逢并相识的人，必然有其含义。

起初我在曼哈顿四十街交第五大道处上班，顺路常去四十六街的 HMV 看唱片，遇到减价，挑上一两张。古典音乐部设在地下室，隔音，贴墙的沙发座舒服，营业员选放的多是冷僻的曲目，听着新鲜，而他们的音响实在好，又开得那么肆无忌惮，让人听着痛快。午饭后，溜出去一会儿，一张张唱片细细翻看，一天的上班缩减为对去的期待和事后的回味。和在布莱恩特公园一杯咖啡在手的闲坐一样，同是在忙碌而日日重复的工作中寻得的一点乐趣。

但好景不长。两年的工夫，HMV 关门大吉，所有存货清仓处理，从一折开始。打折到全场百分之二十的时候，买了一套卡拉扬指挥、施瓦茨科普夫主唱的《玫瑰骑士》。到全场百分之三十的时候，厂牌稍好的唱片被一抢而空。美国人的一窝蜂购物病真是没救，有些很烂的版本，只因为打折，大家都去抢，买回去，扔在角落里，一辈子不会听。我特别想要的曲目不多，连续去了几天，只拣得两张哈恰图良，纯粹是可有可无的东西。

再以后，只好去林肯中心的塔楼唱片店。塔楼地段好，是家超级大店，唱片种类多，卖得贵。寻常时间，宽敞的大厅里顾客寥寥。他们也放音乐，但声音开得低，曲目更巴洛克一些。我仍旧看得多，买得少。买，也多是买廉价版、旧版，买分量足的双张，好在细微的音质差别我不在乎。

看上去财大气粗的塔楼，去年也关了。在那之前的夏天，我无事在家，闲逛时见到他们招人的广告，颇为动心。做一家唱片店的售货员，天天在唱片堆里转，钱多钱少问题不大，感觉舒服。如果不是机票已买好，要回国了，兴许真会去应聘呢。

唐人街往南的J&R，据说唱片便宜，但我没去过，从来提不起精神去，也许以前跑移民局往那一带跑得太多，早已厌烦了。各大书店的古典音乐唱片基本是应景的，很难挑到自己想要的，在这种情况下，只好把目标转向联合广场附近的学院唱片店，一家二手唱片店，相当有名吧，因为顾客看起来多是熟客，塞得满满的货架上也不乏好东西。除了便宜，更吸引人的是能找到几十年前的旧版。听旧版，觉得踏实。

很多烦恼都是自己惯出来的，不仅仅是买唱片。和其他的烦恼比，唱片真好比一场不痛不痒的感冒。不可能的事情千万别去招惹，除非你愿意把失望当作嚼过的甘蔗反复咀嚼，而且能从残渣中品咂出幸福。有时候我差不多就这样劝慰自己了：管它呢，难道这不是你心中之至爱吗？难道它不值得？难道它不美？愚蠢的憧憬也会使人常葆纯真之心和智慧，使人免于湮灭在无穷尽的琐屑的生活细节中，这样的烦恼不是应有的代价吗？

诚然如此。诚然如此。可哪里是个头啊？没有尽头，根本就没有。戏演完了，总得收场。收场之后，一无所有。他们可以从头再来，我们不行。我们不是没有本钱，但上帝不会永远站在我们这一边。

住在隔壁的老太太喜欢歌剧，时常在家放唱片。我多数时候听器乐，歌剧偶尔也放。多年前某一天，在走廊上，她笑眯眯地说，昨天你放的歌剧真好听。真好听？不可能，那是瓦格纳。我想，她一定是在委婉地提醒我，声音太吵了。我因此废弃了大喇叭不用，改在电脑上听。后来知道，她真的喜欢歌剧，她放唱片的时候，走廊里也是听得到的，只是我一直没留意。喜欢瓦格纳，有何不可？

昨天像影子一样亦步亦趋，从来没有渐行渐远以至彻底消失。无数的昨天，彼此重叠，像女人佩戴的硕大的耳环，清晰地晃，清晰地响。目光总是比已经到达的更远，时常超出个人的能力。相对于天真的愿望，我们能够做到的，我们有勇气做到的，实在少得可怜。相对于愿望，一生不够，加上来生，还是不够。世上的事，总归要带点无奈、带点哀伤的色彩才美好？才不落俗套？

最难逾越的障碍，是不能成为自己希望的那个人。

说实话，人的未来毫不神秘。如果说二十多岁时还存在着多种可能性的话，三十岁以后，残余的悬念全部揭开了，剩下的无非是按照既定的路往前走。所谓而立之年，就是一切都已确定的意思。在那之前，人还只是一个姿态，盘弓欲发，还在犹豫，憧憬，不知道该把箭射往哪一个方向，射多高，射多远。在那之后，垂手收弓，有人踌躇满志，有人四顾茫然，但大势既定，具体的结果能有多大意义？我们的确无法预见未来生活无数细节中的每一个，但那有什么关系呢？细节带来的，无论欢喜还是失望，都有限。

此后的十年、二十年，我们品味这一切，生发无限的激情，耗费无限的冥思，最终认可了早已看得清楚的图景。于是不惑。种瓜得瓜，种豆得豆，再糊涂的人，也不会指望黄瓜藤蔓上结出苹果。人是什么？人就是自己一生造就的那个东西，人就是在抗拒和接受了无数诱惑、抵挡和顺从了无数压力之后亲手造就的那个东西，不多也不少。

奇遇当然有，奇迹也会出现。上帝不让人绝望，这点仁慈他还是有的。我知道奇遇和奇迹在每一个路口等着我，我坚定地往前走，是明智的，我是一个幸运者；我知道不可能有奇遇和奇迹在每一个路口等着我，我坚定地往前走，是有勇气的，我是一个世俗意义的英雄。

因为明智而幸福，和因为勇气而幸福，归根结底无关紧要，重要的是幸福了。幸福更不在于是被人羡慕还是被人钦佩。

刚读完哈罗德·勋伯格的《伟大作曲家的生活》。据勋伯格先生讲，理查·施特劳斯是个一辈子在金钱上斤斤计较的家伙，他为作品索取报酬几乎到了厚颜无耻的程度，他在计算收入的过程获得的幸福感可能超过他完成一部作品，哪怕是一部伟大的作品。由于夫人出了名的强悍，施特劳斯甚至不能偷懒，因为那位明白作品意味着钞票的聪明女人，总是在施特劳斯与朋友把酒言欢、高谈阔论时厉声说：理查，去作曲吧！

这样的施特劳斯，《玫瑰骑士》出自其手恰如其分。可是《死亡与升华》《变形》《查拉图斯特拉如是说》以及《唐璜》，不像是他的作风啊。《英雄的生涯》有点浮夸，《堂吉诃德》不妨看作游戏，可是《最后四首歌》，这是一个全然不同的施特劳斯。假如勋伯格所言不虚，我只好用荣格的理论来解释。荣格说，伟大的文学家、艺术家、哲学家，他们写出那些伟大的作品，不是由于个人的天才，而是一个民族、一种文化，通过他们自我表达。他们是民族的代言人，是民族精神的物质体现。正因为一个凡人承担了如此庄严的使命，远远超过了个人能力，他们常常过早崩溃，或在日常生活中表现出种种怪异和荒唐。所以，作品的伟大与具体的创作者无关。

但我更倾向另外的看法。我相信一个人可能过几个人的生活，也就是说，一个人可能有若干化身，每一个都真实不虚，每一个都是那个完整个性的一部分，无论他们表面上多么矛盾。他以一个小小办事员、一个游民、一个手艺匠的身份出现时，是平凡的，但作为一个思想者、一个创造者，在另一个世界，在一个民族、一种文化的历史上，他不容置疑地伟大。

作为其中的一个人，我在生活。但其他的那些生活形态，我不知道在哪里，更不知道它们是否存在。有一天，我要唱出自己最后的歌时，我不知道该向哪一个自己告别，更不知道代表谁来告别。时代永远在消逝，即使不那么惊心动魄，但却同样真实，同样令人黯然魂销。

2007 年 6 月 10 日完成，7 月 4 日改定

周氏兄弟和龟鹤齐寿钱

周氏兄弟都喜欢集古物，鲁迅仅收藏的古物拓片，就有六千多张。周作人在《骨董小记》里说："古器物中显然可以分两部分，一是古物，二仍是古物，但较小而可玩者，因此就常被称为古玩者是也。镜与明器大抵可以列入古玩之部罢，其余那些玩物，可玩而不古，那么当然难以冒扳华宗了。"小而可玩者之外，还有一类，如书画、明清官窑瓷器、殷商的青铜器、善本书等，价值连城，不是一般人"玩"得起的，很难还称之为"古玩"。像潘祖荫收藏的大盂鼎、陈介祺收藏的毛公鼎、张伯驹收藏的《平复帖》，都是国之重宝，鲁迅和周作人的收藏，自然不在此列。

古玩的趣味，周作人说，其一是古，其二是稀。物以稀为贵，那么很自然的，其三就是贵。古玩虽是小道，成系统地集藏，还是需要相当的财力。鲁迅在教育部任职的时候，工资优厚，"月掷二十余金"，购买金石书画，虽然不能和贵介公子及富商们比，在今天看来，也算很"豪阔"了。《骨董小记》里又说："总而言之，我所有的虽也难说贱却也决不贵。明器在国初几乎满街皆是，一个一只洋耳，镜则都在绍兴从大坊口至三块街一带地方得来，在铜店柜头杂置旧锁钥匙小件铜器的匣中检出，价约四角至六角之谱，其为我买来而不至被烊改作铜火炉者，盖偶然也。然亦有较贵者，小偷阿桂携来一镜，背作月宫图，以一元买得，此镜《藤花亭谱》亦著录，定为唐制，但今已失去。"一元就算较贵，二十余金，很可买一些不错的东西。

周作人收藏的小古董里，有一枚"龟鹤齐寿"钱，看他屡屡提到，显系心爱之物。他在作于1926年的《发须爪序》中说："我是一个嗜好颇多的人。假如有这力量，不但是书籍，就是古董也很想买，无论金石瓷瓦，我都是很喜欢的。现在，除了从旧货摊收来的一块'凤皇砖'，一面'石十五郎镜'和一个'龟鹤齐寿'的钱以外，没有别的东西，只好翻弄几本新旧书籍，聊以消遣，而这书籍又是如此地杂乱。"

十年后作的《买墨小记》再次说到这枚宋代大花钱："从前有人说买不起古董，得货布及龟鹤齐寿钱，制作精好，可以当作小铜器看。"货币是王莽的钱币，仿先秦布币而作，虽然存世多见，却以造型奇特和精美著称，古人多有以货布系于杖头为饰物的。

鲁迅《戊午日记》中也提到"龟鹤齐寿"钱：五月十四日，"晨得二弟信并专拓一枚，十日发。上午寄二弟信，附胡适之笺及汇券，计旅费及买书泉共百。寄徐以孙先生信并专拓片一束，‘龟鹤齐寿’泉、吕超墓竟拓各一枚。”

拓片不知是鲁迅自拓藏品，还是周作人寄来的，总之看得出来，鲁迅也很喜欢这枚钱。花钱不是正用品，是一种小玩物，品类纷杂，用途各异。以祈愿文字为钱文的，也叫吉语钱。龟鹤齐寿四字，书法精妙，酷似宋徽宗的瘦金体，加上意思好，形体又大（直径六十毫米），历来为人喜爱。

周作人经常把买到的古玩拓片寄送鲁迅，而对于这枚大钱，不仅精心拓摹，还制成锌板，印到信纸上：

> 我在绍兴的时候，因为帮同鲁迅搜集金石拓本的关系，也曾收到一点金石实物。这种金石小品，制作精工的也很可爱玩，金属的有古钱和古镜，石类则有古砖，尽有很好的文字图样，我所有的便多是这些东西，但是什九多已散失，如今只把现在尚传的记录于下。乙卯八月日记里说：“十七日，下午往大街，于大路口地摊上得吉语大泉一枚，价三角，文曰龟鹤齐寿。罗泌谓字壮劲如大观泉，信然。”其钱直径市尺一寸八分，字作六朝楷体，甚有雅趣，尝手拓制锌板，印成信封，但因龟字适居中央，如写信时适当姓名之首，虑或犯忌讳，故终未使用。（《知堂回想录》第二卷一〇二《金石小品》）

但事实上，据网上看到的资料，龟鹤齐寿图案的信笺，他还是用过。肖毛在天涯网站发表他校对整理的《周（作人）

曹（聚仁）通信集》，其中编号为“一一五”的一封，写于1961年7月31日，肖毛的校记这样说：

“信纸中央有一枚铜钱形圆印，内有方孔，孔外有四个魏碑体大字，分列四角，文字为‘龟鹤齐寿’。下有‘民国[二]十年五月苦雨斋制’的字样，似为知堂本人所写。”

肖毛不知道这是一枚古钱的拓片，当成钱形印了，他说四字是魏碑体也不对，周作人自己早已说明那是“六朝楷体”。

龟鹤齐寿钱根据文字和制作，被认定为宋钱，而且极有可能是北宋末的宫廷用品。罗泌是南宋人，他的主要著作《路史》撰成于宋孝宗乾道年间，这是证明龟鹤齐寿钱不晚于宋，而且很可能是北宋之物的证据之一。清朝古钱家刘燕庭也认为，“字颇遒劲，宋厌胜品也”。罗泌说此钱文字和宋徽宗的大观通宝相似，大观钱正是徽宗亲手所书的瘦金体。所以，有人断言龟鹤齐寿钱为徽宗御书宫廷吉语钱，虽无确证，却也不是完全没道理。

知堂的收藏，据说晚年迫于生计，卖掉不少，不像鲁迅的文物，得到国家的完善保护。据《鲁迅日记》等记载，鲁迅购买的古钱有一百七十余枚，提到具体名称的约五十种，比较著名的例子，是安史之乱时史思明的铸币“得壹元宝”和“顺天元宝”。清末民初之时，得壹钱出土不多，古玩界有“顺天易得，得壹难求”的说法。鲁迅买“得壹”钱，记得也花了大洋一元。

鲁迅和周作人一样，玩物怡情，同时也是为了贴近古人的生活。他收集的古钱多为普通品，较珍稀的就是那枚得壹元宝。他还藏有齐国的三字刀。三字刀今天价值不菲，但早年并不贵。

龟鹤齐寿钱文字和铸造均极精美，所以历代都有仿制，真正的宋铸反而少见。后仿者以真钱作模，一代代翻砂浇铸，文字笔画越来越粗，越来越浅，日益失去原有的风韵，钱形也越来越小。但即便是那些明清之物，如今也非唾手可得。说来我和此钱很有些缘分。十多年前在网站上，看到美国人出售一枚龟鹤钱，虽然对其一无所知，却一眼看中其书法，注册投标，不料无人竞争，以区区十元到手。这一枚直径六十一毫米，熟坑，铜色发暗，估计是元朝或明早期仿铸的。几年后，又遇到一枚，直径超过六十五毫米，文字犀利高挺，通体绿锈，是真正的宋朝官铸。论精美程度和大小，超过一般的宋铸，也许是初铸品或样钱。

龟鹤钱大名鼎鼎，历代钱谱多有著录。台湾张寿平教授集古钱，曾将自藏品精拓，取张文成“青钱万选”之意，编为《万选集》，拓品之后，附以小诗，其中压卷一品，正是一枚古色斑驳的龟鹤齐寿，题诗曰：“江湖龟曳尾，廊庙鹤冲天。”清人翁树培《古钱汇考》在此钱条目下引米芾的《拟古诗》，来说明古人的龟鹤情怀：“龟鹤年寿齐，羽介所托殊。种种是灵物，相得忘形躯。鹤有冲霄心，龟厌曳尾居。以竹两附口，相将上云衢。报汝慎勿语，一语堕泥涂。”张寿平的题诗，便是由此而来的。冲霄和曳尾，人生无非是在这两者之间徘徊。龟鹤云云，意思岂止在长寿呢？

周氏兄弟名字里都有一个寿字，鲁迅是樟寿，周作人是櫆寿，三弟建人是松寿，六岁早夭的四弟，名叫椿寿。龟鹤齐寿，古人也说“龟鹤遐寿”。周作人的名字来自诗经中的“周王寿考，遐不作人”。周遐寿正是知堂新中国成立后著书署用的名字。对于他们，这也是一种缘分吧。

2011年6月17日

沈从文的忧伤

巷子不深，不曲折，在当年，也算不得狭小。富贵一点的人家，宅第起两层或者三层，还要檐牙高耸，带飞腾之意，就愈发显得高。站在街上往两边看，视线不自觉地被挑起。除了屋脊的清姿瘦影，还有一堵堵直立的山墙，青灰色，光滑得想用手在上面来回抚摸。这些，都加深了街巷的局促感。阳光很少能大大方方地挥洒，即使在正午，总有阴影，总有清凉。如果在冬季，则是无处不在的不动声色的寒意。

地面是石板的，青色或者褐红色，但年久多磨，变成了青灰和褐灰色。事实上，褐色和青色中的原色只是淡淡的一点念想，看是基本上看不出来了。砖墙的情形类似，但更加洁净，除了风吹日晒和雨水侵袭，不会有人和牲畜的践踏，也不会有泥水和猪羊的矢溺。几十年以上的老墙，表层腐朽，砖粉碎落，墙面坑坑洼洼，给人沧桑之感。从这里你便知道，所谓沧桑，是柔软的，是屈服和顺从的那种柔软，就算有不平郁结于内，也被沉积的时光掩埋了。就像人，岁月千方百计地剥离他，使他不得不归向自身，归向内心深处，从那里长出树木，开出花朵，在夜的幽深中闪烁如纤微的月光。

游客熙来攘往，穿行在雕花木窗和琳琅满目地摆着旅游纪念品的小摊前，偶尔看到门口坐着的老人，衣服还是几十年前的黯淡颜色，这才给人带来一点真实感，然而也是从旧底片洗印出来的——“我可看到针铺门前永远必有一个老人戴了极大的眼镜，低下头来在那里磨针……又可看到一家染坊，有强壮多力的苗人，踹在凹形石碾上面，站得高高的，手扶着墙上横木，偏左偏右地摇荡。又有三家苗人打豆腐的作坊，小腰白齿头包花帕的苗妇人，时时刻刻口上都轻声唱歌，一面引逗缚在身背后包单里的小苗人，一面用放光的红铜勺舀取豆浆……我还得经过一家扎冥器出租花轿的铺子，有白面无常鬼，蓝面阎罗王，鱼龙轿子，金童玉女……”

新修的墙壁整整齐齐，砖色均衡，老墙上的砖，我注意到，色泽却并不统一，有的偏灰，有的偏黄，有的苍白，有铁锈色，还有古铜色，近看斑驳杂乱，远看也有和谐的色调。屋顶的瓦更难判断些，即使是新翻修的，经过多次雨水，也黑得舒服，斑斑点点的瓦松则加深了它们的年纪。

我的目光自动将附庸之物过滤掉，希望还原一百年前的旧景。这些空无一人的街，空无一人的房子，房子里什么都没有，甚至一张照片也没有，更别提那些书籍和手稿了。你能想象年方五六岁的沈从文在这巷子里奔跑，你不能想象一个长衫的中年人，踽踽独行，像戴望舒一样惆怅。那不是沈从文。童年的沈从文应该无忧无虑吧，摘花，读书，捉蟋蟀，看水，下河洗澡，听船上苗族妇人的歌唱与言笑（“小河边到了场期，照例来了无数小船和竹筏，竹筏上且常常有长眉秀目脸儿极白奶头高肿的青年苗族女人，用绣花大衣袖掩着口笑，使人看来十分舒服”），坐船，去乡下看猎取野猪同黄麂，看猎狐，爬上城墙，“坐在大铜炮上看城外风光”，听巫蛊和落洞的故事，听兵士打仗的故事……

沈从文的气质像李商隐，是颇为伤感的人。贯穿在他作品里的愁绪，从他文学起步时的习作，直到晚年的书信，基本不变。早年，他的哀愁中萦绕不去的是思，晚年，则是看透世事后的愤惋。他性情温和，但不豁达。他的隐忍是靠坚强的毅力支撑下去的。出生在一个山清水秀之地的人，如果天性敏感，有艺术天赋，很容易培养出内向深沉的气质。另一方面，也和自小经历过的事情有关。读《从文自传》，其中有对家乡和亲人的热爱，对童年生活津津有味的追忆，对自己义无反顾地寻求文学之梦的骄傲，这些都是一般作家和艺术家回忆录的题中应有之义。沈从文有湘西人兼苗民的执着和坚忍不拔——如我们在很多湖湘人物如曾国藩等人身上看到的，认准的路，走下去，从不反悔。在他的作品中，尽管那么情绪化，仍然看不到一般人容易陷入的追悔。遗憾自然很多，却非关个人行为的失当或选择的错误，而是在大时势面前的无奈。道德在他这里，是善，是美，尽管不切实际，还是要坚持。所以，有些事他是做不了的。做不了，就只能落后，退避三舍，是一只沉舟，让鼓满了时势之风的千百红帆白帆翩跹而过。人播下种子，希望收获，种瓜得瓜，种豆得豆。然而很多时候，甚至大多数时候，尤其是当他那一代人处在剧烈变革的时代，一切社会的规范和生活的伦常被彻底击碎，乘时者和宵小们肆无忌惮，打破做人的底线，却被赞扬为有决断，有担当，等而下之，也是明智和识时务。在这种大环境里，种瓜不仅不能得瓜，还会被锄犁所伤。播下龙种收获跳蚤，已是不幸中的万幸。因为播下龙种，也可能长出的是有毒和会喷火的怪物。

《从文自传》写到辛亥革命的一幕，以冷静的笔触描写残酷的屠杀，写那些无辜的乡民在死亡面前的麻木。他是一个不相信善恶必报的人，因为历史和个人的亲闻亲睹早已证明了这种一厢情愿的美好愿望的虚妄。沈从文对辛亥革命的描写，可以与鲁迅先生的相关作品，如短篇小说《风波》和《药》参照，他们都是在冷静中看到了更深刻的东西，尽管关注点各有不同。《一个传奇的本事》更是浸透了哀痛之情，哀痛到不能卒读，尤其是读过《从文自传》和黄永玉的《那些忧郁的碎屑》之后。

《从文自传》写到小他四岁的弟弟沈荃，这个弟弟是他最亲爱的人，沈从文对这个弟弟的感情，胜过对大哥沈云麓，大概是年龄相近，情趣相投，而幼小时有过一段共同生死的经历的缘故吧：

到六岁时，我的弟弟方两岁，两人同时出了疹子。时正六月，日夜总在吓人高热中受苦。又不能躺下睡觉，一躺下就咳嗽发喘。又不要人抱，抱时全身难受。我还记得我同我那弟弟两人当时皆用竹簟卷好，同春卷一样，竖立在屋中阴凉处。家中人当时业已为我们预备了两具小小棺木，搁在廊下。十分幸运，两人到后居然全好了。我因此一病，却完全改了样子，从此不再与肥胖为缘，成了个小猴儿精了。

军官世家的沈家，父亲在儿子身上寄托着没有实现的“将军梦”。沈岳焕成长为沈“从文”，武的那一面则在弟弟身上开花结果：

那小我四岁的弟弟，因为看护他的苗妇人照料十分得法，身体养育得强壮异常，年龄虽小，便显得气派宏大，凝静结实，且极自重自爱，故家中人对我感到失望时，对他便异常关切起来。这小孩子到后来也并不辜负家中人的期望，二十二岁时便做了步兵上校。

黄永玉的书中有沈从文和沈荃青年时的照片。沈从文一身白袍，谦和地微笑着，气质儒雅。沈荃比他略高，脸型略长，双目炯炯有神，透着镇定自信的神色，笑容怡人，气度非凡。

沈荃参加抗战，出生入死，屡立功勋。《一个传奇的本事》里这么写："淞沪之战展开，有个新编一二八师，属于第四路指挥刘建绪调度节制，原本被哄迫出去驻浙江奉化，后改宣城，战事一起，就奉命调守嘉善唯一那道国防线，即当时所谓'中国兴登堡防线'……属于我家乡那师接防的部队，开入国防线后，除了从唯一留下车站的县长手中得到一大串编号的钥匙，什么图形也没有。临到天明就会有敌机来轰炸。为敌人先头探索部队发见已发生接触时，一个少年团长方从一道小河边发现工事的位置，一面用一营人向前作突击反攻，一面方来得及顺小河搜索把上锈的铁门次第打开，准备死守。本意固守三天，却守了足足五天。全师大部官兵都牺牲于敌人日夜不断的优势炮火中，下级干部几乎全体完事，团营长正副半死半伤，提了那串钥匙去开工事铁门的，原来就是我的弟弟，而死去的全是那小小县城中和我一同长大的年轻人。

"随后是南昌保卫战，经补充的另一个'荣誉师'上前，守三角地的当冲处，自然不久又完事。随后是反攻宜昌，洞庭西岸荆沙争夺，洞底南岸的据点争夺，以及长沙会战。每次硬役必参加，每役参加又照例是除了国家意识还有个地方荣誉面子问题在内，双倍的勇气使得下级军官全部成仁，中级半死半伤，而上级受伤旅团长，一出医院就再回来补充调度，从预备师接收新兵。

"每一家都分摊了战事带来的不幸，因为每一家都有子弟作下级军官，牺牲数目更吓人。”

八年抗战，凤凰子弟伤亡殆尽，然而劫难还没结束。内战爆发，“家乡人八年抗战犹未死尽的最后残余”，在胶东一役全部覆没。

这是家国之殇，更是故乡之殇。自此之后，历史记忆和童年记忆中的凤凰，永远不复存在了。沈从文在此写下了他早年作品中最悲观的反思：

> 得到这个消息时，我想起我生长那个小小山城两世纪以来的种种过去。因武力武器在手而如何形成一种自足自恃情绪，情绪扩张，头脑即如何逐渐失去应有作用，因此给人同时也给本身带来苦难。想起整个国家近三十年来的苦难，也无不由此而起。在社会变迁中，我那家乡和其他地方青年的生和死，因这生死交替于每一片土地上流的无辜的血，这血泪更如何增加了明日进步举足的困难。我想起这个社会背景发展中对青年一代所形成的情绪、愿望和动力，既缺少真正伟大思想家的引导与归纳，许多人活力充沛而常常不知如何有效发挥，结果便终不免依然一个个消耗结束于近乎周期性悲剧宿命中。

三十多年后，沈从文解释文章的成因，他说：“这个小文，是抗战八年后，我回到北京不多久，为初次介绍黄永玉木刻而写成的。内中提及他作品的文字并不多，大部分谈的却是作品以外事情——永玉本人也不明白的本地历史和家中情况。”“事实上却等于把我那小小地方近两个世纪以来形成的历史发展和悲剧结局加以概括性的纪录。凡事都若偶然的凑巧，结果却又若宿命的必然。”

悲剧是周期性的宿命，是逃避不了的必然。写于二十世纪四十年代的这篇文字中的话，不幸在几年后一语成谶。

1949 年 11 月 9 日，湖南和平解放，沈荃随陈渠珍参加和平起义；1951 年，在“镇反”运动中，起义将领沈荃和一大批原国民党人员被枪杀；1983 年，沈荃获得平反。

黄永玉称沈荃为巴鲁表叔，他回忆中的沈荃是“高高的个子，穿呢子军装，挂着刀带，漂亮极了。有时也回家乡来，换上便装，养大公鸡和蟋蟀打架，搞得很认真。有时候又走了。跟潇洒漂亮一样出名的是他的枪法。夜晚，叫人在考棚靠田留守家的墙根插了二三十根点燃的香，拿着驳壳枪，一枪一枪地打熄了它们”。

湖南全省和平解放，沈荃回到凤凰。他在南京国防部做中将的时候就说过，他不想打内战，厌倦了，他想解甲归田，与人合作写抗战史。黄永玉很“为他庆幸从火坑里解脱出来”，在凤凰相见，“他还是那么英俊潇洒，谈吐明洁而博识。他在楠木坪租的一个住处，很雅致。小天井里种着美国蛇豆、萱草和两盆月桂。木地板的客厅，墙上居然挂着一对张奚若写的大字楹联”。他对形势看得很清楚，对黄永玉说的话显然带着自嘲和伤感：“我帮地方人民政府做点咨询工作，每天到‘箭道子’上班，也不是忙得厉害，没事，去聊聊天也好！……”

对于弟弟之死，沈从文几十年里内心的痛苦，我们无从得知。

鲁迅曾说：“年青时读向子期《思旧赋》，很怪他为什么只有寥寥的几行，刚开头却又煞了尾。然而，现在我懂得了。”好友嵇康和吕安被杀，向秀经过其旧居，“于时日薄虞渊，寒冰凄然。邻人有吹笛者，发音寥亮。追思曩昔游宴之好，感音而叹”，写下《思旧赋》，其中有句云：“瞻旷野之萧条兮，息余驾乎城隅。践二子之遗迹兮，历穷巷之空庐。”这种心情，当沈从文晚年重回故乡时，也会和向秀一样，见旧居，思往事，“惟古昔以怀今兮，心徘徊以踌躇。栋宇存而弗毁兮，形神逝其焉如”。

在沈从文心中，凤凰将永远是寂寞的。

沱江两岸在明媚的秋阳下，一片艳丽的色彩：黑色瓦顶、暗色木结构的吊脚楼，挂着成排的红灯笼，以及绿色、粉色和蓝色的条幅及招贴，围栏上缠着白色的电线和灯泡，准备入夜后再造映带流波的火树银花。有一种小小旗帜的绿色特别惹眼，像越剧里俏丽丫鬟的衣裙一样的娇嫩绿色，仿佛一下子把这座古城拉回到歌舞扬州的世界。还有些吊脚楼的门窗板壁都被刷为木头原色似的棕黄色，晶亮晶亮的，再被红灯一衬，一排排都作夕阳般的金红。扮作苗女的导游和游客，满头银饰，穿上红色压金边、蓝色压红边、粉色压绿边和蓝边、白色加上红黄几道边的套裙，腰间垂着珠串和流苏，花枝招展、仪态万方地在水边小道上迤逦而行，在横跨水上的木墩上折腰扬手，作种种好看而不无失足落水之虞的姿势，拍照留念。

船行水上，和风细细，空气中飘卷着醉人的芳香。此处彼处，隐约传来喧闹声和鼓乐之声，分不清是播放的录音还是酒楼中的欢宴。在沿岸树和建筑的暗影下的江面，楼影袅袅，随波鼓荡，忽地四下碎散，像洒了一地琉璃八宝，忽地聚拢成形，依然扭曲着，前仰后合，逐渐平复下来，然而船已随着水流转向，景色又是一变。阳光无遮无拦地直射下来时，只见波影摇金，其余皆不可见，只有稍远处的山峦和近处坡上的茂密林木，深深浅浅连绵不断，做了跃动着的繁华的沉实背景。

我想，如果是沈从文说的月下呢？没有游人，没有酒吧，没有招徕客人的吆喝声，夜色浓黑，吊脚楼上透出的萤火一般的灯光，刺破而不能刺透夜色，船在黑魆魆的水上，清晰地听见桨声，不远处传来男女间提高了嗓门的对话，是撩拨和笑骂，是没有心机的打情骂俏……也许还有夜猫子，各种奇怪的鸟，还有睡在梦乡里的成群的蜻蜓……

每个伟大作家的写作背后都有不可压抑的情感冲动，不管他的表现方式是什么。一个人的记忆和经验，一个人的思考和世界观，都是时代的投影。因此，从来没有一个写作者是脱离时代的，只有伟大与平庸，真诚与虚伪，以及风格之别。我上大学那时候，现代文学史对沈从文的作品一笔带过，只用一段话介绍《边城》，而《边城》还被批评为严重脱离现实，刻画一个虚幻的人间桃源。沈从文笔下的残酷现实是那些文学史家刻意忽视了的，桃花源本来也不是一个贬词。沈从文会为他心中不老的桃花源骄傲，他是以这种超越各种世俗——以政治，以哲学，以历史，以一切意识形态和功利主义为幌子的世俗——的美来抵抗世界的一切不平等和不正义、世界的一切丑陋和罪恶的。

在叙说了那么多的悲伤故事之后，《一个传奇的本事》在后半部分转入他对文学的思考。沈从文坚信文字的力量，文字使他在面对时代的变迁无能为力之后，找到了自己的立足点，找到他的立身之本，这同样是一种伟大的力量，和任何其他力量同样持久：

> 一个伟大艺术家或思想家的手和心，既比现实政治家更深刻并无偏见和成见地接触世界，因此它的产生和存在，有时若与某种随时变动的思潮要求，表面或相异或游离，都极其自然。它的伟大的存在，即于政治、宗教以外，极有可能更易形成一种人类思想感情进步意义和相对永久性。虽然两者真正的伟大处，基本上也同样需要“正直”和“诚实”，而艺术更需要“无私”，比过

去宗教、现代政治更无私。

唐人传奇中的名篇《虬髯客传》讲了这样一个故事，隋末天下大乱，群雄逐鹿，胸怀大志的虬髯客张先生，见到天纵英才的李世民之后，知道无力与之争雄，乃毅然退场，率领一群弟兄远赴海外，在扶余立国，另成一番事业。《虬髯客传》的本旨，是为大唐的正统地位立说，警告狼子野心的军阀势力，勿轻起叛逆之心。但这个故事可以当作一个寓言，来象征文学家在世界的处境：他们必须，也可以，在另外的维度建立自己的世界，以此与现实抗衡，并以此影响和改变现实。退一步讲，即使我们确实无力影响和改变现实，至少可求得内心的宁静。这个一己的桃花源，即使容不下天下万民，总可以使数百数千的会心之人，“黄发垂髫，并怡然自乐”。

俄国思想家和革命家赫尔岑，在其回忆录《往事与随想》中写道：“在个性泯灭的普遍性之间，在历史发展的诸元素，以及云影一般在它们表面飘忽移动的未来诸形象之间，人难免感到空虚和孤独。但这又算得什么呢？在忧伤的时刻，僧侣靠祈祷获得解脱。我们不能祈祷，我们可以写作。写作就是我们的祈祷。”

是的，写作就是我们的祈祷。

在散文《沉默》中，沈从文对于文学，表达的正是虬髯客和赫尔岑式的立场：

> 一个人想证明他的存在，有两个方法：其一从事功上由另一人承认而证明；其一从内省上由自己感觉而证明。我用的是第二种方法。我走了一条近于一般中年人生活内敛以后所走的僻路。寂寞一点，冷落一点，然而同别人一样是“生存”。或者这种生存从别人看来叫作“落后”，那无关系。两千年前的庄周，仿佛比当时多少人都落后一点。那些善于辩论的策士，长于杀人的将帅，人早死尽了，到如今，你和我读《秋水》《马蹄》时，仿佛面前还站有那个落后的衣着敝旧、神气落拓、面貌平常的中年人。

伟大的作家应运而生，他是独立的，也是主动的，他引领而不跟随，从来不是一个附属物，更不会等而下之，成为被豢养者，一个太监和弄臣。伟大的作家代表着时代的精神：

> 大多数伟大作品，是因为它“存在”，成为多数需要。并不是因为多数“需要”，它因之“产生”。(《一个传奇的本事》)

在苦闷的日子，沈从文有过怀疑，有过暂时的绝望，这是很容易理解的。他这一辈子，应该说，好日子不多。八十多岁去世时，他的作品已经得到比较公允的评价，一版再版。外国研究中国文化的学者，对他评价尤高。而善良的读者中，热爱和景仰他的大有人在。他睽违多年的故乡，终于有机会表达对这位千里流转的乡贤的情意，以他为荣，以他为标志。尽管如此，沈从文始终不能从过去饱受的打击中恢复过来。

在1939年作于昆明的长文《烛虚》中，他这样写下对生命意义的怀疑：

> 看看自己用笔写下的一切，总觉得很痛苦，先以为我为运用文字而生，现在反觉得文字占有了我大部分生命，除此以外，别无所有，别无所余。
>
> 重读《月下小景》《八骏图》《自传》。八年前在青岛海边一梧桐树下面，见朝日阳光透树影照地下，纵横交错，心境虚廓，眼目明爽，因之写成各书。二十三年写《边城》，也是在一小小院落中老槐树下，日影同样由树干枝叶间漏下，心若有所悟，若有所契，无滓渣，少凝滞。这时节实无阳光，仅窗口一片细雨，不成烟，不成雾，天已垂暮。

他想起一个老兵死亡的故事：

> 因为《水上》，使我想起二十年前，在酉水中部某处一个小小码头边一种痛苦印象。有个老兵，那时害了

很重的热病，躺在一只破烂空船中喘气等死，只自言自语说，“我要死的，我要死的”，声音很沉很悲，当时看来极难受。送了他两个橘子，觉得甚不可解，为什么一个人要死？是活够了还是活厌了？过了一夜，天明后再去看看，人果然已经死了，死去后身体显得极瘦小，好像表示不愿意多占活人的空间，下陷的黑脸上有两只麻蝇爬着，橘子尚好好搁在身边。一切静寂，只听到水面微波嚼咬船板细碎声音，这个“过去”竟好好地保留在我印象中，活在我的印象中。

在他人看来，也许有点不可解，因为我觉得这种寂寞的死，比在城市中同一群莫名其妙的人热闹的生，倒有意义得多。

这样的怀疑贯穿了他一生。然而在“别无所有”的情况下，文学之路还是要走下去。石川啄木说文学不过是个人的“悲哀的玩具”，沈从文比他站得更高，他谦恭而不自我菲薄。他说文学不过是一种“手艺”，是“做事”，而做事总是有意义的。四十年代末以后，他失去创作机会，改行做文物研究。1977年后，环境比较宽松了，他在家书中回顾自己一生的工作，文学生涯尽管中道摧折，但既有的成就，亦足自豪：

间或翻翻自己四十年旧作看看，如同看契诃夫、莫泊桑作品，料想不到竟是自己一篇篇写出，且又一本本印过书，在国内曾于某一时占压倒趋势的。更料不到，放手又已快四十年！国内少壮，已很少明白我是个做什么工作的人。（1977 年 12 月 7 日致儿子沈虎雏）

他在家信中，对文学史“学者”给他的待遇非常气愤，屡屡言及，对学会了乖巧处世、在不同朝代都能如鱼得水的名流们表示极端的轻蔑。但私下里，他明白自己作品的分量和价值。他对儿子说，他觉得自己的旧作即便与契诃夫和莫泊桑比，也并不逊色。1983 年 2 月致大姐沈岳锟的信，是《从文家书》中收录的最后一封信，在这封信里，他对自己 1949 年后所做的文物研究工作，同样做了很高的评价。他说：

在博物馆作一名普通工作人员，不知不觉间就过了三十年，我并不觉得什么委屈，倒反而学了不少东西。前年在香港出版那本有关衣服的书——倒很像本还有意义、有分量的图书！重订本今年若可以印成，我一定寄一本来给你看看，就可知这三十年来，大部分熟人都死去了，或作了什么部长，委员，我却不声不响地作了不少事情。

理解一个人很难。

需要耐心，需要时间。

上天给人生命，给他一个成长的环境，决定他一生的遭际，就连围绕在他身边、自小陪伴直至终老的亲人，也是上天的选择。他有那样的情感世界，起源和决定于他的性情，他的悟性和慧根。天地间的万物，不因个人的存在与否而变更，自然产生与发展。星辰教会人灵魂的远游，山脉教人厚重和坚定，水义无反顾地流逝，从容变化于千百种形式，就像智慧本身，没有确定的规范，是自由的，草木使大地山川充满生气，鸢飞戾天，鱼跃在渊，路伸向美好的去处，伸向未知，也伸向死亡，桥连接两座山，也连接善与恶，鸿沟隔开人群，消除了他们之间相亲或相仇的可能性，雪使我们愉快地遗忘，雨使时间有了厚度和密度……

在 1902 年，在 1901 年，在此后若干年，湘西，以及曾经被唤作镇筸城的凤凰小城，是一幅黑白照片，没有其他颜色。房屋是黑瓦白墙，河水非黑即白，苗女的银头饰雪白而她们的裙摆是粗黑的，日子分为两部分，白天与黑夜，像人的眼睛，黑白分明，一个人从生到死，是从黑发到白发，人的记忆没有色彩，只有黑白和黑白之间广大的神秘地带，那是黑白的混合，浅淡不同厚薄不同的灰色。唯其如此，梦也是没有颜色的，因为梦是如此真实，铭心刻骨到疼痛难忍。

1995 年 8 月，沈从文先生已去世七年，陪伴了沈从文先生半个多世纪的张兆和，在《从文家书》后记里写道：

> 从文同我相处，这一生，究竟是幸福还是不幸？得不到回答。我不理解他，不完全理解他。后来逐渐有了

些理解，但是，真正懂得他的为人，懂得他一生承受的重压，是在整理编选他遗稿的现在。过去不知道的，现在知道了；过去不明白的，现在明白了。他不是完人，却是个稀有的善良的人。对人无机心，爱祖国，爱人民，助人为乐，为而不有，质实素朴，对万汇百物充满感情……

越是从烂纸堆里翻到他越多的遗作，哪怕是零散的，有头无尾的，有尾无头的，就越觉斯人可贵。太晚了！为什么在他有生之年，不能发掘他，理解他，从各方面去帮助他，反而有那么多的矛盾得不到解决！悔之晚矣。

理解一个人很难。没有足够的善意和同情，不从唯我为是的执见中跳出来，你不可能理解。

就此而论，张兆和不容易，也了不起。

这段不长的文字，写尽了沈从文的忧伤，也写尽了她自己的忧伤。

2017 年 3 月 31 日作，4 月 5 日改定

虎耳草

汪曾祺回忆沈从文的文章，我都读过多遍。在《星斗其文，赤子其人》的结尾，汪先生提道："沈先生家有一盘虎耳草，种在一个椭圆形的小小钧窑盘里。很多人不认识这种草。这就是《边城》里翠翠在梦里采摘的那种草，沈先生喜欢的草。"

沈从文五十年代后改行研究文物，无心插柳，成就斐然，对中国古代服装史的研究，贡献尤其大。汪曾祺说，沈先生到北京后，喜欢收集瓷器，随手捡拾，欣于所遇，单件买，不配套，对青花很有心得。钧瓷贵重得很，他这只小盘，不知何处所得，大约亦是闲逛时慧眼识宝，在冷摊以廉值买下。钧瓷古朴大雅，并不华丽，不像清三代的官窑五彩，上手一瞥就是洋洋洒洒的皇家气派，不懂的人，未必看在眼里。钧窑盘和虎耳草都很朴素，也都珍贵，然而其中微意有寓存，二者配合，相得益彰。

虎耳草有人种植，以小盆置于案头或窗台，颇可怡神悦目，但究竟不过是乡间野草，说它珍贵，原因仅在于，在小说《边城》里，山崖上的虎耳草是纯美爱情和美好人生的象征，充满了梦幻的色彩。单纯而美丽，又似乎难得，因为它不是生在田间地头，而是生在需要攀爬的高崖上。虎耳草叶子圆圆的，大小形状如铜钱，披满茸毛，有人觉得像老虎的耳朵。开细白花，米粒一般，远看不起眼，近看却很雅致，而且有紫红色的漂亮斑纹。在彩色图谱上看放大的图片，你完全不能相信这就是虎耳草的花。

《边城》写到虎耳草，最重要的一次是在某天夜里，其时翠翠心中已经萌生了对二老的爱，祖父为翠翠讲故事，“就提到了本城人二十年前唱歌的风气，如何驰名于川黔边地。翠翠的父亲，便是唱歌的第一手，能用各种比喻解释爱与憎的结子，这些事也说到了。翠翠母亲如何爱唱歌，且如何同父亲在未认识以前在白日里对歌，一个在半山上竹篁里砍竹子，一个在溪面渡船上拉船，这些事也说到了”。翠翠问：“后来怎么样？”祖父说：“后来的事长得很，最重要的事情，就是这种歌唱出了你。”

夜渐深，“老船夫做事累了睡了，翠翠哭倦了也睡了”。然而在睡梦中，翠翠见到了虎耳草：“翠翠不能忘记祖父所说的事情，梦中灵魂为一种美妙歌声浮起来了，仿佛轻轻的各处飘着，上了白塔，下了菜园，到了船上，又复飞蹿过悬崖半腰——去作什么呢？摘虎耳草！白日里拉船时，她仰头望着崖上那些肥大虎耳草已极熟习。崖壁三五丈高，平时攀折不到手，这时节却可以选顶大的叶子作伞。”

翠翠被歌声托起来，在空中飘浮飞翔。这是谁的歌声？是父母对歌的歌声吗？沈从文暂时不说，埋下一个伏笔。

紧接着在下一章，二老路过渡口，与翠翠的祖父交谈。老船夫说：“二老，我家翠翠说，五月里有天晚上，做了个梦……”说时他望望二老，见二老并不惊讶，也不厌烦，于是又接着说：“她梦得古怪，说在梦中被一个人的歌声浮起来，上悬岩摘了一把虎耳草！”

二老把头偏过一旁去作了一个苦笑，老船夫就说：“二老，你不信吗？”

那年青人说：“我怎么不相信？因为我做傻子在那边岩上唱过一晚的歌！”

你瞧，原来翠翠梦里的歌声并不完全是梦，是真的。是二老为她唱了整整一晚上。

老船夫慢悠悠地说：“你并不傻，别人才当真叫你那歌弄成傻相！”

祖父当然是想促成他们的好事的。他年事已高，来日无多，走前要为翠翠寻找一个好归宿。祖父和二老对话那当口，翠翠出门掘竹鞭笋去了。等她回来，“把竹篮向地下一倒，除了十来根小小鞭笋外，只是一大把虎耳草”。

翠翠是否听到了祖父和二老的话？她的虎耳草是爬上悬崖半腰采摘的吗，在二老唱歌那地方？

我不记得沈从文在他数量惊人的文字里，还有什么地方提到过虎耳草。很多读者记住了虎耳草这个象征，因此把青年沈从文苦苦追求的张兆和，比喻为“悬崖上的虎耳草”。

糜华菱编、中华书局出版的《沈从文的凤凰城》一书，收录了田时烈的《家乡人迎葬沈从文》一文，记述沈从文先生晚年回乡的事迹，而且很难得的，沈先生对作者谈到了虎耳草。

1982 年 5 月 7 日，沈从文夫妇和黄永玉夫妇一同回凤凰，11 日，坐当地的“竹叶扁舟”从东门的水门码头顺着沱江缓缓地漂流。“小船在杜田的凉水井旁边靠了岸，上岸后，见井旁岩壁上长满了茸茸的‘虎耳草’，沈先生告诉我们，‘虎耳草’很能适应各种土质，开小白花，是消炎去毒的一种好药。它们每片叶子都很完整，虫子是不敢去咬它的。农民常用它消除一些无名肿毒。我以前没注意过这种小草，这时便走近岩壁上细看‘虎耳草’叶子，真的每片叶子都很完好，没有一点虫咬的痕迹。”

文中还记载，沈从文去世后，1992 年 5 月，他的儿子虎雏，孙女沈红，生前的助手王亚蓉，坐船把他的骨灰撒入沱江，剩余部分安放在墓穴。葬事已毕，夫人张兆和以及亲友们采来虎耳草，“小心翼翼地把它栽在墓碑石下的周围”。

人把理想和情感寄托于世上的微小事物，这事物因此从自然中超脱出来，进入人类的文化和审美世界。自古及今，我们的文化史中相当的一部分，就是由这些我们敬爱的人物将个人的美好情感客观化而留下来的。心有灵犀的异代读者，从此得到滋养，丰富自己的心灵。这些花花草草，与无数其他的细节一起，构成我们的精神故乡。孔子的幽兰，屈原的蕙草，陶潜的菊花，苏东坡的海棠，无不如此。

沈从文曾在散文《烛虚》中写到他的孤独和清静，写他面对大自然的山水和草木虫鸟油然而生的思索，这是他归向内心的感人文字，如对有心人倾诉，毫无隐瞒，更不装腔作态。文中那些“小小蓝花白花”，河边的“紫花，红花，白花，蓝花”，其中都有虎耳草的影子：

> 我需要清静，到一个绝对孤独环境里去消化消化生命中具体与抽象。最好去处是到个庙宇前小河旁边大石头上坐坐，这石头是被阳光和雨露漂白磨光了的。雨季来时上面长了些绿绒似的苔类，雨季一过，苔已干枯了，在一片未干枯苔上正开着小小蓝花白花，有细脚蜘蛛在旁边爬。河水从石罅间漱流，水中石子蚌壳都分分明明。石头旁长了一株大树，枝干苍青，叶已脱尽。我需要在这种地方，一个月或一天，我必须同外物完全隔绝，方能同“自己”重新接近。
>
> 仿佛某时，某地，某人，微风拂面，山花照眼，河水浑浊而有生气，漂浮着菜叶。有小小青蛙在河畔草丛间跳跃，远处母黄牛在豆田阡陌间长声唤子，上游或下游不知何处有造船人斧斤声，遥度山谷而至。河边有紫花，红花，白花，蓝花，每一种花每一种颜色都包含一

种动人的回忆和美丽联想。试摘蓝花一束，抛向河中，让它与菜叶一同逐流而去，再追索这花色香的历史，则长发，粉脸，素足都一一于印象中显现，似陌生，似熟习。本来各自分散，不相粘附，这时节忽拼合成一完整形体，美目含睇，手足微动，如闻清歌，似有爱怨。稍过一时，一切已消失无余，只觉一白鸽在虚空飞翔，在不占据他人视线与其他物质的心的虚空中飞翔。

花的背后，是一个仿佛出自楚辞或南朝民歌中的理想人物，长发素足，倏然而至，倏然而逝，明明似有诉说，却不闻一言一语。

2017年3月30日

关于纽约的几个片断

都市

一辈子生活在都市，正如一辈子生活在乡村，虽然同样酸甜苦辣皆具，但日子久了，一切也都变得漠然。始终以异类的眼光看都市，明明已与都市密不可分，却又似一直陌生。讶异于全新的经验，并因此快乐和不快乐，都市在其眼底，始终变幻不定，没有本来面目。天堂、地狱，异邦、家园，都是，又都不是。这样的人，想来想去，只有波德莱尔。

受他崇拜的爱伦·坡，却对都市漠不关心，都市甚至不配做他那些神秘故事的背景。西方的小说多矣，写活一座城市如写活一个人的，显然不多。城市如水，日夜浸淫其中，意识不到水的存在，同类之间，依然隔膜。这么想，波德莱尔多么可贵，而巴黎何其幸运。

我在纽约住了近二十年，每次想拿纽约做题目写点什么时，不得不提醒自己，要像波德莱尔那样揪住一个都市的灵魂，才算写得有意思呢。而纽约，我的真实感受究竟如何？想一想，空得很。

效仿一下艾夫斯和格罗菲倒不难，《新英格兰的三个地方》《暮色中的中央公园》，都是不坏的题目。哈特·克兰写了《布鲁克林大桥》，更早，惠特曼写了《在布鲁克林渡口》。爱伦·坡虽然心不在焉，也在西八十四街写了名诗《乌鸦》，吉光片羽，弥足珍贵，但以此来付二十年"美好时光"的总账，未免菲薄得不成样子。

说穿了，没有波德莱尔"恶"的勇气，一切都是茫然。

但波德莱尔是令人厌倦和疲劳的。

波德莱尔始终不具备爱伦·坡那样的明晰。莫奈们笔下海妖歌唱的大海，在波德莱尔这里变成了一锅煮煳的浓汤。

纽约啊，说到底，只是一个稚气未脱的少年。在爱伦·坡虚晃一枪之后，依然故我。

一座城市，如一个人，历经痛苦才能成熟，至少有一个像波德莱尔这样的家伙，狠狠折磨它一番。

而我喜爱的北京却是太成熟，成熟得快要腐烂了；太幼稚，幼稚得仿佛尚未成形。无数骑在驴子上的人和坐在轿子里的人走过，姓李，姓王，或姓张。

在林肯中心附近

庞诺书店四楼的咖啡座挤满了人，由于光线偏暗，加上在冬天，窗户紧闭，咖啡的热气造成烟雾蒙蒙的景象，仿佛艾略特诗中下等旅馆的门厅，或波德莱尔流连的夜总会。总之这不是我需要的地方，如果我抱着一叠书穿过几十位女人斜伸的腿和几十位男人后仰的脊背，透过窗户俯瞰的风景，正像我满怀希望的书一样，断不能使我即刻清醒，或持久地，直到深夜，留下玄想的回味。打开一本书如打开一扇门，真相不会永远符合期待，尽管打开是一个深思熟虑的过程。其实，在长期的对预先安排的厌倦之后，失望往往成为最好的报偿，以致失望和惊喜逐渐等同。

相比之下，以价格昂贵出名的塔楼唱片店，它的古典音乐部历来清静。播放的曲子很有分寸，就连平时一向喧嚣的铜管也像得到抚慰的孩子一般柔和，甚至发出弦乐似的细碎的丝绸之声。大书店和音像制品店，只有古典音乐部毫无例外地另设单独的空间，可以关上门，让乐声充满。已经倒闭的 HMV 气氛最好，弧形的沙发座多少有形成隐秘世界的意味，而且不言而喻，非常舒适。柜台故意设在最偏远的角落，营业员的眼光不离面前三尺。那是一个喜欢歌剧的人，他放的曲子我多未听过，此时初听，觉得真好。

如果时间充足，天气又好，可以坐在街头喝杯咖啡。和我平时配松饼权充午餐的咖啡不同，这时的咖啡需要苦一些，烫一些。一杯咖啡凉透的时间，也是我们对眼前的风景感到索然无味的开始。无止境的人流，类型有限，重复太多，偶发的事件则无从预知。

林肯中心临街的台阶上坐了很多人，有手持本季节目单的游客，有刚刚在“莫扎特音乐会”的大招贴前若有所思的年轻男女，有茫然的中年上班族，还有俨然此地之主人的推着超市购物车的流浪汉。

在剩余的二十分钟或更短的时间里，我习惯坐在台阶上读唱片的说明书，但不能太投入。坐在这里也是一场音乐会，曲终人散，从不返场。过去的时代容易看得清楚，历史学家因此个个睿智而深刻。我呢，做梦都想听一场里赫特的独奏，听他弹弹贝多芬的《热情》，弹普罗科菲耶夫的《战争奏鸣曲》，弹巴托克。里赫特的《热情》是我听过的最热情的《热情》，第三乐章如饮烈酒，绝顶痛快。在里赫特最好的岁月，我还没有出生。有什么办法呢，我们总是和自己向往的人物隔了时代。我们知道彼此能心心相印，但上苍不给我们机会。

在地图上，林肯中心是个小站。我从地下钻出来，然后钻回地下。在等车的间隙，常常被呼啸而过的快车那使发烧友梦绕魂牵的钢铁节奏所震撼。说来也怪，我从没在别的车站听过如此凶猛的齐奏，即使是同样路线的列车。

许多年前，是不是陪着母亲游逛的那一次，已经记不清了。我们走过林肯中心的时候，天色将晚，灯光开始照出喷泉的灿烂轮廓，背后剧场上圆下方的拱券里，透出橙色的乳质的柔光。晚饭前的行人在广场上踱步，依着栏杆交谈，早下班的居民已经让狗牵着遛弯儿了。婴儿躺在小推车里，仰望苍穹，看到第一颗星星的浮现。现实就在人一天奔跑后的疲倦中，在日和夜的交替中退隐了。我们在街边的长椅上休息，不想说话也不想再思考时，就由衷地把自己交给了梦——这些伴随着我们、从来不索求回报的影子。

冷天的好咖啡

今天，在常去的韩国店喝到了最好的咖啡。时有时无的玉米面松饼今天也有，而且是刚烤出来的。

这样，就多坐了二十分钟，把布莱德伯里的《芬尼根》细读了一遍。

外面风大，冷得像绝望之后的空洞情绪，除了冷，再无他物。

可是有这么好的咖啡，苦味、温度都恰到好处，松饼的甜腻很容易接受。时间同样蓬松和温暖，鼓胀得软乎乎的，带一层棕色的惋惜神情的外壳，吞咽之前，回味再三。

芬尼根是个神秘的怪物，一个巨型蜘蛛什么的，吞食一切生命。在三个孩子接连死亡，警探们勠力搜寻某个绑架者而一无所获时，业余侦探罗伯特爵士登场了。这位和善的乡绅喜欢收藏，收藏世界各地的门，其中也有来自中国的门——以食人兽为铺首的朱门、隐士的柴扉以及古代农人的荆扉，后者多刺，可以防止攀爬。

罗伯特从案发现场异乎寻常的静寂中假定了芬尼根的存在。一片茂密的森林，不可能什么声音都没有：食肉和食草动物的声音、鸟类的声音、昆虫的声音。假如失踪的孩子的确被人谋害，罪犯需要花多少工夫才能把周边的一切动物全都捕杀一空。

所以说，真正的寂静是不自然的，也是难以忍受的。这一点，伟大的爱伦·坡早已证明给我们看了。

因此，不需要他们在远处轻声交谈，咖啡滴落的声音几不可闻，正说明声音无处不在，这是安宁的保证。

罗伯特知道，没人相信怪物的存在。而他自己，单枪匹马，绝非怪物的对手。好在他老了，已经厌倦了，他知道生活中那些他制造出来的意义原本一片虚空，而他一直向往走进一扇门，进入他虚构的门后的故事。他下定决心，在故意被芬尼根吞下之前，痛饮满腹毒酒。

从此他和芬尼根，一个厌倦的人和一个恶物，都从人世间消失了，森林重新充满声音。如果芬尼根只是他的臆想，他们同时消失再自然不过。

有时候，纽约的惶急正如森林的寂静，也预兆着一个不知潜伏在何处的芬尼根。和罗伯特的处境不同的是，我们的搏斗没有见证者。

在走向图书馆和巴士站的路上，我仍然想着罗伯特爵士。但在图书馆，我只借了两部电影，莫里斯·皮亚拉的《凡·高》，我自己看，和刚上架的老电影《罗马假日》，给儿子看——到目前为止，他只喜欢喜剧和善恶有报的侦探故事。

时报广场

纽约的广场不是广场，正像羊角风不是风，熊猫不是猫，而天牛既不是天上的牛，也和牧童横骑之上的青牛毫无关系。纽约的广场，就是街的夹角，但又不是寻常的十字路口。名叫广场的这些街角，多是一条街斜着穿过另一条街形成的一个小小的三角地带。坐在出租车里从天安门广场飞驰而过，直奔首都机场，十几个小时抵达肯尼迪机场的来客，如果日程紧迫，草草吃过便饭，赶在黄昏前踏上曼哈顿四十二街，他怎么找也找不到大名鼎鼎的时报广场。他站在百老汇、第七大道和四十二街的交会之处，望着前方五彩闪烁的投影广告，神情茫然。等他定下心来，怯怯地拦住一个过路人询问，对方可能微微一笑，然后告诉他，这里就是时报广场。

想想看，一个连立足都困难的弹丸之地都可以叫广场，那天安门广场算什么呢？最初翻译 square 这个词的人，也许是在苏州的小巷子里长大的。但美国人也难辞其咎：即使不翻译，square 还有一个意思是方形，偏偏他们的广场多半是个三角。

很多年了，从时报广场不知走过多少次，我始终意识不到自己是在这个世界上最著名的闹市街头散步（或赶路）。说实在的，除了游人多些，广告花哨些，随便搭出一个台子，唱歌或演讲的所谓活动家、艺术家出现得频繁些，这里和曼哈顿的其他热闹场所并无太大不同。论富丽，比不上第五大道；论宽阔，比不上公园大道；论雅致，可能还不如麦迪逊大道。只一点，时报广场周围，电影院和剧院比别处都多，这是我个人喜欢的地方：找不到要看的影片，或找到了而买不到票，能够及时换场。

每年的元旦之夜，时报广场几十万甚至上百万人从傍晚起聚集一起，迎接新年。寒风中的五六个小时过去，人群齐声倒计时，数到零，一个彩灯簇团的大苹果应声降下，然后是几分钟的狂欢。

我凑热闹的那一次，天气特别冷，必须不断跺脚才能坚持下去。年年乐此不疲的老纽约，往往带了扁瓶的烈酒，又驱寒又给自己酝酿情绪。喝啤酒的人则愚不可及，他们异乎寻常的狂热估计是让尿憋出来的。但沉痛的教训却没有人代代相传，大家照样喝，照样憋得要死。等到欢呼之后，人群尽情地抛洒、摔砸酒瓶、饮料罐、简易面具、做成眼睛形状的年号，推挤、跳跃、狂吼，迅速作鸟兽散。我和伙伴正在为找地方方便而发愁，却看到了这一辈子难忘的景象：一排排的男人涌向街边，面墙而立，哗哗啦啦，大放其水，背后是滚滚不断的人流。细流冲下人行道，汇合到街上，很快被踏踩成一片潮湿。逐渐腾空的街区，留下波澜壮阔的垃圾的海洋。

当然也有辉煌的一面。任何地方，它的值得回忆，值得向往，并不在于它同样拥有那些共同的品质，如豪华、壮丽、优美，而在于它的个性，它的与众不同之处。对于时报广场，一旦说起，我首先想到的就是它除旧迎新时展示的痛快淋漓的不文明，其次才是它深夜的辉煌。

我很少在曼哈顿逗留到深夜。那年夏天，家人回国度假，剩下我一个人。下班后无事可做，到四十二街上看电影。第一场，看威尔·史密斯的《我，机器人》。看得开心，散场后意兴不减，接着到对街的影院看《灵异村》。看完电影，快凌晨一点了。下意识地以为，街上定是一片萧条，不料推门出来，满目光芒暴雨一般把人打了个措手不及。路边的烧烤摊上生意正兴隆，三三两两的男女一手肉串，一手啤酒，谈笑正欢。还有卖画的、卖玩具的、卖小首饰的摊子。剧院外灯光雪亮，人头攒动，不知是散场还是将要开场。步履艰难的汽车，喇叭声此起彼伏。天呐，居然还有孩子，这些小夜猫子，比拉着他们手的父亲还兴奋呢。

一切恍若乡间的庙会。

相对于从运河街往北直到十四街的这一广大区域，四十二街之夜的热闹是奉献给游客的皮影戏，不具备销魂蚀骨的力量。

还可以提一句闲话。一些为时报广场感到骄傲的人称它为“世界的十字路口”，中国人也有把时报广场叫时代广场的。事实是，时报广场不管多摩登，却与时代无关。它是因《纽约时报》得名的，距今不过百年光景。

春天

春气渐暖，满街的山楂、樱花、玉兰和海棠花都开了。这是纽约郊区的典型景象。连翘蹲在人家的窗下，夜色里灰乎乎的一团。连日微雨，困倦中常起错觉，以为是别处的节候。风雨直来直去，硬邦邦的像股票的走势曲线。这种暖而无风的微雨之夜，难得有机会时常消受。

路边尚未展开嫩叶的树上，一只杏黄肚皮的小鸟发疯般地叫个不停，不仅叫，似乎还在枝头不断地跳。等了很久，半条街外传来一两声低沉的回应。再一会儿，街对面的树丛里响起成串的和鸣，水泡似的漫空绽放。这些回声欢快和悦，急促但不焦躁。

透过灯光，看见那只胖乎乎的知更鸟抖了抖翅膀，忽然安静下来。它一低头便发现我站在树下，但毫不在意，自顾自地歇息片刻，又高声唱和了。

睡梦中一直想着那只只比麻雀大一点点的鸟，隐约地，路口那棵已被锯掉的大桑树的密密枝叶里，成群的鸟，搭宝塔似的分别栖息在一到七层，叽叽喳喳，笑闹到惹人失眠。

中午吃饭时，窗外竟然纷纷扬扬，下起大雪来。吃罢饭，雪停了，继续下雨。

鱼缸前些天清洗过，透明得若有若无，更显得空旷寂静。原来十几条鱼追逐嬉戏的景况，一去不再。大难之后，只有两条鱼幸存。一条红鲤，一条红帽子。红鲤围着缸壁一圈圈地游，有时把嘴伸进石头堆里，找食物，也可能在打发时间。那条小红帽子多数时候伏在缸底不动，以为它病了，但一喂食就跑过来。吃饱了，接着做它的青天白日梦。这家伙，也真够无聊的，简直就是鱼缸里的卡夫卡嘛。

双塔

我迄今没有登上过帝国大厦的顶层，以后也不会。在我眼里，帝国大厦灰暗破旧，孤零衰败，是一幢早该拆除的腐朽建筑。我多年前进入过帝国大厦的门厅，唯见墙壁灰暗，灯光苍白，像被舍弃的舞场。相比之下，我喜欢世贸中心。这里宽敞而明亮，那些我从无兴趣进去的小店，也以清爽的橱窗布置熨帖人的视觉。每逢圣诞季节，照例摆一个漂亮展台，小火车在北欧童话背景中呼啦呼啦地来回跑。画里的北欧，模型里的北欧，祥和静谧，以其迷人的沉稳展示了时间的无限包容，那里的时间简直像绸缎一样温暖、绵软。在这样的联想下，世贸中心，我才不管它什么见鬼的商业和企业呢，权当它是一个巨大的迷宫模型。

世贸大楼和金融中心内部相连，我也喜欢去金融中心的室内花园。透明的大圆拱下，逼真的椰子树以优美的弧线亭亭玉立，游人随意坐在椅子上休息，貌似宫殿的华丽台阶上，时有新婚者全身披挂拍照。好事者或称之为冬宫花园。

童话是让人做梦的，人则因为做梦而无意间把现实变成了童话。这样的纯真是幸福，也是不幸。两个极端，无法居中。

出后门，就到了哈德逊河边。一个雅致的小广场，中间是喷水池，两侧是西餐馆。临水处居然嵌了一个微型船坞，泊着几只纸折似的游艇。

从曼哈顿岛最南端的炮台公园开始，河岸的散步小道一直延伸到世贸中心，继续向北，尽头是一个儿童游乐场。小道一面栏杆，一面散置着供行人憩息的长椅。向西眺望，新泽西的工厂区历历在目，它们低矮而灰暗，衬得天空直如一块破布，云彩则染上了铁锈色，仿佛它笼罩的，还是西部的荒野。

很长一段时间，这是我们全家常来之地。在河边看风景，在花园闲坐，在底层的商店乱逛。累了，时间又恰好，随便吃些东西。

世贸中心内部宛如巨大的迷宫，一如四十二街时报广场和大中央车站的地下购物中心，但世贸中心的气派是四十二街的两个车站难以望其项背的。我每次去世贸，地铁直达其下，回程走原路，对于它向街一面的外部景观，一向不甚留意。这一带街区狭小，高楼拥挤，靠近市府和唐人街，市容凌乱，人物驳杂。不过也有例外，就是如今已记不得在什么方位的一片游人休息区，位于大厦的夹角，点缀着现代雕塑，摆放着舒适的轻便座椅，夏日清风习习，视野开阔，看咫尺之外街上烈日下匆忙奔走的上班族，恍若隔世。

也许我也像《昏眩》中的吉米·斯图尔特，有难以克服的惧高症。从一百一十七层的“世界之窗”遥望下界，真的是高楼如戟，行人如蚁，街道如深渊——我在人世间第一次看到了深渊——这无聊的遐想，没想到真成了恶兆。

“9·11”之后

“9·11”之后，很久一段时间，曼哈顿上空一直弥漫着浓重的烟火味。每天上班，从法拉盛坐七号地铁，沿罗斯福大道一路居高奔驰，在亨特点附近俯首向下，穿过东河河底，在四十二街第五大道下车。走出地面，扑面而来的风，带来的不是花草的芬芳，也不是曼哈顿特有的都市气息，而是那种混合了车辆、豪华商店、咖啡细密的苦涩和金属感的摩天大楼的声音和味道。它不再复杂、暧昧、富有暗示性，而是单纯得如同一丝不挂的少女：风带来的，就是一种焦煳的味道，经过几个月的雨打风吹，千万人的吐纳和咀嚼，变得清澈透明，没有恶臭，相反，还渗着淡淡的焦“香”。

拐进四十街之前，下意识地抬头仰望一下天空，看看有没有飞机的影子。“9·11”之后，天空成了恐怖片中那扇永远关不牢的卧室之门，而飞机，尖利的轰鸣声予人不祥的感觉。此时仰望之下，天空只剩下边缘如墙齿的窄窄的一条，高楼的影子坚硬无比，那一条天空则亮得刺眼。

政府隔三岔五发布恐怖袭击的警告，传言纷纷。供水系统易遭投毒，有人在家中囤积了大量矿泉水和罐头食品。曼哈顿死而不僵，仍是经济文化之重镇，仍是恐怖分子眼里有吸引力的目标，有人因此迁往新泽西甚至更远的中部和西部。一些交通枢纽，如连接曼哈顿和周边地区的大桥和隧道，包括地铁隧道，重要又脆弱，仿佛生来就是供人算计的……

每周五天、一天两次坐地铁穿过河底，躲是躲不开的。我杞人忧天，暗想一旦隧道被炸，河水灌入，该是多么可怕的噩梦。至死不见天日，永远沉埋地下。灾难发生，不留一丝一毫逃生的希望。

我的焦虑在下班之际尤甚，每当地铁驶出大中央车站，一头扎进阴森森的河底，我就绷直了身子，紧盯着隧道里紫色的荧光灯一盏盏鬼火一般忽闪而过。这一站特别长，行车时间是普通一站的两到三倍，车的行进仿佛永无尽头。等到列车减速，亨特点站灰黄色的灯光扑上眼帘时，身子才重重地砸回椅背。

有一次，地铁在河底停驶，这在过去也是常有的事。但这一次，时间漫长得令人冷汗直流。我屏住呼吸，把涌进脑子里的东西粗暴地撕拉开，然而还是有很多影子在眼前飘。

双塔从此消失了，曼哈顿的轮廓上缺了一段画龙点睛的剪影。

一直有轻微的恐高症，几次上过世贸的顶楼遥看曼哈顿下城一带的风景。布鲁克林、皇后区、布朗克斯和新泽西环抱着红薯一样形状的曼哈顿岛，自由女神像个踏在滑板上的顽皮孩子，斜拉大桥上车如流水，阳光下的钢缆明亮纯洁，像白玉盘里刚刚拔出的糖丝。远眺尚好，俯瞰则头昏目眩。金融街上行人如芥，一百零七层楼下的街道，绝似嗜人的深渊。

然而不论远眺和俯瞰，不论喜欢和不喜欢，从此不再。我有很多遗憾。我有什么遗憾？

在靠近世贸中心的唐人街，当初很多人都闻到空气中蛋白质烧焦的臭味，几场雨之后，才慢慢淡薄下去。那时站在第五大道上往南看，可以看到城市上空的一片烟尘，静静地飘浮在那里。电视上每天都播放世贸废墟的清理情况，丫丫杈杈的钢铁构架斜刺天空，给人惊奇、沮丧和痛惜的感觉，好莱坞最能烧钱、最有想象力的导演也拍不出这样的场景。现实总是在和想象力赛跑，而且出乎很多人的意料，它的边界比想象能够达到的距离要远得多。

我每天看电视，听新闻里讲多少吨瓦砾需要清除，多少吨废钢废铁需要切割成小件，据说其中一些卖到中国去了。废墟里刨出了数以千计的金属小物件，包括寄居在世贸大楼里的公司的名牌和私人物品。没人讲那些死者的遗体怎么样了。他们真的化作了贾宝玉所羡慕的一股股青烟，留下的不是形象，而是味道。

整个“9·11”，最惊心动魄的场面不是飞机撞楼的一刹那，也不是双塔在新泽西天空的映衬下浓烟滚滚，在万人惊叫中花钿委地。最惊心动魄的场面，是在大厦将倾之时，一些困在楼中的人奋不顾身地从七八十层的窗口跃出，然后蝼蚁一般轻飘飘地坠向大地。

一直没有去零区域亲眼看看，后来再去，它已经变成一块围起来的空场。迟到的游客指指点点，他们除非透过时空才能一窥当年的景象。快一年之后，我坐车经过唐人街，但没有下车。世贸中心所在的柯特兰街站仍锁着门，列车不停，站台上收拾得干干净净，像往常一样灯光明亮。墙角扔着花束，墙壁上写着纪念的话语。

有一段日子，我忽然高兴起来，觉得有希望从此离开美国，重回北京。FBI 为了战争借口而施放的恐怖袭击警告，给了我一个说服人的借口。

但也只是个借口而已。列星随旋，日月递照，第五大道上很快恢复了往日的繁华。行人不断，游客如织，路边鲜花怒放，天空湛蓝如洗。我坐在大图书馆的台阶上，看一架德尔塔公司的客机缓缓飞过。这一次，它没有引起任何注意。

坐着的人

傍晚时分，日光渐落，道路渐渐变成紫色，树的影子开始肆无忌惮地沿着台阶流淌，挟裹着落叶和蚂蚁，聚集到低洼的街角。

下班或早早出来纳凉的人不断走过，从步履和神色上很容易分别。一栋殖民地风格的房子，门前花圃里立了牌子，告诉所有人，家里添了儿子，已命名为奥格，婴儿出生时重达八磅。

路人抬头，看见二楼的窗口灯光昏黄，显然那窗帘是极厚而且极老旧的，没有声音，也不见人影。

新沐的猫在车库后面山姆·斯倍德似的探头探脑，定定神，箭一样射向对街人家浓密的花丛里，留下久久不散的香水味。

自然，你必须连打几十个喷嚏。

蜡烛自然一只接一只地熄灭。其实这样吓不倒任何人。今晚的月亮太满，满得像溢出碗边的牛奶。你最后的音符并不匆忙慌乱，只是无理。

父亲对儿子说，别总把鞋子拖在沙石路上走，呼呼噜噜的，像醉鬼，也像流浪汉。抬点脚，对，你再听听，街完全空旷了。

很多花是不经意间被人养活的，很多人到死也没弄明白他前庭和后院一年一年自己枯荣的那些草或花究竟是些什么玩意儿。他倒是记得在夏天浇些水，而且呵止过几次顽童的踏踩。蝴蝶来的时候，他做梦去了。他醒来，蝴蝶们已远渡重洋。

下班的人数着街口往前走，被红绿灯折磨得快要失眠了。迎着他走来的人没有目的，顶了一头的银杏树叶，后来干脆止步，坐在游乐场的长椅上吃冰棍。

哦，这样的天气，吃冰棍是要闹肚子的。

奥格第一次在梦里想象到了老虎，出自街上路人脚步声的暗示。他被吓哭（更可能是欢喜），母亲则迅速把奶头塞到他嘴里。

椅子已经彻底融化在暮色里，道路的紫色发出焦煳的香味。日光在车屁股的红光中最后跺了跺脚，不知何处飞来的石头，击落了一串鹅黄色的椿树的果实。

布鲁克林大桥

一个国内来的人问我，纽约除了旅游手册上那些标着四星和五星的重要景点，还有什么值得去的地方。我说，去布鲁克林大桥。

周末过去，再见到他，问他桥上观感如何。他说，真冷。

是真冷。再过几天就是感恩节，可以围炉吃火鸡了。

我是揣着一枚布鲁克林大桥的邮票来到纽约的。一张单色邮票，橙色线条勾描，那是大桥在最艳丽的夕阳中才会有的颜色。那个信封上，还并排贴着一张斯特拉文斯基的纪念邮票。因为这样的关系，生活初步安定下来，在旧唱片店里最早买的两张唱片，就有一张他的《火鸟》。那时我想，二十世纪的作曲家里，也许他和我是最投缘的。我听过他差不多所有的音乐，最后发现，事实并不如此。

至于布鲁克林大桥，十几年里，去的次数不及想到的时候多。最后一次去，是在2001年的夏天，一个阳光明媚的上午。从市政厅附近上桥，踏着曼哈顿下城低矮的旧屋步步上升，攀向东河水面。远眺布鲁克林高地和皇后区一带，只觉波光炫目，斯泰登岛像泼在蓝色丝帛上的一团淡墨，随着视线的凝注慢慢晕散，仿佛可以一直不停地晕散开来，直到完全退隐到蓝色深处，化为乌有。回转身看曼哈顿，正是李白当年在暮色中下山时的感觉：却顾所来径，苍苍横翠微。街道和行人不见了，一节节高楼穿土而出，插进低空的紫色烟尘。太阳毫不留情地从闹市的清新空气中照出一派光怪陆离：车声，车的尾气，人声，人的喧嚣，头发的颜色，衣裙的颜色，橱窗的颜色，烤摊上热狗、肉串和面圈的香气，混合着每栋大楼孜孜不倦的排气扇的呜咽，全都在半空中扭结，把天空变成一块柔软的调色板。布鲁克林大桥凌驾于这一切之上，在水的映照下，在凉风的劲吹下，给人飞腾之感。然而实在的，一头是布鲁克林和皇后区，一头是曼哈顿岛，曼哈顿的那边，千丝万缕，还拉扯着新泽西的临河区，布鲁克林桥像一根纤弱的扁担，晃晃悠悠的，怎么也挑不起来，所以始终是一副跃跃欲起的姿态。

在后来洗出的照片上，曼哈顿的风景线上，世界贸易中心蓝灰色的双塔鹤立鸡群，占据核心位置。这是它最后一次亮相。两个多月后，它像写完《滕王阁赋》的王勃，无来由地突然夭折了。

纽约多水，故多桥梁。纽约的桥梁大概都是钢索斜拉桥。斜拉桥的工程意义我不太明了，它的视觉愉悦却是比石榴的酸甜还要鲜明。开车上桥，在晴朗天空的映衬下，那些粗暴的钢索忽然全都妩媚起来，变得纤细又透明，宛若清晨的蛛丝，触之即断，一阵风就能把它们吹碎为水滴。成排的钢索随着车的行进徐徐展开，像镜头推向舞台一角紧靠朱红帷幕的竖琴。竖琴的比喻实出无奈，不管有多少一流和蹩脚的作家用过，你只能自甘从俗。因为它不折不扣，就是一架竖琴，而你可以在想象中配上最动听的乐音，最恬静的演奏者，一双游动不息的手。

横跨哈德森河的华盛顿桥，连接两州，往南是入海口，往北，在看不见的远处，将流经久负盛名的哈德森河谷。两岸林木葱郁，浓荫中藏着古老的庄园，范达因笔下以扮演莎剧人物出名的神探，如果我没记错，就住在这一带。

威廉斯堡桥也许最平庸不过，一座斜拉桥应有的要素它全有，但就是其貌不扬，甚至不无猥琐之态。这座桥，在过去若干年的工作中，夜晚和凌晨，曾经穿行过至少两千次。

还有白石桥，这座由皇后区通向布朗克斯的小桥，令人难忘的是它出奇地洁净：天空、白云、在这里转向了且变得更宽阔的东河，以及高速公路下的所有草木。

从唐人街出发的曼哈顿桥，则似一个面色黝黑的驼背老人。

在所有这些桥中，包括那些我没提到的桥，没有一座桥能建立起像布鲁克林大桥这样的声名，稍有文化的人都会告诉你什么是“浓缩的永恒”。确实是哈特·克兰那首诗给了我对布鲁克林桥最初的向往，但当我置身其上时，哈特·克兰的时代就一去不返了。事实上，我一直没有读完克兰的全诗，现在我可以说，不必了，因为我已经在这里。

格格不入

有些声名显赫的人，一辈子和我们格格不入。这不是说我们没有机会或从未期望和他们一起吃饭喝酒、促膝长谈，而是说，他们的存在，对我们的生活不产生影响，我们完全可以忽略他们的显赫而自行其是。同理，某些声名显赫的地方也是如此。

譬如自由女神像，我不觉得这个伪锈斑驳的庞然大物有何可观之处，它甚至可以说相当丑陋，虽然它过去企图代表的那个理念无比美丽。法国的雕塑应当是优雅的，就连小铜章上的浮雕都那么精致可爱，自由女神作为远隔重洋的礼物，难道出自一个业余艺术家之手？

再说了，把如此庞大的雕像安置在巴掌大的无名小岛上更是一个错误。我们每每看到，满心敬仰的游客为了把自己的视线拉到雕像的顶端而差点扭折了脖子。不带长焦镜头的相机，要想拍下雕像的全貌，摄影者必须跪在草地上，或者干脆躺下仰着拍。而我的一个朋友则感叹说，最好的办法是挖个深洞，人站在洞里，踮脚探头来拍。

坐在曼哈顿最下端的炮台公园的长椅上遥望，波光粼粼中的女神像隐约有点亭亭玉立的意思，她那古怪的冠饰你还以为是娇媚的发带呢。从空中航拍的镜头效果更好，很多电影里都忍不住露一手，而且是呼啸着俯冲推近，然后一晃而过。

自由女神印证了思想家对政治人物的失望：草色遥看近却无。作为美德和魅力的草色，原来是距离的把戏。

对一个熟悉的地方，个人的偏见无处不在。我何尝不喜欢自由、不喜欢希腊神话中代表各种美德和理念的女神呢？然而纽约，这个世界之都可以和任何东西有关，甚至假想中的倾城之恋，但唯独与神话无涉。古希腊人的单纯和明朗也从来不是纽约的时尚。华盛顿广场，我至今没有发现太多的趣味；哥伦布圆环则简直难以容忍；第五大道的夜晚，要多令人失望有多令人失望，除了圣诞节前的短短几天：无聊的人，孤独的失眠者，尽可与橱窗中的圣贤美女彼此深情地凝视，重温一部分人眼中的人类重要时刻。

我对大都会博物馆的喜爱和对古根汉姆的失望同样强烈，我始终看不出众口称赞的大螺丝建筑如何艺术。我羡慕那些崇仰它的人，以及津津有味地谈论着波洛克和安迪·沃霍尔的绘画的人。在野蛮人的眼里，波洛克和安迪·沃霍尔，一堆有颜色的垃圾罢了。

以“真冷”来回答对布鲁克林大桥的观感，不是讽刺，也不是误解。电影《雨人》中，汤姆·克鲁斯的漂亮女友在电梯里赐给傻瓜达斯廷·霍夫曼一吻，然后满怀期待地问他：感觉如何？霍夫曼无动于衷：湿的。在电影院里，这个最简单的形容词引起哄堂大笑。

对纽约，我的很多回忆正像达斯廷·霍夫曼如此没心没肺地回报一个女人的同情和关怀，但很多时候，事情就是这样，这是没办法的事。

2006 年 4 月 13 日

第五大道

四十二街以上，到五十九街中央公园南门，这一段的第五大道，算是曼哈顿最阔绰、名气最响的街道了。阔绰，系就街道两边的店铺而言；名气响，只需看看一年四季游客云集的盛况。但周末有些上午，天气并不坏，也能赶上一连几条街人影寥落的情形。曼哈顿多高楼，街道却不宽，只有极少如公园大道者例外。如果以宽为标准，再和北京比，第五大道不过是一条大胡同。好在无尘土飞扬，也没有夏日到处乱晃的膀爷，和穿着大花裤衩子、手摇蒲扇的女人。第五大道是纽约的门面，自然收拾得干净。好钢用在刀刃上，市府清洁局对于无碍观瞻的普通居民区，当和尚不忘撞钟而已，哪怕你大风起而纸片和塑料袋满地乱飞，收垃圾日一路行走，臭气扑鼻。在第五大道，因为干净，不仅张皇四顾之际，五色杂错，赏心悦目，仰天吸一口空气，更是芳香袅袅，袭人欲醉。这香有花香，来自花店和大建筑台阶上阵容壮盛的盆花；有咖啡的苦香和糕饼的甜香；有街角餐车和餐馆飘出的催人饥肠的腻香；有老旧的墙壁和门扇沁出的石头和厚木的很难形容的蔫香；还有擦身而过的女人身上的香水之香——打扮优雅、笑语嫣然的女人，总是都市不可或缺的美景。我当年在四十街上班，午间散步，分向四个方向迈进，当然是向北最愉快，尽管稍觉拥挤和吵闹了些。因为此一感觉的强烈，后来练习作韵文，一时口滑，便冒出“兰麝香飘游女袂”的句子，而下联始终不能满意，这也是好事不成双的例子。不是文字有多难，是实际值得忆念的东西太少。

第五大道的街边，近些年安设了有背靠、面背转折处为圆弧状的长椅。铁制，刷漆，极为光滑。公共场合寻常的长椅，不外乎两种，另一种更多见的，椅面椅背用木板钉成。有刷漆的，有不刷漆的。不刷漆的，经过日晒雨淋，木头变色，由原来的淡黄或棕黄变为灰色，仍旧纹理清晰，看上去就很亲切。这和水泥台阶和花坛一样。水泥掺了沙石，粗糙而不雅观，但经年积久，颜色变深，生了霉苔，霉苔干枯而作不均匀的黑色，廉价的水泥之物，便凑合着也能当石头看，起码不那么刺目了。木椅直折，坐上去不如圆折的舒服，似乎人需挺直才对得起它。圆折的长椅，又那么滑，遇上惫懒的，一坐上，不由自主地往下缩，一缩，便仿佛周末赖在自己家的沙发上，朦朦胧胧地看黑白电影了。但第五大道哪里是可以沉沦长椅的地方，走累了坐下，也是时刻警觉，双眼炯亮，似在表明：不是有意长留于此，如在城楼上逍遥观山景的。脚酸少歇，随时准备开路。

偶尔看到中年男子和老人坐在椅子上看报，甚觉惊奇，猜不透他们的来路。周围人流推涌，一个停住不动的人，好比一根木桩或一头石狮，浑身上下透着不协调。

我很多次陪人游逛这段路，先在四十二街看一眼时报广场，自第七大道往东，走回第五大道，经过布莱恩特公园，左转北行。布莱恩特公园是很少吸引游客的，尽管这是我特别有感情的地方，可惜它四边的花草，至今未能认全。想想啊，在四十二街这样的地方，坐在草坪边上，窈窕的花枝就在身边横斜，叶子和花朵直接垂到书页上，残蕊枯丝洒落在头发里，还有大白天变得极淡的花香，萎缩得快要看不见的花影，还有蜜蜂、蚂蚁和其他不知名的小虫子，有些带翅的小虫子如花叶一样，居然也色彩鲜艳，红的，黄色，翠绿的。只要有闲，又能安静，便是福分。

逛第五大道，免不了看游人。游人有两类，特别好认。一类是欧洲来的，白人为多。人种一样，气质不同。这种不同，近似于好莱坞电影和欧洲电影的不同，也近似于美国小说和欧洲小说的不同。第二类是从乡下来的，皮肤晒得黑红，憨厚纯朴，尤其是说话的时候。女孩们在地铁里叽叽呱呱地笑，面颊上卧着两朵桃红，和过去中国农村的女孩一模一样。纽约不管有多好，肯定与纯朴无关。优雅与纯朴，各有其美。

建筑构成街景的一部分，就像一块砖和一扇窗户构成大楼的一部分。每一个建筑，在第五大道上，其个性之重要，在于它参与营造出了一条街的风格，而不在于自身。沿街前行，目光所至，两边的高楼华厦，恰似一块块积木，搭配出这段街区的颜色和形状，尤其是伸向天空的楼顶的线条。当我们走近每一处，具体的建筑同样消失了，我们看见的是一些生动的局部：各种门，廊拱，铜的门牌和把手，雕像，铜的门限，繁复华丽的橱窗，厚而质地庄重的布幔，端着司空见惯的表情的制服整齐的门卫。它们是这条街的眉目，不属于特定的建筑。

因此，在第五大道上走，你不会对每一栋楼太感兴趣，你观看，可并不太想进去。事实上，绝大多数建筑的底层，无非是商店，千篇一律的琳琅满目和金碧辉煌。在导游手册上标了星记的，因为一本书、一部电影，或某位名人而听起来诗意盎然的，比如奥黛丽·赫本的爱情片《蒂凡尼的早餐》中的蒂凡尼，不过是一个商品的牌子，店堂虽然豪阔，却与诗意不沾边。你也不会凑巧碰上赫本姑娘叼着细长的烟卷，墨镜推在脑门上，婀娜多姿地隐在她著名的小黑裙里对你微笑。

刚到纽约那阵子，我喜欢在街上看橱窗。看家居的小摆设，特别是铜铸的小雕像，看书店的画册，异国风味的大面包，还有咖啡杯子。酒瓶比瓶中的酒更吸引人。圣诞节的饰物充满冬日的温馨，万圣节的布置则是一些轻快的幻想。到雨天，第五大道一下子光彩顿失，这是很奇怪的事，因为很多小街都是在雨中而别具情趣的，窗台的一盆花，任何一家小店，一盏小小的路灯，仿佛被魔棍一挥，星花飞溅，人就在梦里而不自知了。然而第五大道，雨中的一切都狼狈起来。被濡湿的街，给人破败的幻觉，不仅破败，似乎还脏。所有店的门脸，一下子皱缩得十分沧桑，面对奔跑的行人，胆怯而惊惶。当此之时，唯一能做的，就是走进一家咖啡馆，临窗而坐，双手摩挲着大杯子，吸着咖啡的热气，看外面破碎支离的街。红艳艳的双层游览大巴驶过，如果路边再有几柄颜色以黄绿蓝色为主的花伞，即便在失望中，也能想象一幅刚完成的油画，印象派或马蒂斯风格的。可是当心，那是颜料未干的画，手指一捻，人和物就一塌糊涂了。

人喜欢的地方，一则它固然真的要好，二则那好必须对你的口味。然而这一切之上，还要熟悉。熟悉的地方，不再有惊奇，它呈现出来的，你不知看了多少遍，在不同的时辰，不同的季节，不同的天气，以及不同的心情下看过。它能展现的，都展现了，它原本可以隐藏的，难以再隐藏。它的好处，在温情脉脉中，被你自然而然地夸大了，然而那和惊奇下的夸大迥然有别。这夸大，是你甘心情愿。而惊奇下的夸大，则是被诱导，被牵制了。一条街，哪怕只有一家咖啡馆是你曾经熟坐的，服务小姐看见你会像同事一样打招呼，你有喜欢的饮品，有习惯的座位，你在那里从容地发呆过，而不是只曾匆匆走过，那么这条街，你自然有了感情，它多少像家一样使你安心。我在纽约，除了哈林区的半年，一直住在郊区。第五大道，当然陌生。即使有过两年里几乎天天的散步，然而自感安适的地方，却仅数处而已。我想，当我说起第五大道的时候，肯定不公正，肯定带着少许嫉妒的恶意。恶意延展，想象不免怪异。

且说，带着恶意，某一天，站在街口等红灯的时候，看着粉饰得无一丝瑕疵的街道，街面的竖切面是完美的小弧形，人行道像老派绅士的胡须一样考究，透着一股子洋洋自得。我忽然想到，唉，假如所有板块的接缝处都轻微裂开了，张开一厘米宽的小口子，长出杂草来。荠菜，蒲公英，车前子，三叶草，酸浆草，野蒿，可能只有寸许高，匍匐着，不敢昂起，狗尾巴草，一贯不懂谦虚，趾高气扬的，也可能高过一尺，那该多有意思啊。真是的，在颜色以金红橙蓝为上宾，地面不免青灰的此处，一排或小小一丛的碧绿，活的，不是人涂抹的，知道在风中摇摆一下的，简直是奇迹呢。

草既然生长了，那么，不奢望蚂蚱和蝴蝶，慌慌张张地跑着一些蚂蚁总是可以的，总是应该的。它们搬运食物和别的杂物。在靠近墙角的地方，还会拱起蒙古大军营帐一般散布的蚁蛭。

荒唐，非常荒唐。我当然清楚联想的来历。在奔向曼哈顿之前，走在雷哥公园学校附近的路上。那些很少走车的僻街，街心打满补丁。雨水填充的坑里，映出一片病恹恹的天空。人行道狭窄不过三尺，原先铺的水泥地面被树根撑破，或者就是被踩烂了，鼓起，陷下，被翻开到一边，欹侧着，被雨水浇透，被尘土填塞，有的地方，直接露出土壤，草就不客气地在那里安家。说来令人难以置信，巴掌大的裂缝，植物可以长成两尺多高的一大蓬。我认出来的有蒿，有野苋菜，有类似马鞭草的长条子小叶植物，当然最多的还是小草，就是我前面提及的那些。细叶草永远最多，不过不像会开花的荠菜和蒲公英那样惹人注意罢了。

我在第五大道上的遐想就是这么来的，但这一次，我的想象力一点儿也不精彩。

威尔·史密斯主演的《我是一个传奇》还没上线，从报上看到，它描写大灾变后的曼哈顿，几百万人突然消失殆尽，只剩下几个幸存者。昔日的名利场，如今荆棘铜驼，唐人怀古诗中寒月清霜、狐兔游走的套话，不料真的化为比现实还清晰的画面，顿时大喜：好你个曼哈顿，你也有今天。可不？昔日寸土寸金之地，连守门人的笑容里都有无数华盛顿、林肯和杰弗逊的大绿脸盘子在晃动，史密斯在那里种菜，摘玉米，遛狗，猎鹿，撒尿。有一处，不知是否记错，好像就是城市游荡者的乐园，联合广场。你瞧，好莱坞的导演比我疯狂多了。

雷哥公园小街的破败，不普遍也不特异。大部分街道的人行道，甚至街心，只要有年头，又不在闹市中心，长几蓬野草毫不稀奇。纽约气候宜人，雨水充足，尘埃丰腴，它们存活不难。但现实中不能缺少善意。赞美已够奢侈，微末到驻足一观也值得珍重。有一天，我走过一条路边不见一棵树的赤条条的街，七月的阳光恣意横流，虽近黄昏，头顶仍似有一只红泥小炉在煮着。这时，却看见一个肥胖的老人在提壶浇花，浇罢，非常细心地为路边水泥板缝里的野草也浇上一点。我凑过去看，几种草绞缠在一起，长不过寸许，长着小圆叶的，叶子细如芝麻，长着条状叶的，叶子纤似头发，紧紧缩在几厘米的空间，看不出是什么草，然而毕竟是绿的，尽管绿得模糊。那一刻，我觉得很高兴，仿佛整个世界都变得更有希望了。

2010年9月13日

地铁、风雪和城市

利用四通八达的纽约地铁，自皇后区的法拉盛乘坐七号车，在曼哈顿四十二街第五大道换乘下行的B车，到布鲁克林邻近康尼岛的湾街一带，从地图上看，正好画了一个大大的U字。由于这一绕，每次走这趟路，总觉得特别漫长，特别地费时间。

赶上上下班高峰时间，地铁的拥挤实在叫人受不了。除了面前密不透风的人体，什么也瞧不见。有些人，你是真不喜欢他和你紧挨着的，他偏偏寸土不让地迎上来，你想退却，却无处可躲。

好在我托上夜班的福，有事出门，多在中午，地铁相对冷清，车厢里三五个乘客星罗棋布，每到一站，车门洞开，吹进一阵凉风，或夹带一两个人进出，然后又是窗外的景物呼啸而过。在有节奏的摇晃中，真是无事可想，又懒得浏览窗户上方的横排广告时，人不由得便打起盹儿来。

纽约市的地铁，叫地铁实在是冤枉了。在皇后区和布鲁克林，在布朗克斯，大部分地段是在高架桥上行驶的，新来者可以饱看沿线风景——假如高高低低新新旧旧的房屋和宽宽窄窄长长短短的街道可以算作风景的话。另外，空气也清爽。

在皇后区这一段，也许是我看腻了，实在乏善可陈。地铁沿罗斯福大道走，两旁是商业区，一路全是小店铺的简陋招牌，看得出勤勉和混乱，却远远不成景观，最难得的是那些招牌全都出奇地相似，宛如一母同胞。

地名因为记熟了，也叫人失望。可乐娜，非译成一个美女的名字，原意是鸡冠，大概指土丘什么的，现在只是一溜平；林边区，我曾住过三年，因此敢断定没有林子，只有房子和零星的树木；阳边区，想来当初是片平原，无遮无拦，春天特别宜于踏青，此时却也阴霾一片。

过了皇后广场，列车一个大急转，窗外是废弃的车场，铁轨纵横交错如蛛网，近处是两个“高耸”的废石堆，稀稀疏疏的，生了野草，令人眼睛一亮。再以后，列车钻进东河，你得准备换车了。

这样相比之下，我更喜欢布鲁克林一些。首先是它更地广人稀，白天的一些车站、墙壁及围栏皆呈古旧颜色，车站外有些高坡，散布着杂树杂草，枯叶在铁道的碎石间乱飞，站台不见等车的乘客，也不见有人下车。其次是这一段线路，感觉上架得更高，所以凭窗而望，视野广阔，近处的屋顶，平的，竖着天线的，刷着黑沥青装着通风机的，偶有摆着盆花的，宛然还是屋顶，再往远处就渐模糊，使人忘记了它们是屋顶，虽然显出些参差，总体还是一片灰茫茫，而到极远处，线条和色块已经揉碎为泥沙，消融为静水，再觅房屋和街巷，却是“了不可得”，你当它是冬天的原野亦无可厚非，当然是无雪的，残留着枯枝败叶，间或露出赤裸裸的地表的原野。

这里还得提一句，七号车车型较老，座位沿车厢直排，端坐之下，目光只能看着车厢对面，要看身后的窗外，须得扭头。B 车则不同，它的座位有横排，也有直排，人少的时候，缩在横排座靠窗的一隅，面对行车方向，目光向前，观察车外的景致角度极佳，姿势也舒服。因此之故，白天的 B 车车厢，很难得的透着一丝闲散慵懒，不像是在大都会的通勤车上，倒像是坐火车长途旅行。

我出门之际，天色阴晦，宁静无风，寒凉中沁出点暖意。天气预报似乎说过将有大雪，但我没有在意。我出门并不一定非得喜欢阳光灿烂的好天气，这种富有暗示性的阴天反而颇能让我宽心：我的皮肤不耐干燥——在老家的多雨潮湿气候里浸泡了十七年的肌肤，对湿度特别敏感。持久的干燥会侵入体表，无端招来一些焦虑。北京的冬天最使我困扰的就是干燥。

地铁在曼哈顿的地底穿行，这儿的站名萎缩到只有一点点象征意义，唯一的不同便是漆在或用彩色瓷砖镶嵌在墙上的不同数字。格兰街之后，列车爬出地面，轰轰隆隆地驶过曼哈顿大桥。眼前闪过的尽是粗大的钢板钢柱钢条，河水虽然闪着灰光，却在钢铁的重压下显得极为谦逊。水流徐缓，不起波澜，大小船只依次而行，洋洋一派宽厚之风。

车速慢下来，每一站停留的时间也长。站台上，车厢里，空荡荡的没有几个人。

终于零零片片下起了雪。

这是很稀薄的雪，尽管稀薄，仍然是雪花，絮一样轻软，不是冰粒或夹着雨的雪珠，飘得缓慢，并不直直坠下，要反复回旋才能触到任意一处地面，或楼顶、河水和行人的头上身上。

稀薄的雪，飘舞在繁复庞杂的背景上，毫无诗情画意。

地铁继续东行。

我手中捧读的侦探小说，故事的核心正是北海道一个大雪之夜。一个浓妆艳抹的小丑在火车车厢跳舞，然后神秘地自杀在卫生间。撞开紧锁的门，地板上密密排着点燃的蜡烛。列车员目睹了一个白色巨人，将他从车内揪出，提升到半空中，让他俯瞰那辆列车出轨，翻倒在雪地上，远处红光闪闪，起了大火……

幽秘的气氛。异国的，昔日的，发生在他人身上的，与我们遥隔千里，只有愉悦，没有惊恐。因他人的惊恐而愉悦。几乎忘了身在车上，几乎以为身外的雪只是书中的虚拟，甚至季节也并非冬天。

故事突然一转。迷人的引子结束了，故事进入开端和结局之间漫长乏味的过渡部，读者往往因缺乏耐心难以容忍这漫长乏味而未能领略一个微妙的结局。凡事开始都是容易的，而结局是发展的必然结果。如同一条道路，你踏上去，它必然引你到达某一个地方。问题偏偏在于，路有多长，是什么样的，有多少人在走？无论生死，无论成败，事情必然有其结局。但我们能走完那条路吗？

车过第九大道和汉密尔顿堡之后，再度望向窗外，不禁讶然，继而欣喜。

雪不知不觉间已下得紧密起来。回风搅着雪片，呼呼地往车窗上扑，几米开外，已不能见物。车行似已减缓，车声却愈加响亮。每到一站，门开处，碎雪飞旋而入。车门关上，随即消失了踪迹，连点水痕都不留下。风掠过身边时，是异常柔软的，柔软得不像是风，而是昨日的呓语。

从站台上往下看，天地之间已被风与雪填满，挤得房屋都低矮了，扁平了。房屋间伸出来的无叶的树枝，戟指天空，色泽黝黯，如同朽铁。一阵阵风斜掠过去，卷出一个个赛似大都会博物馆的雪球，松松散散的，半透明的，影子似的，在千万座楼房之上翻滚远去。布鲁克林压抑在酒兴酣畅的午后之雪下面，变成了一座石版画中如梦如幻的北欧布景。

我下了车，拉紧衣领，走到站台的尽头。时间尚早，我还可以等。出人意料的是，虽然风急雪猛，站台上却一点也不冷。我因此又伸直了四肢，甚至干脆伏在铁栏杆上。

车走远了，车的声音已经听不见了。站台上再没有别的人。除了风声，只有无边的静寂。

我知道，在视线的极北处，某一个点，某一条虚线，就是我所居住的法拉盛，现在风雪不需要绕弯，径直把它送到我眼前来了。在法拉盛拥挤的街道上，我再匆忙的脚步也不如一粒最细微的雪尘的飘洒，在街道的店铺、银行、餐馆、律师事务所和公寓之间，我是完全无法被注视到的。而此刻，站在高出街道和楼顶的地铁站台上，在布鲁克林 B 车最普通的一个车站，这个小小的第十九大道的上空，我看见整个纽约市——它的五大区，曼哈顿，布朗克斯，布鲁克林，皇后区和斯坦顿岛——都笼罩在风雪之下，温驯如饮罢母乳后熟睡的婴儿，甜美，粉红，细腻，柔弱，毫无敌意，不再强悍和傲慢，而我静静地俯视着它，如俯视记忆中的一片原野，倪云林山水中的那种平林疏景，一种我愿意的、我熟悉的气氛，引动我心中久已沉睡的情感，在这个晚冬的下午悄然苏醒……

1999 年 3 月 19 日

纽约郊区的葬礼

一

皮特两周前过世了，葬礼定在周六。周五下午得知消息，在办公室匆忙打电话给花店，安排送一只花圈到殡仪馆。花店在唐人街，花圈要送到布鲁克林，他们自己办不了，得拜托布鲁克林那边的同行。偏偏接电话的老太太只会广东话，费了九牛二虎之力才把事情交代清楚。这样来来回回转电话，直折腾到快下班了，总算把事情弄妥当。

夜晚睡前，想着必须在七点前起床，要赶长路，结果还是晚了二十分钟。周末很少这么早起床，好梦正酣时，被闹钟惊醒，展眼一看：老天，快七点半了，立马掀开被单跳下地来。

穿衣，洗漱，抄下殡仪馆的地址电话，出门就跑，但没有时间喝杯咖啡吃早点了。

周末的地铁慢，车少，很多线路不通，需要七绕八绕地换车。我住的皇后区位于布鲁克林上方，殡仪馆却坠在布鲁克林的底部，离康尼岛不远，快到海边了，赶过去足要两个小时，而葬礼定于九点半开始。

以往去皮特家，一定随身带本书，路上一来一回，三百页左右的书可以看完。六七年里，去过皮特家十多次吧，几乎每次带的都是侦探小说。记得最后一次去，没有侦探小说可带，只好拿了一本庄子，让皮特感到惊奇，说，你还看这书啊？皮特从来不看与古钱无关的书，任何小说都不看。古钱是他的行当。

这一次，我空手上了车，看窗外的风景，想事。

周五晚上，因为加班，回到家已经十一点。有一位宋医生一直打电话找我，让我不论多晚务必给他回话，说是有关葬礼的事急需商量。我赶紧回话。这位宋医生说话慢吞吞的，嗓音柔和，非常客气，显见是一个善良的人。据他自我介绍，皮特以前常在他那里看病，日子久了，又是同乡，聊得投缘，差不多算是朋友了。出了这事，皮特太太束手无策，他虽非亲非故，于心不忍，只得勉为其难，出面操办。葬礼会有一些亲朋好友参加，皮特一直义务帮助整理中国钱币的“美国钱币学会”，也会派代表来，是主持亚洲部的贝茨主任。他也通知了华文报社，说不定还有采访。这样呢，需要一个仪式，一个程序，几天苦心筹划，已初步做了安排，但必须有人主持，有人致悼词，介绍死者生平，此外还有亲友代表讲话，来宾代表讲话，瞻仰遗容，鞠躬告别，等等。

“我呢，就算司仪，悼词你来致吧。”宋医生最后说。

这可把我吓着了——场面上的事，我一向不灵光——再说了，我的英语口语不行，对皮特的生平更不了解，而且一时半刻，哪里去找葬礼上穿的黑西装？

听我这么说，宋医生沉吟片刻，说，其实悼词我已写好了，你看一看，补充补充，我们到时再商量。

正事说完，宋医生问我和皮特是什么关系。我说，认识皮特倒是好多年了，每年去他那里几次，挑几枚古钱玩，平时打打电话，聊聊书报杂志和市场上的见闻，如此而已。

宋医生长长地“哦”了一声。

交谈中，宋医生伴随着感叹一次次用到“孤儿寡母”这个词，让人觉得和现实十分遥远，尤其是身在人群拥挤的地铁车厢，回味这个词，以及和它有关的一切，更觉得恍如梦幻。

二

殡仪馆位于店铺林立的主街上，但在周六的早晨，周围却一片冷清。大多数商家尚未开门，街道上行人寥寥。地铁从高架上驶过，整个街道跟着摇晃不止。风把大大小小的纸片从街道这边吹到那边，又一次次被疾驰而过的汽车带着飞起来。

这个殡仪馆叫“佩罗斯佩罗父子殡仪馆”。意大利人的名字。

皮特的灵柩停在右首一间大约二十五平方米的灵堂。

灵堂像国内常见的小放映间，三分之二的地方让固定的几排座椅占据了，前面的台阶上停着灵柩，两侧摆放着花圈，香台里插着几只线香。地上的小桶里显然刚刚烧过冥纸，屋里弥漫着浓重的烟味和香味。

皮特躺在棺木中，身下铺了厚厚的丝绸面的被子。经过化妆，他的脸光滑，红润，表情僵硬，像是蜡做的，只是消瘦得厉害，比我最后一次在医院看到他时尤甚：面颊全部陷下去了，显得很吃力的样子，像是在费劲咀嚼什么东西。

皮特的太太，按广东人的习惯，称之为阿秀，一个矮小的半老太太，和我握手道谢后便哀哀地哭起来。皮特的儿子弗兰克，穿了一身肥大的黑礼服，和他穿着同样衣服的同学站在一旁。他们是在场的人中唯一穿着正式的一对。一位年轻女士，T 小姐，据说是皮特老朋友的女儿，在我之后匆匆赶到，立即进入角色，搀扶着阿秀坐下，在她耳边悄声说着安慰的话。

宋医生和我想象的一样：身材不高，微胖，秃顶，一张面团团的脸，气色红润。寒暄之后，他迫不及待地把我拉到隔壁的会客室坐下，从皮包里掏出几张纸给我看：一张是议程表，另外两页是悼词。

“时间差不多了，”他说，“我们赶紧落实下来。”

按他的安排，议程共有十项，从宣布仪式开始，到默哀，三鞠躬，到各项讲话和向遗体告别，宋医生把国内最官式的一套不走样地搬来了。他坚持让我主持，我说英文部分不好办，建议交给弗兰克，弗兰克毕竟是在美国长大的。

宋医生叫来弗兰克，我们把议程的中文意思讲给他听，他用英文写下来，到时候照本宣科，事情就算解决了。这样，弗兰克责任重大：他既是司仪，还要代表亲属讲话。

回到灵堂，我算了算，全部到场的就我们六个人。宋医生说，不会再有人来了。皮特的兄弟姊妹，在巴黎的太远，在加拿大的说身体不好，都来不了。要等的，就是钱币学会的两位。

三

九点半已过去很久，殡仪馆的人催问过好几次，只好把时间不断往后推。阿秀这时已平静下来，反复说着感谢的话，又说起皮特最后一段日子的情况，切除了胃，癌细胞应该不会再扩散，皮特计划身体稍稍复原就搬回家，唯一麻烦的是以后腰上老系个胶袋，行动不方便……谁知还是扩散了呢。讲到后来又哭。我和宋医生到街上引颈遥望了几次，贝茨主任一行仍然未到。

“周末了，路又远，可能还堵车……”宋医生说。

我说，别寄太大希望，美国人办事准时，这会儿不来，恐怕不会来了。

宋医生由衷地叹口气：

“昨天，我给几家中文报纸打电话，说有个中国钱币老专家过世了，也算是社区的一个新闻吧，能不能来采访一下，发个消息。A 大报的小姐倒是客气，答应尽量安排。B 大报接电话的是位有口音的男士……答应派人来看看……”

小佩罗斯佩罗屡屡来催，经过我和医生的恳求，最后同意延迟到十点半，不能再推，因为去墓地的路太远，再晚就安排不过来了。

趁这个时候，我坐下来，读宋医生手写的悼词。看来宋医生花了不少工夫准备，皮特生平那部分写得井井有条，很多事都是我前所未闻的。

悼词说，皮特身世不凡，出自名门，七年前来美时，十分落魄，但他英文好，因为自小是在美国长大的。记得他有一幅发黄的照片，上面一对夫妇，男的西装笔挺，女的旗袍匀称，都颇有气度，膝下一男孩，年方六七岁，如大人一般装束，头发打理得油光水滑。这个小男孩就是六十多年前的皮特。有一次请皮特吃饭，吃得高兴，谈兴也浓，吃过饭，意犹未尽，又去咖啡馆小坐。中间说起北京，皮特说，民国年间他曾在中南海里借住过，我觉得挺惊奇。

在国内时，皮特在学校教英文，收入不多，业余倒卖古钱。他的生意虽然小，但由于懂外语，路数和别人不同：专门卖给日本人。日本人识货，肯出高价，皮特大概赚了一些钱。等他千辛万苦来到美国，已过了退休年龄，拿一份政府补助，不用上班，平日全美各地跑一些钱币展，继续做生意。我就是在世界贸易中心的一次钱币展上认识他的。当时他尚无摊位，拎着一个黑皮包，看到有人对中国钱币感兴趣，就跟上去，从包里拿出钱币册子给他看。那一次我得了一枚太平天国币和两枚南北朝的小玩意儿，谈得投机，互留电话，从此来往起来。

按宋医生的“采访”，皮特在纽约长大，民国年间随父母回国。“文革”期间他很不顺，下放到云贵一带，因为各种挫折，过了六十岁才结婚，但“好人命好，结婚第二年喜得一子，大出周围许多人的意外”。

皮特的出国也是一段故事。自他提出申请，单位压着拖着不给办，几年里，他到处跑关系，求人，都没用。到最后山穷水尽弹尽粮绝束手待毙的关头，凭了天意或借助“神启”，居然找出或记起了几十年前在美国时的社会安全号码（或其他什么证明），拿到美国领事馆，通过电脑查出在奥本尼出生的证明，当即办了签证，恢复美国国籍，之后全家移民。

写到这里，宋医生感慨万分，句子变得抒情起来，而且加了惊叹号，但其中一句“得以重归故国”，让我觉得不太舒服，可是想到皮特确实是把美国当作自己的国家的，而且宋医生应该也是入了籍的，心里的话就没说出来。

皮特一生曲折，应该有很多故事值得讲，但我向来不好打听人家的过去，此处没有任何细节可补充。几年的接触，只有一个笼统的感觉，好像很多年前看过的电影，真实却模糊。尽管如此，即使从表面上，也能看出一些端倪。比如他的腿，显然是受过伤的，走路微跛；比如他的婚姻，六十岁前，不可能是一片空白；比如他父母的结局，他的兄弟姐妹们为何又一直留在国外？……

皮特洞悉世故，知道我是那种有点呆气的人，兴趣在古币，古币之外诸事不存在，所以每次见面，都是在讲这方面的掌故传闻，尤其是他在古币市场的“奇遇”，让我听得如痴如醉。

四

十点半，小佩罗斯佩罗进来，用不容置疑的语气提醒我们，该走了。T小姐低声在阿秀耳边说了几句，阿秀顿时放声大哭，随即被T小姐搀起来，走到灵柩前，作最后的告别。

我和宋医生对视一眼，都没说话。

阿秀从拎着的袋子里掏出各色的填充小动物，塞到皮特身体的一侧，一只接着一只，一连塞了五六只。蓝色的是只海豚，随后有泰迪熊、松鼠、狗，最后一只大概是象，灰色的。

阿秀边塞边哭，口中絮絮叨叨的，但因为是广东话，我只听出一句，大概是“都是你喜欢的”这样的意思。我有点奇怪，不知这是什么风俗。

沉静的皮特睡在温暖柔软的动物的围绕中，景象让人感动。

哭罢，阿秀对T小姐说，“我想把珠子放到皮特嘴里。”

T小姐翻译给小佩罗斯佩罗，他走近来，一手按着皮特的头，一手用拇指和食指费了好大劲儿把皮特的嘴挤开，把那颗珠子塞了进去。

这时，老佩罗斯佩罗过来，告诉我们车已备好。小佩罗斯佩罗轻轻合上棺盖，弗兰克打头，T小姐扶着阿秀随后，径直走出去了。

仪式呢？我看看宋医生，他好像有点迷惘，手里还握着悼词的稿子。

我们坐进老佩罗斯佩罗的车。宋医生说，还得上班，有病人，就不送了。他举起相机，对着我们和前面的灵车各拍了一张照片。

太阳已经升到半空，天开始热起来。车里开了冷气。宋医生站在空荡荡的殡仪馆门前，孤零零一个，只有他的秃顶微微闪着光。

五

车在路上足足走了一个小时。这一带的路没走过，看路牌都是陌生的名字。两边的风景相当不恶，望不到边的全是树林。山坡隐约露出的房子，也都古色古香的。起初远远看到水边高坡上一大片气势宏大的墓园，以为要到了，心里为皮特高兴：多秀丽的景色，多安静的长眠之地呀！但车只是远远地飞驰而过。一路上类似的墓地接二连三，每一处都不是，我渐渐失去了观望的兴致。

穿过史坦顿岛，进入新泽西，不久，汽车下了高速公路，拐上小道。道旁开始出现制作销售墓碑的商店，半成品的墓碑随便摆放在路边和门前的空地，多是青色和棕红色的，刻字的一面抛了光，那情形很像一年前我在洛阳看见的路边展示的千军万马的大型唐三彩。道路进一步深入，参差不齐的墓碑透过树丛扑上眼帘，三三两两的黑衣男女在路边低头走过。车速随即慢下来，不用说，到地方了。

这是一片非常广阔的墓地，紧挨着 1 号公路，无遮无拦，平平坦坦。大，但毫无景色可言，甚至没有树，触目皆是密密麻麻的墓碑。这里的墓碑比较单调，差不多都是一个模式，半米高，墓碑正中刻着死者的姓名和生卒年月，顶上一具十字架，下面浮雕着翻开的《圣经》，和来自经文的题词。碑面光滑如镜，碑边则故意保留原石的粗糙质地。新近所立的，很多都嵌上了死者的照片。看得出，黑人相当多。

排队的灵车拉开一条长队，一米一米地往前挪。视野之内的墓碑，总有成千上万吧，给人一种说不出的感觉。在阳光下，它们不恐怖，不肃静，不神秘，不异类，也不深刻。普普通通，平平实实。按说到此是应该产生些悲悯之情的，心里却不知为何厌倦起来，也许是太饿兼太渴了的缘故吧，毕竟从清晨到现在还滴水未进，而且，坐在不开窗的车里这么久，人有些昏沉了……

一块黑色的墓碑上，一个白发的黑人老太太在微笑，算了算她的年龄，九十六，下面的子孙姓名细细地刻了好几排。

这个老太太忽然让我轻松起来，但很快地，一个只活了十三岁的小女孩像乌云一样悬在我眼前。值得庆幸的是，这块墓碑上没有照片，碑前的一束花已经干枯了。

后来我便开始注意起死者的享年。也许是偶然，在我们走的这条路的路边，夭折的孩子和二十出头的年轻人好像特别多，每一个孩子都永远留下了一对“永远爱你的父母”。在墓碑上，这样的文字能传达出多少哀伤呢？

只有一个死者让我产生了不太纯洁和高尚的联想。墓碑上有他的照片，一个面相“凶恶”的小伙子，双眼阴沉，带着杀气。他只活了二十一岁。一个黑社会的马仔，一个街头小混混，死在黑帮的火并或与警察的对抗中？

繁忙喧嚣的 1 号公路边的墓地，究竟不是瓦雷里的海滨墓园，既不宁静也不肃穆，也不是《上帝创造了女人》中，碧姬·芭铎的倩影在自行车上飘扬的小镇墓场，有着蔑视死亡的秀丽和开朗。这个墓地平实、简单，就像酒后的一句大白话。

六

一点钟，轮到皮特下葬。新辟的墓区最明显的是地上没有草，赤裸裸的一片黄土。和在电影中常见的不同，墓穴不是一个个挖好的坑，而是一排排的挖好的，像深得过了头的战壕。墓道的宽度正好是棺木的长度，一个墓穴占据大约一米的地方。按照排队顺序，棺木一个接一个下葬，直到一条墓道全部填满。

皮特的灵柩抬过去时，那条紧靠公路的墓道已经安葬了三四个人，没有填土，棺木只用草席覆盖着。皮特灵柩通过吊绳缓缓放到坑底，殡葬工示意，可以把带来的鲜花扔下去了。这时我才走到坑边探头下看，看到和皮特并肩而卧的另外两具棺木。弗兰克把花抛下，不少落到了旁边的棺木上——它们挨得实在太近了。

鲜花的花圈和花篮被殡葬工们随意扔到一边，翻倒了，散碎了，再被反复踏踩，各色花朵滚了一地。

阿秀把一只不锈钢大深锅架在墓穴边上，锅前立着皮特的遗像。一只红苹果切为两半，平放在地上，做了插香的香台。阿秀，弗兰克，弗兰克的同学，齐向大锅里烧纸钱。阳光亮得刺眼，火焰的颜色一点也看不见，只看见烟。风很大，纸灰盘旋着四下乱飞。

中午的太阳晒得人闷热难耐，公路上焦枯味的黑尘一阵阵打在脸上，邻近的墓道在安葬一个黑人，二十多人肃穆而立，听着牧师催眠似的念经文。相比之下，我们这边太冷清了，没有音乐，没有话语，纸灰盘旋而上，四散委地，随即飞扬无踪。佩罗斯佩罗父子远远站在车边，很有耐心地低声交谈着。

小佩罗斯佩罗高高的个子，总有五十多了，相当和善。老佩罗斯佩罗已经很老了，较矮而较胖，秃顶，一撮花白小胡子，不太说话，但看动作还算利索。不知怎么的，想到死，我忍不住朝老佩罗斯佩罗看一眼。这个气定神闲的可敬老人，他的日子毕竟不多了。

我和T小姐一直一动不动地站着。肚子已经不饿了，但渴得厉害。终于，殡葬工礼貌地催我们离开，因为后面的人还排队等着呢。阿秀于是跪下来，哭了几声，收起镜框，喝令弗兰克把剩余的纸钱抛洒一净。火舌甫退，风已夹着沙土卷过来，把纸钱卷过墓地，卷出铁栏杆，卷向高速公路，一路奔腾而去。

七

回到史坦顿岛，T小姐让老佩罗斯佩罗绕了一段路，送她到学校。换了这条路走，很意外的，一路畅通无阻，四十多分钟就回到了殡仪馆。

告别了阿秀一家，我迫不及待地往街上跑，找吃的。但找来找去，只找到一家简易比萨店，不到十平方米的店堂，满屋的黑孩子。我犹豫了一会儿，还是进去了——大白天的，不至于被抢吧！在这方面，我早已是惊弓之鸟，不免处处小心，时常疑神疑鬼。我要了一块比萨、一罐可乐，在墙角的空位——按特工常识属于最安全最便于观察形势的位置——坐下来，一口喝下大半罐可乐，又用不到两分钟干掉那块比萨。

这时已是下午三点，肚子里充实了，口不渴了，困顿的时段过去了。我站在高架上的地铁站台上，精神多少振作起来。绵延不断的铁轨在赤裸的天空下闪着凝重的灰光，那灰光似乎可以把人引向岁月深处，而不是另一个车站。一头是海，一头是曼哈顿，海和城市都是时光中的小站。我们总是要旅行的，不管此刻身在何处，也不管朝向哪一个方向。

曼哈顿的高楼大厦光芒夺目，右边更远处则是皇后区相对灰暗的楼群，丛丛树木像揉碎的布片飘落在楼群之间，那些几乎不可见的更小的灰色小点，是鸟群——像爆竹青烟散尽后的细末，渐渐融化在同样灰色的天空里。

我的心情慢慢好起来。列车久久不来，这在周末，在远郊，平常不过。站台上随意抛撒着几个不疼不痒的乘客，全都无声无息。忽然想，回程的两个小时，哪里找一本侦探小说打发一路上的无聊呢？

葬礼好像一下子被抛到很远的地方去了，好像是几天前的事情。墓地，灵堂，花圈，飘扬的纸灰，哀泣的面孔，一下子全都淡漠了——我只不过是在平常的日子，又一次坐地铁回家。我多少感到一些不自在——

拉罗什富科说过：我们总是有足够的坚强来承担别人的痛苦。

不是吗？

2002年10月27日作，2004年7月12日改

诗不能使任何事发生

诗不能使任何事发生，这是奥顿悼念叶芝的那首名诗中的一句，查良铮先生译为“诗无济于事”，简洁明了，但我爱原文的质朴：poetry makes nothing happen，说得再直白不过。可不是吗？一首哪怕再高妙的诗，能使一件事凭空发生、改变或逆转吗？奥顿说，爱尔兰刺痛了叶芝，让他发为歌诗，但如今叶芝人去楼空，爱尔兰却疯狂如故，连气候都丝毫不变。诗算得了什么？它连同样押韵的咒语都不如。咒语能移山填海，生死肉骨。诗呢？只是风中的一丝风，之前是空寂，之后还是空寂。

一

八十年代后期，曾有难得的机缘，在淮南教育学院任教一年。我教的课是古代文学史上半期，从先秦到南北朝，正是我非常喜爱的一段。每周两次课，四个小时。教学大纲规定的任务相当简略，备课和批改作业之外，有大量的自由时间。又因为是客席，校方照顾得无微不至，一切生活琐事无须操心，遇到节日，还能衣香鬓影、觥筹交错一番。闲时看书，打牌下棋，长夜清谈，逛街，看电影，稍稍喝点酒。当然，扪腹大梦之余，免不了胡思乱想。胡思乱想之后，写一些分行的文字。改好了，东一首西一首地乱投。

楚铭是我在单位住同一宿舍的兄弟，一起报名参加讲师团。从北京下来，我去淮南，他到几十里外的怀远。春秋佳日的周末，我骑半天的自行车去看他，和那边的同事聚一聚。在淮南，我们住在一座小宾馆里，左右不远，都有闹市。怀远的师范，地方偏僻一些，校园背后是山。有客人来了，白天带去爬山，说是大禹治水的遗迹。偏那山既无葱茏之姿，也无险峻可言，沿山脊信步而上，山顶空无一物，除了一座小小的亭子。我倒是挺喜欢那座山，站在山顶俯瞰四下的平川，眼界极为开阔，村庄阡陌，历历在目。就凭这一点，我相信大禹确曾在此观望地势，筹划导引洪水的方略。

记得有一次去，赶上连绵阴雨，上午楚铭有课，我一人留在宿舍，无事可做。坐在临窗的桌前，铺开纸，想写一首题为“槐花雨季”的诗，却怎么也写不出来。楚铭知道我爱吃鲫鱼，中午特地弄了几条，照我以前说的方法，先煎得两面焦黄，再加酒、开水和葱姜焖熟，吃时撒上葱叶和芫荽。

后来想起怀远，就想起鲫鱼和那首没写出来的诗。“槐花雨季”永远不曾由“纯粹理念显现为现实”，偏偏记着。自从到纽约，就再也没见过鲫鱼。

我在北京住集体宿舍，前后三迁，楚铭是陪我到底的人。最初在西便门外，我们有四个人结伴合住一屋，周末同出游玩，下班饮酒作乐，密不可分，亲如兄弟。之后搬到羊坊店，情形依然。那里距离玉渊潭最近，在湖上划船，拿煮花生米下酒，大半天时光，自由畅饮，何等简单而洒脱。再以后，继续搬，搬到菜户营。房间小了，两个人一屋，四人分作两处。不久，其中两位结了婚，搬出去。我和楚铭各自独占一间，引得无数人羡慕。到了周末，先手邀得美人归的兄弟们纷纷前来借地方。

而我和楚铭，条件如此便利，却都没有女朋友。我依旧吭吭哧哧地炮制各种纸上垃圾，楚铭呢，既忙着约会，又忙着调工作。夜深赶回，总是到我那里坐一坐，说说两方面的进展，有时高兴，有时气恼，总归是高兴的时候少，气恼的时候多。他约会的女孩的照片，沾光看了不少，其中不乏清纯秀丽的，但他总有遗憾。

楚铭学工科，可他喜欢文艺。我的诗他也看，不喜欢的，直言不讳，不管我面子搁得住搁不住，遇到喜欢的，那是真的喜欢，很久之后还能听他念起。

电视台新楼落成，我赶上搬进新办公楼，享受了半年空中眺望玉渊潭的好景致。带食堂的新宿舍，我未能赶上，辞职走了。那时候，当年同时进电视台的伙伴，绝大多数成了家，留在集体宿舍里的，楚铭绝对是元老了。

第一次回国探亲，故地重游，回电视台玩，在楚铭的宿舍住了一晚上。屡屡听说的食堂的小炒加啤酒，还有小火锅，都见识了。和过去相比，真是天上地下。从前在菜户营，周末彻夜打麻将，也是一个革命传统。后半夜肚子饿，只能煮包方便面，打进一个鸡蛋就算奢侈。楚铭知道我在纽约，肯定不会有机会常玩，他要我重温往昔的好时光，居然强拉硬拽，召齐了原班人马。可我因事不便，婉拒了，在一旁看他们玩。一位老朋友的新女友，半夜三更做了一锅鸡蛋面，端来慰劳我们这些辛苦的搓手和看客。世上有如此贤惠的女孩，大家不免唏嘘再三。

这是我唯一一次去电视台的新宿舍。谁能想到，这会是楚铭的终老之地，一个他永远没有再离开的地方。

二

在淮南，我在《星星诗刊》上发表了生平第一首诗，拿到了生平第一笔稿费。六十多行诗，六十五元，比我半个月的工资还多。更令我高兴的是，那首分为几段的诗，不仅全发，还发在头条。但我写诗的热情并没有因此提高多少，不是不想，而是没办法强迫自己。兴致不来，没法动手，想急功近利都不行。好多年来我一直以为自己真是疏懒到不可救药了，后来想想，也许不是懒，而是心中怀疑的阴影不能消除。怀疑什么，说不清楚。可能怀疑外在的一切，但我觉得，更多的还是怀疑自己，毕竟怀疑自己比怀疑他人要直接得多。另外一个原因，就是有一种预感，太强烈，太沉重，常常觉得自己不能抗拒，但要认命却心有未甘。我需要鼓励，这样我就不再怀疑，也不再把那什么预感当回事了。

宾馆后院有一个可以算是花园的地方，很小，花坛边上搁了两张长椅。吃过晚饭，大家经常在这里走一走，坐一坐。各种小虫在将暗的天色里飞，树在风中招摇，残花和裂开的果实散发出香气和奇怪的苦不苦、涩不涩的味道；电视机里嗷嗷地唱着流行歌曲；从宾馆水房的窗口映出打水的女人的影子，有一个很漂亮的高个子少妇，每天傍晚在窗户边上洗头，弄得我们一位大哥神情恍惚……唉，那是一种什么样的气氛啊。

深秋一天，也是晚饭之后，大风刮起，满地枯叶乱走，半空里呼啸连连。我在时常涌起的毫无理由的郁闷中当风而立，觉得同样毫无理由的痛快，一些诗句联翩而出。回到房间，一口气写下十几行诗。

这首带点雪莱《西风颂》劲头的诗，让我得意了很久。一直到离开北京，我都相信那是我在大学毕业后写得很好的一首诗，是李白精神的产物。虽然内容浅薄，在小圈子里，却有不少人喜欢。现在想来，其中唯一的好处，也许就是诗中表现的年轻精神吧。楚铭对这首诗尤其喜欢。

有一天，他拿来一个硬皮本，让我把这首诗抄在本子的第一页。我忘了他当时说这本子是准备用来干什么的了，大概是记日记。

我不太情愿干这种初中生爱干的事，连声说不。他很认真，一再坚持，说真的喜欢这首诗，放自己哥们儿的诗在本子上，总比抄不认识的名人的诗好吧，何况这诗念起来真的很来劲呢。

我只得替他抄上。抄完，他翻回前页，让我再写一句话送给他。我知道他最近甚是消沉，信手抄了一句“天行健，君子以自强不息”。他大为高兴，说诗和这句话都太棒了，男子汉嘛，哪有那么多婆婆妈妈的事，就要想得开。

确实，楚铭比我活跃，尤其在大场合，能撑得住台子，所以他兼职团委文艺宣传干事，组织活动，概能做得有声有色。而在机关的大食堂里，和各色人等，特别是和女孩子打交道时的举重若轻，更令我羡慕不已。

回想自己，觉得挺好笑的：我在任何事上的成熟总是比别人晚了一步，建立起自信更是如此。三十岁时回看二十多岁，所有的事如果再处理，结果肯定圆满得多。四十岁看三十多岁，也是一样。这使我每每只能苦笑，怨自己笨，胆小，反应慢。那些错失的事都简单至极，不知为何当初就是明白不过来？现在呢，我当然有足够的自信，也成熟了一些，然而一旦拿来应付眼前的事，发现和几十年前比，并没有进步多少。

可是楚铭不啊，他在世事上挺精明，看问题能看到要害。我生活中的很多事情，常常讲给他听，听他的意见，求他支招，包括约会的细节，包括如何拒绝同事出自好心自己却不情愿的提亲。

三

人在遇到挫折的时候，不免怨天尤人。这里面有两层意思：埋怨环境，也埋怨自己。环境太复杂，不说也罢。自己这边，也是两个方面：先天的，后天的。譬如我自己，有机会的时候把握不住，没机会的时候不会创造机会，打不开局面，完全是性格的缘故：太怯，太懒，自尊心太强，性命交关的场合却又麻木不仁。一句话，用我后来一位老板的定评，就是“不思进取”。连佛教徒都还知道“勇猛精进”呢，我的惰性不也太惰了吗？说实话，“勇猛精进”，就像前面提到的“君子以自强不息”，也属于我那些端不上台面的座右铭，很想以此自勉，但遇事奉行就要打折扣。楚铭那时二十出头，身上有很重的孩子气，对这些格言隽语很当真，觉得要做事业，就得约束自己。格言不是说着好听或好玩的，得照着做。他天生顽皮，嬉皮笑脸是一面，勇猛精进是另一面。

所以说，就楚铭而言，主观上的努力这一面，他无须愧疚。工作后的短短五年，他做得很好。机关内调动，从技术部门换到了自己更喜欢的岗位，电视报编辑部。下一步，也许是当一个电视节目制作人——听他这么说过，还有可能，是朝行政方向靠，去总编室。说起此事，他就叹息当初不该学技术，说像我们这样学文科的，不需努力，早已一步到位，多好！

不过要说真正无可奈何的抱怨，还不在此，他抱怨的是先天条件，不多不少，两项。照他说，简直要命。现在我自然不会再觉得可笑，但当时，我毫不客气，说不仅可笑，而且可笑得很，男子汉怎么会困扰在这样琐屑的细节上？他怨恨什么呢？第一是他的长相，皮肤太细太白，眼睛太大，两眼间距太宽，像钱钟书形容的，总像是一副惊讶得不行的样子。这样的娃娃脸，在北京，在中直机关里混，那就真要命。道理很简单，无论你多么有才华，办事多么老成持重，经验多么丰富，思想多么深刻，别人看了，还是觉得你靠不住，是个笑嘻嘻的毛头小子。在团委做个文艺委员，挺合适，真要委以重任，别说做事，就是开会时台上一坐，也没派头，压不住场面。其次是他的个头，稍矮了些。一方面，和第一条密切相关，影响形象，更重要的是第二条，严重影响找女朋友。北京女孩别的不论，就喜欢男孩个子高，帅。那时的说法，一米七算二等残废。楚铭可怜，一米七还差两厘米。这把他气得呀，不知酒后咒骂了多少回。骂谁呢？骂老天不公。我们都说他眼界太高了，看看周围的兄弟们，有几个人的女朋友真到了倾国倾城的份儿上呢？不个个都跟捡了宝贝似的，龇着牙花子乐？

他好炫耀，爱吹牛，朋友之间，这也无伤大雅，反正大家都了解他的脾气。他约会的女孩走马灯似的换，一面两面之后，热情顿失。有一些，我们看过照片，有一些，不期而遇，打过照面，还有一些，就是机关大院里的，多少认识一点，其中很有几个，我们觉得不错，因此严肃地劝他，该脚踏实地，把上翻的眼皮子稍稍搬平一点啦。

喝酒聊天，讲约会故事，楚铭一贯豪气干云，那神气，仿佛骑马走过鲜花盛开的原野，路边千朵万朵，任他随意采撷，只要他高兴。俗话说，言多必失。天长日久，我们渐渐感觉到，过去的一次次散伙，敢情不都是他负手而去，也有他眼巴巴盼人青眼而不得的。

在我去国之前，他认识了一个姓黄的女孩，喜欢得不行，拿那女孩名字的谐音，叫她一种水果的名字，看似调侃，实则充满爱怜之情。印象里，这是他最投入的一次恋爱吧，持续的时间也长。在为我饯行的晚宴上，水果女孩也来了，长发披肩，一袭鹅黄色的连衣裙。楚铭显然已不把她当外人，肯带来和朋友见面。这真是一个可爱的女孩，模样甜美，说话声音软软的，不像北京佳丽，倒像个南方姑娘。

二十年前的那个秋天，当我一生中最焦虑同时又满怀憧憬的时光，楚铭也处在他前所未有的幸福中。那样一个按他的标准几乎十全十美的姑娘，抵消了他多年失望的追求，同时也为他仕途的狂热降了温。我替他高兴，甚至不无嫉妒。相对于他即将稳定而安逸的生活，我的前面一切未知。

四

来纽约三年后，经过数次搬家，暂时落脚在皇后区的林边小区。学上到一半，在唐人街的中文报纸找到了编译工作，毅然急流勇退，不去和英文较劲了。新年之前，照例寄一堆贺卡给各地的朋友。楚铭寄来的贺卡总是别出心裁，而且童趣不变。今年这一张，在内页用去皮的黄豆粘出一个小人的笑脸。路远，经手太多，贺卡打开来的时候，有的豆粒已经脱落，那小人更显得滑稽。我想，三年了，楚铭一直没提结婚的事，水果丫头恐怕保不住。但他的情绪显然还行，否则哪有心思在买来的卡上捣鼓这些小玩意儿?

转眼到了夏天。一个周末的傍晚，接到北京长途，那是从未打过电话的老朋友，我一听他报出姓名，知道准有事。他连叫几声我的名字，轻声说，楚铭出事了。出事了?出了什么事?他说，你别急，事情都已料理完了……我说，到底出了什么事?问这话的时候，我想的是其他方面。两年前，有一哥们儿，因为奇怪的原因——捡了一支枪，进了看守所。楚铭难道也出了岔子?

但不是。楚铭死了。自杀了。

他是在自己宿舍用电话线挂在衣柜的柜顶自杀的。

什么原因，没人知道。

我在楚铭的宿舍住过，知道房间的布局。屋子进门处的一角有一个大衣柜，两米来高。柜顶四角都有凸起的榫头。

夜深人静，他把电话线挂在朝外的榫头上，从容告别了人世。

没有最后的声音，没有抱怨的眼神，什么都没有，也没有遗书。

第二天下午，办公室发现他人没来，事前也没请假，找他有事，找不到。单位里哪都找不到他。早晨中午和晚上，不见他来吃饭，大家才警觉，最后打开了他宿舍的门……

当初四兄弟中的这一位，因为早早结了婚，工作又忙，和楚铭来往已不多，最近几年的情况，更不了解。但他很肯定地说，可能还是因为失恋吧。除此之外，还能有什么事？

放下电话，很难接受眼前的事实，因为太突然，而且就我所知，毫无理由。人的行为决定于性格，而楚铭的性格中，我从来没看到这一面。

我下楼出门，沿街往阿斯托里亚方向乱走，走了一个多小时，想着楚铭的死，脑子里一瞬间全空了。我哀伤一个好朋友的横死，但更持久地困扰我的，是我想不通，世上有什么事还能大于死？困顿，孤独，挫折，无出路的绝望，被人耻笑，被亲人弃绝，失恋，丢掉工作，毁了前途，牢狱之灾，等等，就这些，哪一个能大过死？就算他一生注定事业无成，就算他一生注定得不到一个心爱的女人，难道这就意味着他再无值得活下去的理由？他怎么知道未来的几十年，上天不会以某种方式给他补偿？他怎么知道？如果不知道，他为什么彻底放弃？他凭什么彻底放弃？

失恋是肯定的。三年过去，没再听他说起最后那位漂亮女孩。如果发展顺利，他会结婚的。他这么说过，也有实际的理由。结了婚，才有资格申请房子。而楚铭对于未来的家，设想多多。他很会布置房间，我常笑话他的住处，大有女孩子的情调。不像我们，凌乱，随意。他应该是个很会过日子的人，这样的人，很多女孩子喜欢。那么，为什么他又一次失败了呢？

一个多星期以后，和以前的老上级通话，说起楚铭的事，据说电视台里传言满天飞，领导不得不重视，善后做得十分周到，连从家乡赶来的楚铭的姐姐也说不出什么。然而始终是个谜的是，没有人知道他究竟为何走此绝路。说法虽多，皆无实据。楚铭的姐姐从小和他最亲，为他骄傲，把光耀门楣的希望寄托在他身上。伤心之余，无法释怀的是，她亲爱的弟弟实际死得不明不白。台里和公安机关的结论，就是自杀。理由不明。如此而已。

楚铭死于深夜。最后那一天，见过他的人都说，看不出他有任何情绪异常，那一天，以及之前的若干天，也没发生任何和他相关的事。这些，电视台和公安局调查得很清楚。晚上在集体宿舍，他也和往常一样，最起码，没有人觉得他不对头。然而事情确实发生了，根源也许在很久以前，也许并没有具体的事件充当压垮骆驼的最后一根草。事情发展到今天，是日积月累的结果。也许他在那一天，因为一个看似毫无关联的小事，触发了思绪，想通了问题，从而坚定了决心。也许选择这一天纯是偶然，他早已作了决定，只待最后时刻的到来……

最后我还是问那位我视为老师的老上级：你觉得可能是什么原因？她想了想说，可能是经济原因吧，台里近来查得紧，好几个人都出事了。

这也是一个合理的猜测，但我不能接受。

再次回国探亲的时候，见到电视台的朋友，忍不住还要问楚铭的事，但大家对此显然已经淡漠了，说的话，大多无关痛痒。看我连连摇头，有人不服气地说，你不是他最好的哥们儿吗，怎么你也不知道？

是啊，我是他最好的哥们儿，可是我不知道。

五

现在我可以把那首关于秋风的诗抄在下面了。这首诗是好还是不好，是无来由的浪漫，还是少年人的狂妄，都不重要了。这首楚铭让我抄在他的笔记本上，用来自我激励的诗，我后来久久不能从中摆脱出来。我为此感到遗憾，又有一丝后悔。遗憾的是楚铭并没有因它而在最绝望的时刻振作起来；后悔的是那诗中是否有一些暗示，让他从另外的角度理解，最后多少诱导或启发了他，哪怕只是一点点影响？

那一片浩荡的萧瑟你怎能幽闭？
天不变，崖岸也照样耸立

那逆着落日呼啸而至的秋叶
你怎能阻拦，怎能平息？

我啊，将碎我肉身而入无限的青空
或阔落如宇宙，或渺茫如尘粒
一座迷醉了的会抒情的森林
每一条柔枝都有着全乐队的旋律

但我决不吟唱，因为那忧伤
会被人当作最高的神秘
悬挂在时间中，孕育在混沌里
鱼虫的尸骸堆成塔，塔又化为水滴

这一片萧瑟，你只有
临之如风，饮之如酒，食之如饴
须知我有万千的萧瑟，一阵阵
劈面而来，你怎能抗抵？

让我不安的是“碎我肉身而入无限的青空”这一句。记得有一次他开玩笑说，这说的不就是跳楼吗？像电影《追捕》中的昭仓！

写这首幼稚至极的诗的时候，一方面真的“逸兴湍飞”，仿佛自己就是李白，就是雪莱。但诗句从另一个方向理解，也不是没有道理，也许我当初心中真有无聊至极强打精神的潜意识呢。“决不吟唱”也可以是很负面的：心中的痛苦留给自己，不愿意向外人说。

还有什么？还有什么？

他为什么不紧紧抓住诗中仅有的那点肤浅但却真诚的豪迈呢？

何况还有“天行健，君子以自强不息”，我代他抄上这句话，难道不是为诗作一个注脚，确定一个方向？

否则，何以自我激励？

心情逐渐平静下来，想起两件事。

楚铭想着转行做编导，拍片子，在当时的体制下，几乎不可能。他唯一的希望，在一个哥们儿身上。那哥们儿不过三十出头，已在一个重要部门挂副职，而且部里传言，他是被作为“第三梯队”来培养的。外放一回来，副职扶正，也就是两三年内的事。他赏识楚铭的才气，有过许诺。一个非常豪爽的人，外粗内秀，我挺喜欢他，但觉得在官场上混，他似乎缺点城府。官场的事我虽然不懂，看多了也能稍稍明白，什么样的人才有可能青云直上。“第三梯队哥们儿”太豪爽，太容易“掏心窝子”了啊。

果不其然。“第三梯队”后来不仅没扶正，反而被挤出原来的部门，平级调动，打入冷宫。

自那以后，楚铭对于工作，大概彻底死了心，否则也不会在我刚到美国不久，便央我帮他申请学校。他也要走了。

我在自己就读的大学为他办了入学手续。差不多同时，我还为另外一个朋友办了手续。同样的学校，同样的条件，那位朋友拿到了签证，楚铭则被拒签。这就是命。

对于心高气傲的楚铭来说，这两件事断了他两条路。前一条是他的理想，后一条是不得已的替代。

此后两年，我们很少有深入的交流。

那时的国际长途电话费很贵，那时我生活得很艰难，没办法经常通话。我们虽然通信不断，但文字总是有限的，密密几页纸不如聊一个小时淋漓尽致。如果常常聊天，某种情境，某种气氛中，他可能会把心底的苦痛说出来，他想不明白的问题，可能旁人一句话就点透了。据说很多自杀的人就是执迷于一个很小的细节，如果有人劝解，事情会过去。可是人在世上，相知深切是何等不容易，要花多少功夫去磨平一次次出现的芥蒂？

六

我们和我们的期望总是差了一步。我们的期望总是超越了自己的能力。不，更准确地说，超越了自己的运气。我们越是不安于平庸，平庸就把我们缠得越牢。紧紧拉住我们的脚的，不仅是敌意，更多时候是以各种形式出现的善良。那些在别人眼里如泰山压顶的诱惑算什么呢？不过抖一抖身子，像抖落一片树叶，一粒沙尘，一肩雪花。不过轻松走上几步，就把脚印抛在身后，而且连头都不回。我们身陷其中的，是无以名状的东西。我们看不见，摸不着，脱不出。

奥顿说诗不能使任何事情发生，他说的是现实。但在现实之外，他觉得诗至高无上，因为有了诗，尽管

> 你（叶芝）像我们一样蠢，可是你的天赋
> 却超越了这一切：贵妇人的教区，肉体的衰朽，
> 你自己。

而且诗永存在它“自身的一片山谷里，从孤绝的牧场和我们信赖并将终老于斯的粗犷之城，流向南方”。诗永存，而且永远是

> 事物发生的一种方式，一个出口。

诗不能使任何事发生，它是事物发生的一种方式。它无济于事，但事情如果真的发生，也许会因诗而微微不同。诗的全部意义就在这微微的改变，而在精神世界，细微的改变可能就彻底改变了事情原有的意义，或者赋予一些平常的事以意义。在举世的漠然中，心会因这些改变而感动，随之做出应和。一切都发生在瞬间，但记忆无限。

从奥顿的诗中，这就是我能够得到的安慰么？

十几年后我重又想起一首早年的微不足道的诗，回想一

个朋友至今无法解释的死。经由此路，我要说服自己，诗总是有其自身的意义的，我们在诗中，总会有冷暖自知的快乐。我们确实一无所得，但在这个过程中体验到了自身的蜕变。才智和纯粹精神的“变形”，同样是伟大的经验，让人在成熟之后还能继续前行。经由此路，我也提醒自己，任何时候都不要把诗看得太崇高，更不要以之为工具或津梁。诗不是可以供你借助而到达什么地方的，诗不通往任何地方，诗从一开始就是终点。诗不能使任何事发生，从来就不能。

2008 年 12 月 7 日

时间的比喻

一、春天的联合国

春天在联合国，比在曼哈顿的其他地方来得更容易些。不远处的小广场上，黄毛丫头似的樱花树一字儿排开，稀稀落落，绽开了花朵。拉着爸爸的手的小女孩在吃热狗，两只真的狗却远远跑到街角的铁丝栅栏前东嗅西嗅。咖啡比一桥之外的乡下所卖的劲儿更冲，更烫嘴，这是因为余寒犹在，行人都穿着夹衣呢。昨天或前天显然下过雨，看低洼处的积水，也可能是未化尽的残雪。无论如何，空气中某些东西多了些，另外某些东西少了些。就像我们的情绪一样，存在了，但未必说得清。

路过的地方总是使我停步。高墙上爬满铁锈色的常春藤，真的是铁也说不定，常春藤在这种不三不四的地方干什么呢？除了脏兮兮的鸽子，没有别的鸟。海鸥在一街之隔的台阶上望着河水发呆。河上一艘硕大的驳船已经整整七天不肯移动了。二十条街外的桥比往常更迟钝，在日光下与在暮色里无异。

鸽子的粪便为铁锈色的藤茎和叶片点上碎花，斑斑的白和绿，还有黄，远看竟似一幅展开的裙摆，那种使年轻女人风情无限的印花布裙，在风中展开，景致游移不定，让跳跃的目光手忙脚乱。这时的太阳睡眼蒙眬，风一样横着扫过来，像仰卧的女人一样慵懒，印象派的画家们就是在这种慵懒面前一败涂地的。

此刻我能想到什么呢？我能否选择？我想到一个学法语的姑娘，学着普鲁斯特的腔调，一连串含糊的卷舌音。我想到一个来自伦敦的老头儿，永远皱着眉头。其实他一点也没有不开心，皱眉是因为阳光太强烈，而且河水显然在反射阳光，每一粒，每一团，每一片。

我不会想到自己。咖啡喝完之后，长椅上冰花密布。巴士停下，大门合上。那个我应该打招呼的人，在枝叶丛中翩然飞过。

二、车站

上大学那些年，每年两次，火车往返于武汉和信阳之间。这段路程不远，快车需四五个小时，加上同学结伴而行，一路并不寂寞。但有一年冬天，车票紧张，我又有事耽搁了，只买到深夜的慢车席位。这个车次，无论在武汉上车还是在信阳下车，时间都不好，故而车上乘客不多。越往前走，车厢越空。我独自倚靠在窗边，无人说话，看不进书，但也毫无困意。列车每站必停，停车的时间更是没准，一个巴掌大的荒村野站，居然没来由地停靠了二十多分钟。周遭静悄悄的，不见人，不见房舍，站台昏黄的灯光之外，一片深无际涯的黑暗，看不出是山，是树林。或者什么都没有，唯余夜色罢了。

再往前走，夜愈深，不知不觉间，淅淅沥沥地下起雨来了。车行愈缓慢，每一个车站愈显得小而荒凉。快出湖北境内时，停在一个小站，那站大概还不及列车长。几间矮小的砖屋，在细雨中似乎连灯光都没有。然而站台上站立着一个三十来岁的乡下人，一大堆行李，没有伞，神情麻木地站在站牌前面。车依旧停了很久，尽管并没有人上下车——至少在我的视野之内如此。在站台灯伞形的光影里，雨丝如线，绵绵不断，像极了朽烂的丝绸，然而却固执得连接着，不肯休止。我不禁感到一点冷，更多的是孤单，觉得自己就像那个茫然的乡下人，在这样寒冷的冬夜，下错了站，或坐错了车，被抛在陌生之地，不知下一步该怎么走。火车离开时，乡下人仍旧站立不动。他大概要固守到天亮，或等到一列他可以坐的车，把他带出困境。

很多年过去，时不时会记起这个情境，不仅没有淡忘，而且愈来愈浓重，加进了更多的色彩和情绪。我在梦中看到的那个脸庞，渐渐变成了自己。雨沁透衣服凉到皮肤上的感觉，不断惊醒我。我记得从上海离境飞往纽约的那一天，隔着玻璃和送行的弟弟告别。只看见嘴巴在动，听不到任何声音。脑子里顿时一片茫然，然后是恐慌，是惊惧，是令人心痛的空虚。我很可能在那一瞬间想起了学生时代那个细雨绵绵的冬夜，湖北境内那个不知名的车站。此后很多年，很多时候，此情此景一次次重现，人在时光中渐行渐远，情绪虽然依旧强烈，却已无暇去分辨甜苦了。

我揣着四十美金来到纽约，除了三个朋友，一无所有。我记得到纽约后的第二天下午，在朋友带我吃过午饭，坐在市立学院附近路边的长椅上小憩时，我唯一的感觉就是，我实在还是那个在冬夜的野站上等着错过的列车重来的乡下人，而纽约，即使在灿烂的阳光下，和雨中暗晦的乡村何异？

我们永远在等待，在雨中，在风中，在磅礴而至的喧嚣和花香里。

三、夜

无风时的冷，冷是慢慢地浸润到骨子里的。等到警觉时，已经抖不开了。不过这终究无伤大雅：既然它从容，我们自然也从容，甚至可以假装彼此不存在。毕竟天大的事一瞬间便可化为乌有，何况温暖未必尽如人意。我们需要的，只是在某一时刻确实感到需要的，要心心相印，舍此无他。

月亮恰好半个，像被不锋利的刀切下来的，边上发毛。

这么澄澈的空气，月亮白得晃眼。天空的蓝，是北极漂浮着冰块的海水的深蓝，也是太纯净了，纯净得令人忧心。

走到树底下仰头看天，天忽然饱满起来，仿佛各种可能一下子都从虚无中诞生了，充满甜蜜的暗示意味，简直像一杯夏天的饮料。树枝从来就不曾凌乱，由秩序构成和谐，由和谐构成公正，公正之美诡异难解。

我看看表，过去了七分钟。路的尽头，被树和斜伸的屋角遮断之处，一道灯光手一样伸出，亲切，而且可能温暖。

四、时间的比喻

博尔赫斯引用过法国诗人布瓦洛的一句美妙绝伦的诗："时间流逝于一切离我远去之际。"其实，博氏自己的一段话同样美妙：

"所有的人都睡着了，只有时间之河在悄悄地流着，流过田野，流过屋顶，流过空间和所有星辰。"

我对夜晚有奇怪的感受和亲人般的感情，一句话，夜晚使我沉静，使我安稳。想到即将到来的温暖、柔和、不被打扰的睡眠，满足之感油然而生。也许这仅仅是多年来上夜班的结果。在我看来，夜晚是时间的特殊形式，是时间最温柔最深刻的那一面。

走过长长的夜路回家，在鱼缸旁的地板上坐下，不开灯，看鱼在黑暗的水中无声无息地游动。时间借助鱼获得自己的形象。我不再疲惫，不再满心焦虑：世界是雷·布莱德伯里式的，每个人都有属于自己的奇遇，或命运。

五、窗外

咖啡馆像一只圆滚滚的麻雀，栖息在微微晃动的枝头，又似几千米长一笔拉出的茎条擎着的莲花。在如此高的空中，举目汪洋无际，如果不是四围镶着坚牢的玻璃，风会把这些杯盘碟碗，水晶瓶中的蜡烛和线香，天花板上浮雕的奇鸟异兽，一瞬间吹散一空。

太阳画着弧线载沉载浮在亿万里之外的两棵桑葚树之间，宇宙被杏黄色的云气所灌注。在邻近的座位上，可以看见一丝一丝的色彩，像晕散在油脂中，慢慢地扭曲、交缠、拉长，既而收缩、盘绕，融为无形或凝结为小小的不规则的球。咖啡的香味升到半空，受到外力一拂似的忽然折回头，散落的衣服一般盖下来。一时间，我们看不清自己。

这个普通的下午，已经经历过四五场暴雨。隔窗闲瞥，有如默剧，而且动作过于轻盈，悄如鬼魅。海的颜色深了许多。除此之外，了无痕迹。

在间不容针的云屏雨幕中，我听见的是糖依然在杯中融化的沙沙声。其实糖完全不必要。茶不必，咖啡也不必。什么都不必，坐在这里是什么意思？

现在月亮又像鱼一样浮了起来，冰凉又微苦。吸口气，对着在时间之外的太阳打一个大大的呵欠，一扭腰，一路沉下去，直沉海底。那些孩子一样没主见的星星一窝蜂似的跟着走了，留在水面的最后几粒，滴溜溜地旋转，旋转，竟至化为烟雾。天空回复到一贯的透明，尽管依旧幽深。

有时候我们也能看到一些像船的影子。淡褐色，卵形，藕形。还有的，像从顶端看上去的麒麟，没有角，没有鳞，乌青的一个细条。它们不像在漂流，更像在一个冰的斜坡上滑上滑下。忽然之间，它们飞走了，和出现的时候一样莫名其妙。但它们肯定没有沉没，因为影子是比水松散得多的东西。

而我们，什么时候会沉没在椅子或床上，沉没在车的坐垫下？我们甚至不能沉没在自己的幻想里。我们轻于一切。

白露弥天，半夜的树上栖满不知名的鸟。井水清凉，细碎的脚步一直走到紧锁的门前。老虎啊，狮子啊，蛟龙啊，它们温柔而朦胧，它们明净而璀璨。它们细小的身躯，只堪一握。

那时候我以为咖啡馆在旋转，而且它转得过分迅疾，失了分寸。其实我错了。是海在旋转。幸好杯子还是安静的，不然残剩的咖啡会溅到身上，甜味经旬犹在。莲茎荡漾不止，弓一样弯下，那一瞬间我用手触摸到了海水的滑腻。海的气味比暴风雨的气味更生涩。它预兆未来之甘甜的生涩中，夹带了若有若无但毋庸置疑的焦苦。

晴日和雨夜如一辆辆马车，从河源直到这里，疾驰而过，从不停驻。星星和月亮的把戏我看够了，无非是企图讨好人的小丑而已。

在如此高的空中，咖啡一直袅袅升腾着热气。我微微后仰，倚靠在椅背上。我以为看见的那些是城市，是人群，是刚刚采摘下的果实和花束，是刚刚洗过并涂上香膏的道路和驿站，是一本打开的书，是多年前邂逅的一个陌生人的微笑，是风吹落的头发，是我和你，是你和他人，是我们和他人。

可惜呀，什么都不是。

2005 年

从前的东西

从前喜欢的东西现在不喜欢了，想起来会觉得遗憾。喜欢什么，过去的人说是缘分，实际上也是一种付出和投入吧：从中度过好些日子，感受过欲得而未得的焦躁，和得到后的快乐。很想把过去的爱好都一直保持下去，因为其中仿佛有对待朋友的那种感觉，久而愈醇，久而愈厚。人在变化，很难说是好是不好，变是自然而然的事情，自己无法控制，纵有怨恨，也奈何不得。开通的人一向认可人自小到大发生变化的必然性和合理性，甚至可以干预变化的程度和方向。奇怪的是，在这个问题上，我是一反常态地固执保守。愈往前的岁月，真的有十分值得珍惜的东西，今后肯定难以重温。可情况并不如此。我的生活平平淡淡，没有任何戏剧性的故事，没有大起大落，快乐和不快乐都细微而不足为外人道，那么，我到底留恋什么呢？

高中快毕业的时候，得到一本李白诗选，兴奋得差不多把整本书都背下来了。大学毕业的论文，我选了李贺，不知当时为何那么迷他。二十世纪八十年代初，刚开始解禁出版西方经典作品，为了一本现在看来译得很一般的雪莱诗选，在大雨中跑遍武汉三镇的大书店，终于在汉口买到，高兴得赋诗志喜。现在想来，都很幼稚。

喜欢雪莱是因为拜伦，读过一本日本人写的拜伦传，后来兴趣居然转到雪莱那里。华兹华斯什么的，则一直隔膜到今天。满世界找不到一本雪莱诗集，只好凭着那点许国璋第三册的英语水平读英文选集，从最短的诗开始，读懂多少是多少，读得遍数最多的就是《被解放的普罗米修斯》，觉得雪莱身上有股子高贵的气质，特别对胃口，因此之故，后来害我在诗剧上耗费了大量精力。

还有王维。刚进大学，在生物系念书，课余读唐诗，李白之外，就认王维，可惜图书馆里居然找不到一本王维诗选。书目上查到一本赵殿成注的《王右丞集》，一次一次去借，永远找不到那本书。直到毕业，它也没有露面。于是乎，在做高等数学习题集的间隙，我把各种书中的王维诗汇集一起，想自己编一本王维诗选——谢天谢地，幸亏没有。

读书多了，一方面眼界更宽，等闲的作品不会打动我，更不用说吓唬住我了，但另一方面，内心的恐惧也越来越深：知道前人做了什么，知道他们已经走了多远，因此深知，我们还能做什么，怎样做，做到什么程度，才有价值。

有一段时间，我迷上填词，渐渐地有些格调后，拿去给人看，得到的赞扬，最好的也就是，“挺像古人写的”。从此便灰了心。十几年后，这门老手艺又被捡起来，这一次，不是为艺术而艺术了，有些话，有些思想，也许只有这样才能表达得如愿。由于语言的隔阂，这种表达带来一种安全感，而且满足了自尊。

自视甚高的人，不管其自视甚高是自然的，还是病态的，是毫无由来的，还是事出有因的，他总是有意无意地和现实保持一定的距离，这种距离既是自我保护，更像一面旗帜，说明现实是他的一部分，同时他又不局限于此。由于距离，很容易冷漠，也容易被误解，无端添出很多失败的机会。同样的事，总得比别人多几倍的努力。

然而，没有这个距离，人还是他自己吗？人的价值，不总是他特异的那一部分，他多出来的那一部分吗？

假如一个人随着年龄的增长，必然不断成熟，也就是说，更懂得生活，懂得生活中一切不可或缺的东西：人际关系，挣钱，更舒适的房子，保险、税务、存款或投资方式，那么与此同时，他必然也在丧失，丧失他身上那些“无用”但极其尊贵的品质。丧失得越快，越没有痛苦，没有感觉。这样的变化是幸福的，因为他完全不知道，或者说，他不在意。

可是，如果我不接受这种说法，如果我觉得这样的丧失真的是不可弥补的丧失，那么，从前的东西，如今无法继续拥有，不是客观上的不能，而是我们丧失了拥有的能力，丧失了喜欢和沉迷于其中的能力，在这种情况下，从前的意义就大大不同了：在那些微不足道的事物上，我们失去的也许就是天堂。

现在，我们为自己的行为找到了理由：固执就是坚守，拒绝成长就是坚守。

随着人流往前跑甚至冲在最前头的人未必就是英雄，毕竟那不是他自己的选择，他只不过是附和别人。敢于冷眼旁观、敢于逆时逆势而动的人才了不起，因他既没有被诱惑，也没有被孤独吓倒。

然而不管怎样，还得去寻找新的赏心乐事。奇遇往往是另一种形式的重逢。变化的，消失了；不变的，藏在深处。

我喜欢一个人在暖融融的阳光下坐在街心长椅上打盹儿、读书和闲看行人的感觉，但很少特意去享受，只能在办事的途中，等人，走累了的时候，而且这些街心长椅是不期而遇的，时间也有限。人在这种场合，常常生发出奇异的念头，变得空明，没有重量，一些瞬间不可企及，连回思也难。

由于懒惰，我很少设想未来的事，其实有些事是明摆着的，因为那是必然的结果。而且我觉得生活就是坐在马车上，你醒着也好，打盹儿也好，滔滔不绝地一路畅谈也好，马车总归要把你拉到某个地方。目的地诚然出自自我选择，但你以为的，你计划的，未必符合后来的实际情形。

乐于此时，也是一个不错的说法。

清朝的一位小官僚曾不无骄矜地说：晴朗的午后，在自家的书房，明窗净几，燃起一炉香，袅袅地散着青烟，摊开收集的古钱币，红红绿绿的一桌子，细细品玩，最是快意。他还说，如果是夏天，最好满院浓荫，如果下雨，最好窗下种着大丛的芭蕉……

不过如此，但也够了。

周五下班之后，去四十二街第八大道那家最常去的影院看了一场《蜘蛛侠 2》。演了一个月了吧，就快下线了，还有那么多观众。坐在最后一排，居高临下地看完，感觉开心。我想，为什么使人开心的都是最最简单的故事？好人，坏人，爱情，复仇，悬疑重重，有惊无险，快乐的结局……好莱坞的卖座片全是这样，你不能说它是俗套。不像有些影片，可能很艺术，很哲学，很前卫，但是不卖座，大众不接受。看电影，就是来寻开心的，让悲剧见鬼去吧！只有那些活得腻腻歪歪的家伙才会在阳光明媚的周末假日，带着老婆孩子看悲剧，花几十块钱（还不算价格奇贵的爆玉米花和可乐），落一肚子不爽。出了影院，好端端的天空，突然下起黏糊糊的雨，一两个小时不会停！

看电影，没有比《指环王》更让我开心的了。三大部，九个多小时。我希望哪个影院破天荒发一次疯，三部连续演，看它一个通宵。就像瓦格纳迷常念叨的，谁有过在剧院把《指环王》一次看完的经历啊？

《指环王》里恩雅的那首歌也是我喜爱的歌之一，有点感伤，但仍然保持了优雅和轻盈。《指环王》的结尾有点陶渊明的味道，矮人国就是武陵源，比起阿拉贡继承的王国，还更有意味。

2005年2月26日

庭院

天气突然变冷。吃午饭的时候，坐在靠近暖气管的地方，身后的烤箱里烤着红薯。安静而舒适的短暂瞬间。随手翻翻博尔赫斯的诗，看他在《庭院》中写道：庭院是斜坡，是天空流入屋舍的通道。这个夜晚的庭院，葡萄藤沐浴着星光，倒影和星光又一起飘落在蓄水池上。博尔赫斯把这样的夜——夏天或初秋的夜——称为“黑暗的友谊”，而他自足的世界，就在“门道、葡萄藤和蓄水池之间”。

想到庭院，自然想到家，以及那些玩耍的日子。葡萄藤浓密的枝叶间，可以养一只蝈蝈。旁边的白杨树上，白天是蝉的统治。池壁生着绿苔，滑不留手。池底鬼影似的几条瘦骨嶙峋的小鲫鱼，鱼背的颜色和水的暗色无二。

博尔赫斯不断写到刀子，因此不可避免地，不断写到死亡。刀始终与激情相联系，“它不仅仅是一件金属制品。人们构想了它，造就了它，是为了一个十分精确的目的。在永恒的意义上，它就是昨夜在塔瓜伦坡刺死了一个人的匕首，是雨点般落到恺撒身上的匕首”。但刀子和人一样，年轻时代的辉煌远去，垂暮之年，一切无能为力——“如此的坚忍，如此的信念，如此冷静或天真的骄傲，而岁月徒然掠过，毫不留意。”

刀子在抽屉里安度晚年，而这首赞扬刀子的诗是献给一位名叫玛格丽塔的女人的。

在《庭院》里，我们看到寂静笼罩一切，很像贝多芬音乐里反复出现的感恩主题。但在一个宜于感冒和靠在床头读杂志的冬日下午，读《庭院》需要王维画雪中芭蕉的勇气和恶意。确实，我更愿意在夏天公园的花木浓荫里回味这首诗，那至少给我一点现实之感，哪怕是最小的一点近似。风的柔软度，风中植物的叶子、花朵和根部的泥土散发出的气味，拂面而过的蠓虫，远处水中大鱼的溅泼声，以及，乳白色的直射的星光。

为了一首勉强凑足十一行的短诗，需要集中许多不同时期、不同地方的经验。但这还不是它迥异于现实之处。在可能出自年轻的博尔赫斯之手的诗中，我关注的，感动的，不是它的美，而是提前到来的迟暮之感。

对于一个迟暮之人，庭院的家的意味特别深长。在“黑暗的友谊”中，睡眠如忠实的仆人等待着他，而且许诺他以无限的梦幻。如果他一生中因为想得太多而丧失了躬亲万事的机会，或者他早已明白躬亲的徒劳，这些梦幻固然不能予以任何弥补，至少可以让他看看：事情实现了，也许就是这个样子。

庭院不仅是“天空流入屋舍的通道”，在此之前，更重要的，它还是“天空之河”。所谓斜坡，一头连着屋舍，连着窗口和床，另一头连着天上。

如此一来，天空之河，就不折不扣地成为我们的天河，是有浮槎往来于天上人间的天河，是张华死前神往过的那道从人间普通的小溪开始的天河。天河的神奇之处在于：尽管它是倾斜的，顺流而下，你不会一泻千里，最后在哪块巨石上撞得粉身碎骨；溯流而上，你也不会撑断几百支竹篙，精疲力竭，无功而返。

在无数类似的故事中，那些有幸乘槎上去过的人，究竟看到了什么？说来很简单，在明显不可能的人神之恋之后，在各种经不起人间风霜的奇珍异宝之后，在出自虚荣心的嘈杂的阐述之后，他们只看到了一点，那就是时间。但他们并没有因此获得长生的权利。他们看到的时间，并不属于他们。在“别人的时间”这样一面镜子里，他们照见了自己的时间的短暂。时间对于他们，就像对于其他所有凡夫俗子，只意味着衰老。

博尔赫斯的刀子在幸运地见证了无数次历史上的重大事件之后，也是这样逐渐衰老的：

这一带蛮荒之地

游荡着那把锈烂的刀子。

博尔赫斯的刀子扮演着双重角色，一方面，刀子和人一样，都是时间的牺牲品；另一方面，刀子对于人，尤其是对于英雄和著名的恶棍，它本身就是时间，而且是时间最仁慈的化身。当弗朗西斯科·拉普里达1829年被加乌乔游击队刺杀时，“亲切的刀子穿透了咽喉”。这位充满理想的博士死前想道：在这黑夜的镜子里我追上了我那无可怀疑的脸，圆环即将合上，我等待着它的到来。而另一位刀下的死者，阿尔伯诺兹，“一把刀插入他的胸口，他的脸无动于衷”。

拉普里达以死亡为圆满，阿尔伯诺兹平静地接受死亡。刀子使他们不受衰老之苦。

我想博尔赫斯绝无赞美暴力和自杀的意图，他对衰老毫无恶意。一个人不可能愚蠢到因为害怕衰老而提前自杀。作为旁观者，博尔赫斯也许觉得，历史上所有壮烈的死，都昭示了生命之美。

想到衰老，除了简简单单地记着自己的年龄，还应当有更诗意的迹象，其中之一便是：人的衰老，就是逐渐远离李白，亲近杜甫。在李白时代，生活如同浮在身边的一团团彩色的云絮，淡得几乎看不见，忽远忽近，游移不定，那些色彩的美丽完全不可捉摸，平心静气时却能一览无余。那个时代，生活是你希望它有它就存在的东西，是你豢养的一只无比柔顺的猫，招之即来，挥之即去。突然之间，渔阳鼙鼓动地来，李白耳中的《霓裳羽衣曲》一曲歌罢，天幕拉开，事物的真实面目在阳光下一览无余。什么是真实？真实是尚未出巢的乳燕，它甚至还没有学会软语呢喃。于是杜甫来了。杜甫是把生活当作衣服贴身而穿的，生活的每一丝纹理都印在他的肌肤上，朝夕不离。从杜甫那里我们得知，即使是一座草堂，每一根柱子、椽子，每一捆稻草，每一块砖或土坯，每一颗铺路的卵石，都得四处求索和寻觅。屋前屋后的篱笆，庭院里的松树和其他花木，也许还有鸡雏鸭雏，都得期待友邻的馈赠。

现在我们又回到了庭院，杜甫的庭院。杜甫的庭院，就是这样由一个个细微而实在的具体事物构成的：静悄悄的栅门，沾泥的雨后花径，没来得及清除的杂草，不成套的桌椅，案头搁置了很久的酒，以及李白多年前即兴挥毫留下的诗稿……天空不会经由庭院流入他的房舍，天空在城外的山峰上已经却步——看天，他只能仰望，他不可能再坐在床前畅饮天河之水……

杜甫像一座路碑，在前方等着我们。只要走，迟早会走到杜甫那里。每个人都一样。

夜晚的鸟，只在无人期待时孤鸣。

在庭院里衰老（李白和杜甫都没有衰老，始终没有。李白不会，杜甫不能）的博尔赫斯，最后这样唱出他最好的歌：

有一行魏尔伦的诗句，我已回忆不起，
有一条邻近的街道，是我双脚的禁地，
有一面镜子，最后一次望见我，
有一扇门，我已经在世界的尽头把它关闭。

2006年1月16日

书房

对于书房，我的想法多少年一成不变。我从印刷品上见识过各类名人的书房，也许是照片拍得并不好的缘故，这些书房大都给人以凌乱的感觉。书当然很多，成套的、精装的，烫金书脊的尤其多，更令人垂涎的，是那些蓝布封套的线装书。书架上方或左右，用镜框镶着的，装裱整齐的，悬挂着长长短短大小不一的名人手迹。这些真迹绝不是从拍卖场拿下或从旧货店淘换来的，必得来自书画作者的题赠。淘换来的，即使是国宝，只能说明主人有钱而又附庸风雅；题赠，才显出主人的身份。一般来客，仅这些书画就够他看上半天外加咂舌半天的。而书柜的外层，隔着玻璃，陈设的是主人喜爱的小物件，粗笨的是汉朝的陶鸭子，精细的是康雍乾的小件瓷器，黑乎乎的很可能是滴过叶小鸾眼泪的砚台，光溜溜的肯定是哪朝的白玉黄沁的马上封侯。遇到特别讲究的，还有眼福看见一两件访问欧美带回来的纪念品，小雕像或别致的烟灰缸什么的。

说乱，毕竟我的眼光只盯在书上：外面有三彩骆驼挡着，要取出书该多么不容易啊。至于书画，题赠者们事先如果碰头商量一下，统一规划一下，你写金文，我就来一幅狂草，你雅慕主人德高望重，我就称赞他学贯中西，彼此不重复，又能互相映衬，效果可能更好……我要的书房简单得多，唯一的奢侈是面积不能太小，否则容纳的书不够用。我想，三十平方米够了吧。书架要用厚实的木头做，一直架到屋顶，这样可以多放书。至少两面墙壁要被书填满，有门窗的那两面适可而止。书房里要铺地毯，为的是可以不穿鞋在屋里活动，可以随地而坐，任意翻书，可以把新买的、准备查阅的书和杂志直接堆放和随便扔在地上，腰背酸痛的时候，可以躺在地上休息片刻，做点简单的运动。

一张又长又宽的大桌子是少不了的，桌子要长到能让三个人伸展开胳膊并肩而坐，宽到两个人相向而坐伸长胳膊互不触及对方。座椅最好是带扶手的高背椅，老式的，但椅子腿上千万不要带小滑轮。

有窗户，如果是朝阳的窗户最好，这样，就可以在窗边搁上一把摇椅，累了的时候闭目养神，看看窗外的景致：夏天的绿树，街上的行人，楼缝里可怜兮兮的一小片天空，没完没了的雨，如此等等，以及随着椅子的微微摇摆听一段喜欢的曲子。

这样，还需要再摆一张小的案几，上面搁一套音响，主机和音箱都不大，喇叭的功率也不须太大，毕竟是书房嘛，即使是听贝多芬和马勒，也不能太放肆，何况邻居还会来抗议。

书桌、摇椅和音响设备之外，我还希望有一套沙发和茶几，偶尔和朋友聊天，同时算是书房里的生活区，可以泡茶煮咖啡，摆上一两盆比较贱、容易养活的花草，甚至就是外面野地里随便什么姿态不难看的植物。

书房还应该成为玩的地方。在其中一个书架的下面设一个小柜子，把一应的玩物置于其中，明窗净几，品赏摩挲，很可以打发一些无意趣的时光，帮助忘怀身边可厌恶的种种遭际。

夜深人静，我特别迷恋拿一本传奇志怪或探险远游的书，深陷在沙发里，对着炉火而坐，昏昏沉沉的，处于似读似睡的状态。但这一条显然过了头，房子都有暖气，谁还烧炉子？由于设计者的怀旧，不少房子在屋角往墙里掏出一个假的壁炉，旁边堆些木柴，壁炉里用塑料做出一堆火，内装灯泡，通上电，红的黄的发亮，很可糊弄一下眼睛不好的人。不过我不需要这个。我喜欢炉火，是因为它有木柴或木炭燃烧的味道，有木柴或木炭爆裂的噼啪声，而且火势大小起伏，你得在旁不断侍弄——火燃得正欢的时候，惊险故事正发展到高潮，火光映得人脸和手，还有书页，全都通红，额头和脚心出汗了，得赶紧喝几口茶呀。新柴久已不添，炉火黯淡下去，微弱的红光，不动，睡着了一般，寒意渐渐围拢来，夜深，甚至天快要发白了。

或许因为胆小，我觉得守在一个充实的角落最惬意，温暖而有安全感。尤其是大雨大雪之夜，拉上窗帷，呷着热茶，听着曲子，沉浸在幻想里，何愁冬夜漫长无尽？

早先读福尔摩斯故事，就特别羡慕福尔摩斯和华生围炉夜话的情景，尤其书中的伦敦又总是浓雾弥漫，街道又总是幽深僻静，行人如鬼影幢幢，马车声隐约可闻。如果没故事，福尔摩斯抽烟，乱翻报纸，做发出“难闻的气味”的试验。华生么，心不在焉地看书，不断回忆他的阿富汗。如果有故事，照例是一阵上楼的脚步声，也许还有房东太太的叫声，然后是敲门声。

至于书，我历来不在乎藏书的多少，毕竟我只是读书人，不是藏书家。事实上，这么多年来，相对于读过的书，我买的书极其有限，而有限的书中，看过之后保存下来的，仍然只是其中的一小部分。不好的书自然读过便可丢弃，好的书，相当一些是读过虽略有所得而自知今后不会重温的，不妨送给需要的人，或干脆舍弃。能无顾忌地买书的人是幸运儿，买得的书可任意收藏的人更是幸运儿，须知藏书是需要空间的呀。

人在条件不那么好的时候，藏书以真正值得读的为首要，不管它是不是经典。须知纵是经典，也不一定和你有缘，说不定还是戕害你的毒药呢。更何况，不少名著纯是欺世盗名，横行霸道了几百上千年，始终是一笔糊涂账。如果你尚未打算跟着糊涂，以博风雅，还是敬而远之为妙。一方面是值得读，另一方面是自己喜欢。自己不喜欢的，千万别听别人的苦劝，说某书不读则终身遗憾。我告诉你，根本就没有这回事。不喜欢的书，就是不好的书。因为好书你不可能不喜欢呀。好是对你而言，与他人何干？倘若条件许可，我愿意尽可能齐全地收集几位优秀作家的侦探小说和科幻小说，以及中国历代的笔记和一些小诗人的文集。我还要收集古今中外的图画尤其是插图，读图一向是我的一大享受。画册重，不好摆放，最舒服的办法是摊在床上。在书房里，用不着为了画册而专设一张床，地毯厚实些就行：坐在地毯上看。

谈论事情的快乐，多半胜过事情的实现。事情都实现了，还有什么好谈的呢？再谈，起码要等到失去之后。事实上，当人坐在他理想的书房里，手捧他喜欢的书，他根本不可能意识到，他已经身处他理想的幸福之中。蓬莱山上下来的羽客，不会开口闭口琪花瑶草，他看到光屁股的孩子骑在黄牛背上啃地瓜，觉得诗意盎然，想象中，他把自己招揽客人的笛子安放在孩子的嘴边。

2006 年 2 月 11 日

一辣解千愁

我很佩服好多年前报上讲到的一位留学生，那位仁兄是湖南人，酷嗜辣椒。日本留学生活苦，这也罢了，没辣椒吃可是受不了。他这样朝思暮想，果然金石为开。他发现双行线大街的中间地带，种着树，生着杂草，大概因为园艺工人不肯花功夫，杂草茂盛，把应该有的花木都遮掩了。他就写信让家里寄来辣椒种子，在杂草丛中种下，从此过上了“有辣万事足”的快活日子。

我在吃上无甚奢求，口腹之欲带给我的享受与满足十分有限，唯独对于辣椒，一直情有独钟。不过，如在其他许多事情上一样，我的热爱从不狂乱和痴迷，没有柏辽兹式的急风暴雨，它淡然，随和，若有若无，时隐时现，简单但却持久，宁静但却固执。我自己都知道，要想劝自己远离、放弃或背叛任何事物是何等徒劳。我当然愿意每饭必辣，但若条件不许可，一年半载不吃也没什么。日子一天天过去，似乎已经淡忘，似乎它真是可有可无的东西，然而一旦呈现在眼前，几百个日子的间隔就从来未曾存在过，仿佛就在昨天，碗里亮晶晶的还是它。

我的身体很配合。无论冬天和夏天，无论天气干燥还是湿润，无论怎么吃辣椒，从来不上火。有的事物不是这样。以前在北京，最喜欢李子，一次买回的，是一斤也好，两斤也好，不吃完不能罢休，结果屡屡半夜闹肚子。而辣椒吃过，一时之快逍逍遥遥地消受了，就是消受了，没有后果可计。如此比较之下，对李子的喜爱看来要打个问号。人常常不由自主地陷入或沉迷在错觉中，以为自己如何如何，别人如何如何，其实不是那么回事。满腹的忧愁可能是自己倒腾出来消遣自己的，惊心动魄的幸福说不定也是善意的欺骗性的虚构或浮夸。真相如何，你别无办法，只有等，等自己明白过来，等别人把你戳醒，等想象的游戏曲终人散。

有三种红色是我赞赏不置的。一是那种暮色中大红蜻蜓的红，二是石榴花花瓣的绉纱感的艳红，还有的，就是辣椒厚肉中沉淀得坚实的红。辣椒的红，在陕西农家小院淡黄色的土墙上，在透明瓶子里泡在香油或橄榄油中，沾着酱汁均匀地散置在象牙白的盘子里，就像樱桃一样，就像姜夔无数次提到的不知名的红萼一样，令人垂涎欲滴而又心生遐想。

我很小还不会吃辣椒的时候，表姐时常在我面前展示她吃辣椒的本事。她张开嘴，筷子把一片辣椒举得高高的，摇晃着，然后仰起头，筷子落下，那片散发着热气的辣椒，气势磅礴、气度华贵雍容地，如一架波音客机，仪态万方地款款降落在她的舌尖。

表姐把吃辣椒的过程放得很慢，极力夸张，一半是炫耀，一半是引诱。因为没有什么配菜的清炒辣椒真的很辣，同时它又美味无穷。面对如此佳物而却步不前，既可怜又可悲。我不要人怜，更不要人悲，吃辣椒远比这二者容易接受。

事实上，做菜的时候，为了照顾孩子，辣椒已经经过了弱化处理，就是把辣椒搁在水边石头上，用洗衣的木槌捶破，反复淘洗。不用刀切的辣椒，肉已捶松，辣味去了多半，吃起来别有风味。

干辣椒用在炖肉中，那种辣是老将黄忠味道的劲辣，勇往直前，毫无妥协的余地。它的战法是一刀一枪地硬拼，不用拖刀计，不镫里藏身放暗箭，更不像没羽箭张清，专靠飞石伤人。这样的人物我当然钦佩不已，但说实在的，不亲近，不喜欢，因为它少韵致，无趣味，太急于见效果，因此不够从容。风度是什么？说穿了，不就是从容吗？连假装的从容都能招来震天价的喝彩呢。

辣椒除了辣，还有一股独特的清香，即使吃不辣的青椒，这股清香也在，并使人如同感受到了熟悉的、期待中的辣。如今市场上不辣的辣椒越来越多，外表不易分辨，买回家，我不失望，毕竟辣椒独有的清香还在。当然，如果让我挑选的话，我宁可选未成熟的辣的辣椒，味道更足。同样不辣，成熟的不辣辣椒没有前者那样的未来，没有辣的可能性，因此显得暮气沉沉。

红辣椒则除了辣，更增添了一丝极为隐约的甜味，不是砂糖的呆头呆脑的死甜，是水果中的那种鲜甜。试想柠檬中的甜如何？红椒亦大致如此。年轻气盛的青辣椒辣起来义无反顾，虽然不像干辣椒那么死板，到底少了回转的余地。世上美好的事物都是要经过妥协的，哪能处处由你说了算呢？鲜艳的红椒这一点非常好，没错，它辣，可能还更辣，但它的辣是柔软的，是商量口气的，甚至是劝慰的。在红辣椒中，你不仅尝到了辣，还尝到了生活中的其他滋味，微微的苦，微微的甜，微微的涩。肉的质感也变了，依然脆，但脆中有软，脆而不软。

红椒的色泽太美，我觉得拿来煎炒有点焚琴煮鹤。最好是切了条，置于洁净的小碟里，蘸调料吃。

有一种处理红辣椒的方法，是把它剁碎了，泡在小磨香油里。泡好的红椒不太辣，有着爽口的微酸，颇似当下风行的湖南剁椒，但比湖南剁椒好。注意一点，泡的时候，拿剪刀旋转着剪或拿刀旋转着切，不带辣椒籽进去。籽硬，影响口感。

这样的泡椒，二十多年没吃到了。西方人也在瓶子里泡，也是红艳欲滴地好看，也有其风味，但都不是。

很多人都会用“过瘾”来形容吃辣椒的感觉。过瘾，与其说是某种愿望的满足，不如说是一种发泄。随着口中的咝咝声，不愉快的情绪也许就随之而去了。有时候算不上发泄，更像是痛快的倾诉。这种倾诉不给人听，给自己听，只有声音，没有语义。情绪就是这样，并不总有具体所指，并不总有意义。我在铜管乐器激昂的震颤声音中感到痛快和兴奋，我觉得那是最好的宣泄，真是血液沸腾，真是痛快。吃辣椒的感觉与之略似，尽管这样比未免亵渎了音乐。事实上，辣椒别说音乐，连一声鸟鸣都比不了呢。

这些年，学做了不少种辣椒酱，但它始终改变不了我对新鲜辣椒的喜爱。海鲜啊，肉啊，榨菜啊，花生米啊，皆非辣椒的良伴。辣椒干吗需要这些肉菜的滋味呢？做酱，辣椒最好的搭配是蒜，其次是花椒。后面这一选择，是长期爱好川菜的结果。

归根结底，我好辣，真要较量吃辣的功夫，恐怕又得打起白旗投降了。好多次，餐馆的辣菜吃得我长吁短叹，狼狈不堪。吃到最后，辣椒变成了白酒，成了一座翻不过去的大山。

但这并不意味着我喜欢辣椒是叶公好龙。不是的。喜爱归根结底是一种态度，除了喜爱自身，别无目的。当别人试图从某一件事、某个事物中获得什么时，真正的喜爱者只获得了欢喜。酒量奇高的人不一定爱酒，因为在他，酒量是可以夸耀的本事，是一种实用的技艺。也有很多人，能力是天生的，和喜爱无关。我喜欢酒而不善饮，喜欢茶而不精其艺，喜欢古货而不能常得，喜欢辣而徘徊止步于登堂入室之前，我只能超出象外，舍实求虚，会其意而已矣。人世有如此多的事物让人喜欢，让人陶醉，让人梦绕魂牵，这正是上天对人恩厚的地方。一念及此，我是幸福的。

2007 年 6 月 5 日

延伸

两边的城都在高处，说不清是在山巅，还是只因为双城之间的沟壑太深，使它们显得高了。没有太阳的傍晚，天空依然明亮，那是它们自身的光。没有太阳，时间仿佛定格了，暮色被压在谷底，怎么也爬不上来。

这是明净的天空，没有鸟，没有云，没有风，只有颜色。不透明的蓝灰色，自身纽结出许多线条和图案，各种圆的变形，是螺纹似的同心圆。但我相信，几乎找不出一组真正的同心圆。它们在图案复杂或繁密的地方，暗自留着小小的开口，并不闭合。另有一些干脆就是螺纹，盘旋了一圈又一圈，却不形成一个圆。闭合的圆，那是到此为止的意思，不能再有所包容。

如此看来，天幕离城头并不远，或者说，一半的天空已经和城融为一体。城之所在，应当非常高，确乎是两座山巅之城。

然而山巅我是熟悉的，必有云雾缭绕，罡风凛冽，片刻不得安静，断不容你短衣短衫若无其事地坐在高台的边沿。

环绕着那么多的孩子。

在稳定的光线下，深渊随和，安详。一览无余地俯瞰，城市沿着逐层扩大的梯级向下蔓延，一直延伸到视线的尽头，保持青砖或水泥的颜色，浑浑噩噩，逐渐失去形状和质感，最后像水一样融化无形。在地面上被彻底分割的双城，在深渊合乎逻辑的终点，大概会重新连接在一起。但那是我们无法抵达之地，因此，其意义合乎逻辑而不现实。

我是从对面的那座城过来的。什么时候，为了什么，想不起来。如今我坐在最靠近它的圆台上，隔着深渊，清楚地看见它的全貌。一座中世纪的阿拉伯风格的城市，那么多彩色的窗口，那么多飘扬在窗口上方的女人的艳丽衣衫，那么多的高塔圆顶，轻盈的身影在房顶与房顶之间的通道上翩然而过，所有的炊烟都朝向一个方向。钟声起伏，语无伦次。蓝色的、橘红色的、绯红的、紫罗兰色的窗帘，不时被人特意拂动或是被此岸不存在的风吹起了。群落间的深巷，给这个彩色的城市画出一道道浅淡的铅笔线。这样，当我闭上眼睛的时候，我以为自己看见的只是一幅地图，而我自己，只是素描中那个轮廓模糊、手足不全的人，只有眼睛在最深的地方闪着白昼的光。

侧目似愁胡。即使在微笑之际。异样的误解。其实他们骑在骆驼背上的时候，一个完整的乐队在骆驼背上的时候，胡琴琵琶与羌笛，他们是快乐的。

眼睛太深，似庭院重重，千门万户，回廊无限。目光困顿，卷不起帘子。瞥见双燕似的点点滴滴，顷刻间忽然奋起，如弦上的反手一拨。

我清楚地看见自己的家，它正好朝向这一面，位于重楼的中间。在所有的窗口中，只有这一扇窗口是被放大了的。我看见了自己喜欢的细节，曾经虚构的，继续在虚构的细节。这一切，都保证了一扇窗口的成长。

说分割其实是夸大其词。在两座城市之间，就在我此刻所坐的游乐场边上的台阶之下，横着三道漆成红色的长桥。三道长桥，间隔一米，成品字形，悠悠跨越，下临无际。一尺见方的材料，看不出加工的痕迹，由于涂了红漆，不知是原木，是钢筋水泥，还是钢铁或其他人造物质。两边没有护栏，头上没有可供攀缘的铁链。这样的桥，也许是玩具吧。

记不得身后的城是什么样子，只记得身边的游乐场，无数的孩子在蹦跳。滑梯，秋千，吊环桥，喷水池，踏着铁链攀爬的小木台。紧挨着我的是一个无比巨大的沙坑，大到几乎就是一段海滩。孩子们专心致志地用沙子堆砌城堡。

天就要黑了，没有太阳的黄昏，我该回到屋子里。可是，这样的桥我过不去。

几次走到桥边，还没踏上桥头，深渊就像雾一样忽地涌上来，刹那间把我抱住。雾里弥漫着无来由的声音和念想，引人直往那些刻意忘记的、决心逃避的事情，有恐惧，还有兴奋和激动，但都不是此刻能够承受的，不因为它好或不好，不因为它应该或不应该。总之，它超出我的能力，使我不得不限定自己，收敛再收敛，防止一丝一毫的逸出，使我终于继续安稳地做现在的自己。

时间在堆积。像烛光一样暗下来，像炉香一样聚拢，像衣服顺着肢体滑下，舒展开它所有暂时形成的皱褶，像露水在弯曲的枝头悬垂。一切陌生的都在凝固，一切被努力惦记的都在消散。像路被卷起，弹出锦盒的烟慢慢缩回。灰尘回到舟车经行之地，衣履如新。

坐得太久，那个埋头修葺她的城堡的孩子终于注意到我。于是她抬起头来：

叔叔，你在发愁吗？

发愁，哦，可能吧。

你为什么发愁呢？

我想回到那边去啊。

哦，你想回家。

呵呵，也不完全是。你看，我不想穿这么多衣服，我想换一换，更舒服些。还有，我想把包里的东西放回去，当然，坐在蓝色窗帘下的桌子旁边，喝一杯酒也是好的。何况，可能有人来找我，说不定，已经在那里等我很久了。我不能总坐在这里。你瞧，天要黑的——

女孩惊异地看着我：叔叔，才刚吃过早饭啊，不会天黑的。再说，天黑了，到处都是灯，我觉得比白天还好玩呢。

才刚吃过早饭？我抬起手腕，发现手上没有表。远处的钟敲得毫无规则。

既然你想回家，回去就好了。女孩指着桥说，路又不远。

这桥，能走人吗？

怎么不能？我每天都过来过去，我们还比赛看谁在桥上跑得快呢。

她站起身，拍拍手，只一跳，已经站在品字形长桥左边的一道，回头说，叔叔你看，就这样，跑！

她张开双臂，像一只粉红色的燕子，跑向深渊的上空。一边跑，一边不断地回头向我招手。

更多的孩子跑上红桥，跑向对岸。对岸的孩子也向这边跑来。他们快乐地在两个城市之间往来。不会坠落，没有恐惧。

我潜回眼睛深处。我在谷底游走。黑夜终归要到来，但赞美总是可能的。在午夜相逢，只有形影，没有招摇的色彩。向被春天抛弃的虫鸟告别。我是你们一切星光残存的意义，我是你们相逢和分离的理由。

这些奇异的夜晚，连你本身也是一个暗示。而我，在语言之外，没有意义。

不是吗？你们活在我的梦中。你们是美丽的。

2010年6月29日

慰情三帖

因为花粉过敏，四月和五月，很少外出走动。橡树满街，无可逃避。我住的楼前，正对着大门口，就是一棵。美国的橡树生来特别高大，枝繁叶茂，亭亭如盖，盛春叶蕾初绽，当风一吹，粉尘弥天。咳嗽流泪，至于影响睡眠。在公交车上，不得已时，只能以纸巾捂着眼鼻，情状甚为狼狈。每逢小雨，便宽松数日，人也精神很多。橡树实在是可爱的乔木，虽然被它消遣得苦恼不堪，还是讨厌不起来。秋天橡实成熟，路边散铺一层，到处可见兴奋的松鼠双手抱捧一粒，目光炯炯，大快朵颐。随意坠落的橡实，打在车顶，发出清脆的毕剥声，也有落在草上和去年的枯叶上的，便有些窸窸窣窣的微响。丰收的秋季，松鼠们个个都如败家的阔少，狂歌痛饮，上好的肥硕橡子，只啃上一口半口，便丢弃一边，然后继续糟蹋那些仍在枝头垂挂的。

早先，街边的树已渐萌绿意，门前的橡树却没有动静。远远地从车站走近，看着它光秃秃的枝条，心里想，莫不是已经枯死了？真是老天有眼。过了几天，绿意舒展，那棵树像十五年前我刚搬来时一样，毫无老态地安心活着。但我还是高兴：老树无恙，仿佛珍贵的情怀，逆流长存。

海棠也开过了，徘徊不去的是它豪迈的妩媚。有海棠，我就不须费心去布鲁克林植物园，或去更远的华盛顿特区看樱花了。樱花娇艳，落花的景致尤其壮丽。可是海棠的恣意放纵，花阵的绵密重叠，一棵就是一座独立的峰峦，把整条街都纳入，成为它的映衬。海棠若要成林，那是什么样的繁华。

我散步专挑有海棠的街走。我在事情想不通的时候出去散步，看过几处有海棠的风景，偶尔驻足在人家窗下，看花圃里的石竹鼠曲草之类。回到家里，事情虽没解决，却消失了，或者变得微小，不再成为一件事。如果是白天，太阳好，门廊上，草地上，花叶丛中，常见睡懒觉的猫。我站在一边看。它睁开眼睛，懒懒一瞥，随即闭上，很快，呼声又轻轻响起。猫是无城府的，事过不留痕。猫不懂得鬼谷子，也不会去学太公的六韬。猫只要脚步轻快，胡子梳理得整齐，伸懒腰而不失潇洒和从容。其他的，它不管。老鼠怎样过日子，凄惶还是骄纵，都和它无关。

夏目漱石用猫眼看人，不仅看，还笑话。这样轻狂，这样没心计，然而这样可爱。

在我住处不远，有一栋不起眼的居民楼，楼前的花池，收拾得很整齐。负责种花的，从未遇见过，猜想是一个安静的人，而且年纪不小了，因为他很少选择颜色艳丽的花。印象里最出格的，莫过于美人蕉和郁金香，但也没种几年。美人蕉枯死之后，还任其在大门两旁的水泥盆里招摇了好多天。平时见的，都是不引人注目，却长得很水灵的大叶碎花植物。他也喜欢香草，种了几大丛迷迭香。你想，在人车纵横的街上，谁能闻到迷迭香的香气，而那苦草本身，又没有什么好看的。去年，在靠近大门处，左右对称，蓬松起两团小圆叶碎紫花的前所未见的花草，每次走过，都忍不住停步蹲下，多看一眼，就像在公园里，很多人忍不住驻足逗弄婴儿车里吮着指头的孩子一样。从夏天看到秋天，叶子不落，花朵照开，季节的变化，似不能影响它分毫。这是什么花呢？惊奇了几个月，从图书馆找来几本植物图谱，终于查到它的名字：金山绣线菊。名字不甚恰当，金山两个字加上去，尤其要不得。这花婉约而纯净，像五代欧阳炯的小令。认识一种花木，和读熟一首词，原本没有差别，比认识一个人简单，不会得到实利上的帮助，也没有约束，不劳神，无喜怒。

这是我们和世界能形成的最简单最美好的关系。当然，也不实际。

近来时常想起一段话，关于内因和外因的。大家常说，内因是变化的根据，外因是变化的条件，好比鸡蛋和石头。鸡蛋，加以适当的温度，就孵化出小鸡来。假如一直冻在冰箱里，便不能。然而一颗石头，无论怎么孵，也孵不出小鸡。孵小鸡，需要两个条件，一是鸡蛋，二是适当的温度。这两个条件中，鸡蛋是本质性的。没有鸡蛋本身蕴含的可能性，其他的无从谈起。

说内因外因，我联想到的，是“我”和他，我和这个世界上一切的人与事，各种关系，各种环境。从鸡蛋的角度看，它是为成为小鸡而存在的。但是，有没有母鸡来孵它，它决定不了。人把它吃了，把它腌成咸蛋，它也无可奈何。从我们的角度看，我们必先确认是鸡蛋而不是一颗石头。是鸡蛋，给它条件，便得到一只小鸡。

大多数时候，人做事，尽心而已。因为我们愿意成就的事，只是一种可能性，从来没有必然。最终成为现实的那些，是一切机缘的集合，包括内因“先天的有”和外因的条件。

但在现实中，事情不像鸡蛋和石头那样简单。纷纭杂多的因素中，很难分清哪些属于鸡蛋石头，哪些属于温度。

达观起于失望后的认命，因此达观最初是被动的。当达观成为一种生活态度时，我们看到的更多是哲学，而不是实际的人。哲学的代价是剥离，不管是剥离自己，还是剥离现实。我读《隐逸列传》，得到这个结论。就像英雄为时势所造就，高士也不是天生的。

贝多芬在《F 大调弦乐四重奏》末乐章中的自问自答：

必须如此吗？

必须如此！必须如此！

必须五十先令吗？

必须！

你瞧，用五十先令替代了如此，哲学的崇高便被消解了。

一直在读《太平广记》。在嘈杂的环境里，在琐碎的时间点上，五百卷的《太平广记》，随时切入，像一个人回到熟悉的家，坐卧立走，喝茶打盹儿，要么长睡半日，呼朋引类喧嚣彻夜，都行，不用忌讳，也没有隔膜。

“广记”里的故事，多与神仙相关。因为明摆着的虚妄，神仙主题便成了心灵无垢滓的延伸。现实如海，是我们的容身之地，我们当勉力赞美。但在海中游泳既久，上得岸来，用净水冲冲身子，去掉盐分，不是觉得更清爽了吗？虽然水龙头下，不能畅游，无可观景，更没有鱼虾可食。

谈鬼谈神仙，好比读古诗，听古曲，益寿延年。你难道不信？

如果有人神情庄重，让你在做神仙和继续现在的生活之间做出选择，你肯定觉得无聊。可是在唐人那里，事情不一样。他们不仅相信神仙，而且相信历代典籍中关于脱渡凡人成仙的记载，相信这样的事会随时发生在身边。对于他们，现在连小孩子都不会当真的问题，就成了重大的人生选择。当唐人记述卢杞之流宁可不做神仙，也要享受人间的富贵时，他们觉得那是说明卢杞之奸佞贪婪最有力的例证。原因无他：正常的人都会选择做神仙。

为数不多的拒绝神仙的人，只有一个让我佩服。

那是一位中唐的小官僚，面对前来引导他升天的仙师，他非常认真地问了很多关于天庭的实际问题。天上有帝王，有贵戚王侯，各级仙官仙吏，也有侍奉人的角色，如宫女和奴仆。总之，阶级的序列，与凡间无异，上尊下卑的礼节也差不多。凡间的王侯将相，旧的替代新的，总体数量有限。比方说，总不能同时弄十几个当朝宰相吧。可天上不然。神仙是不死的，新仙不断飞升，旧仙依然不死，除了玉帝独一无二，各类仙官岂不一天多似一天？

导师说，那是自然的，但你不用担心住不下，天界本身是无限的。

问题不在这里，那个将要成仙的小官僚说。天上的官既然比凡间还多，我干吗还要去天上？那么多的官，我侍候得过来吗？

成仙的，如果没把庄子读懂，注定是个糊涂的神仙，或者更可怕，是个奸佞的神仙。因为庄子说了，无论做什么，心灵必须自由。当资本主义世界宣称私有财产神圣不可侵犯时，庄子说，神圣不可侵犯的，唯有心灵的绝对自由。

庄子的可贵，就在这里。毅然抛弃现实中的一切不可能，换取无可名状的至高无上。你当然熟悉出自庄子书中如下的故事：

子桑户、孟子反、子琴张三人相与友，曰："孰能相与于无相与，相为于无相为；孰能登天游雾，挠挑无极，相忘以生，无所穷终？"三人相视而笑，莫逆于心，遂相与为友。

"相视而笑，莫逆于心。"无须在舞台营造的黑暗中，用聚光灯打出一个圆，生怕别人看不见。这不是演出，不要观众。没有定格亮相，无须求人赞许，或大字书写在告示牌上，授奖，或娓娓动听的电视访谈。我们知道，这就是了。

神仙离我们太远。庄子很近，也很远。远得比神仙还远。那么近的呢？

郑振铎先生编辑的《晚清文选》卷上，收录了湖南人张声玠的《四十自序》，文仅千字，记其一生经历，略有感慨。且抄录如下：

人生居闲则得岁月多，浪游则得岁月少。同此岁月，岂有多少之异哉。劳瘁奔走，消磨于车尘马迹中，回首而若失也。

余生于故乡，二岁，从先大父之安徽。三岁余，从先君子之闽之松溪。六岁，至福州，十岁之建宁，十二岁，又至福州。童也嬉戏不珍日，游与闲皆无所系于心。十四岁，之福清，知识初启，以习举子业成，思藉科第为建白。髫龄有四方志，于是极以奔走为乐。偏于此者背乎彼。不得古人所谓闲趣。适以事阻于行。十六岁，仍至福州，乃肄力于诗。与闽之学士大夫文人墨士，觞酒淋漓，骚坛树旗鼓。其或离群索居，则经史花月相应接。如是者四年。其为时也静而永。然非素志，不重也。

年二十，先君子权泉州蚶江通判。二十一，之蚶江。二十二，先君子权兴化通判，之兴化。二十三，乃输资为监生，北应京兆。行五千一百里。而长安之游，从此始矣。既落第，留京师一年。年二十五，归于闽。是年从先君子之永安。

二十六，先君子见背，扶父丧，复归福州。服阕，就婚于外父李澜恬公建阳官舍，年二十九矣。以游故，娶妻甚迟，而其心固未以游悔者，则其势有所必出，而时则方有可为也。婚未两月，复从建阳赴京师。秋捷，两罢礼部试。三十一，仍归于闽。止四月，遂旋湖南。年又三十二。

维时家既贫甚，而慈亲在堂，朝夕望子贵，实逼处此，乃更不能已于游。故冬仍北行。三十三归里。妻李氏卒。聘同邑辰山周氏。又北行。三十四，归赘辰山。

三十五，春游于衡州，冬北行。三十六归。三十七，春游于浏阳。冬北行。三十八，留京师。三十九归。

自三十四至三十九，每归里，由辰山省亲于星沙，岁辄五六次。计生平六游京师，乡试一落第，会试七落第。合京师往返之游，共得五万数千余里。参以闽皖江南湖湘之游，亦共得五万余里。盖三十九年来，共行十万数千余里。悬车束马者，中不得数年焉。年华如水流，等闲抛掷，风驰电掣，一转瞬间，几不知老之将至。而今年二月朔日，遂以四十。设使向之所遇不以游而以闲，平居闭户，左图右史，以自珍于分寸之间，其所得似有足多者。然余始也乐于游而不自疲，继也苦于游而不获止。不获止，则余之不能以闲而自实其岁月也，殆有天焉，非人之所能强也。

悲夫！余长余妻十三岁，妻兄汝充小余十岁，汝光小余十一岁，而二君不为远游，居家闲甚。所得岁月，余转觉幼之。因其置酒为寿，书此以代一酹。噫，后之视今，亦犹今之视昔。为闲为游，余又恶能自主。

张声玠享年四十八岁，终于保定知县任上。古代做官，称为游宦生涯，正是行脚不定的意思。若遇贬谪，如苏东坡那样，流落于蛮荒瘴疠之地，更是生死难卜。清末文人，很多在幕府谋生的，情形无二。但寄人篱下，风霜之感更深。现代人刻意浪游，那是因为交通方便。如又不愁开销，自可轻蔑千山万水，逍遥豪迈于一时。今日威尼斯，明日布拉格，北京巴黎轮流住，绿茶红酒两不误。然而所得虽多，也只能在时尚报刊上闲言碎语一番。以斤两称唐诗，衣袋里装满凡·高的阳光，汤显祖的清词丽句喷洒了一桌子，哪里想得到“置酒为寿，书此代酹”？

我已过了张声玠草拟此文的年纪，我也过了十年前大有感发的苏轼挥毫写下《黄州寒食帖》的年纪。祖父过世多年，祖母去年去世，正当我生日前夕，享年九十五岁。疼我爱我的外祖母，离开我已经二十多年。其时我在北京，她嫌我离家太远，兼性子内向，孤身在外，无人照顾，希望家人亲友努力，争取调我回去。她不知道我后来还要走得更远。有些事，自己开的头，却不能自己收尾。她不知道我从不担忧无人照顾，我担忧的是无法亲近。她知道我自小爱书，却不知道如今我也写书。她死后十年，我的第一本书面世。一本寂寞的书。但假如握在她青筋裸露、无血色亦无温暖、几乎只能悬垂的手中，便不再寂寞。她会为我欢喜，尽管她读不懂一个字。她不知书有评论，书有版税，书有畅销不畅销，她只是欢喜。她的欢喜将使我可能有的欢喜放大一百倍，她把我心中的萤火变成太阳。

光山十七年，武汉五年，北京四年，安徽一年，纽约二十年。大学之前，足不出家乡百里，除了有限的几次回长葛老家。然而迁移若此，少有顺遂初心的安排。张声玠说他的游走，少时是“从”，成人后是“实逼处此”。我们很多人不也是这样：形格势禁，更无他途。

你说到嫉妒和漠视，说到焦虑和悲观，在你这个年纪，生活向四面八方展开，经历正多，但未必能够完全理解。佛家讲因果，讲缘，使人不得不佩服其圆通。但就因果而言，不妨更退一步，只以自律，不以期待他人。单论自己的所为，我理解的因果，在正面，“只问耕耘，莫问收获”，在负面，借以自我警惕。至于缘，首先我们要知道，缘是无数机会和作为的集合，我们在其中，不过万分之一。手握万分之一，欲求万分之九千九百九十九的圆满，岂不太豪奢了吗？

静下来，从一幅画、一页文字、一段音乐、一个小小的玩物中找慰藉。我们在此以他人的快乐为快乐，他们心中的郁结，可以化解我们的郁结，他们的无可奈何，可以映衬出我们之无可奈何的渺小。他们看山是山，看山不是山，他们净手焚香，拜于先贤的名迹之前，他们踏月醉归，在峰顶扪叩头上的星星，在古刹听琴，在侧院扫雪烹茶，他们清谈彻夜，远足经年，秋风清兮秋月明，桂树团团兮白石齿齿，我们心摹神追，是为大乐。

孔子说，知者无忧。但闻获麟而泣下，可知虽通达如此，犹未能免也。孔子又云，君子安时处顺，不丧其志，在在得安乐。但他一生，总在忧患之中，临老犹驰驱列国，惶惶若丧家之犬。家园何在，安乐复何在？

思深者有乐，思深者必忧。重要的，在于态度。外物可以移情，帮人走过那段犹豫彷徨的路。然后我们抵达，也许是大自在，也许是更大的疑问。

读褚遂良《与法师帖》，能不感慨于心?

奉别倏尔逾三十载，即日遂良须鬓尽白，兼复近岁之间，婴兹草土，燕雀之志，触绪生悲。且以即日蒙恩驱使，尽生报国，途路近止，无由束带，西眺于邑，悲罔更深。

近似的意思，亦可见于王羲之的《问慰帖》：

阔别稍久，眷与时长。披怀之暇，复何致乐？吾之朽疾，日就羸顿，加复夙劳，诸无意懒。促膝未近，东望慨然。所冀日月易得，还期非远耳。

自王羲之，到褚遂良，再到我们今天，虽然时世迁移，但人之所思所虑，所期所盼，毫无异同。千载之下，念诵这一幅幅小简，直如我们就是那收信人，就是那写信人。“我们”化成无数的“你我”，一分为二。你的心情，我的心情，无数“他们”的心情，尽在其中，而又相互交会，倏然往来，彼此激生，如静潭波起，以致无穷。

还有褚遂良的《山河帖》：

山河阻绝，星霜变移。伤摇落之飘零，感依依之柳塞。烟霞桂月，独旅无归。折木叶以安心，采薇芜而长性。鱼龙起没，人何异知者哉？

这就是君子立世的态度和情怀吧。无论感伤或得意猖狂，不损气节，不失豪迈。

好了，不多说了。不知不觉地，我已经变得唠叨起来。单记得隆冬独行僻径，见路旁人家的小院，一池暗水，掩映于多年未经剪伐的杂木的交结中。池壁覆盖着黑色苔痕，枯黄的岸草，犹自俯向水面，如人自照。天色阴晦，水清澈而愈幽深，不知名的白花落了半池，浮在脚步声振起的縠纹上，如悬凝在古井的虚空里。我隔着槿篱观望，不觉凉气袭身。麻雀时而飞起，越过小道，在乱草上蹦跳，三五相呼，言语间充满愉悦。它们快乐而且肥胖，彼此间的亲密在安适的生活中，胜似危难中的相濡以沫。接下来的路上，想了四句韵语，如今只留得最后一句，“一池疏影落寒花”，似乎还有些韵致。其实那时总想着齐己《早梅》诗的两句：万木冻欲折，孤根暖独回。总想着把后面那五个字，变个样子化入自己的某一段文字。诗论家爱说孤字与独字重复，在我看来，这不是语病，恰是他的认知和坚守。重复的意思含着骄傲，又感觉着珍贵和异于常类。寒在外，千山万径；暖在内，孤根一点。因此，才有花在水上，不分季节地供人观照。

我们此世不能得的，十百千万；我们能得的，一瓢一枝而已。几段文字，几本书，听过的曲子，经行过的疆域，邂逅和擦身而过的人，固然明确存在，其实多是敝帚自珍。他人看了，或不值一笑。阴影和温暖，相对而存在，此心若不能自明，一切便是乌有。

2010 年 5 月 20 日作，11 月 12 日改定

歌德谈话录

这本书去年从北京带来，和另外一些我特别喜爱的书一起，如梅特林克的戏剧，21 世纪外国文学丛书中的一些欧洲小说。箱子在桌子底下搁了一年多，一直没拆开。搬家后，堆在卧室壁橱靠外的地方。书架还没买来，想睡前有一叠书在手边，即使没时间读，翻翻目录和前言后记也是好的。因为顺手，先打开的，就有这一箱子。书被抚摸得很旧了，封面还有一道污迹，像是茶痕。最后几十页卷了边。人民文学出版社 1982 年的一版三印，定价九毛一，印数已累计达到 13 万册。扉页上写着：1983 年夏于武汉大学。

1983 年是我毕业的年份，7 月中或下旬就离开了学校。先回家小住数日，之后返校收拾行李北上。《歌德谈话录》很可能是我在武大买的最后一本书。我记得那时中文系学生很迷朱光潜，《西方美学史》几乎人手一套。他翻译的几本美学或文艺理论名著，也很风行。各书中我独爱此本，一来是拜郭沫若译《浮士德》之赐，对歌德兴趣浓厚，其次是因为，比起康德和黑格尔，比起柏拉图和亚里士多德，这本书容易懂。而鲍桑奎、文克尔班之类，太专业，论述太琐碎，感觉有点小题大做。念大学时买书，每月只有几块钱，不得不精挑细拣。买还是不买，要想好几天。没有反复读过的书，不久闻大名而且真心喜爱的作家，基本不买。《歌德谈话录》真是读熟了的，很多观点深入心底，潜移默化，若干年后就事论事，发言为文，俨然自己的心得，却意识不到是歌德的影响。

书的前三分之一有红笔勾画，还有批语。大概此后便去了北京，后面部分未曾再批阅一遍。我看那些勾画和批语，关注点都在论诗部分，像“一个特殊具体的情境通过诗人的处理，就变成带有普遍性和诗意的东西”，“艺术的真正生命正在于对个别特殊事物的掌握和描述”。还有的，是些带有人生哲理的格言：“到了七十五岁，人总不免偶尔想到死。不过我对此处之泰然，因为我深信人类精神是不朽的，它就像太阳，用肉眼来看，像是落下去了，而实际上它永远不落，永远不停地在照耀着。”这样的话，如今大概只有在满街的励志书中可以找到，而且有无数种说法，说着同一个意思。

大学时期的文字留下来的不多，论文又一向是我的弱点。我在好些书上有大段的批语，算是还能看到的议论的遗存。批语，照理是读后有所得的，然而二十岁时的理解，大部分只能说是天真可爱。去年我翻看《戴望舒译诗集》上自己的批语，满坑满谷的蝇头小字，看得乐不可支——全是一本正经的酸溜溜的废话。《歌德谈话录》上的，也是如此。歌德读过一本中国言情小说，研究者认为是《风月好逑传》，就中国人的生活和思想，谈了很多看法。我的批语，不同意歌德说中国人“没有强烈的情欲和飞腾动荡的诗兴”，开玩笑说，“要是他看过三言二拍就不会这样说了。”另一段，谈话的记录者爱克曼问歌德，《风月好逑传》算不算中国最好的作品？歌德说：“绝对不是。中国人有成千上万这类作品，而且在我们的远祖还生活在野森林的时代就有这类作品了。”我对歌德此言显然觉得舒服，批道：“歌德做出这个推断，并没有确定的证据，他能敏锐地看出中国人的文学水平和风格，这是一般人不能做到的。时代的迹象在一部哪怕是最没有代表性的作品里，也能露出端倪。”

歌德因《风月好逑传》得出结论，说中国人在思想和情感上几乎和欧洲人一样，只是更明朗，更纯洁，也更合乎道德；在中国人那里，人和大自然是生活在一起的；中国人重视道德和礼仪，在一切方面保持严格的节制。《风月好逑传》在中国古典言情小说中是一部平庸之作，但歌德由此窥见了中国文化中一些很本质的方面，可见其惊人的洞察力。关于道德和节制的说法，很多人可能会觉得荒谬，因为中国的统治者历来是以腐败荒淫著称的。但我们也不能忘记，中国的传统知识分子，正是以此严格自律的，中国文化的血脉，是靠他们而不是那些荒淫的权贵们来传承的。

我花了两个晚上重读《歌德谈话录》。这是一个选译本，只有原书篇幅的一半。朱光潜先生在后记里谈到他取舍的标准，以涉及哲学、美学和文艺创作理论的为主，关于应酬、游览、个人恋爱，以及非常专门的科学知识，仅取“少数样品”。朱先生的选译，是作为一本美学和文艺理论专著，他的取舍无可厚非。但从阅读趣味的角度来看，他大量割爱的，也许正是很精彩的。在特殊中表现一般；创作从现实而非从理念出发；形式影响内容；艺术既服从自然又超越自然，这都是很好的道理，但如今我毫无兴趣，因为这些理论对创作和欣赏没有太多助益。中文系的文学理论课，讲来讲去，不外乎“典型环境中的典型人物”，和“文革”中著名的“三突出”是一类东西，害人不浅。理论如果一味求高，撇开作品构架自己的空中楼阁，最终便成为自我娱乐的概念游戏。先有创作而后有理论，不是先有理论再按理论创作。正像石涛说的，一法既立，无须再讲什么法度，师古人在师其心，心中所有，便是无法之法。具体而微的东西才能带给人愉快，一朵花蕴含的理念，超过几十本布面精装的巨著。歌德的创作自然伟大，他的理论，尤其是和席勒有交汇的部分，实在笨拙枯燥。席勒如果不是早逝，难以想象他如果按照自己的理论去创作，会写出什么东西来。

幸亏朱先生留取了“少数样品”，使我们得以读到歌德的生活故事。在 1827 年 10 月 7 日的记录里，歌德谈梦和预感，谈他青年时代的一段恋爱故事，是书中最精彩的片段。歌德相信梦和预感，他认为这是灵魂的作用，“我们都在神秘境界中徘徊”，梦成为现实，是因为“在某些特殊情况下，我们灵魂的触角可以伸到身体范围之外，使我们能有一种预感，可以预见到最近的未来”。

话题是歌德的秘书爱克曼讲述他自己的梦和经历引起的。爱克曼说，他某日散步归途，忽然有预感，预感他会见到一位思念已久的人。果然几分钟后，在剧院拐角见到了那位女士，“正是十分钟前我在想象中看见她的地方”。对此，歌德的解释是，一个灵魂能对另一个灵魂发生影响，就像我们身上有磁石，“在钟情的男女中间，这种磁石特别强烈，就连距离很远，也会发生作用”。

歌德讲起他早年在耶拿的一段经历。

他爱上一个女子，因宫廷事忙，晚上抽不出时间去见她，而白天见面容易惹起流言蜚语。坚持到第四或第五天，歌德再也忍不住，一定要去她家。到了门口，进门，上楼，听见里面人声嘈杂，只好退出，在街头乱走。这样走来走去，反复多次。最后一次，见她房里已熄灯。歌德不愿回家，继续在街上逛，碰见很多人，其中有女人，模糊似她，近看则不是。歌德说，那时他深信交感力的存在，单凭眷恋就可以吸引心爱的女人到身边。又祈求空气中“无处不在的精灵”把对方的脚步引向自己。走到大街尽头，忽然心有灵犀，觉得应当向宫殿方向回转。这就这样转了。走出不到一百步，果然见到那位夫人正向他走来。

朱先生的注解说：此处谈到的女子，据说就是著名的夏洛蒂·冯·斯坦因夫人。关于斯坦因夫人，歌德曾有“灵魂的美丽倒影”的妙喻。

歌德此处的回忆，洋洋数页，非常详细，显见记忆多年不能磨灭。从头到尾，酷似《追忆似水年华》第二部中斯万夜访奥黛特的章节。普鲁斯特描写恋爱中的男人心神不定，在自尊、怀疑、渴望和嫉妒中纠缠挣扎，那么生动细腻的情节，灵感也许正出自歌德这里。

我对所有喜欢记梦的作家都喜欢。事实上，即使算不上伟大，这些作家也都是有情趣的。而我更愿意所有爱梦的作家都是伟大的作家。像歌德、博尔赫斯、曹雪芹、庄子和列子，还有董说。梦不一定预兆什么，梦是我们被抑制的精神释放出来了，那里面有高尚的情调也好，有胡思乱想也好，只有黑暗和恐惧也好，都是我们真实的内在。至少在梦里，人摆脱了现实中身份的限定，不带面具，洗脱油彩，回归天然。

袁枚在《随园诗话》里谈到诗歌选本的几宗弊病，比如趋炎附势、互相标榜、自我抬升。歌德在 1824 年 4 月 14 日的谈话里说到四类反对他的人，拿来对应当今文坛，尤其是那些动不动就骂鲁迅的人，可以相映成趣。歌德总结说，第一类反对他的，是由于愚昧，根本不了解他，就乱咬一气。这类人虽然讨厌，但可以原谅，因为他们不知道自己的所作所为的意义。第二类，是由于嫉妒，不忿别人获得的幸运和尊荣，一心想把别人整垮。第三类，因为自己写作不成功，也成了作者的对头。这些人很有才能，觉得自己不成功是因为被歌德压住了，所以恨他。最后一类，他们的反对是有理由的，因为人都有毛病和弱点，在作品中会流露出来。歌德调侃说，问题是，有些毛病我早已改正了，可是他们还在指责：

> 这些好人绝对伤害不到我，因为我已远走高飞了，他们还在那里向我射击。

歌德是古今中外大作家里罕有的幸运儿，他一辈子生活优裕，写作，恋爱，游览，考察，做研究，早年成名，又得高寿，民众热爱他，同行尊敬他，王公贵族给他极大的荣誉，而他也确实不负众望，单只一部《浮士德》，足以不朽。

中国作家中，生前文名就至高无上，第一要算苏东坡，然而苏东坡在政治上却一生坎坷，屡受迫害，他只活了六十一岁。其次是鲁迅，他只活了五十六岁。

安闲舒适的生活，使歌德养成雍容大度的平和。中国古代的诗论家常以仰慕的口气论及某些身为大官僚的诗人之作的这种风格，然而在中国的伟大作家中，少有人能享受歌德的幸运。就连梁武帝，一个酷爱文学，笃信释教，又做了几十年天子的人，八十多岁遭逢侯景之乱，竟然饿死台城。

歌德在谈到文学与现实的关系时说：

> 一般说来，我总是先对描绘我的内心世界感到喜悦，然后才认识到外在世界。但是，到了我在实际生活中发现世界确实就像我原来所想象的，我就不免生厌，再也没有兴致去描绘它了。可以说，如果我要等到认识了世界才去描绘它，我的描绘就会变成开玩笑了。

世界上有多少人曾经一辈子无忧无虑、随心所欲过呢？几乎没有。假如有，那就是歌德吧。“世界就是如我所想象的”，这样的话，本该出自上帝之口。

2010年11月14日

对花能饮即君子

寒潮过去，雨还没有下完。人行道上枯叶散乱，踩上去发出咕叽咕叽的声音，而且慢慢改了金黄和棕红的颜色，像在浓咖啡里泡过。水泥地面留下落叶的印记，像是有人画上去的，在向街心倾斜的一面，拖带出几丝暗褐色的流淌的痕迹。在两次雨的间隔，风变得柔和，扫过身上如绸衣轻触般舒服。晚饭后，接到老同学Z的电话，说他参加同学聚会，已从广州到了武汉，早晨起来，无事，正在校园某处的小道上散步。他说了一个地名，当年往来盘桓很熟悉的，但我想不起来，含含糊糊带过了。几个月前已经接到今秋聚会的通知，暑期在北京，还在忙乱中赶了一篇“回顾”的文章，试图从毕业后的生活中找出一点可以炫耀的经历——当然没有，有的，只是很多琐碎的感想，别人看了，可以笑一笑的。当时决定去武汉，连假期都安排好了。不料等到八月，家中有事，走不开。Z说见到了不少同学，有的变化太大，认不出来了。过些日子我在网上看照片，确实如此。主要还不是多苍老，是男士们都发福了。女士们不枉多年经营，变化便小一些。笑容和做派都有点鱼在水中、冷暖自知的笃定。

贝多芬的钢琴奏鸣曲终于听完了，四十多天里，听了两遍。这是布伦德尔版，十张碟，分两盒，外加厚厚一本说明书。英文部分五十多页，快抵上一本书了。听到中途，就想自己买一套留着。网上一查，一百五十二元。太贵。广告里讲，马上会出新版，提前订购，只要五十九元。当然要新版。几天后东西寄到，却是简装。小小一盒，碟片套在白色纸袋里，连个总目录都没有。简陋点倒也罢了，可惜那厚厚的小册子不附送，那么多贝多芬的故事和作品背景介绍怎么办？

比如第二十四号升 F 大调奏鸣曲，贝多芬曾感叹说，大家都爱谈论那首升 C 小调（月光）奏鸣曲，但我写过更好的，就是升 F 大调，它绝对与众不同。《月光奏鸣曲》的传说就像乔治·华盛顿的樱桃树一样不可靠，要说柔情，第二十四号更典型。1809 年，贝多芬把它题献给特蕾丝·布伦斯维克（Therese Brunswick）伯爵夫人。特蕾丝早在 1799 年就跟随贝多芬学钢琴，贝多芬花了大量时间教她和妹妹约瑟芬。据特蕾丝回忆，贝多芬教琴，抓住她的手指示范，“让它们弓起，尽量抬高和伸直”，耐心指点，“从不厌烦”。

柔情和从不厌烦，也许表明了贝多芬的爱。

贝多芬的爱恋对象多是他那些贵族家的女学生，好几次整得他昏头昏脑。但实际情形似乎是，别人对他，不过一时的好奇和激情，偏他一次次当真。

上班之外，两个多月没有出门，有点沉闷，借了一堆消遣的书和老电影。试了几种梁羽生，读不下去。只好读司马中原和朱羽。民初的土匪和侠客，白米饭似的一碗一碗地吃，不拍案，没惊奇，吃了不饿，而且没有消化不良。故事中的英雄毫不客气的高大全，就是名号与后来不同。司马中原的小说弥漫着趸来的乡土气——也许只是表达的问题。

老电影里有我极其喜爱的《M》，又看一遍，还是兴奋。皮特·劳瑞扮演的儿童杀手，口里哼哼的曲子，是《皮尔·金特》组曲里的一节，“在山魔王的宫殿里”。那个狂欢的主题是牛鬼蛇神的狂欢。年初林肯中心的一场摇滚音乐会，压轴的节目正是此曲。当时满场欢腾，抱着冲锋枪一般抱着电吉他的歌手，抽筋似的扭动，被红布撩起性子的西班牙牛一样急速转圈子，就差满嘴吐白沫了。

《M》里的罗曼探长挺好玩，弗里茨·朗的另一部影片，《马布斯博士的证言》，也以他为主角。借回搁了几天，忽然又没兴趣了，终于没看。

还是在关于同学聚会的消息中，看见有人提到，一位同学过世了。电话里问Z，他说不清楚。再过几天，看到一篇短文，才知道是廖一鸣走了，时间在一个月前。

回忆者是一鸣同宿舍的，不署名，但我知道是谁。这么多年过去，说话的语气丝毫不变，让人觉得踏实，要说是很难得的。讲的多是大学时的事，我大约也知道一些：

或许有些宿命的成分，我跟阿廖最后一次通话，聊到癌和烟。

那是 2003 年 11 月。接了电话，他很惊奇很高兴的样子，说他已经一个月没回这个家了，刚进门就听见电话响。我说你小子有几个家啊，有几个老婆轮流睡啊，他呵呵地乐，说，没地儿吃饭，到处蹭饭吃。

然后我告诉他 L 的事，他叹息。说他自己已经戒烟了，我大笑，不信。又说了些张学良吃喝嫖赌抽活一百的话。不过内心里，深以这老烟鬼能迷途知返为慰。

现在才知道，他当时得肺癌已六年了。妻子是早离了，儿子也带走了。这十几年他一直是孤身一人，带着不治之症。

没地儿吃饭，说的也是实话。

阿廖实际上是个有雄心的人，不像我从根儿上不可救药。毕业时他报名去新疆，没去成，不知何故。大四的时候他天天趴在上铺写小说，写评论，有时候会忍不住拿给我们看，我们看了阴笑。

毕业的时候他很严肃地跟我说，勤劳一点，不要这么懒，说他有我百分之一的聪明就好了。我说，我都是小聪明，屁用没有。这是我们之间空前绝后的一次严肃谈话。

回福建后，他也曾意气风发，老婆据说是福建文坛第一美女，端的才貌双全。每月准时给我寄《福建文学》和港台文学，我报之以《大众电影》，每次都把鸣字最后那一横，拉得巨长。

此后几天，我在网上搜一鸣的消息，搜出他同事的一篇悼念长文，对他大学毕业后在福建的工作和生活作了相当完整的勾画。

大学时我和一鸣住隔壁，来往不是很多。他大我三岁。我们年级非应届高中毕业的人不多，一鸣是其中之一。我知道他爱小说，自己也勤写。我们读的，几乎全是现当代的西方小说。他对胡安·鲁尔福极为欣赏，认为几万字的《佩德罗·巴拉莫》，顶得上很多几十万字的长篇。另外一件事是，某年假期回福州，他在火车上邂逅了一位女孩，一见钟情，穷追不舍，迅速确定关系。是一位又漂亮又纯真的女孩。一鸣对此颇为得意，不止一次地夸说："阿廖遇到了好姑娘！"

但逢开心，便自称阿廖，后来我们也跟着称他阿廖。虽然他比我们年纪都大，这种时候，倒是很小孩子气的。

毕业后很久，在海外的《今天》杂志上忽然读到一鸣的一组诗，发在头条，绝对惊艳。其时我也热衷于写诗，第一次给《联合文学》投稿，一发即中，自我感觉不错。读了一鸣的诗，顿感惶愧：我写得太肤浅，太芜杂，而他，写得太好了。

一鸣生活中的两件大事，爱情与诗，现在我知道了结果。

一鸣婚后，育有一子，孩子还小的时候，离了婚。弃他而去的，就是当年那位火车上“纯洁的”“好姑娘”。漂亮女人从来不乏追捧者，一鸣的性子过于单纯和冷静，对于物质生活又不太上心。再讲下去，又要落于俗套了，然而生活中就是这无数的俗套，把一切异类的、高扬远举的，同代人嗤之以鼻、后世却可能引发感叹的品质都荡涤一尽。

一鸣在1996年出了他唯一的诗集《更高的玫瑰》。出版后，“无任何反响”。我在百度穷搜，得不到任何结果。《福建文学》登过他几首诗，还有他为诗集写的自序，这就是全部。

一鸣在文学杂志二十多年，他有一切条件推销自己，或结党聚众，互相标榜，然而竟甘于被冷落，而且是彻底的冷落，直到死去。

一方面是文化事业的空前繁荣，一方面是几十年人力强树的文化偶像全都轰然倒塌。一方面是愤世者哀叹时无英雄，一方面是一个又一个一鸣默默无闻地死去，被遗忘。据说杂志社的同仁将为一鸣的小说结集，但愿这一次不再是“毫无反响”——但愿归但愿，事实恐怕还是如此。

> 四十岁以后，我会变得更老，更孤单；
>
> 还会左右摇摆；在外部的压力下。
>
> 还会谈到那些被贬低的事物，譬如土拨鼠，

它们在庞大的夜里朝光打洞。
我还会恋爱；还会被人揭发；
某些时候还会两手空空，
犹如那些仍在进化的物种，
最终要获得一种稳定的立场：
更客观，更少说话，
离周围的一切既近又远，就像一个瞎子，
只能看见黑暗的物质，
只能让时间的水浪把我甜蜜地杀死。

——廖一鸣，《客观立场》

周末的雨天，跑出去喝咖啡。一连两杯，一杯加糖太多，一杯加糖太少，没喝出什么意思。加糖太少的，不是嫌不够甜，而是味道不上不下，觉得尴尬，反而不如不加。去的时候，雨很小。离开之际，下大了。因为心神恍惚，懒得打伞。从书店门外经过，居然记得看了一眼摆在门外檐下的特价书，五元两本的。三联版的《奥尼尔集》，最后的一套还在。一开始有三套，犹豫了一下，没买，因为和我手头另外一本奥尼尔戏剧选重复太多，而且收得不全。几天后，特意去细翻一遍，仍旧没买。我喜欢的美国作家不多，奥尼尔算是其中之一，喜欢他古典的庄严。但三度擦身而过，不肯再结因缘。这第三次，或是因为那两杯咖啡？

周末的第二天，继续咖啡。这次是买了端走。星吧的卡上，估计快没钱了，但收款的丫头没吱声。端起咖啡要走，那女孩突然想起似的看一眼电脑屏幕，说钱不够了，补一块九。然后问我，要充值吗？我摇摇头，免了。

贝多芬听完，想起了舒曼。过去很少听舒曼，但这个身上有着种种矛盾，一开始就敏感紧张，最终精神错乱的天才，或许能给我某些启发。在按姓氏字母排列的陈列架上，无意间看到一套克拉拉·舒曼的钢琴独奏曲全集，莱比锡钢琴家苏珊·格鲁兹曼演奏的。那天先听了两部作品：献给勃拉姆斯的 B 小调浪漫曲，和作品第一号的四首波罗乃兹。波罗乃兹是克拉拉大约十岁那年写的，简单清澈的曲子，听的时候，仿佛站在学校窗外的草坪上，阳光灿烂里听一个小女孩练琴。电影《春天交响曲》里，克拉拉第一次弹曲子给舒曼听，弹的就是此曲，并且很骄傲地说，这是我的作品第一号。

不知为什么，有天夜里，在床上倚墙而坐，抛开书，准备熄灯，忽然想起王弼。由王弼，几年前每天早晨坐 58 路公交送儿子上学的情形一一浮现。来回的车上，时间不多，总在读诗，回到法拉盛，坐进咖啡馆，还在特定的思路里。那段日子写了不少诗，还曾想把贝多芬嵌进一首七律。句子对出来，觉得太不拿乐圣当回事，以后也就忘了。想起王弼，也是因为一句诗：前身应是王辅嗣。王弼只活了二十四岁，而他在哲学思辨上达到的深度，许多人活到六十七十未必能及。老，一定和睿智相关联吗？恐怕未必。读书可以更多，生活阅历可以更多，思考得更久、更细、更全面，却未必更深。读过一些明清人的集子，看他们的作品从三十岁到七十岁，一条直线，一如既往的平庸，甚至常用的典故，都还是当初那点家底。

文如其人，一直是不相信的，因为善伪的人太多，装腔作势的文字太多。略有才气的混蛋，尤其可以欺世——倒不是真能，而是愿意被欺的大有人在。现在，文如其人，我相信。一个人的文字所能达到的境界，就是他为人的境界。这和年龄及一切的际遇无关。最后那道超凡入圣的门槛不能迈过，何尝是不自知，何尝是不想，正因为患得患失，处处计较，泯灭了原有的一点灵性。敲不开的门，原是自己亲手关上的。门何尝拒绝过任何人？拒绝从来没有“被”，是自己在拒绝，那么，为何不甘，为何痛心，为何怨天尤人？

给北京的Y同学发信，托他们帮我找一本《更高的玫瑰》。短时期内不想再写新诗了。如果总是觉得力有未逮，何必码一堆可有可无的分行文字。几天里给人讲了好多遍阿廖的故事，想写一首挽歌，时时想，却写不出来，连一个开头的句子都没有。直到前天夜晚，半夜醒来，是被诗唤醒的。伸手拿笔，不开灯，在一张记着嘉德古钱拍卖成交价的卡片的背面摸索着写下。写完，看录像机上的时间，正是凌晨三点半。

巢林一枝栖未安，寒江入枕梦阑干，知子意气云汉间。
玉溪清歌谁相续，九畹风轮正凋残。

对花能饮即君子，裘马当年曾粪土，人间何事论今古？
膝上无弦起龙吟，落叶满庭疑风雨。

抑塞磊落亦奇才，即今秋蛩有余哀，故将钟鼓陟高台。
井月痴猿任号叫，看汝一击沧溟开。

第三章里两处变用了杜诗的句子，这不算偷懒。我只想表达，不是在作诗。

北京发来新的同学通讯录。一鸣和先已故去的林为进亦在其中，排在最后，联络地址和手机、电邮均为空白。

2009年10月27日

秋天　赵翼　全唐诗

今年的秋天真是秋气十足。中秋才过，几场小雨，顿时满室凉意。街道两旁的树叶，一星期前，犹自肥绿入眼，一星期后，全体金黄。再过一星期，枝上剩下的，片片可数。在昂首前行的墨西哥汉子身上，还能见到T恤短衫，华人小孩子和老人，已经大围巾加薄棉袄了。

楼外的水泥道是刚翻新的，青色而洁净，被泡在雨水中的落叶留下交错重叠的咖啡色印痕。往常正是松鼠喜笑颜开的时节，因为满树的橡果都熟了，不时掉落，打在车上，噼嘭噼嘭的。但今年的松鼠似乎少了，橡子也没那么多。

雨天其实是喝咖啡的好日子，冷暖对比，多一重滋味。容易知足，容易感激，甚至容易把一些很久没想通的问题想通。想通了，写下来，是很好的诗话或杂感。敝帚自珍，将来也可以供别人赏玩。像袁枚那样把诗话的大半篇幅用来搞诗坛排行榜，以为自己真是龙门，等着别人来跳，不免闷杀读者。

从国内带回的托马斯·曼，《魔山》和《绿蒂在魏玛》，打不起精神去读。篇幅太长了。钟鸣鼎食，大块的肥甘，牛羊熊鹿，梅盐和羹，想起来都累。夜深时候，如果还有余兴，便倚在墙角的床上，凑在小台灯下，读唐诗和唐人小说。明清人的诗话也很开胃，像川菜馆的冷盘，可当读诗的下酒物。

赵翼论诗绝句说：矮子看戏何曾见，都是随人说短长。很多大部头的论著，满篇陈词滥调，几百页一路读下来，常识而已。不如单取作者自己一点一滴的心得，写成一条两条，彼此都省工夫。

《瓯北诗话》集中论述了从唐到清的几位诗人，唐朝专列一卷的，不过李杜韩白四位。每一位虽然只有十几二十则，说得都很到位。论李白，论韩愈和白居易，论四家的不同，精辟之至。尤其是关于李白的那十九条，读完之后，回想李白的近千首诗，在大面上，觉得已经没什么好说的了。

在《瓯北诗话》小引里，赵翼谈到自己一辈子读诗学诗的体会。他说，年轻的时候，读唐宋各家，不等认真读完读通，只略受启发，窥了点皮毛，就俨然大有所得，一脑子的想法，自满自足，结果未能深入。就像一般选家，对于古人的精髓，仅知大概。到了晚年，时间充裕，找出各家全集，反复批阅，才真正领略到他们的好处。回想以前的理解和认知，充其量不过十分之二三。赵翼感慨说，世上的事，总是过去之后才能明了是非，假如几十年前就能有这样的认识，那时人还年轻，读通几家，知其所长，苦心揣摩，融会贯通，一定能够在此基础上自成一家。可惜现在人到残年（小引写于嘉庆七年五月，赵翼已经七十七岁），精力衰绝，已经无力再与古人争胜。立志虽高，终归荒废，这是很遗憾、很痛苦的事。

那么，为什么还要写这本诗话？赵翼说，过去的已经过去，荒废了也就荒废了，但能在晚年投入这项工作，仍然值得庆幸。力追古人是不行了，但毕竟有所发现和领悟，这比终身糊涂好。世上有才的人多不胜数，很可能也像我一样，把大好时光轻轻放过，等到年老方知悔恨。我把这些经验和感悟写出来，也许可以使他们少走几十年的弯路。

> 少日阅唐宋以来诸家时，不终卷，而己之才思涌出，逐不能息心凝虑；究极本领，不过如世之选家，略得大概而已。晚年无事，取诸家全集，再三展玩，始知其真才分、真境地；觉向之所见，犹仅十之二三也。因窃自愧悔：使数十年前，早从此寻绎，得识各家独至之处，与之相上下，其才高者，可以扩吾之才；其功深者，可以进吾之功；必将挫笼参会，自成一家。惜乎老致耄及。精力已衰，不复能与古人争胜。然犹幸老而从事于此，虽不能力追，而尚能见到，差胜于终身不窥堂奥者。因念世之有才者何限，度亦如余之轻心掉过，必待晚而始知，则何如以余晚年所见，使诸才人早见及之，可以省

数十年之熟视无睹。是于余虽不能有所进，而于诸才人实大有所益也。

这段小引，读了多遍，深为感动。近年读唐诗，逐渐明白这个读深读透的道理，开始在李杜韩和李商隐及苏轼王安石身上下功夫（赵翼于宋代诗人，取苏陆两家），以期能有哪怕一点点收获。赵翼的话，直接说到我心里。他那金针度人的长者之风，试问当今之世，几人能有?

写文章最怕多感，多感则易流于纤弱。细腻不妨，滥情一定要避免。人往弱处滑，好比水流卑湿，是自然之性。从弱中振起，好比逆水行舟，非有大毅力不可。力气不足，只好借风张帆。顺境中不得意忘形，读读杜甫和苏轼。不顺心的时候，积郁深重而不失气格，还是大声念念李白吧。

李白一生，屡遭重大打击，但李诗中罕见垂头丧气。赵翼就称赞："青莲胸怀洒落，虽经窜徙，亦不甚哀痛，惟《上崔涣百忧章》，有'星离一门，草掷二孩'之语，最为惨切，盖在狱中作也。及流夜郎途次，别无悲悴语。"

李白才高志大，一切发自天性，世间一切事，不能羁縻其分毫。赵翼认为，李白"诗之不可及处，在于神识超迈，飘然而来，忽然而去，不屑屑于雕章琢句，亦不劳劳于镂心刻骨，自有天马行空，不可羁勒之势。若论其沉刻，则不如杜；雄鸷，亦不如韩。然以杜韩与之比较，一则用力而不免痕迹，一则不用力而触手生春，此仙与人之别也”。

《古风五十九首》的第一首，从“大雅久不作，吾衰竟谁陈”到“我志在删述”“绝笔于获麟”，赵翼指出：“是其眼光所注，早已前无古人，后无来者，直欲于千载后上接风雅，盖自信其才分之高，趋向之正，足以起八代之衰，而以身任之，非徒大言欺人也。”这个意思，一直在我心里，不料竟是早年从赵翼那里贩运过来的。

李白生在盛唐，是他的幸运；盛唐而有李白，是唐诗的幸运。千载之下，我们只有合掌赞叹，俯首感激而已。

全唐诗慢慢读，相当数量的，不得不轻轻放过。最害怕那些八股气重的人，偏偏写得多，又刻意保存，不遗余力，几卷读完，身心俱疲。手头有的十数种诗话，全部找出来，可以和自己读后的感觉相印证。宋人离唐近，处在唐人巨大的身影之中。近，反而隔，好多事情想不通。明人不会写诗，读诗则有些眼光。清人有宋明人的经验可资借鉴，又距离得远，不仅看得清，心态也平和。就是迂腐的地方，读起来也轻松。

赵翼诗话的序谈切身体会，沈德潜诗话的序夸说他在寺院读诗的清雅。环境好，和尚又是知分寸的，敬重他的身份，应对得体，宛如训练有素的捧哏演员。那感觉，就一个字，爽！令人羡慕得紧。

薛雪《一瓢诗话》的自序则像一篇明人小品：

扫叶庄，一瓢耕牧且读之所也。维时残月在窗，明星未稀，惊鸟出树，荒鸡与飞虫相乱，杂沓无序。少焉，晓影渐分，则又小鸟斗春，间关啁啾，尽巧极靡，寂淡山林，喧若朝市。不知何处老鹤，横空而来，长唳一声，群鸟寂然。四顾山光，直落檐际，清净耳根，始为我有。于是盥漱初毕，伸纸磨墨，将数月以来与诸同学及诸弟子，或述前人，或抒己意，拟议诗古文辞之语，或庄或谐，录其尤者为一集。

他是名医，家境肯定不坏，扫叶庄想来该和王维的辋川别墅差不多。薛雪能诗，又是叶燮的高足，不知为何写文章那么没思路。几百字的小玩意儿，前半段仿佛出自曹操，后半段的老鹤，又令人联想到东坡的《后赤壁赋》。真不知他老人家是写实还是虚构。不过，文字是干干净净的，也不油滑世故。

初到美国，有一次结伴出游，进了山中的大寺。寺虽新制，风景不俗。入夜万籁俱寂，尤能诱人深思。寺里接待客人，提供食宿，价钱不贵。我和主持的师父说好，暑假来住两星期，读书，写论文。后来为了生计，打工挣钱，舍不得花这些闲时间。留下一个念想，永远不曾实现——其实是很简单的事。

真去住了，以后写论诗的书，序言里也可以像沈德潜和薛雪一样夸耀一下啊。

现在的窗外，自从原来那棵椿树被伐，拉开窗帘，就只有刷绛红色漆的防火梯可看了。树没了，偶尔来的松鼠也很少来了。

2009年10月14日

风容

波兰诗人米沃什说，所有传记都是作伪，包括他自己的自传。后面他解释为什么说都是作伪，那段中译我没读明白，反正和作者的事先安排以及上帝有关。卢梭在《忏悔录》中气宇轩昂地宣告，他要完全袒露自己，我读后不太相信他的话。他确实讲了一些自己“不光彩”的事，但给人的感觉，忏悔其次，炫耀第一。肖斯塔科维奇在口述回忆录《见证》里，显然不太恭维有些人的自传，上来就自夸门第，说家里的生活曾经如何优越，如何“往来无白丁”。老肖说：“反正，我没有在列夫·托尔斯泰的膝上坐过，安东·巴甫洛维奇·契诃夫也没有给我讲过故事，我的童年非常平淡，没有任何异常。”《见证》记事颇凌乱，但老肖的倔劲儿我真喜欢。

安德烈·马尔罗的《反回忆录》每读都心情激动，这本书的波澜壮阔，胜过他所有小说。马尔罗是有资格吹牛的，他的经历把他的文学才华比下去了。但康有为吹牛却令人瞧不起。我不觉得他那一套东抄西凑的大同理论有何了不起，传记里的有些事迹，我猜是他编出来或夸大了若干倍的。他谈书法头头是道，自己的字却像蚯蚓。他的自编年谱，旧书店买来，看了几十页便看不下去。一个高中生自命不凡，以为翻了几本地摊上的读物便是通达古今，我们听了，不过一笑。一个四十多岁的人，还像孩子一样仰天吹嘘，不怕唾沫掉下来砸在脸上么？

蔡京的小儿子蔡絛作《铁围山丛谈》，“以奸言文其父子之过”“其家侫幸滥赏，可丑可羞之事，反皆大书特书以为荣”，费衮斥为“真小人而无忌惮者哉”。然而人虽奸恶，文章却好，连《四库全书总目提要》也承认，“以其书论之，亦说部中之佳本矣”。

我好收集宋人逸事，此书自然不会错过。

《今生今世》是二十多年前读的，读了添堵。其时犹不知作者为何许人，只听说文笔特别好。读了，果然不坏，但却软得像鼻涕似的。初读时尚无成见，不料读后的印象，从此定型为多年不易的成见。像他那样的经历，追述本已多事，如果得公众彻底忘记，岂不是天大的侥幸？有勇气写，可见性格中有凡人所不能忍处，但写的时候，为何不参照一下《知堂回想录》。知堂老人见识高，一只健笔上下纵横。不以人废言，是专就历史上他这样遭际的人而说的。有如此遭际和如此才华的人，说真的，细细衡量，实亦有限。不甘沦没因而不自量力想跻身其列的，代不乏人，最终仍是沦没了。周作人的“不辩”虽然不像有人说的那样是“保持了尊严”，实际上他还是辩的，不过辩得隐晦，藏在各处看似不相干的文字里。这说明在大节大义上，道理他懂：譬如附逆出任伪职，还要辩吗？本来就无尊严可言，不辩又如何保持尊严？和知堂比，《今生今世》是很无耻的。

写下的文字，如遭质疑和攻讦，不必再去解释。即使是单纯的一点观感和抒情，没有惹起任何人的义愤，我们也得明白，文字乃是一时一地之所产生，所记录的，不过一个人彼时的所思所想。也许文章完成后，他的情绪早已变化，对一棵树的气恼和对某种天气的膜拜，都如空中流云，瞬间结成一个形象，之前本无，之后仍然是无。

记下文章的写作日子是有意义的。它明确无误地告诉读者，此文论说南北都市或花鸟虫鱼乃至五香牛肉等，其中的观点，固有多年的积累，代表他比较恒久的趣味和见识，也有不少情绪下的偏见。朱自清在连日苦闷中夜观荷塘，他需要安慰，月色和荷叶也真的成为他的安慰，所以眼中的一切，无不妩媚如通情达理的女人。但你若去读姜夔写荷花丛中之游的那首念奴娇词的小序，他对荷花的要求便没有那么多。荷塘历历本色，他身处其中，自有其乐。

很多作者不仅记日子，还记具体时间和情境，如“某日黄昏于大风中”“宴罢归来，月光如水，满室清凉”，还有自小背诵的“浮想联翩，夜不能寐。微风拂煦，旭日临窗，遥望南天，欣然命笔”。这是老人家最温馨的文字之一。记情景，纵是只言片语，我们几千字上万字顺流而下，读到文尾，蓦然瞥见“大雨终日”四个字，前面的很多话就多了一层色彩，添了一点意思。我从前的文章，翻抄多次，其中一次偷懒，或报纸编排的疏忽，日子便丧失无遗。日后想起，难免遗憾。

校改多年前的旧文时常会惊讶，其时怎么会有这样的想法，怎么会有这样的描写，绝大部分过于大胆和幼稚。现在胆子小了，读着就不是很舒服。尤其是对于世事的看法，任何时候都觉得从前的简单，哪怕这从前只是几天之前。世事总是走在我们的经验和认识的前头，超出我们的所料，你以为没有余地，到头了，它还能更进一步，甚或几十步。书上有那么多运筹于帷幄的人，后来的事，果然如其设计的那样发生了，这是神灵呢，还是妖妄？曾国藩确实荡平了太平天国，诸葛亮却未能力挽狂澜。智计所之，成败难言。然而简单和幼稚也有可爱的地方，原因在于，有时我想幼稚，却发现幼稚也需要力量和勇气，需要想象力。想再大胆狂妄一次，居然力不能及。

因此，当某些时候，面对身边细小琐屑的事物，浮现的情绪与多年前无异，好像一曲戏的重演，真不知道是该高兴还是悲哀。

研究海外华人文学的陈瑞琳女士来纽约访问王鼎钧先生的时候，我和宣树铮先生作陪。因王先生为散文名家，席间自然谈到散文。说起台湾的老一辈作家，我表示了对台静农先生的敬佩，而对一些如今正名满两岸的聪明人物颇为不屑。论质量，论品格，台先生薄薄一本《龙坡杂文》，顶得上他人千言万语。受他影响，女弟子林文月虽然主要精力放在日本文学的翻译上，偶作杂记文字，语言质朴，却有味道。其中一丝半缕的恬淡，或者正是台先生的衣钵。

我对于散文，最怕装腔作势。会玩弄文字的，有些旧学或西学根底的，装腔作势起来好比双枪将董平，左挑右刺，更加了不得。相形之下，像孙犁那样朴朴实实地叙事，反倒令人感觉清爽。

不知谁先说起散文是否允许虚构的问题。我说，允不允许，这问题不存在，因为虚构在所难免。叙事的，不用说，正如回忆录和传记，多是不可靠的。一来回忆本身就有缺陷，记错事情难免。二来大家写一件事，一定挑愿意写的写。就是愿意写的，也会尽量朝理想的方向写，不是所有细节都会写出来，而写出来的细节又经过了改造。改造了的，添加上的，不也就等于虚构吗？

有虚构，不等于别有用心地说假话。事情大的框架总是在那里的。夜晚吃酒，酒是吃了，多一杯，少一杯，不影响吃酒这件事的真实性。小时的一件事，因为特别有意义，记得深切，十几年里，在不同的文章里提过，具体的情节，就会有出入。如果文章越写越长，故事就会像民间传说一样，慢慢“生长”起来，变得枝叶华茂。想来人对于他生活中值得忆念的事，不免怀着温情，在岁月中逐渐丧失的细节，每次讲述的时候，追寻完满的欲望是那么强烈和诚挚，于是，想象弥补的部分，便被当作从记忆中唤醒的，添加到新的记录文本。一件事，我们感情越深，回忆的欲望越强，它会被修补得越生动，因为想象力归根结底，是被情感支配着的。

如此“虚构”，无碍作者的真诚和善良。相反的情形自然也有：虚构成为自我标榜和谄媚的手段。这个，不说也罢。

总之，每一次回忆，都是一次创作，情感和想象力的联袂创作。

在大学的时候，有一次，诗人徐迟请了美国的华裔作家聂华苓来演讲，讲什么我不记得了，只记得她多次动情地谈到思乡和爱国之情，每次都激起一片掌声。她说她住在衣阿华州（此处指艾奥瓦州。——编者注），这个名字，她不从一般的翻译，而称之为“爱我华”。闻听此言，大家的掌声更热烈了。看得出，聂华苓是真诚的。那时海外的华人，报纸上的宣传，总体上给人的感觉，就是不分男女老幼，个个赤诚爱国。他们的情感世界，就是思乡。所以当时有陈冲主演的电影《海外赤子》，片名一词很快成了爱国华侨华人的统称，叶佩英演唱的那支歌一直风靡不衰。

思乡和爱国无条件地联系起来，等同起来，即是统战口号，仿佛地下斗争影片里的接头暗语，说出那一句话，两个陌生人立刻四手紧握，四目含泪，成为最可信赖的亲人同志，理所当然，也就变成善于钻营者的敲门砖。不管爱国是否在心中曾经作为一个概念存在过，不管过去的经历和当下的所为如何，踏入国门，处处高谈爱国，说些报纸上重复了无数遍的套话，立即被待为上宾，参观，采访，住招待所，赴官方华宴。玩罢吃罢喝罢，一抹嘴，回到海外，该怎么开骂怎么开骂，该如何挖祖国的墙脚则继续挖墙脚。

海外的中国人，希望自己祖国好的肯定占绝大多数，但暗地里做着卖国害国勾当的，也不在少数。还有的，和政治不沾边，但一天几十块钱就可以买动他满街骂自己的国家，咒自己的同胞，把祖宗踩到泥里。听他说什么没用，看他写文章也没用。中秋文字里啃着月饼喝着红葡萄酒哭喊祖国的，天晓得除了打出一行字的那几秒钟，他几时把自己的喜怒哀乐和一个民族的盛衰联系在一起过。

有些事荒唐却也悲哀。有一位台湾军中作家，当年身为“反共文学”的大将，效陈琳笔法，写广播稿，怒骂淋漓，影响很大，也许名气赶不上张爱玲写《秧歌》和《赤地之恋》，司马中原写《荒原》和《孽种》，姜贵写《旋风》和《重阳》，王蓝写《蓝与黑》，但作品数量，却也洋洋大观。其实他真正所爱，据说在诗。风潮过去，他静下来，专心作诗，办杂志，修为不浅。然而时代变了，诗不吃香，出版社没兴趣。老来寂寞，想为一生笔墨做个总结，也就是清人艳称的“刻部稿”，就不能如愿。不料回大陆探亲，居然大得宠遇，老家的出版社慷慨仗义，为他出文集，厚厚数册。那时出版社还不讲经济效益，编辑也不谈钱，否则，他再“爱国”，铁定赔钱的文集，谁要给他出？老诗人感动得落了泪，捧了文集，四处馈送文友。有人闻知，冷言相问：当年那些隔海开战的檄文，没有收入书中，另作一卷么？

能对书落泪，还是老实人。和他相比，那些在名利场上舞步圆转左右逢源的人，其真何在，其诚何在，其性情又何在？文字难道真是一块遮羞布，甚至一瓶化妆颜料么？

人不会完全袒露自己，人也不可能完全袒露自己。可说的部分，说出来了，或因为种种缘由尚未来得及说出来，成为遗憾；不可说的部分，存而不论。这就是正人君子的作为了。那其中有可反省的，反省之后，并归于无。有百思不得其解的，并不强为之解，带到身后，另寻机缘。小人则无所不说，借以自炫，自辩，自我伪装，假面示人，欺己复欺世。从大学时读近代及当代历史，以及各专门领域的历史，读名人的传记和回忆，读其下属门徒的吹捧，或奉旨而作的谀墓文，读官样文章，甚至一向视为隐私的书信和日记，到此后几十年中，做新闻工作，批阅中外电讯文稿，旁观世事，感慨司空见惯的此一时彼一时，鹿马黑白，随心所欲，再想想自己为兴趣的一些闲散之作，也难免有希望博读者好感之处，那些欲付之史馆，虑及千秋令名的大文章，又该如何苦心孤诣，燃脂冥写？

每个人的心中都有黑暗。即使只为了映出光明的存在，黑暗也是必须的。更何况还有为黑暗统治的疆域。从曾子的吾日三省吾身，到宋儒的灭人欲，到清人的“灭心中贼”，到几十年前的“灵魂深处闹革命”和“狠斗私字一闪念”，到虔信者的忏悔告解，人类以种种名义与心中的黑暗搏斗，追求纯粹。圣者的境界我们不得而知，在禅宗的例子里，似乎大多数人直到大限将临才完成解脱，他们纵有所感，也来不及传之后人，我们只能读着一个又一个充满哲思的故事，恍若站在雪地里，从黄昏到黎明，凝望着窗口的灯光，满怀希望和钦仰。

毕竟这是一个凡夫俗子的世界。神圣也只是凡夫俗子的神圣。

伟大的人一如既往地伟大，渺小的人一如既往地渺小，唯在吃饭穿衣睡觉上，他们没有分别，因此可以互证，被认可为真实。

玄武门之变，李世民杀兄灭弟。虽然事出无奈，他对世人如何看待此事，终是忐忑。等到破了规矩，得窥国史，他才松了口气。事情固然白纸黑字地记下了，但记录的方式是他能接受的。时代往前，史官一定会秉持春秋笔法，褒贬分明；往后，没有皇上恩准，史官根本不敢写。唐太宗处在历史的中间，我们不知道他是大度还是小气。

元好问《论诗绝句》论潘岳：

心画心声总失真，文章宁复见为人。

高情千古闲居赋，争信安仁拜路尘。

其实，潘岳并不像我们以为的那么一塌糊涂。《闲居赋》《秋兴赋》《悼亡诗》《哀永逝文》都发自肺腑，《马汧督诔》，骨气更是当今少见。而元好问对他这一点小小的俗，终究不肯放过。莫非古人的道德要求，果真比我们高很多么？

2010 年 9 月 17 日

想象年轻的庄子

庄子说，自由的要义在无待。无所依傍，完全自主。所以，蓬间小鸟固然不自由，云程九万的大鹏，御风而行的列子，也不自由，他们都借助了外物。庄子又说了，就算你想有待，“其所待者特未定也”，还是靠不住。你不能指望像戏台上的诸葛亮那样，临到火烧眉毛，只好仗剑借风。道化为物，纷纭复杂，难以尽知。道之本体，却单纯透明。人从简单一面看世界，则世界实在很简单。四十岁前，人看世界，是累累叠加。四十岁后，是删繁就简。入眼的事物越来越少，终于慢慢归向清静。

著书立说时候的庄子，洞观世相，冥思人生，不必活到两百岁，已经成精。立足于最低的出发点，结论于溟漠渺茫之处。庄子的墙上画了太多扇装饰的假门，以至于很多人以为进去了，其实还在门外；有人步子太急，不免撞痛了头；有人已经拉开了门，却以为无路可入。

和庄子对谈是我一生的消遣。庄子是一条长长的走廊，我愿意在任何地方停步，注目良久，或轻轻一瞥。我把自己的年龄叠加在他的年龄上，把玩彼此的异同。我渐渐看到了晚年庄子的清晰面孔，同时向更远的过去追溯。

我想象，庄子年轻时候是什么样子？假如那时他留下文字，会是什么样的风格？

即如一般人所说，《庄子内篇》亲出其手，那已是成熟时期的作品，代表他的晚年定论，所以思想是一贯的、纯粹的，没有杂质。他对自己的所知所得没有怀疑，思考愈深，愈觉那些结论的必然。伟大的思想家总是给人留下想象的余地，留下一些看似漏洞的地方，其实那正是机智所在，精义所在：一件事物只有不圆满才有继续存在的理由，留下一个缺口才使它不受局限，能够永远成长。宣称自己是绝对，是终极，也就等于宣布了自己的死亡。此后尽管绵延，不过行尸走肉。我们看到的庄子，坐在水边或山崖，是一个老人。我们知道他走了很长的路，却不知道他经行的路线。我们不知道他休息于何处，犹疑于几时。他是义无反顾，还是辗转徘徊。他离开家乡很远了，还是始终坐在门口。大袖飘飘的庄子也应该有个仗剑纵横天下的时代吧，有个陷于各种情感而痛不欲生的时代吧。他的豪气化为文字，他的痴情发为歌吟，是诗经一路还是楚辞一路？对于爱情他会怎么说，对于个人理想和苦行僧式的磨砺，他会怎么说？他一定是个崇尚天才的人，因为心智始终是一切的根本。怕的是智不足以驱除魔障，而恰恰成了培育魔障的沃土。

我曾经在《庄子》外杂篇里试图寻找青年庄子的痕迹，我没有找到。我找到的片断，仍是晚年的他。唯一可疑的是《说剑》(苏轼等人都表示怀疑)，这是最接近青年庄子的文字了：一个充满自信的人，一个口若悬河的人，一个嬉笑怒骂皆成趣味的人，同时，一个还相信世界不妨是英雄用武之地的人。

庄子在最复杂的时候仍然保持了单纯，干净得像一滴水。而在青年时代，他也曾充满了愤怒。那时他信心不足，时刻想着逃避。老子说过一切大患在于肉身，这句话一度使他沉迷于幻想，后来他才领悟到，那不过是一个比喻。他觉得永恒并非不可能。乘天地之正，御六气之辩，以游无穷。人摆脱束缚，只是一个心灵，只有单纯的形式。他说登天，还是他的逍遥游吧。白云之乡云云，不知是否真的这么想，但我只当也是比喻。自由狂放的瞬间，时时有一刻也是好的，生活毕竟不是全部细节的叠加，是那些自己喜欢的瞬间的总和。

你看，归根结底是美好的。

2013年5月21日作，10月3日改

雪夜东坡

一

微风萧萧吹菰蒲，开门看雨月满湖。

舟人水鸟两同梦，大鱼惊窜如奔狐。

夜深人物不相管，我独形影相嬉娱。

暗潮生渚吊寒蚓，落月挂柳看悬蛛。

此生忽忽忧患里，清境过眼能须臾。

鸡鸣钟动百鸟散，船头击鼓还相呼。

——苏轼，《舟中夜起》

平生乘舟夜行，只有一次，便是大二那年的暑期，与同学结伴游庐山。自汉口出发，水路到九江，五等舱去，四等舱回，船票数元而已。大半时间，从船头到船尾，扶栏看景。江风甚急，夜色如墨，岸上风光，不过一卷绵延无尽的浓淡不齐的影子。偶有城镇，便见灯火两三。汽笛沉沉一声，像是打了个招呼。此外，一路上只听得机器的轰鸣和哗哗的水声。三十多元玩了一趟庐山，包括车船票和食宿。牯岭旅店的大通铺，一夜两元。上五老峰，搬了一个小西瓜上去。三个人坐在峰顶的大圆石上吃瓜，就着榨菜啃面包。白云从身边滑过，一团团，厚实如棉絮。笑着去抓，但觉满手湿漉漉的。风大，云团疾似飞鸟。云雾密时，邻近的峰头皆不可见。低头看立身之处，无根基，无牵系，如同断线的纸鸢。人面相对，不过几尺距离，亦觉恍惚。

那一年，我十九岁。

东坡的夜航野泊，我没有经验。顶多星光好的凉夜，看过渔人幽幽地撒网。聊斋里有几篇，似乎写到过夏夜柳岸，邻船男女惊鸿一瞥而互生爱慕的故事。唐诗里类似的情景也很多。直接和间接的片断，多方凑泊，居然也能再现东坡当年的羁怀。最起码，梦过好几次了。月亮，水鸟，翻腾出水面的大鱼，岸边蒲苇的影子……

夜深人物不相管，我独形影相嬉娱。此生读过的诗中，时时会在脑海里跳出来的，并不太多。冬夜临窗看雪中空无一人的街道，感觉很静，在一无所得之后觉得充实和满足，希望夜这样一直持续下去。电视上四十年代的黑白电影斑驳恍幻，桌上的书凌乱欹侧。茶已凉透，床已铺好。所有这些，都盈盈漾出亲切的气息，不计较和抚慰的气息。只可惜，没有过去的那一缸金鱼和红鲤鱼在熄灯后暗得发蓝的水里做梦一样浮游，不再像白天那样看见我的手伸出便聚拢过来。

人鸟同梦，人鱼同梦。在梦里，一如既往地快活。

二

二月二十六日，雨中熟睡，至晚，强起出门，还作此诗，意思殊昏昏也。

卯酒困三杯，午餐便一肉。雨声来不断，睡味清且熟。
昏昏觉还卧，辗转无由足。强起出门行，孤梦犹可续。
泥深竹鸡语，村暗鸠妇哭。明朝看此诗，睡语应难续。

乌台诗案之后，东坡到黄州。途中经过我的家乡光山，作《游净居寺》诗，结句云：回首吾家山，岁晚将焉归？才到中年，已起归心。和早年出蜀时的诗何其不同啊。宿黄州禅智寺，也是一个雨夜，寺僧皆不在。他想起少年时候，曾经路过一个乡村小院，墙壁上有人题诗："夜凉疑有雨，院静似无僧。"故作一绝："佛灯渐暗饥鼠出，山雨急来修竹鸣。知是何人旧诗句，已应知我此时情。"

黄州的定惠院，和东坡有莫大干系。被人赞为"幽绝"的那首《卜算子·缺月挂疏桐》，便是寓居定惠院时所作。东坡爱热闹，但在定惠院，他独自月下散步的次数特别多，"缥缈孤鸿"的描写，相信是实有所见而久久凝结在心头的感触。院东有一株海棠，生在满山杂花之中，"土人不知贵"，却便

宜了贬谪至此的诗人，“每岁盛开，必携客置酒，已五醉其下矣”。(《记游定惠院》)

定惠院海棠诗，也是东坡令人念念不能忘的诗作。“嫣然一笑竹篱间”的海棠，本是西蜀名花。东坡奇怪，不知何年何月，什么人把它移到了这里。在异地见到家乡的风物，惊喜之情自不待言。人情之常，正如庄子《徐无鬼》篇所言：“及期年也，见似人者而喜矣。”东坡也确是如此：“忽逢绝艳照衰朽，叹息无言揩病目。陋邦何处得此花，无乃好事移西蜀。寸根千里不易到，衔子飞来定鸿鹄。天涯流落俱可念，为饮一樽歌此曲。明朝酒醒还独来，雪落纷纷哪忍触。”

黄州期间，东坡比之前和之后都更多愁善感。“今年黄州见花发，小院闭门风露下。万事如花不可期，余年似酒那禁泻……至今归计负云山，未免孤衾眠客舍……”也是作于定惠院的诗句。

东坡无酒量，却好饮。“浮浮大甑长饮玉，溜溜小槽如压蔗。”这样喝，终日昏昏怕是难免的了。

卯酒是早晨卯时喝的酒，古人有此习惯。据说白居易常喝卯酒。青木正儿有篇文章谈白居易的卯酒诗，据他说，卯酒早晨空腹喝，酒劲上来很快。喝卯酒，妙处在“浅斟”，微微有点兴奋，却不会耽误公事。清闲的时候，饮罢小睡，醒来神清气爽，最为惬意。东坡喜欢乐天，但这个大雨天的卯酒，他醉得太厉害了。

补记：青木的《白乐天的早酒诗》，收在戴燕先生选译的日本汉学家随笔集《对中国文化的乡愁》一书中。青木先生在文中引了几首白诗，抄其中一首如下：

空腹尝新酒，偶成卯时醉。醉来拥褐裘，直至斋时睡。
静酣不语笑，真寝无梦寐。殆欲忘形骸，讵知属天地。
醒余和未散，起坐澹无事。举臂一欠伸，引琴弹秋思。

三

记梦回文二首并叙——

十二月二十五日，大雪始晴。梦中以雪水烹小团茶，使美人歌以饮。余梦中为作“回文”诗，觉而记其一句云：乱点余花唾碧衫。意用飞燕唾花故事也。乃续之，为二绝句云。

其一

酡颜玉碗捧纤纤，乱点余花唾碧衫。
歌咽水云凝静院，梦惊松雪落空岩。

其二

空花落尽酒倾缸，日上山融雪涨江。
红焙浅瓯新火活，龙团小碾斗晴窗。

东坡记梦诗文何其多也？岂非老天立意要成全他，使他一天等于别人的两天，而且梦中的神思，或能补日日纠缠于世事的不足。

即使在梦中，东坡也是很会玩的。像我做梦，从来就没有这么奢华过。狼狈不堪是常有的，但说到口腹和声色之欲，却连一杯咖啡都没喝过。

看此处的两首诗，第一首空灵洁净，无一丝尘俗气，第二首安详适意，是“吾与点也”那种享受生活的仁智之人的本色。这样的诗，纯是个人精神世界的写照，纵有钱谦益那样的学问和技巧，也难以假装或追攀。梦中的一句最好，所谓神来之笔也。其他各句，稍欠一点神韵，尽管第一首的末两句已是非常精致的对子。

尝听人言，诗中无神来之笔，无不可解之妙句的，算不得大诗人。因为只有在大诗人那里，诗才不仅仅是一种文学体裁。

东坡的文字游戏很多，赠人的诗中，随时开玩笑，盖天性如此，欲使别人知其快乐，更欲使别人一并快乐。他后期酬赠林子中和刘景文的诗甚多。林希，不算大恶，谄媚之徒而已。髯刘，豪放有致，天地间第一有福之人也。

四

十一月九日，夜梦于人论神仙道术，因作一诗八句。

既觉，颇记其语，录呈子由弟。后四句不甚明了，今足成之耳。

析尘妙质本来空，更积微阳一线功。
照夜一灯长耿耿，闭门千息自濛濛。
养成丹灶无烟火，点尽人间有晕铜。
寄语山神停伎俩，不闻不见我何穷。

在海南的一首记梦之诗中，东坡说他又回到小时候，应该是和弟弟子由一起读书吧，有些地方记不住，很苦恼。人到老年，想到还有那么多书未曾读，或读了却不曾理解通透，故其梦中面对塾师时的惶惑感强烈而清晰。一生浮沉宦海，东坡有时也说些气话，譬如不如终生守着书斋读书写作之类的。海南的梦使我想起鲁迅的小说《怀旧》。《怀旧》里有没有怅惘呢？大约是有的，尽管没有特意花笔墨去写。

东坡爱结交方外之士，作诗绘画的和尚尤其多。偏他诗里总爱谈神仙和养生，说起黄精、茯苓、枸杞、人参，津津有味。他又有很多讲究，早起梳头，睡前泡脚。写雪的那两句诗：冻合玉楼寒起粟，光摇银海眩生花。玉楼啊，银海啊，敢情都是从道藏里来的啊。我明白他的意思，始终像狐狸一样让你看得见，却捉摸不住。

东坡的七律，很少像这样熨帖的。毛姆的小说里写到，他在客轮上遇到一对神秘人物，人们传说他们是靠"手"艺吃饭的赌徒。毛姆好奇，费尽心力企图套出他们的秘密，得到的回答却是，他们一个是银行家，一个是著名工程师。毛姆看“银行家”打牌，态度庄严神圣，姿势优雅，仿佛手中所持，不是一叠纸牌，而是国家的命运，一项伟大的事业。毛姆觉得，职业赌徒就应该这样，即使赌注微不足道，气度不变。回到纽约，在社交场合再次遇到他们，发现他们的身份果真如其所说，而且银行家富可敌国。毛姆在和他握手时，忍不住轻声赞叹：骗子！

东坡的狡黠，大致如此。

五

十二月十七日夜坐达晓，寄子由——

灯烬不挑垂暗蕊，炉灰重拨尚余熏。
清风欲发鸦翻树，缺月初生犬吠云。
闭眼此心新活计，随身孤影旧知闻。
雷州别驾应危坐，跨海清光与子分。

《东坡集》中，和子由之作最多。诗作于海南，此时子由在雷州。跨海清光与子分，亦是“但愿人长久，千里共婵娟”之意。夜雨对床，东坡一生念念不忘。他和子由曾相约共老田园。渡海北归，离梦想不过一步之遥，却中道长逝。东坡死后，子由退居颖滨而终老。

东坡豪迈，子由厚重，两人命运不同。苏洵在《名二子说》中曾担心东坡：“轼乎，吾惧汝之不外饰也。”而苏辙，老泉先生说：“天下之车莫不由辙，而言车之功，辙不与焉。虽然，车仆马毙，而患亦不及辙。是辙者，善处乎祸福之间也。辙乎，吾知免矣。”

如此父子，如此兄弟！若论相知相亲，三曹四萧，概莫能比。

2009 年 12 月 20 日大雪之夜读东坡至凌晨

东坡跋陶渊明饮酒诗

东坡特别不能饮酒，一杯辄昏昏然。然而爱朋友，喜热闹，不能饮而当饮不让。为此的说辞很可解颐，大意是，我看别人醉态可掬，本性毕露，言语痛快，觉得人生不妨如此，酣醉中的人，无一个不可爱，那么别人看我醉，情形也是差不多的。我常奇怪，东坡能吃五花肉，酷嗜蜂蜜，胃口好，饭量大，随心所欲，从不节食，吃得太撑，饭后不得不出去散步，一手拄竹杖，一手摩挲肚皮，顺便看风景，觅诗句，他这样的体格，怎么说酒量也不会太小，偏偏就不是一般的小，这岂不是造化故意拿他开玩笑呢？

有些人记不得醉后的事，醒后担心，到处打听，是否说过不恰当的话，是否不小心暴露了内心的秘密。有些人记得，尽管当时不一定能控制住自己。后一种人，会被怀疑为没醉装醉。为什么装醉，我还是想不通，难道是为了探听情报，或者引诱人家上当，如京戏里周瑜装醉糊弄老同学蒋干？

很多古人醉后题诗，照我想，那是没醉透。醉透了，只能躺在地上打呼噜，说梦话，睡得石头一样沉，搬都搬不动。说醉题，到底是真醉了，还是约定俗成的说法，凡有几分酒意，便可称醉，恐怕很难查清楚了，原因就在我们说的是古人。今人似乎不再醉后题诗了，不知是诗的式微，还是醉的变节。

陶渊明写了那么多饮酒诗，但说实话，我捧着陶集反复读，没能查明陶先生的酒量，而且大多数时候他是独饮，那就更说不清，如果较真到法庭上，是死无对证的。

渊明的饮酒诗有一首："颜生称为仁，荣公言有道。屡空不获年，长饥至于老。虽留身后名，一生亦枯槁。死去何所知，称心固为好。客养千金躯，临化消其宝。裸葬何必恶，人当解意表。"是发牢骚的。酒后这么想，很正常。但苏东坡有疑问："正饮酒中，不知何缘记得此许多事。"这则题跋后面说："元丰五年三月三日，子瞻与客饮酒，客令书此诗，因题其后。"不知道东坡自己是不是也喝多了。

同样的意思，还有一则，可见东坡的发问不是一时心血来潮：

"陶诗云：'但恐多谬误，君当恕醉人。'此未醉时说也，若已醉，何暇忧误哉！然世人言醉时是醒时语，此最名言。张安道饮酒初不言盏数，少时与刘潜、石曼卿饮，但言当饮几日而已。欧公盛年时，能饮百盏，然常为安道所困。圣俞亦能饮百许盏，然醉后高叉手而语弥温谨。此亦知其所不足而勉之，非善饮者。善饮者，澹然与平时无少异也。若仆者，又何其不能饮，饮一盏而醉，醉中味与数君无异，亦所羡尔。”

东坡喜欢书写渊明诗，题跋多妙趣。因是信手写来，透露的全是一个人的心性。这种几十字上百字的小玩意儿，晶莹玲珑，人文实一，是最自然的表达。如果不是这个人，你读什么？

《书渊明东方有一士诗后》：“‘东方有一士，被服常不完。三旬九遇食，十年著一冠。辛苦无此比，常有好容颜。我欲观其人，晨去越河关。青松夹路生，白云宿檐端。知我故来意，取琴为我弹。上弦惊别鹤，下弦操孤鸾。愿留就君住，从今至岁寒。’此东方一士，正渊明也。不知从之游者谁乎？若了得此一段，我即渊明，渊明即我也。绍圣二年二月十一日，东坡居士饮醉食饱，默坐思无邪斋，兀然如睡，既觉，写渊明诗一首，示儿子过。”

东坡这样的小题跋我是写不出来的。或者也能写出来，也可以看，如此而已，难得如此可爱的风姿。但东坡的破酒量我倒可以与之媲美，而且态度相似。酒后，即使是微醺，次日一整天，浑身无气力，头晕难受，应是最深切的感受，却很少见人提起。东坡无量而喜饮，他的头晕难受，次数岂会少？但也不见他说。这时候，他也不“姑妄言之姑妄听之”了，变成“一说便没劲”了。

饮醉食饱，兀然如睡，活脱庄生笔下隐几而坐的南郭先生，但庄子和思无邪八竿子打不着，东坡呢，大概又在偷笑。

坐在思无邪斋，年年月月，永远思无邪。要对得起这个伟大的时代，别无歧途。

2012年9月4日

怕死

读《华盖集续编》，读到这几句话："时间永是流驶，街市依旧太平，有限的几个生命——至少，也当浸渍了亲族、师友、爱人的心，纵使时光流驶，洗成绯红，也会在微漠的悲哀中永存微笑的和蔼的旧影。陶潜说过：'亲戚或余悲，他人亦已歌，死去何所道，托体同山阿。'倘能如此，这也就够了。"非常荒唐的，在略有感慨之余，忽然欣赏起鲁迅先生的语言之美来了。鲁迅引用陶渊明诗，似乎是想涂抹一点豁达的色彩，实际的意思是不能豁达也不允许豁达。在具体情景下，陶诗的豁达太轻，而且近乎麻醉了。

好多文字都是这样的。

即如这里的陶诗，他说死算不得一回事，肉体化为尘土，混同于山丘，有返本归真之意，其实还是不甘心。"亲戚或余悲，他人亦已歌"，就是牢骚话。宋人把这个意思演绎成一首有名的七律，中间两联是："日暮狐狸眠冢上，夜归儿女笑灯前。人生有酒须当醉，一滴何曾到九泉。"感叹人情的浇薄，归结到对酒当歌上。这当然也是豁达，却是被逼无奈的。就像一生节俭的富翁看见儿子挥金如土，一时气恼绝望，中午也狠心割一块肉，过过败家的瘾，但你不能指望他从此就天天花天酒地了。

鲁迅在《魏晋风度及文章与药及酒之关系》中说陶潜："由此可知陶潜总不能超于尘世，而且，于朝政还是留心，也不能忘掉'死'，这是他诗文中时时提起的。用别一种看法研究起来，恐怕也会成一个和旧说不同的人物罢。"

陶潜诗文谈到死的地方特别多，说明死是他的一个心结。《鲁迅全集》此处的注里举了两例：《乙酉岁九月九日》中的"万化相寻绎，人生岂不劳。从古皆有没，念之心中焦"；《与子俨等疏》中的"天地赋命，生必有死；自古圣贤，谁能独免"。第一例说明他对于死亡是很苦恼的，只好借酒浇愁。第二例承认死亡在所难免，轻视之后，仍有无奈，没有庄子那种"夫大块劳我以生，佚我以老，息我以死，故善吾生者，乃所以善吾死也"的超脱。

陶渊明出入佛道，本质上还是以儒家思想为根基，述祖责子，想的都是生命的传承。他当然是有事业心的，希望像曾祖父陶侃那样青史留名。古人长寿者少，要做事业，活得长是个重要的条件。曹操一辈子感叹人生有限，假如求仙和炼丹能给他一丝希望，相信他也会像秦皇汉武一样痴迷。不过曹操之求长寿，不在贪图享受，而是因为大业未竟，心有遗憾。所以他的遗令，尽管极其通达，读之却令人感慨万千，就是因为通达中包含着惋叹。这一点，和陶渊明的情形相似。相似者多，说明正是人之常情，虽雄才大略，志向高远，亦不能免。

年轻时读《挽歌》(其三)，觉得异常悲凉，对应文学史书上说的“飘逸”和“静穆”，格格不入:“荒草何茫茫，白杨亦萧萧。严霜九月中，送我出远郊。四面无人居，高坟正嶕峣。马为仰天鸣，风为自萧条。幽室一已闭，千年不复朝。千年不复朝，贤达无奈何。”读到这几句，便觉得《挽歌》第一首所说的“有生必有死，早终非命促”言不由衷，或者也不是言不由衷，不过欲以自遣罢了。

朱子很早就翻过陶渊明的案，说陶并非散淡的人，金刚怒目的一面，从《读山海经》等诗可以看出。杜甫也看出了他的“放不下”，在《遣兴》中说:“陶潜避俗翁，未必能达道。观其著诗集，颇亦恨枯槁。”鲁迅先生在演讲中指出，陶渊明对于生死，并不豁达。这个案，比朱子翻得还要深。一般人总以为怕死是丢脸的事，轻生才算英雄，实在大误。除了别有用心的野心家希望愚民为他卖命，夺王位，抢地盘，故而鼓吹牺牲为光荣之外，古今中外的先哲，哪有怂恿人去死的?

2013年6月

萧散

当初读《西京杂记》，内有“相如百日成赋”一条，最爱其中的“意思萧散”这句话。萧散一词，特地上网查了，约有三义。第一个意思是潇洒，自在，闲散舒适，举例即为此条。第二个意思是消散，消失，引《晋书恭帝纪论》：“虽有手握戎麾，心存旧国，迴首无良，忽焉萧散。”第三个意思是萧条，凄凉。举例有何逊《和司马博士咏雪》：“萧散忽如尽，徘徊已复新。”韦应物《独游西斋寄崔主簿》诗：“秋斋正萧散，烟水易昏夕。”苏轼《和李太白》：“野情转萧散，世道有翻覆。”等等。

《西京杂记》的原文如下：

> 司马相如为《上林》《子虚》赋，意思萧散，不复与外事相关。控引天地，错综古今，忽然如睡，跃然而兴，几百日而后成。其友人盛览，字长通，牂牁名士，尝问以作赋。相如曰：“合綦组以成文，列锦绣而为质。一经

一纬，一官一商，此赋之迹也。赋家之心，苞括宇宙，总览人物，斯乃得之于内，不可得而传。”览乃作《合组歌》《列锦赋》而退，终身不复敢言作赋之心矣。

相如是大才，但非捷才。关于前一句,《西京杂记》有一条:“司马长卿赋，时人皆称典而丽，虽诗人之作，不能加也。扬子云曰:‘长卿赋不似从人间来，其神化所至邪？’子云学相如为赋而弗逮，故雅服焉。”还有一条说，某人作赋而不能出名，便假托相如之名，果然广为流传。关于后一句，《西京杂记》也有一条:“枚皋文章敏疾，长卿制作淹迟，皆尽一时之誉。而长卿首尾温丽，枚皋时有累句，故知疾行无善迹矣。扬子云曰:‘军旅之际，戎马之间，飞书驰檄，用枚皋；廊庙之下，朝廷之中，高文典册，用相如。’”

“不似从人间来”，不是神仙就是鬼怪。汉人朴素，积极向上，“不似人间”，不言而喻，单指神仙。说有神仙一样的才华和气度，以后的作家，只有李白当得起。神思妙想，忽然而来，忽然而去，了无痕迹。扬雄与司马相如齐名，他还要这样感叹，其他人心里，更不知怎么想了。这种情形，和当年杜甫看李白差不多。

有神仙品格，是一句很好的赞扬人的话，后人当然舍不得不用。可是要用，发现标准太高，不太用得着，只好降格以求，换个小一号的说法，叫作“无人间烟火气”。这样，很多诗人画家都可以跨进此一行列了。

李白的诗据说大多数是出口成章的，但也有些作品，反复读后，觉得他当初写的时候，并没少费心思，如著名的《蜀道难》。还有的，如《大鹏遇稀有鸟赋》，前后改写，相隔几十年。读书做文章，不管多么天才，不下苦功肯定不行。汉人作大赋，一上来就立志“包括宇宙，总览人物”，呕心沥血的程度不难想象。相如一赋百日，左思作《三都赋》，居然耗费十年。那时传下来的一些典故，其实都是大文人们为事业呕心沥血的委婉说法和浪漫修饰。

扬雄草《太玄经》，梦吐凤凰。董仲舒作白虎通，梦龙入怀。五鹿充宗的老师弘成子吞下鸡蛋大的文石，“遂大明悟，为天下通儒”。“成子后病，吐出此石，以授充宗，充宗又为硕学也。”后来江淹的五色笔传说，或者就是从文石变化来的。

吐凤，是接近本来意义的象征，就是把胸中的一切吐出来，挤出来。鲁迅自比为吃草挤奶，说得最明白。

近百天里，“意思萧散，不复与外事相关”，恐怕不是一个潇洒和舒适自在能了得的，也许真有萧条的意思。好在司马相如运气不坏，得到了汉武帝的赏识。但好运气并非人人都有，《西京杂记》里说：“相如将献赋，未知所为，梦一黄衣翁谓之曰：‘可为大人赋。’遂作《大人赋》，言神仙之事以献之。赐锦四匹。”武帝喜欢神仙，相如投其所好，使他读完赋后，“飘飘有凌云气，似游天地之间意”。谁给他出主意？这个黄衣翁是谁？下笔如有神，黄衣翁不就是神吗？

运气不好的，如扬雄，虽然撰写《太玄经》时吐了凤凰，还是有人不容置疑地告诉他：瞎忙，你的书很难流传！（无为自苦，玄故难传。）

李贺因此感叹说，长卿（司马相如）牢落悲空舍，曼倩（东方朔）诙谐取自容。见买若耶溪水剑，明朝归去事猿公。写文章终于不如从军有用。鲁迅开他玩笑：连留长了指甲，骨瘦如柴的鬼才李长吉，也要学做侠客，简直是毫不自量。

汉人好神仙，不仅是汉武帝。论热情，老百姓丝毫不逊色，尽管连起码的追星条件都不具备。汉人喜欢的神仙里，又以一位叫壶公的风头最足。他白天在市上卖药，所谓悬壶济世。晚上人散，不愁房子被褥，连一张床也不必，径自跳进壶里，安安闲闲睡大觉。汉人思想上虽然神仙挂帅，过日子却相当实际，全国最流行的口号是：乐无事，宜酒食；君宜侯王；长命富贵；长乐未央；寿如金石为国保。加一点小资情调的，还有：长毋相忘。最后这四个字都快用滥了。皇帝对娘娘这样说，小孩子过家家时也脱口而出。博物馆里看文物，汉人墓葬里出土的，多见陶制的大宅院模型，两三层的小楼，大院子，粮仓，猪圈，鸡舍，还有像是露台或阳台的地方（没有露台或阳台，罗密欧和朱丽叶的故事怎么演？），看了让人觉得无比温馨和羡慕。可是，这样的宅院既然被认真做成模型以表愿望，显然不是一般人能够享受的。大部分还是：小鸡五六只，茅屋三两间。为什么壶公最受欢迎？因为他那壶里什么都有，别说小小四合院了，他那里是

“迢递起朱楼”，肉山加酒海。

壶是汉人的世外桃源，也是人间仙境。壶公在壶里，完全过他自己的生活，一切个人说了算，天王老子管不着。这样的世界，像是什么呢？也许做皇帝做神仙的，根本看不上眼，一笑而已。但弱而瘦像李长吉那样的，或并不弱而瘦，却受着同样的无力之感折磨的文士们，自然而然地觉得，或愿意，这壶就是文字的世界。

大人先生和乌有先生是一家，但大人先生和乌有先生都比司马相如更理直气壮。汉武帝也牛，他可以让太史公生不如死——《西京杂记》里的记载和其他书上不同，司马迁受了刑，没有发奋著述（他的书在此之前已经写完），到处讲怪话，结果再被投入狱中，死了——却拿大人先生和乌有先生无可奈何。他好脾气地赔笑，还一肚子仰慕。

不复与外事相关，那是因为司马相如快活的日子并不多。连面对着“眉色如望远山，脸际常若芙蓉”的“姣好”的卓文君的时候，也得忍受糖尿病的痛苦。那么，所谓意思萧散，这萧散，显然既不是潇洒，也不是萧条，更不是散失无存。这萧散，就是南郭子綦先生的“吾丧我”。庄子说：南郭子綦隐机而坐，仰天而嘘，嗒焉似丧其耦。不复为我了，进入壶中了，还能有什么外事相关？

2010年5月6日

月光下的天堂之门

《聊斋志异》作者的两块心病是科举和爱情。科举这事好理解。蒲松龄十九岁应童子试，幸运地遇到诗人施闰章，得他提拔，名列第一。首战大捷，大大提升了这位未来小说家对未来的期望，此后的落败与他人相比，因此变得更难承受。短暂入幕之后，蒲松龄回到家乡，设馆三十年，垂老归休，落寞以终。《司文郎》里借二鬼之口讽刺考官有眼无珠，考官赏识的文章令人作呕，诚然痛快至极，却还不如《叶生》篇感人至深。叶生科场铩羽，含恨而死，心中一念难消，竟不知其死，跟随引为知己的丁县令远赴异乡，做了丁公子的教师，助他高中乡试亚魁。叶生自述其志向："借福泽为文章吐气，使天下人知半生沦落，非战之罪也！"正是蒲松龄的夫子自道。"异史氏曰"中的话，大概没有比这一段更沉痛的了："行踪落落，对影长愁；傲骨嶙嶙，搔头自爱。叹面目之酸涩，来鬼物之揶揄。频居康了之中，则须发之条条可数；一落孙山之外，则文章之处处皆疵。古今痛哭之人，卞和惟尔；

颠倒逸群之物，伯乐伊谁？抱刺于怀，三年灭字；侧身以望，四海无家。人生世上，只须合眼放步，以听造物主之低昂而已。”科场遗恨纠缠了蒲松龄一辈子，到死未能摆脱。聊斋中的这类篇目，全都笼罩着一层凄凉之雾。由于和作者距离太近，激情有余而艺术趣味不足。这时候，蒲松龄与其说是小说家，不如说是一个祥林嫂那样的绝望的诉说者。

相形之下，沉浸在美丽女性之世界中的蒲松龄，则是一个纯净的艺术创造者，一个在趣味中追求思想深度的天才。爱情故事在聊斋志异中占了绝对统治地位，不仅体现在篇目之多和长度上，而且明显地形成贯穿全书的主调。翻一翻目录就知道，仅以女性名字为题的篇章，就七十余篇，如“婴宁”“小翠”“连琐”“娇娜”“红玉”“公孙九娘”“青凤”“翩翩”等，而且多系佳构。

科场使蒲松龄不堪回首，爱情则成为理想的寄托。写爱情而用力甚深者代不乏人，似蒲松龄一般耽迷其中而不能自拔者则少见。《唐人传奇》的作者以同情的态度讲他人故事，王实甫把调情当作智慧和激情的游戏。汤显祖可算得痴了，男女之情被抬升到存在的本质这样的高度，世界除了情，再无他物。但从根本上，汤若士还是作者本分，就算他以杜丽娘自居，也无非借她的锦心绣口抒怀，对对象的迷恋从来没到企图成为对方的地步。蒲松龄的每一个爱情故事都可以看作他的白日梦，他的态度与其他作者的区别，在于处处有迹可寻的天真的绮念，在于故事强烈的自慰性质。他在写作中情不自禁地把每一个男性角色都当成了自己的化身。正因为这样，尽管书中的女性角色身份各个不同，或狐或鬼，或仙或人，或如婴宁之娇憨，或如芸娘之柔婉，或如湘裙之体贴，或如小谢之顽皮，有黄英那样淡泊如高士的，也有侠女那样凛然不可侵犯的，但她们有一个共同的特点：娇艳而不失优雅的容貌和气质，对所爱男性的柔顺，聪慧异常，善解人意，而且无一例外，她们都对读书人——无论贫富——表示出由衷的敬重，在他们穷途末路的情况下依然对他们怀着信心。相当多的时候（多到只有在非人世才可能），女主角们像崔莺莺一样夫唱妇随，吟诗联句，或因书生们无意的才华显露而顿生雅慕之情，不惜以身相许……

按照某种心理学理论，或可很自然地推论出，蒲松龄在爱情生活上必是一失败者，正如他一辈子都未能在文字场上扬眉吐气。情场上他不只是失败，而是从来就没有过机会。一个困守穷乡的教书先生，我们再大胆想象，也断乎不能想象出一个浊世翩翩佳公子的冒辟疆，一个风流自赏的杜书记。在什么都得不到的境遇中，一个人所能痴迷的东西其实很有限，说出来也可怜。《绿野仙踪》里饱受嘲弄的穷儒邹继苏，一生存下四大本诗词歌赋手稿，珍藏于牛皮匣里，数十万言，凡人物、山水、昆虫、草木，无所不咏，无所不颂，题目有匪夷所思者，如“十岁邻女整寿赋”“大蒜赋”“丝瓜喇叭花合赋”以及“汉周仓将军赋”。李百川的描写虽极夸张，离现实却并不远。邹老儿一杯半盆的可笑背后，是汪洋大海的悲哀。就是在《红楼梦》那样堆金积玉的故事背景中，老教书匠贾代儒的潦倒也是难以掩饰的。蒲松龄晚年于课徒之余专心著书，“独是子夜荧荧，灯昏欲蕊；萧斋瑟瑟，案冷疑冰。集腋为裘，妄续幽冥之录；浮白载笔，仅成孤愤之书。寄托如此，亦足悲矣！”这就说得很清楚，所谓“才非干宝，雅爱搜神；情类黄州，喜人谈鬼”，在他那里可不是东坡那样的姑妄言之姑妄听之，案牍劳形之余的消遣。在他，那是心灵的“悲哀的玩具”。

蒲公的生平细节我们所知不多，尤其是他的情感生活。以意逆志固然不错，可实际生活远远不是一个人的精神世界的全部。从作品反推，也许获知的并非作者的现实经历，而是他的幻想和梦想。《夜叉国》中，作者感叹“家家床头有个夜叉在”。《马介甫》和《江城》诸篇，写悍妇欺凌丈夫，种种作恶，令人发指，细节逼真，读之如耳闻目睹。胡适先生说：“蒲松龄那样注意怕老婆的故事，那样卖力气叙述悍妇的故事，免不得叫人疑心他自己的婚姻生活也许很不快乐，也许他自己就是吃过悍妇的苦痛的人。但我们现在读了他的妻子《刘孺人行实》，才知道她是一个贤惠妇人，他们的结婚生活是同甘苦的互助生活；他们结婚五十六年，她先死两年，聊斋先生不但给她作佳传，还作了许多很悲恸的悼亡诗。”在读到胡适的文章之前，我也一直以为蒲公或有季常之癖，他在《江城》里总结说：“天下贤妇十之一，悍妇十之九。”《马介甫》中说：“惧内，天下之通病也。”说得如此绝对，不像出自占了十分之一好运气的人之口。

中国文人心目中，艳遇差不多崇高到可以作为一项伟大的事业来做。只要条件允许，妻妾之外，还要偷情，还要花街柳巷流连，还要随时准备把家中略有姿色的适龄丫鬟收房。清代文学界或官场，谈人到晚年的理想，说是“取个号，刻部稿，讨个小”，文句也许记错了，但意思不错。老骥伏枥，常常指的是这方面的意思。因为这是人人称羡的事，当时传为佳话，过后青史留名，当事者不忌讳，甚至还唯恐他人不知。元稹就洋洋得意地把他始乱终弃的故事写成《会真记》。小杜说“十年一觉扬州梦”，忏悔之情少，怅惘之意多，盖因好日子都已过去了也。熟知过去时代的风气，蒲松龄的不如意才好理解。才子之命配不上才子之才，但表达是他的权利。

借狐鬼浇心中之块垒，首先是因袭传统。魏晋人在这方面，其实很不洒脱。如干宝的“发明神道之不诬”，目的性太强，故下笔左牵右扯，白白可惜了很多趣味。唐人专为显露才华而作，务必求奇求新，驰骋想象，铺排文辞，态度雍容，格调最高。千余年蔚然成风，天上神仙，地上精灵，就是人世的一面镜子，拉长了照，缩短了照，正照反照，照出千奇百怪，归根结底都是人。人作为人的时候，也许我们难以看得明白。人作为鬼，作为妖异，被板桥三娘子咒化为无言之驴，我们反倒认清了他们不为人知的一面。人的本质可能是神圣，可能是牛鬼，可能是虫兽，可能是木石，一切皆可能，只除却人自身。这样，我们越是游离于人之外，反而更贴近人的内心。神话、寓言，说穿了，只是在设定的条件下，对人某一方面之本性的突出、强调和夸张。

这并不是说，狐鬼的现实一定胜过人的现实，虽然伟大的小说都是寓言，穿什么样的外衣并无定规。形式好比道路，特定的环境决定了特殊的道路，不仅是趣味、爱好的选择，也可能是必需，只有这条路才能通达他要去的地方，不是最好的，但一定是他希望的。对于蒲松龄来说，此世的缺陷由来世弥补，未免太遥远，太虚无缥缈了。他没有耐心等待天堂，也不需要。当可爱的女性们从月光下、从晨雾里，从紧闭的门户，在静寂中、在梦寐中蓦然浮现，正像她们轻轻松松地打破了常识的局限，艺术的现实也这样突破了现实的障碍，孕育成形。《聊斋志异》的爱情故事，凡基于现实的，总是痛苦为多，步步艰难；凡超越尘世的，多半自由圆满，痛快淋漓。为人称道的王桂庵父子的故事，看似写实，如果没有梦来作指引，结果将如何？在关键的一点上，蒲松龄还得借助神异。

男人对女性的要求永无餍足。多妻制建立在对女性不公平的基础上，不妒成为贤妇的首要美德。悍妇很多时候是妒妇的同义词。妻妾成群，这还不够，在明清文人心目中，名妓代表了性爱中的一个高级阶段，一种世俗欲望的艺术升华。

清人有个“效妓”的故事：某人特别喜欢狎妓，谁劝都没用。妻子甚明理，不和他吵闹，和颜悦色地问他：“我想妓女也是女人，怎么你就这么迷恋？”丈夫说，那可不同。又问：如何不同？丈夫顺口答道：穿衣打扮不同。妻子使人到妓院，一一打探清楚，照妓女的方法自我修饰，问丈夫：现在怎么样？丈夫说：好多了，但我到妓家，人家好酒好菜招待我，弹琴唱曲娱乐我，这些是家里没有的。妻子待丈夫自外归，备好酒食，自弹琵琶。丈夫仍然不满意。再问下去，就不堪形诸文字了。

由此可见，风月场中的陶醉，和蒲公笔下的狐鬼爱情，其共同之处在于，第一，它们都是日常生活中不可得的；第二，它们不遵从世俗规范的约束；第三，由于它们的非现实和特异性，这种性爱带来了不一样的感官和精神上的愉快。拿蒲公冰清玉洁的美丽女性和名妓相提并论，确是不可饶恕的亵渎，不过此处的连类所及，意在追索古代文人这种业已为时代唾弃的自私心理。这样的自私和享乐也可以是他们的理想，而且确实在作品中表现出来了。也许不高尚，但那是他们的事。

《小谢》在《聊斋志异》中是很有代表性的一篇。陶望三盛夏之夜借居官宦人家废弃的旧宅，二女鬼频来耍闹，藏他的书，扔他的衣服，捅他鼻孔，捂他眼睛。渐渐熟悉后，争着讨好他，为他做饭洗碗。再后来，帮他抄书，跟他学习，久之居然能够时相酬唱。更让陶生开心的是，二女互相竞争，都想学得更好，“小谢阴嘱勿教秋容，生诺之；秋容阴嘱勿教小谢，生亦诺之。”苦哈哈的考前功课一变而为温柔乡里的嬉戏。知识在女人那里获得承认和尊重。诗和书法成为闺阁中高雅的消遣。

《娇娜》则表达了蒲松龄的另一种情怀。娇娜是《聊斋志异》中最理想的丽人，纯真而聪慧，妩媚而亲切。孔子的后裔孔雪笠，蒙娇娜亲手为他割除创肿，心生爱慕，但因为娇娜年纪尚小，改娶娇娜的表姐松娘。后来娇娜另嫁，孔生和松娘也夫妻情笃。孔生对娇娜的爱一如既往，但已成熟为无瑕的友情。皇甫一家遭劫，雪笠以文弱书生，奋不顾身，誓死相救，亲自天鬼的魔爪中夺出娇娜，为雷轰毙。娇娜再施神术，救其回生。孔生与皇甫兄妹，从此“棋酒谈宴，如一家然”。蒲松龄说：“余于孔生，不羡其得艳妻，而羡其得腻友也。观其容可以忘饥，听其声可以解颐。得此良友，时一谈宴，则‘色授魂与’，又胜于‘颠倒衣裳’矣。”蒲公形容娇娜，“娇波流慧”四字最为可人。孔生虽然一“望见颜色”便苦痛顿忘，过后“悬想容辉，苦不自已”，却能丝毫不涉杂念，娇娜在他心中，是浊世的红粉知己。

其实男女之间，爱情本是一个空泛的东西，说它有时如山如海，说它无时似云似雾，珍视时世界再无他物，厌倦后他物皆是世界。人在所仰慕的人身上寄托了对爱的理解和理想，其中相当部分并不存在，是人在激情中想象出来而附加在对象身上的。一旦幻象破灭，或理解和理想有所改变，爱情就结束了。爱情带来（尽管不是必要条件）婚姻，而婚姻带来的是日常生活。毫不奇怪的是，对爱情的无限浮夸和神圣化，最常出现在爱情的饥渴者那里。如果我们赞同普鲁斯特的说法，爱情的对象只存在于想象之中，那么，蒲松龄的娇娜和婴宁们是人是鬼，是仙是狐，就不重要了。而《聊斋志异》，称之为蒲公的心灵自传，也未尝不可。

2006 年 10 月 26 日

马二先生游西湖

一位记不起姓名的纽约作家说："旅游这玩意儿，美国人到欧洲无非是看建筑，大街上逛逛，胡同里走走，累了在街头咖啡馆坐坐，不经意地收尽路过的女人们那异国情调的秀丽春色。至于说凭吊古迹，在伦敦桥上发一阵子呆，攀上希腊古堡的石基随口念出几位国王的名字，对着卢浮宫里每一件珍藏大点其头，莫逆于心的，相信我，可以说万中无一。寻常游客说是探历史，看文化，观习俗，逢人便吹嘘自己的思古幽情，恨不得仰天长叹，最后只剩下大街和美女。"

旅游的原始动机是异乡情调，对于男性游客，异国情调在女人身上表现得最充分，也最迷人。读过不止一位作家饶有兴致地谈论在街头看女人的心得，这些文章无一例外地写得声情并茂，连带着读者也被逗引得兴奋起来。

我从前上班的地方，正在曼哈顿的繁华地段，往西走几步就是时报广场，第五大道上的公共图书总馆也是游客麇集之地，宽阔的大台阶上永远坐满手持旅游指南的欧洲人，和不慌不忙地喝咖啡的本地闲士。从四十街往上，一直到五十多街，沿街咖啡馆密集。工作中间，我的乐趣之一，便是溜出办公室，溜进任意一家咖啡馆，临窗而坐看街景。说看街景，其实也是看行人。房子有什么可看的？十几年了，一成不变，人则是日日新，又日新的。

优雅漂亮的女人给人愉悦之感，正如一本好书，一件出自大师之手的艺术品，一幅秀丽的风景。曼哈顿的白领丽人对于长期被高大沉重的建筑压抑得喘不过气来的人，算是一个不俗的补偿。

看人，咖啡馆视野局促，尤其是室内咖啡馆，终究隔了一层。我最爱去的地方，是五大道背后的布莱恩特公园。它位于第五第六大道之间，横跨四十到四十二街之间的两条街，场地中央别无设置，就是一方巨大的草坪，周边的碎石小道和两端的高阶上，摆着绿色的简易靠背椅。春夏秋三季，从早到晚，都有人以懒散舒适的姿态坐、靠、仰躺在椅子上，读报，聊天，闭目养神，尤以中午时候最热闹。天气暖和的日子，草坪开放，很多人索性卧在草地上。春日融融，和风吹拂，好鸟鸣嘤，木花飘香，衣着随意而雅致的上班族遍布周围，无意中的一撇，都有可能一网打中一位言笑晏晏的年轻女人，举止风度带着十足的纽约情调，无论衣饰和仪容，都比风靡一时的肥皂剧《欲望都市》中的几位主角强多了。

中国文化是地主文化，或者可以说是农民文化，人和土地、和自然的关系特别亲密。中国历来的游记文字，以写景物为尊，至于说在景物中感受到了什么，领悟到了什么，因人和时代而异，其中时代的因素是主导性的。比如说，南朝人在山水中悟玄理，唐人的田园诗佛教意味浓，王安石的游记格物致知，喜欢讲哲理，明季文人鼓吹性灵（尽管这个提法是清人袁枚的）。山水就是山水，人对自然景物的欣赏，是一种修养和趣味。不过自元明开始，城市商业发展，市民文化兴起，游记作者终于开始"看"人了。《满井游记》那样的文章唐宋以上见不到，《西湖七月半》索性放开景物，只写人。说"西湖七月半，一无可看，只可看看七月半之人"，是文人故作狡狯之语，他怎么可能不知道自己原打算写什么呢？《扬州清明》《虎丘中秋夜》《目莲戏》，都是这一路笔法。不过陶庵写看人，没有专门写看女人。专门写看女人，要到《儒林外史》中的"马二先生游西湖"。

这马二先生字纯上，是一位科场屡战不胜的中年文士。科场上的事，本来没准儿，马二先生时运不济，不见得他文章不好，他对于时文实际上非常有心得。淡了功名心之后，做了个时文的选家，江湖上也闯出不小的名头。

马二先生出场时，正在嘉兴为文海楼书坊精选"三科乡会程墨"，家居无聊的蘧公孙慕名上门求教，两人遂得结识。后来蘧公孙遭奴仆暗算，险些陷入宁王谋反的政治大案，马二仗义疏财，倾选书所得的全部银子，化解了这场奇祸，身边带着仅剩的十两银子，前往杭州。马二一向在杭州选书，据他说，“西湖水光山色，颇可以添文思”，这是游历过之人的经验之谈。然而返杭之后，一时无书可选，生计眼看又成问题。烦闷之中，马二先生只好“腰里带了几个钱”，再到西湖上走走。

吴敬梓写西湖，纯粹小说家笔法，见人不见物。可是奇怪，前人写西湖的名篇佳作多矣，等我自己到了西湖，住在湖边旅舍，一住半月，不仅游，而且早晚湖边闲步，风雨阴晴，独得从容感受，心中想的，只是《儒林外史》的这一节。时序相同，山水依旧，更难得的是游人如织，拿马二先生眼中所观，与眼前的现实一一印证，印证出来的不是西湖，而是马二先生这个人。

马二先生游西湖，游了两天。第二天的游，作者意在引出洪憨仙，所以似游非游。第一天的游，则着重写他三次看女人。关于这一点，章培恒主编的文学史中也有评论，不妨参看。

第一次，马二先生步出钱塘门，刚到西湖沿上牌楼跟前坐下，就见一船一船的乡下妇女来烧香，“都梳着挑鬓头，也有穿蓝的，也有穿青绿衣裳的，年纪小的都穿些红绸单裙子。也有模样生得好些的，都是一个大团白脸，两个大高颧骨；也有许多疤、麻、疥、癞的。一顿饭时，就来了有五六船……马二先生看了一遍，不在意里”。

马二先生是个文化人，审美要求偏高，而且在城市里住久了，总会沾些金粉气，这些乡下女人他自然看不上。但女人毕竟是女人，看不上眼，还是不能错过。终于饱看了一遍，却因为失望无端生出些厌烦来，故曰“不在意里”。

第二次是吃完面出来，看见湖沿上系了两只船，“船上女客在那里换衣裳：一个脱去元色外套，换了一件水田披风；一个脱去天青外套，换了一件玉色绣的八团衣服；一个中年的脱去宝蓝缎衫，换了一件天青缎二色金的绣衫。那些跟从的女客，十几个人，也都换了衣裳。这三位女客，一位跟前一个丫鬟，手持黑纱团香扇替她遮着日头，缓步上岸。那头上珍珠的白光，直射多远！裙上环佩，叮叮当当的响”。

这一次，马二先生大概有点在“意里”了。有“意”，心中就不那么自然，有点胆怯，所以只能“低着头走路过去，不曾仰视”。

第三次，是在净慈寺的院子里，“那些富贵人家的女客，成群逐队，里里外外，来往不绝。都穿的是锦绣衣服。风吹起来，身上的香一阵阵的扑人鼻子。马二先生身子又长，戴一顶高方巾，一副乌黑的脸，腆着个肚子，穿着一双厚底破靴，横着身子乱跑，只管在人窝里撞。女人也不看他，他也不看女人”。

三次的看，对象环境不同，看法也不同，细细分析起来，其中颇有些意思。

看乡下女人，马二先生毫无顾虑，一则她们和跟随的“汉子”都不会计较，二来马二先生心里也坦然：既然“不在意里”，不存非分之想，怎么看都无所谓。这一次，马二先生是坐着从容不迫地看，直看了一顿饭工夫，看了五六船进香的妇女，老的，小的，丑的，俊的，穿什么颜色的衣服，一一看得清楚。看够了，这才起身往前走。说是不在意里，马二先生对看还是兴致盎然的。

接下来的一次，情形迥异。这一次的女客，不是乡下妇女，也非寻常市民，看那珠光宝气的排场，不是乡绅就是官宦人家的女眷。船早已停好，水边柳荫下的场景也带些诗意，三位太太小姐不干别的，偏偏在那里换衣服！这个场面，诱惑的意味极浓。马二先生显然不像前次那般镇静了，越是有意思要看，越是不敢看，别说坐，立定脚跟、稍微踌躇一会儿都不成，只能低头走过。越是不敢看，越是想看。在乡下人面前觉得自己有些身份，碰到富贵人家，不免矮了一截，马二先生毕竟是无官无势又无钱啊。作者形容他"不曾仰视"，试想马二高大的个子，看人应当俯视才对，他的仰，与其说是眼睛，不如说是内心，而且这仰未必是对富贵的尊崇，毋宁说是对贵家女人的雅慕。

然而，尽管低了头，又是匆匆而过，马二先生看没看呢？你看他，每位女客脱什么衣服，换上什么衣服，他不全都一清二楚吗？发际的珍珠，裙上的环佩，声色俱在，尽够他遐想半天的。

第三次的看，严格说来是不看。这一次，最重要的区别是环境变了。在一个封闭的院落，地方狭窄，香客众多，马二先生即便相貌突出，也不会受到注意，因此他敢于横着身子乱跑，在那些富贵人家的女客群里乱撞。女人不看他，他也不看女人。在这样乱哄哄的场合，他想看也看不了，但乱毕竟给了他勇气，他得以贴近那些女人，触到她们身上绸缎衣裳的滑腻，闻到她们身上的香气。这样“前前后后跑了一交”，倦极而归。

马二先生对女人是有些性幻想的，由此决定了他对女人的态度。他成家了没有呢？书中没说。可以肯定的一点是，他是个常年在外的人，身边没有任何女人陪伴。从他的性格和经济状况来看，他也不是个惯在花街柳巷厮混的人。他的寂寞和缺失是必然的，这使他一方面暗抱幻想，另一方面，则由于欠缺经验而难得的“老实”。在换衣服的太太小姐面前的“害羞”，本不应是他这样豪爽的中年男人的自然表现，恰恰表明了他对好女人的兴趣，这些美丽的女人唤起了他的欲望。他的看和不看，放肆的看和胆怯的偷看，无不昭示着他身上正常的人性。一个“正常”，在《儒林外史》中几乎是石破天惊的事。此前的十多回，从周进到范进，从严监生、严贡生到娄公子、杨执中、权勿用之流，一个比一个可怜，一个比一个猥琐，一个比一个龌龊，没有一个不被科举和名利扭曲了灵魂，没有一个像马二先生这样像个人。马二先生登场之前，除了楔子里的王冕故事，读来满纸乌烟瘴气，令人神昏气闷。蘧公孙起码不那么招人厌烦了，由他带出马二还算顺理成章。

看女人是马二先生的精神盛筵，说他可怜也好，可笑也好，迂腐穷酸也好，无论如何，总要比才子佳人小说中无所不在的中状元招驸马高明。再好的梦一成不变地做下去，迟早会堕落为愚人的痴想，更别提绝大多数的旁观者早已清醒过来。《儒林外史》不再痴人说梦，读者也不再闻海上人归，蜂拥而上，竞舐其眼。马二只要还抱定往学问里翻跟头的理想，对于锦绣包裹着的美女的肉体，他就永远只能远远地低了头看——而且他这一辈子是看定了。

马二先生在时文里头刀耕火种，他谆谆教导公孙的“举业二字，是从古及今人人必要做的”，“就是夫子在而今，也要念文章，做举业”的那段话，可以看出他中毒有多深。和范进周进们相比，马二的了不起就在于他并不让举业把自己裹得密不透风，不留一丝一痕的耳目面孔在外头。当他说西湖的景致颇可以添文思的时候，已经和代圣人立言的时文做法背道而驰了——看景难道不是看？看景难道不是声色之娱？范进的文章按科举的标准肯定是好的，否则他也不会高中。然而时文之外，他居然连苏轼是谁都不知道！假如他老先生游西湖，除了他脑子里的幻象，他能看到什么？山川草木人物，他能有任何会心之处么？

有人批评马二先生，说是游西湖，却对眼前的美景茫然无感。我想这是误解了吴敬梓的原意。马二既然常年住在杭州，书中之游当然不是初游，西湖再美，一个司空见惯的人轻易不会再去惊讶赞叹。何况他这一次游，纯是郁闷中的散心。第一天的乱走，很符合心思烦躁的人的行为特征。第二天重来，有点情绪了，爬上高冈，俯瞰钱塘江和西湖，“心旷神怡”地在庙门外吃茶，“两边一望，一边是江，一边是湖，又有那山色一转围着，又遥见隔江的山，高高低低，忽隐忽现。马二先生叹道：‘真乃载华岳而不重，振河海而不泄，万物载焉！’”马二的感叹是诚挚的，用语则迂腐之致。一个时文专家，大概只能如此了吧。

在“马二先生游西湖”的过程中，我们还能注意到另外一个现象，就是马二先生的吃。游西湖以吃开始，以吃告终。出门伊始，马二先在茶亭里吃了几碗茶。肚子饱暖了，才有兴致看女人。看完乡下女人，走了一里多路，一个“饿”字在面前飘，马二先生的眼睛里只看见“接连几个酒店，挂着透肥的羊肉，盘子里盛着滚热的蹄子、海参、糟鸭、鲜鱼，锅里煮着馄饨，蒸笼上蒸着极大的馒头”，可是他囊中羞涩，只好望洋兴叹，空咽了一肚子唾沫，“只得走进一个面店，十六个钱吃了一碗面”。不饱。再吃一碗茶，买两个钱的处片嚼嚼。走过六桥，又吃茶，偏又撞见布政司房里的人在花园里请客，珍馐佳肴一盘盘端过，不由得狠狠地“羡慕了一番”。到净慈寺，在女人堆里乱撞之后，跑乏了，出门吃一碗茶，又把各种小点心——橘饼、芝麻糖、粽子、烧饼、处片、黑枣、煮栗子——每样买了几个钱的，吃了一饱，最后回到下处，一通大睡。

马二肠胃好，肚量大，前面已有交代：在蘧公孙家吃饭，“吃了四碗饭，将一大碗烂肉吃得干干净净。里面听见，又添出一碗来，连汤都吃完了”。然而平日住在书商那里，东家供应的饭食，不过一碗青菜，两个小菜碟。马二先生大快朵颐的欲望，一如他对于好女人的渴望，难得有满足的时候。

游西湖，一写看女人，二写吃。“食色性也”“目欲视色，口欲察味”，吃饭和女人总是男人最基本的欲望。马二先生身体和精神的健康，在他欲望的强烈中表现无遗。

说来有趣，《儒林外史》中的人物，上上下下，清一色不近女色的柳下惠，在这一点上，好人和坏人彻底泯灭了界限。唯一一个既有色心又有贼胆的，却是在船上中了船家夫妇的美人计、丢了所携银子的行客，一个道具性的小角色。知道这世上除了时文，除了名利，还有一种叫作“女人”的可爱动物的，似只马二先生一人。可怜沈琼枝是书中仅有的重要女性人物，容貌不俗，才气又高，这样的年轻女性，该是男人最理想的欲望对象，可是看在读者眼里，却怎么也和“可爱”二字联系不起来，难怪杜仪之辈个个有眼无珠，只把她当作一个理念的符号。吴敬梓的描写在这里显然出了问题。如此看来，马二西湖上的一番“豪举”，简直就像作者的一次疏漏，人物在书中以其性格的“狡狯”把作者蒙混了。

事实上，以作者生活中的朋友为原型塑造出来的马二先生，可以说是《儒林外史》中最好的人物之一，也许仅次于杜少卿。吴敬梓刻意树立的几个理想人物，如虞博士、庄绍光、迟衡山，有骨无肉，流于概念化，在文学上都不成功。

杜仪携妻游山果然有光彩，但第三十二回着力描写的“平居豪举”，却集中夸张得过了头，仿佛善行簿上加强版的流水账。杜少卿的疏财，凤鸣岐的仗义，加起来都不如马二先生的纯粹出于天性。因为说到底，杜少卿的疏财不过是贵介公子的豪阔，凤老爹的打抱不平不过是江湖习气，骨子里最有侠义心肠的，还是马二。救助蘧公孙一事，不光舍出全部资财，更以凛然正气从气势上压倒奸诈的衙门差人，这样的作为，非杜、凤所能及。

马二先生出场不多，第一件事便是救公孙，其次是游西湖得遇洪憨仙。洪本是江湖骗子，拿裹在煤里的银子送给他，说是自家炼就的银子，计划借他的名声去欺骗阔少爷胡三公子，不料阴错阳差，一病不起，阴谋因而败露。到此地步，马二不气愤，也不鄙夷他，心里倒念着他的好处——送他的几大锭银子，为他出钱料理后事。安葬事毕，马二出门饮茶，在茶室巧遇流落省城的乡下少年匡超人，得知他无钱回家，立刻将他请到住处，安排吃喝，送他衣物和银子，嘱咐他回家好生侍奉父母，发愤读书，求取功名。

马二在西湖上吃不起鱼肉，只好大碗喝茶，手中一旦有点钱，随时可为朋友两肋插刀，还能对陌生人倾囊相助。他迂腐，却为人厚道，更兼慷慨大方，表面上可笑，骨子里让人尊敬。

马二先生游西湖可以和杜少卿游山参看，两处文字都是着力描写人物性情的重头戏。杜少卿的举动是一场演出，声势大，观众多，势必传为美谈；马二的游湖则好比个人内心独白，自始至终，身边没有一个听众，他怎么做，完全依着本性，不需要别人喝彩，不顾虑别人嘲骂。杜少卿唱的是一曲传奇，马二先生的故事只能是凡人小事。传奇有审美上的崇高感，令人钦仰，引人向往，遥望之下，与神话何异？唯凡人故事只是朴实平常，小人物一无神智，二无天佑，行动中或蛮憨蠢顽，或首鼠两端，捉襟见肘，漏洞百出，可笑复可叹，但内中的喜怒哀乐，或许才是更本质、更有普遍性因而才是更深刻的：我们无须任何努力，早已身在其中。

2005 年 5 月 15 日

伥鬼轶事

一

被老虎吃掉的人，死后灵魂不散，或者出于胁迫，或者出于自愿，跟定了老虎，不思报仇雪恨，反去引诱同类供老虎吞吃，这就是人们所说的伥。

伥，一名伥鬼，又叫虎伥，《辞海》和《辞源》的解释，大意如我多年前所作小文中的说法，一般都援引都穆的《听雨记谈》：

> 人遇虎，衣带自解，皆别置于地，虎见人裸而后食之，皆伥所为，伥可谓鬼之愚者也。相传虎噬人死，魂不敢他适，辄隶事虎，名曰伥鬼。

或张自烈的《正字通》：

虎行求食，伥必与俱，为虎前导，遇途有暗机伏阱，则迂道往。呼虎为将军，死则哭之。

《听雨记谈》和《正字通》都是明人著作，对伥鬼的解释，属于总结性的。郎瑛《七修类稿》中的“虎伥亡”一条，说得还更详细一些：

人为虎食，魂从于虎，字书谓之虎伥，亡解。凡虎之出入，则引导以避其凶。故猎者捕虎，先设汤饭衣鞋于前，以为使之少滞，则虎不知，以落机阱。否则为虎发机，徒费猎心也。及虎为人所捕，又哀号于其所在，昏夜叫号，以为无复望虎食人矣，若为其复雠然。

伥前身是人，熟悉猎人的手段，知道怎样躲开陷阱，甚至破坏陷阱，而猎人在吃亏之后，摸清了伥鬼的弱点，以小利诱惑之，使之不能发挥军师作用。双方斗智无穷，而人鬼圈子外的老虎，除了凶悍，反倒显得相当呆笨。

明人的这些说法，来自同一个源头，这也是各类辞书和论著一致认定的，唐人裴铏《传奇》中的故事《马拯》：

唐长庆中，有处士马拯性冲淡，好寻山水，不择险峭，尽能跻攀。一日居湘中，因之衡山祝融峰，诣伏虎师。佛室内道场严洁，果食馨香，兼列白金皿于佛榻上。

见一老僧眉毫雪色，朴野魁梧。甚喜拯来，使仆挈囊。僧曰："假君仆使，近县市少盐酪。"拯许之。

仆乃挈金下山去，僧亦不知去向。俄有一马沼山人亦独登此来，见拯，甚相慰悦。乃告拯曰："适来道中，遇一虎食一人，不知谁氏之子。"说其服饰，乃拯仆夫也。拯大骇。沼又云："遥见虎食人尽，乃脱皮，改服禅衣，为一老僧也。"拯甚怖惧，及沼见僧曰："只此是也。"拯细窥僧吻，犹带殷血。

向夜，二人宿其食堂，牢扃其户，明烛伺之。夜已深，闻庭中有虎，怒首触其扉者三四，赖户壮而不隳。二子惧而焚香，虔诚叩首于堂内土偶宾头卢者。

良久，闻土偶吟诗曰："寅人但溺栏中水，午子须分艮畔金。若教特进重张弩，过去将军必损心。"二子聆之而解其意，曰："寅人虎也。栏中即井。午子即我耳。艮畔金即银皿耳。"其下两句未能解。

及明，僧叩门曰："郎君起来食粥。"二子方敢启关。食粥毕，二子计之曰："此僧且在，我等何由下山？"遂诈僧云："井中有异。"使窥之。细窥次，二子推僧堕井，其僧即时化为虎，二子以巨石镇之而毙矣。

二子遂取银皿下山。近昏黑，而遇一猎人，于道旁张弓，树上为棚而居。语二子曰："无触我机。"兼谓二子曰："去山下犹远，诸虎方暴，何不且上棚来？"二子悸怖，遂攀缘而上。

将欲人定，忽三五十人过，或僧，或道，或丈夫，或妇女，歌吟者，戏舞者，前至弓所。众怒曰：“朝来被二贼杀我禅和，方今追捕之，又敢有人张我将军。”遂发其机而去。

二子并闻其说，遂诘猎者。曰：“此是伥鬼，被虎所食之人也，为虎前呵道耳。”二子因徵猎者之姓氏。曰：“名进，姓牛。”二子大喜曰：“土偶诗下句有验矣，特进乃牛进也，将军即此虎也。”遂劝猎者重张其箭，猎者然之。

张毕登棚，果有一虎哮吼而至，前足触机，箭乃中其三班，贯心而踣，逡巡。诸伥奔走却回，伏其虎，哭甚哀曰：“谁人又杀我将军？”二子怒而叱之曰：“汝辈无知下鬼，遭虎齿死。吾今为汝报仇，不能报谢，犹敢恸哭。岂有为鬼，不灵如是？”遂悄然。忽有一鬼答曰：“都不知将军乃虎也，聆郎君之说，方大醒悟。”就其虎而骂之，感谢而去。

裴氏为传奇名家，对后世影响很大，可以说，关于伥鬼的基本观念在这篇故事中已经初步建立和定型，包括虎被称为将军。元无名氏《湖海新闻夷坚续志》还将此篇改写后收入书中。以后的种种传说，只是在其基础上进一步引申和发挥。值得注意的是，《马拯》中的伥鬼，之所以甘心为虎所役使，是因为被迷了魂，并非本性如此，故而一旦被人指出，很容易觉悟。

虎化为僧，颇具讽刺意义。罗汉降龙伏虎，本文开头也说“诣伏虎师”，哪里想得到伏虎师本身正是老虎？裴氏崇道，所以有人认为他这样写意在贬抑佛教，但后文写一众伥鬼，“或僧，或道，或丈夫，或妇女”，面面俱到，似乎无意偏袒一方。

二

然而，事情一旦牵涉到鬼神，无论佛道，谁都脱不了干系。孔子早已声明不语怪力乱神，儒教虽大，鬼神之事，是一笔好生意还是一副重担子，他都袖手旁观。反观佛道二教，若说精研义理，追求终极，小到修己以得不朽，大到发愿普度众生，绝非普通信众所能设想，所敢立志，对他们也不会有吸引力。宗教普及到下层，最讨好的就是去凶消灾，招祥纳吉，实际说起来，前者远较后者急切。生活安逸，不一定想得起来祈求庇佑；横祸当头，火烧眉毛，这时候，想偷懒都不行。

伥鬼来了，老虎成灾，佛道的法师们必须出来表现一番，不管唱的是红脸还是白脸：

> 荆州有人山行，忽遇伥鬼，以虎皮冒己，因化为虎，受伥鬼指挥。凡三四年，搏食人畜及诸野兽，不可胜数。

身虽虎而心不愿，无如之何。后伥引虎经一寺门过，因遽走入寺库，伏库僧床下。道人惊恐，以白有德者。时有禅师能伏诸横兽。因至虎所，顿锡问："弟子何所求耶？为欲食人？为厌兽身？"虎弭耳流涕，禅师手巾系颈，牵还本房，恒以众生食及他味哺之。半年毛落，变人形，具说始事。

这一则出自《广异记》，禅师作了正面的英雄。

《阅微草堂笔记》卷十五中的故事，伥鬼是一个饶有心计的道士：

数商驱纲骡行山间。见樵径上立一道士，青袍棕笠，以麈尾招其中一人曰："尔何姓名？"具以对。又问籍何县，曰："是尔矣。尔本谪仙，今限满当归紫府。吾是尔本师，故来导尔，尔宜随我行。"此人私念平生不能识一字，鲁钝如是，不应为仙人转生，且父母年已高，亦无弃之求仙理，坚谢不往。道士太息，又招众人曰："彼既堕落，当有一人补其位。诸君相遇，即是有缘，有能随我行者乎？千载一遇，不可失也。"众亦疑骇无应者，道士艴然去。众至逆旅，以此事告人，次日循樵径探之，甫登一岭，见草间残骸狼藉，乃新被虎食者也。惶遽而返。此道士殆虎伥欤？

纪昀当然无意调侃道士，《阅微草堂笔记》里写了不少神仙即是妖怪的故事。成仙既可长寿，又可富贵，众美兼得，比什么都好，对人而言，是大欲望，大诱惑。人因贪欲遭祸，伥鬼特其一途也。

得道的高僧与神仙没有两样，道教的真人们本来就是神仙，《广异记》中的《刘老》，制服伥鬼，就由神仙出面：

> 信州刘老者以白衣住持于山溪之间。人有鹅二百余只诣刘放生，恒自看养。数月后，每日为虎所取，已耗三十余头。村人患之，罗落陷阱，遍于放生所。自尔虎不复来。后数日，忽有老叟巨首长鬣来诣刘，问鹅何以少减。答曰："为虎所取。"又问何不取虎？答云："已设陷阱，此不复来。"叟曰："此为伥鬼所教，若先制伥，即当得虎。"刘问何法取之？叟云："此鬼好酸，可以乌白等梅及杨梅布之要路，伥若食之，便不见物，虎乃可获。"言讫不见。是夕，如言布路之，四鼓后，闻虎落阱。自尔绝焉。

老叟"巨首长鬣"，似乎也是某种大型动物所化。

从理论上讲，神仙和鬼是截然不同的东西，但在具体的故事和传说中，两者又常常混为一谈，能够互相转化。这是通达，还是一向不认真？

三

从以上三条记载来看，伥鬼观念出现了一些新的内容。

其一，伥不单保护老虎，为虎谋食，如果虎被猎杀，它还会设法制造新的老虎。裴氏笔下，虎死伥哀，已经让人觉得愚昧可笑，如今伥鬼竟能制造主子，以便继续当奴才，不仅匪夷所思，而且令人肃然起敬。历史上有很多假皇帝假公主，都是为人利用，替阴谋者获取利益，或为阴谋者保住既得的利益。伥鬼炮制假虎，利益何在？各书均不见明言。难道做伥鬼一定要供奉一虎，仿佛毛之一定附于皮？没有虎，自然无所谓伥。这样说起来，为伥和做奴才一样，大约也是会上瘾的？故事中的荆州人两年不敢离开寺庙，“后暂出门”，复被伥鬼如法炮制，他飞速逃回，“皮及其腰下，遂复成虎”。这位老兄只得做个不剃度的和尚，笃志诵经一辈子，从此足不出寺门。由此可见伥的坚毅和顽固。

其二，伥鬼虽然狡猾，仍然有弱点，弱点之一是“好酸”，拿点杨梅什么的，伥鬼吃了眼睛便看不见东西。这是个很有趣的设想，道理何在，不得而知。

其三，从纪昀的故事可以看出，伥鬼引诱人进虎口，也是很花心思、巧计百出的。有一故事说，伥在路上抛掷衣物，引人捡拾，一路渐进，直入深山，老虎则坐享其成。这完全是人类诱捕动物的翻版。纪昀的伥鬼道人则更进一步，不幸的是，他遇到的是一群大字不识的粗人，倘是读过几本书，大有上进心的，很可能就成功了。事实上，它确实成功过，后文的“草间残骸狼藉”就是例证。

宋初徐铉《稽神录》中虎伥骗人送死的方法更巧妙：

> 清源人陈褒隐居别业，临窗夜坐，窗外即旷野，忽闻有人马声，视之，见一妇人骑虎自窗下过，径入西屋内。壁下先有一婢卧，妇人即取细竹枝从壁隙中刺之。婢忽尔腹痛，开户如厕。褒方愕骇，未及言，婢已出，即为虎所搏。乡人云，村中恒有此怪，所谓虎鬼者也。

以利诱之不行，改为以利害驱使。明明是胁迫，施以法术之后，变成自己甘心情愿了：肚子疼，当然要如厕。

伥鬼不简单，豢养伥鬼的老虎也各有手段，各有性格。明人认为虎伥害人归根结底还是人和人斗，老虎基本上是个道具，其实不然。敢号称将军的虎既有不同的性情和爱好，也有人一样的心计和手段。《马拯》中化为老僧的虎，所豢养的伥鬼竟然多达数十，没有一点御下的才能，是不可想象的。像《刘老》中的虎就不爱吃人，偏爱吃鹅，那位嗜酸的小伥，就从骗子改行当了小偷。

虎培养牺牲品为伥鬼，大概也需看死者的素质如何：服帖不服帖，忠诚不忠诚，有本事没本事，一句话，好用不好用。不好用的，不经用的，过些日子还得换，麻烦。我相信，和世间万事万物一样，一个好的伥鬼也不是那么容易遇到的，俗说“才难”嘛，这道理肯定放之四海而皆准。《广异记》中的《碧石》，说有一只老虎居然炼了一块绿色的石头，化为小儿代替伥鬼使用。这只时运不济的老虎，显然对觅得优秀人才已经不抱希望了：

> 开元末，渝州多虎暴。设机阱，恒未得之。月夕，人有登树候望，见一伥鬼如七八岁小儿，无衣轻行，通身碧色，来发其机。及过，人又下树正之。须臾，一虎径来，为陷机所中而死。久之，小儿行哭而返，因入虎口。及明开视，有碧石大如鸡子在虎喉焉。

《太平广记》中“虎”类故事共八卷，《广异记》独占二十条，而伥鬼的故事有五条之多，看来作者戴孚对此题材是情有独钟。

四

唐人传奇中，虎伥的形象并非一味地坏到底，还有值得同情可以理解的一面。作者对它们，还是一分为二地看，并不一棍子打死。《马拯》中的群鬼，可笑复可怜，最后幡然醒悟，对杀虎的书生表示感谢。明人说伥鬼“虎死则哭之甚哀”，似乎很有点冥顽不化或曰愚忠的意思，这样的结论，放在唐朝就不能说正确。《原化记》“浔阳猎人”一条说，伥鬼见虎被猎杀，“遂鼓舞而去”。这和《广异记》“石井崖”一则相似：

> 书生石井崖遇到一个道士带两个青衣童子，无意中听到道士嘱咐童子：明天要吃姓石的书生，你们两个负责骗他除去刀杖，免得我受伤害。书生有了防备，身携利刃杀死老虎，两个童子“乃讴歌喜跃”。

同书另有一个故事，比上述两条写伥鬼获得解脱的欢喜更深一层，写出了伥鬼的无奈和反抗。这故事说宣州山区有一小孩，每天夜晚梦到伥鬼带领老虎来追他，知道自己难逃劫难，于是事先向父母交代：自己肯定要死于虎口，死后必然变为伥鬼，到老虎利用我的时候，我把虎引到村子里，你们预先挖好陷阱，可以一举擒获老虎。

宣州小儿的故事悲壮动人的味道，是我读到的伥鬼故事中最有哲学境界的。南北朝人相信命运，也就是劫数，既然在劫难逃，实在不必反抗，因为反抗完全徒劳无益，宣州小儿的悲剧就在于这种南北朝式的宿命。然而尽管无奈，小儿还是反抗了。他虽然难逃一死，但他可以不被迷魂，不做虎的奴才。虎既死，伥鬼将如何，我们不知道。但纵然一时不得托生，总比泯灭了良心去害人强。

唐以后的故事里，伥鬼逐渐变成十足的恶煞，不知是人的观念的演进，还是伥鬼们不断努力自我完善的结果。俗语道，一不做，二不休，据说最早出自一个想做大事业，因一念妇人之仁而功败垂成，落得身首异处的倒霉蛋之口。人之将死，其言也善，何况这位聪明人是咬着牙根一字一字挤出来的。伥既为鬼，身不由己地蒙了恶名，干脆爽爽利利地做鬼，痛痛快快地害人，尚不失为一厉鬼，难道还要当道学家么？

前述各伥且不论，吴沃尧《趼廛笔记》中的伥鬼，连自己的儿子也不放过，可谓伥之极端。这个伥鬼本是一老妇，家有丈夫，两个儿子，和大儿媳妇。长子夫妻和老妇先为虎所食，只有老妇做了虎伥。她托梦给小儿子，说山中树下藏有黄金，让他去挖取。儿子遵命入山，途中遇仙，告诉他母亲已经变成伥鬼的真相。这儿子不肯相信。神仙让他藏身树上，须臾母亲带虎前来，在树下辗转搜索。儿子惊恐逃回，到了晚上，一计不成的老娘竟然直接引老虎上门。父子躲入大水缸，躲到天亮，再次逃过一劫，然后遍告村民，村人设计将老虎捕获。

孔子云，苛政猛于虎，这位为伥的母亲，歹毒也超过了老虎，因为虎毒还不食子呢。

五

郎瑛说伥之字义“亡解”，不知其起源。按照《说文解字》，伥字的本意是狂。后起之意，伥又是“无所适从貌”。

伥作为名词，成为伥鬼，我读到的最早资料就是唐人的两部书。究竟这个意思起源于何时，有待高人指教，但总是在许慎之后、裴铏之前这一时期内，很可能就在南北朝。

南北朝人志怪成风，关于虎的传说极多。这当中，很可注意的是人化虎的故事。人化虎是由于病，身为虎则不自知为虎，如《搜神记》中之鲁牛哀，“得疾，七日化而为虎”，哥哥从外面回来，被他“搏而食之”。这里的不自知，和伥的情形类似。唐人化虎故事更多，原因也更复杂，多是因为某种过失——甚至是前世的过失——遭到神灵的惩罚，不得不吃人，但事前事后心里又是明白的，因此倍加痛苦。

南朝宋刘敬叔《异苑》卷六中的“严猛妇”，是我目前找到的最早的虎伥故事，此则亦被采入《太平广记》：

> 晋时严猛妇出采薪，为虎所害。后一年，猛行至蒿中，忽见妇云：“君今日行必遭不善，我当相免也。”既而俱前，忽逢一虎，跳踉向猛。猛妇举手向虎，状如遮护。须臾有一胡人荷戟而过，妇因指之，虎即击胡，婿乃得免。

严猛妇显然是伥鬼，但文中尚无伥鬼的名称。和以后所有虎伥故事截然不同的是，严猛妇虽为伥鬼，却未丧失人性，在危难之际救了丈夫一命。一个路过的胡人李代桃僵，做了老虎的美餐。故事里的虎比较单纯，完全听从伥鬼的安排，伥鬼指谁，它就吃谁。在南朝人的观念里，一个人被虎吃，是命运的安排，虎没有罪，伥鬼自然也没有罪。

起初的伥鬼并不太凶恶，这又是一个明证。

据五代孙光宪《北梦琐言》，溺水而死的人也称作伥鬼，这种伥鬼和缢死鬼一样，最急于找个替身，自己好投胎转世。聊斋一派的笔记小说里，此类故事极多而精彩，如蒲氏的名篇《水莽草》，写了一个不肯损人利己的水鬼，最后得到上天垂怜，意外得到好结局。伥鬼的这一义，似乎没有留传下来。然而《北梦琐言》逸文中又有短短一则：“凡死于虎、溺于水之鬼号为伥，须得一人代之。”

此条意义重大，第一，明言伥有两种；第二，解释了伥害人的动机。伥之害人，动机是找替死鬼，这和溺死鬼、吊死鬼的情况相同。如果事情果真如此，伥的恶毒凶狠，伥的六亲不认，都可以理解，问题出在那个规定它转生必须找替身的神祇身上，正如王伦做梁山泊头领时，定下新人入伙非得交投名状亦即杀死一人的严苛条件一般。害人之过既不在虎，也不在伥，而在于操纵众生命运的神。

不过明清人的故事，替代一事也许是刻意被忽略了，作者想强调的，恰恰正是伥鬼害人的毫无情由，以凸显伥之为物的矛盾和荒诞性。明代文人被统治者收拾得太惨，说他们集体怨毒甚深大概不算夸张，进而说他们有意借说伥鬼出出恶气也不算太离谱。事实上，明人指控伥鬼的某些罪状，其实是莫须有的。如说虎见人裸身才敢下口，大有儒家礼的风范。为了解决这个脱衣难题，虎伥兴妖作怪，使受害者到了老虎面前，衣带无故自解。这个结论就不确切。段成式在《酉阳杂俎》中早已告诉我们：“虎杀人，能令尸起自解衣，方食之。”

都穆感叹“伥可谓鬼之愚者也”，言外之意，别有寄托。郎瑛则破口大骂：

> 伥哉，果死不认尸而不知所以致死哉！夫生既被虎食矣，死反为虎之役。幸而虎毙，又从而号哭之，何其愚耶！不自疚耶！呜呼，小人竭财俯首，以附权贵，为之鹰犬，以备指挥。却乃张皇声势，残人害物，一旦冰山既崩，仓惶莫措。无复有望，反惜其死而悲痛，不悟其非。岂非虎之伥，亡欤！岂非虎之伥，亡欤！

说到小人，大家都明白他的所指。如今关于伥，只有一个“为虎作伥”的成语留在汉语里，这就是对伥鬼的盖棺定论。

如此看来，伥字本意为疯狂，为茫然不知所从，由此引申到虎伥的名称上，并非毫无痕迹可寻。干宝说：“妖怪者，盖精气之依物者也。气乱于中，物变于外。性神气质，表里之用也。”依此，人化为伥，何足怪哉！

六

称伥鬼为鬼之愚者，理由在于它既死于虎口，不思报仇，反倒替虎做奴才爪牙。这是我们前面所说的伥之矛盾和荒诞性的核心所在。我在多年前的关于伥鬼的文章中说：

> 中国人是很讲究有仇不报非君子的民族，在武侠小说中，一个人可以把报仇作为终生的事业。父仇师仇未报，他就不能做人，自然也包括不能谈恋爱，搞研究，做生意，等等。倘若你以为这是小说夸张，那可就错了。历史上的所记，有较此为甚的。千百年来我们津津乐道的卧薪尝胆故事，伍子胥鞭打楚平王的故事，赵氏孤儿故事，都是复仇故事。
>
> 旧小说中，像样的人物临死之前，必切齿申明：吾死之后，当为厉鬼，而报此仇！《左传》是信史，被孔子称为“纯孝”的颍考叔，就是化为厉鬼才报了被子都暗害之仇的。
>
> 不管是出自“劝善”的动机，还是为了净化作用，我们都乐意承认鬼魂的存在，试图以为对现实的补偿。老百姓虔信轮回报应天堂地狱不必说了，就连文质彬彬如莎翁者流，也要借重鬼魂清算麦克白斯夫人的血债。人所无力实现的，鬼实现了，鬼成了一种理想化的力量，意识形态上强有力的工具。

现在回头再说伥，就很容易看出它的矛盾。伥没有那种复仇或者更哲学地说来是“寻求正义的实现”的特质，它不仅不以虎为仇，反而在没经过复杂的转变过程的情况下，成了虎的奴仆，一损俱损，一荣俱荣。这是很令人百思不解的。

但仔细想想也很平常。如果从外部不能找到可信的解释，症结必在内部。于是我们可以大胆假设，在某一部分人的心中，天生就有做奴才做帮凶以出卖良心出卖同类为荣为乐的本性，倘若未逢其时，也就是说，没有被猛虎吃掉，他们就可能一辈子与我们无别，平平静静过日子，甚至可以成事业，做名流。这也就是为什么在为虎所食的人中，并非所有的都变成了伥鬼的缘故。事实上，就书中的记载来看，伥鬼是极少数的。

这一大段议论，现在看来，不过是郎瑛那段话的敷衍。郎瑛痛斥伥鬼无异权贵的鹰犬，狐假虎威，残人害物，我们也许会联想到严嵩父子和魏忠贤之流，一旦冰山崩倾，那些奴才们又复如何？树倒猢狲散，恐怕连个像伥鬼一样肯为主子哀哭的“忠仆”都找不到。虎利用伥，伥同时也操纵虎，彼此是互相依存的关系。对此，纪昀《姑妄听之之三》中的一段议论，虽略觉迂腐，还值得复述一遍。

纪氏说，虎凶悍而蠢笨，吃人而不会诱人，以饵设套要靠伥的心计。香饵钓到人，同时留下痕迹，招来猎户，结果虎最终死于人手。虎先因伥之智而得利，终因伥之智而败亡，“伥者人所化，揆诸人事，固亦有之。又惜虎知伥助已，不知即伥害已矣”。

2005 年 3 月 30 日

夜叉

夜叉本是印度的一种怪物，是随着佛教传入的。中国本土吃人的妖怪本也不少，但形形色色，样子各异，吃人的习惯也不统一，今天是一头猛兽，明天是一个恶鬼，喜欢和痛恨它们的人，心里都不能留下鲜明的印象。写到书里，讲到故事里，模棱两可，很没个性。而夜叉就像吸血鬼或狼人，仿佛动物的一个种群，提到名字，人们心里马上有一个形象，这就很踏实。于是不消几年，夜叉稳稳地在怪物舞台上占据了一席之地，而且是很靠近中心的地位。

夜叉在印度，又叫能啖鬼、捷疾鬼，前一个名字说它爱吃人，连骨带肉嚼着吃，也有特别喜欢吸血的；后一个名字说它行动敏捷，不管在地上跑，还是在空中飞，都迅疾如电。夜叉长相丑，大概还很高大。中国人觉得，怪物当然应该是丑的，不丑怎么能叫人害怕呢？正因为丑，人们老远看见，立即作鸟兽散，这丑简直就是好心的警告啊。所以，夜叉可以说是有美德的怪物，它吃人，但不像蛇蟒之类诱骗人。

中国的夜叉显然不多，吃人的事很少发生，久而久之，人们开始把夜叉看作一种带喜剧性的东西，脾气暴躁的女人经常被称作“母夜叉”，和古已有之的“母大虫”“胭脂虎”并列，后来更超过后者，一家独尊。脸上涂了红红胭脂的老虎是何等尊容？稍稍想一想，一定会开怀大笑吧。夜叉，也就是搽了胭脂，甚至抹了粉的老虎。

在我记忆里，夜叉和罗刹是一回事。实际上不是。罗刹也是吃人肉的恶鬼，但可能不爱吸血，也以行走和飞行迅速著名。我不知道印度人有没有谈到夜叉的性别，罗刹却是有男有女的。最重要的一点是，男性罗刹极丑，女性罗刹则非常漂亮。和“母夜叉”相反，罗刹女，玉罗刹，都是对女子的美称，就像你赞扬一位女子胜过西施和杨玉环一样。

罗刹女太美，除了《西游记》里文人创作的牛魔王娶罗刹女铁扇公主，民间故事里一篇像样的罗刹女故事也找不到。难怪孔子说，我们中国人是世界上最谦虚的民族。至于男性罗刹，由于和夜叉几无分别，最后让夜叉代替了。

关于夜叉，最著名的一个传说是，在河南汝州，一个十几岁的乡村女孩忽然失踪，亲友寻找，捕快侦探，抓不到一点线索。过了两年，女孩自己回家了，衣服虽然破旧，但还干净，人看上去也好好的，不瘦，也不傻。当初发生了什么事呢？女孩说，她是在熟睡中被妖物牵走的，昏昏沉沉，腾云驾雾，到了一个黑暗的地方。不久天色微明，发现是在一座古塔里面，再看面前，站着一个身材高大的美男子，寻常城里人打扮，说话很和蔼。他告诉女孩子：他是天上的仙人，注定要和女孩做夫妻——但不用紧张，有年限，不会耽误她一辈子。

古塔荒废多年，楼梯早已腐朽。他们所在的顶层，就像人家的阁楼，青砖墙壁和地面，看不出打扫过，却很洁净，设了一张床，一张桌子和两把椅子。那人警告她，没事不要往塔外看，没好处，会吓着她的。这以后，那人每天两次下塔取来饭食，都是热的，味道很好。

不知不觉一年过去了。有一天，那人又外出，女孩忍不住从窗洞偷看。这一看，可吓坏了：那男子哪里还是人呢？他像大鸟一样在空中飞驰，火红的头发，靛蓝的皮肤，张开的耳朵比驴耳还长大。降落到地上，忽然就又恢复原来的样子，衣冠整齐，大步而行。女孩吓出一身冷汗，直到男人带了食物回来，说话还颤抖不停。怪物知道自己的真相已被窥破，承认自己是夜叉，但他安慰女孩，不会伤害她，而且跟她确实是有缘分。

此后，女孩和夜叉之间，一切开诚布公，能说的都跟她说，出行由她随便看。古塔距离村镇不远，女孩在塔上往下看，一切都看得清楚，但下面那些人却好似看不见她。看久了，女孩注意到，在人群中穿行，遇到有的人，夜叉恭恭敬敬地避开，遇到另外的人，夜叉知道女孩在看，就搞点恶作剧，故意撞他们一下，踩一脚，甚至朝他们脸上吐唾沫。被整的人尽管恼怒，却看不到是谁。

女孩问起为何对人有两种态度，夜叉解释说，凡是吃牛肉的，他可以捉弄，不吃牛肉的，不可冒犯，否则要受惩罚。

又过了一年，期限已到，等到一个风雨天，夜叉抱起女孩，乘夜黑无人，飞到她家，将她放在院子里。临行前，他交给女孩一块鸡蛋大的青石头，嘱咐她到家之后，磨成粉喝下，去掉体内的毒气。

这个传说出自段成式的《酉阳杂俎》，段成式说是一个叫丘濡的博士讲给他听的。其实，这件事在差不多同时代人张读的《宣室志》里也有，不过事情的发生地是在南边的湖南，被劫者是商人之女。和段成式的故事不同之处在于，张读书中的夜叉没那么绅士，他劫走女孩，完全是土匪行为，最后放走女孩，也不是因为缘分已尽，而是女孩知道上帝庇佑爱牛之人后，发愿终生不食牛肉，夜叉无奈，只得离去。即使如此，夜叉也没有把她送回家，而是弃她于大江边上高达数百寻的浮屠祠上，家人发现，才把她救下。

两处故事里的夜叉，不仅被中国化了，而且被道德化了，成为中国社会里自觉接受民间宗教的神权和社会伦理约束的一分子。他们身上的妖怪性质只剩下飞行和变化这样的神通，与在上的强大思想意识相比，不过是一个微不足道的点缀。在马燧故事里，我们才能见到原汁原味的夜叉。马燧游长安，得罪了权贵，被人追杀，藏身粪车中逃出城外。天黑，躲进路旁破屋。这时候，他见到一个个子高高的女人，说是一个叫“胡二姐”的人派她来帮助他的。女人给了马燧食物，还在他身前用灰布了一道线，告诫他，夜里有妖物来，只要待在原地不动，就会平安无事。深夜，妖怪果然来了：

夜半，有物闪闪照人，渐进户牖间。见一物，长丈余，乃夜叉也。赤发猬奋，全身锋铩，臂曲瘿木，甲驾兽爪，衣豹皮裤，携短兵，直入室来。狞目电躨，吐火喷血，跳躅哮吼，铁石消铄。燧之惴栗，殆丧魂亡精矣。然此物终不敢越胡二姊所布之灰。久之，物乃撤一门扉，藉而熟寝。俄又闻车马来声，有人相谓曰："此乃逃人室，不妨马生匿于此乎？"时数人持兵器，下马入来。冲啼夜叉，夜叉奋起，大吼数声，裂人马啖食，血肉殆尽。夜叉食既饱，徐步而出。四更，东方月上，燧觉寂静，乃出而去，见人马骨肉狼藉，乃获免。

但在唐人传奇里，最精彩的夜叉故事是具有异域和玄幻色彩的出自《博异志》的《薛淙》。故事中，薛淙和一群朋友夜宿古寺，遇到一位状貌古怪的老病和尚，这和尚讲了他年轻时候的一段奇遇：

病僧年二十时，好游绝国。服药休粮，北至居延，去海三五十里。是日平明，病僧已行十数里。日欲出，忽见一枯立木，长三百余丈，数十围，而其中空心。僧因根下窥之，直上，其明通天，可容人。病僧又北行数里，遥见一女人，衣绯裙，跣足袒膊，被发而走，其疾如风。渐近，女人谓僧曰："救命可乎？"对曰："何也？"云："后有人觅，但言不见，恩至极矣。"须臾，遂入枯木中。僧更行三五里，忽见一人，乘甲马，衣黄金衣，备弓剑之器。奔跳如电，每步可三十余丈，或在空，或在地，步骤如一。至僧前曰："见某色人否？"僧曰："不见。"又曰："勿藏，此非人，乃飞天夜叉也。其党数千，相继诸天伤人，已八十万矣。今已并擒戮，唯此乃尤者也，未获。昨夜三奉天帝命，自沙吒天逐来，至此已八万四千里矣。如某之使八千人散捉，此乃获罪于天，师无庇之尔。"僧乃具言。须臾，便至枯木所。僧返步以观之，天使下马，入木窥之。却上马，腾空绕木而上。人马可半木已来，见木上一绯点走出，人马逐之，去七八丈许，渐入霄汉，没于空碧中。久之，雨三数十点血，意已为中矢矣。

这段故事，以想象之奇幻、文字之瑰丽而论，是唐人小说中一流的作品，不亚于《柳归舜》和《许汉阳》。场景雄阔壮丽，足可媲美当今好莱坞最好的幻想影片。试想在浅金色或灰白色的茫茫大沙漠上，耸立着一棵高入云天的银白色的枯木，枯木的杈丫，如剑似爪，呈现出岁月的荒远。然后，红衣飘飘的女人疾奔而至，她赤手赤膊，长发纷披。她的容貌如何，我们不得而知，但想到她的话语能打动年轻僧人，起码不是恶相。待女人翩然消失在枯树之中，一身金黄戎装的天国武士出现了，他执弓佩剑，骑着神马。人马风驰电掣，腾空踏地，迅捷如一。接下来是一场截击战。天使策马绕着神木的树身盘旋而上，如履平地。镜头上推，骑士的身影渐行渐杳。正当观者觉得云天苍苍之际，忽见树梢一点红影冲天而起，快如飞鸟，骑士拍马紧随。一红一黄两道光影，瞬间腾起七八丈，终于没入云端，踪迹全无。和尚还在仰望，天地之间却一片肃穆，连风声似乎都止息了。良久良久，空中飘下几十点血滴，打在沙地上。于是我们知道，战斗结束了。

那和尚呢，也许有一点激动，有一点震撼，又有一点失落，有一点怜惜。他一路上都在回想这件事，直到垂暮之年也不能忘怀。

到宋朝，夜叉已经没有多少人知道了。宋人热衷于自我观照，对人类世界之外更广大的世界漠不关心。他们仍然有人谈神说鬼，但常常把事情搞混。夜叉终于和深山以及远洋荒岛上的野人和巨人混为一谈了。那些野人也吃人，也和人通婚，不会说话，靠手势和眼神与人交流。但他们丧失了最可贵的品质：他们不会变化。直到蒲松龄的《聊斋志异》，关于夜叉，仍然沿袭了宋人的错误。

2013 年 12 月 11 日改定

美好的旅途最好不要到达

新版电视剧《西游记》即将推出，网上做宣传，发表海报多幅。其中一幅，定格于取经四众在夕阳下沿着大路前奔的背影。彩霞满天，山影遍地。唐僧骑马，悟空开道。八戒扛着钉耙，大袖招摇。沙僧在后，负担而行。这组人物，两动两静，适成对比，而又互相映衬，透着和谐温暖。

四个人在路上，是一个社会，一个团体，一个家庭。更是一种情境，一种心态，一项事业。因为有目标，故有期待和方向。然而目标在客观上相同，在各人那里，却有分别。目标共同，才能构成一个稳定的社会；各有打算，才能保持个性。在目标达成之前和之后，每个人依然是他自己。

这个社会是移动的，纵有留驻，也很短暂。外在的世界在空间上更大，却没有时间的纵深。山清水秀，看一眼，继续往前走。炎热酷寒，路不会因此缩短或伸长一寸。他们携带着自己的世界，好比坐在火车上。四人世界不免单调，虽是同志，也会矛盾四伏，幸而车窗外风景的变迁，转移了他们的注意力。内在的世界和外在的世界嵌合在一起，这世界不仅无限丰富，而且因为两个清晰的层次，变得容易把握，带来安定的感觉。何况还要时时下车，玩耍，休息，寻物，等待，战斗，解决各种难题，忍受各种挫败。自然，最后总是有惊无险。运气好的时候，被待为上宾，几乎乐不思蜀。过了一年又一年，经历的事，却很少触到他们内心深处。他们多了应对外部环境的经验，处理具体事物的方法，但他们的心不受色声香味触法的侵扰，谁都不会因为他者而改变自己。唐僧照样善良而经常犯糊涂，悟空照样以多事为乐，八戒，即使成了圣，戒不了吃，也戒不了对女人的爱好，至于沙僧，永远沉默寡言，不多的精明全留在肚子里，不怕吃苦，也没什么主意。

四众的互相理解和包容，实际上是要向世人摆明一个道理：人，一切与生俱来的，为过去的生活所造就的，就是最好的。世上最可怕的事，莫过于千人一面。完美幸亏只在理论上存在，否则，它会闷杀所有想过日子的人，包括那些对生活没有什么要求的人。

人不是天生可以永久紧密团结的。当妖魔们无一例外、不加区分地视师徒四众为敌时，他们像涂抹的香水一样势将随着时间而淡化的集体意识，一次次得到唤醒和加强。我一直奇怪，为什么这些妖魔中，没有一个曾经想到过离间和分化？他们只想吃唐僧肉，或是盗取唐僧的元阳，对其他人没有兴趣，也无意破坏取经行动，那么，试着引诱一下三位徒弟，未尝不多一分成功的把握？比如说，先服软，再用虚荣心抬捧悟空。对八戒，不需废话，先拿出银子，摆上酒肉。酒足饭饱，美女姗姗而来，看他怎么说。对沙僧，不妨摆事实，讲道理，利诱再加威胁。如果没有外敌，或有外敌而不断使用分化政策，取经团队会不会早就散伙了呢？至少，会多一些裂痕吧。

说没有外敌，是这样一种情形：旅途漫长，却无惊险。一国到一国，城池相望，鸡犬之声相闻，饭菜有施主畅快供应，住宿有上好的旅店和施主的客房。剩下的只是行走。日子长，也不急于一时。路是心地纯净的，不会虚假，不设陷阱，没有所图，你只要走，归根结底总会到达。旅伴，除了壮胆，分担活计，聊解寂寞，并无用处。取经之旅，变成了领奖之旅。人多，是来分享荣誉的。在此情形下，四众的组合，就很难想象了。

四个人维持如此完美的关系，堪称世上的奇迹。作为四众中的任何一员，我都会觉得幸福。当然，即使同吃同住又同行，人还是能保有一点隐私。隐私在集体生活中，是最简单的自我认知手段，同时又是一个参照，见出友伴相处的美好。唐僧时常回忆他早年的日子，也爱温习功课，还会设想取经回长安后的译场工作安排；悟空为人很江湖，天上地下，朋友众多，仙界的一批，不乏见面的机会，虽然不过寒暄几句，开个玩笑，也是一种调剂；八戒是一个随时要抓住机会的人，遇到引诱，每次必动摇，但我觉得他未必那么糊涂，他的上钩注定不会有结果，但引诱的过程本身，就是值得的啊；沙僧的描写被缩减到最低，可是，他是空余时间最多的人，悟空和八戒探路降妖的时候，他守行李，等待消息。唐僧喜欢打盹儿，那么沙僧干什么呢？假如是我，只好写日记吧。

十年来几乎足不出户，我越来越迷恋陌生的风景。做个职业的旅行者，没有条件。即使有条件，也不一定下得了吃苦和花费几年时间的决心。可是你瞧，唐僧他们的情况不同。一切方面都证明，上路是他们唯一的选择，而且还是最好的选择。唯一和最好合为一体，世上难得如此美事。

十多岁的时候，《西游记》里每到一处的写景诗让我着迷，在本子上抄来抄去。文辞在我眼里美丽又高深，取其中只言片语，作文就可傲视同学，连老师也刮目相看。如今，那些诗变得简单幼稚，照理我不应该再喜欢它们，可我还是喜欢。那些向壁虚构，照模子描出来的四季山水景物八股诗，却藏着一股迷人的情调：在路上，在季节里。

难怪日本的俳句要用季语，难怪许多《千家诗》那样的诗歌选本要按四季排列。

《西游记》编著者手里的山水构件不多，总归是那么几种悬崖峭壁，飞瀑溪流，石桥木屋，加上几十种花木，几十种鸟兽，加上猎户樵夫，炊烟晚霞。为十三年的春夏秋冬搭积木，小孩子一样开心玩，变着法儿地搭。可是，就算是在积木组合一样的风景中，我还是开心，不去追究它构件的单调和简陋。

读《西游记》读到四圣成真，怅然若失。就像小时候看电影，每当大大的“完”字摇摇晃晃地出现在银幕上，灰茫茫的灯光突然劈头罩下，人影晃动的剧场里，只见满地瓜子壳和糖纸，还有小孩子撒的尿，那种失落感，多少年后犹不能忘怀。因为他们旅途已尽，事业已成，再也没有人生的目标，再也没有艰难和历险，再也没有每一次脱出险境后的欣喜。他们将各自分散，汇入人流，彻底消失。

美好的旅途最好不要到达，因为是旅途决定了他们之所以为他们。旅途，正如我在回答一位网友的帖子时所写的，它应该是：永远正在。因为不能重新开始，因此，不要终结。终结后的安逸有什么意义呢？满足只是暂时的。靠回忆生活吗？回忆像茶，即使是特级名茶，也不能无休止地一遍遍泡下去。辛巴达每次九死一生地航海归来，住家不过一年两年，立即忘了在艰辛中发过的再不出门的誓言，依旧抛下一切，从头开始，正是怀着同样的情愫。前人不辞辛苦地续写几十万字的《后西游记》和《续西游记》，也许心思和我一样：无论找个什么理由，好歹让唐僧师徒重新上路。

2010 年 11 月 11 日

葡萄

汪曾祺写过一篇谈葡萄的文章，前半部分谈葡萄的来历，后半部分写葡萄月令。他在各种葡萄中，似对玫瑰香情有独钟。我读到此处，心有戚戚，因为玫瑰香是我在北京那五年，吃得最多，也最喜欢的葡萄。汪文广引诸书有关葡萄的记载，也提到曹丕那封著名的谈葡萄的书信。曹丕形容葡萄“脆而不酸”“味长汁多”，汪先生对“脆”字颇觉惊讶：“他吃的葡萄是‘脆’的，这是什么葡萄？”

玫瑰香皮厚而绵软，肉质温柔，双齿轻合之间，一股甘美的浆液溢满口舌。余韵未杳，跫音犹在，使人忍不住长舒一口气，仿佛生活都在那一刹那间升华了，重浊化为清澈，险隘铺成通途，更妙的是它独特的香味，与紫色配合，给人敦煌壁画和唐诗中的西域之感。玫瑰香正如它被比作的玫瑰，与“脆”无关。玫瑰花萼的质地隐然如细绸，包括表面的微皱，兰花倒是带些玉一般的亮脆。但“脆”的葡萄是有的。纽约市上所见，很多葡萄来自南美，特别是智利。有一种长圆形的绿葡萄，不分季节，永远笑眯眯地卧在超市门外的宽蓬下，爽脆而甜。然而这甜浑浑噩噩，不像自然之物，浑如人工的看似精巧而实际拙劣的仿品，无一丝灵感荡漾，让你觉得面对的是一个敲破脑袋也不开窍的学生。从这样有限的经验看，葡萄不应当脆，假如脆，要么青涩未熟，要么不是好品种。

《酉阳杂俎》形容葡萄，“成熟之时，子实逼侧，星编珠聚”。葡萄果实的密集，最具特点。一串葡萄，果实挤得密不透风，想单独摘下一粒都不容易。由于挤，葡萄的顶端浑圆饱满，尾部却被挤压成扁尖的形状。拿在手里，沉如良玉，复又鼓满如风。我想古人有关葡萄的文字中，肯定有精妙的描写。书先不查，循此思路，自我考虑，看能否找出一种恰当的形容方法。“齿如编贝”“累累如贯珠”，这样的例句都想到了，凑出好几种词语搭配，均不能如意。摇头一笑，翻开书，看见“星编珠聚”四个字，长吁一口气，放手仰卧床上。虽然不过一寻常比喻，想超过这十二个字，居然不能。

曹丕的信中，开头说葡萄是“中国珍果”，这里的中国指中原地区。结尾说到葡萄甘甜，连橘子也不能比，因为橘子虽多汁而酸，“即远方之果，宁有匹者乎？”两处的用词和语气，都给人葡萄乃是中原习有之水果的感觉。一般的看法，葡萄是张骞西汉年间从西域引入的。到曹丕的时代，大约三百年。葡萄虽然被人珍视，似乎并没有大规模引种，或者是因为中原内地与中亚的水土和气候相差太远，引种不易。即使种成了，也不能保持原有的品质。直到再四百多年后的唐人，还觉得葡萄和苜蓿一样，富有异域情调。武则天时一种制作极为精美的镜子——鲁迅误以为汉制，汪先生因之——以葡萄和海兽为图案，成为唐镜中的代表作。美国汉学家谢弗在《撒马尔罕的金桃》中对此有详细的论述。曹丕的信让人觉得有意思的地方，一是他吃不到好橘子，这使人想起《橘颂》对橘的赞美，和“橘生淮南则为橘，生于淮北则为枳”的笑话。其次，葡萄为珍果，凡人难尝，才值得在信中夸耀，就像他和好友繁钦互夸所遇的神妙歌手一样。然而他说葡萄，独能如数“家”珍，不免给人错觉。

巧合的是，大作家庾信与卫瑾等谈论葡萄，说他曾经尽兴饱吃葡萄，正是在曹魏的首都邺城。想来邺和长安一样，是较早的引种葡萄之地。庾信形容葡萄，也拿来和橘子比：“津液胜奇，芬芳减之。”庾信吃的橘子，看来比曹丕的好。

和张骞引进葡萄并行不悖的一种说法是，在中国本土，自古就有野生的葡萄，因为品种不好，没有被广泛栽种。张骞引进的，是西域名种。

这种野葡萄，谢弗认为，就是《诗经·豳风·七月》中“六月食郁及薁”的蘡薁。《本草纲目》说：“蘡薁野生林墅间，亦可插植，蔓、叶、花、实，与葡萄无异。”而谢书引唐朝本草的记述，“蘡薁果实酿制的酒的滋味，正与甘肃、山西（引种）的外来葡萄酿制的酒类似”。

事实上，大学期间的庐山之游，我就见过高崖下突起的山岩上生长的野葡萄。深紫色，果实比黄豆略大，浑圆，带着粉嘟嘟的果霜。相隔几米而下望，虽垂涎欲滴，又近如伸手可及，终于不可采撷。

小时候吃过的各种水果，甚至一些野果，比如《七月》诗中与蘡薁并称的“郁”，是一米多高的小灌木，繁花密实，娇艳不可方物，可吃又可赏玩，至今都记忆犹新，唯有葡萄，仅存一道暗淡的影子。依稀记得有浅紫和金黄色各种，个头均不大。我自己家的院子，也曾种过。藤架上吊下小小的几串，映着日光看，如水晶，又如黄玉。院子不大，土壤不肥，葡萄种来没几年，还是个小孩子呢，叶子沉静胆怯，多收卷，不开张，叶形甚小。仅有的几串葡萄，成了饭前饭后的谈资。在那个万物匮乏的时代，在那个觅一本寻常的书难于探骊求珠的时代，它以有限的累累悬垂，带来无限的遐想，使它未成熟前的所有日子都被我们的期待充盈了。真正到品尝的时候，记忆没有留下太多痕迹，甚至拿剪刀轻轻剪下它的情景，我也不敢肯定是实际发生过的，还是此刻依据常理想象出来的。

想来葡萄在我家乡，那时候并不如桃李杏枣一样多见。吃得少，没留下印象。而桃杏和柿子，乃至菱角荸荠鸡头米，提起来总有无数的故事，说到酣处，手舞足蹈，口沫横飞。说葡萄少，是有根据的。很小的时候，偶尔能得到一串还没成熟就被抢摘的葡萄，完全青色，不透亮，非常硬，咬一小口，酸得连连呵气。尽管如此，却舍不得丢，一粒一粒的，用拇指和食指反复捻揉，直到把葡萄捻得软了，果皮变薄而似乎透明了，皮下汪出一层汁水，这才送到口边，齿尖小心翼翼地叩破一点皮，不用咀嚼，汁水流出来，入口，悚然一惊，头猛地后缩，双肩竖起，连连摇头，直到那股奇酸慢慢被黑暗吞噬。汁液吸尽，剩下的果肉轻轻分开，仍然不敢用牙去嚼，用舌头稍稍挤碎，囫囵咽下。到此，对一颗未成年的葡萄的征服终于完成。这样，花很长的时间，把几粒或十余粒葡萄丝毫不浪费地吃干净，觉得是享受，更有挑战的意味，考验勇气和意志。因此，吃便成了业绩，和数学考满分再加奖励分一样，足资炫耀。

在北京，吃玫瑰香。在纽约，几十种葡萄中，独嗜韩国人店里卖的一种。这种葡萄特别娇弱，稍碰和挤压就破碎流汁。紫黑色，厚皮，肉是淡青色的，但果皮和果肉之间，似有一层粉质的东西，颜色如果皮一样深。这种葡萄吃过，满口蓝紫色，包括牙，需要反复漱口。因也带香气，为了和满街的他种葡萄区别，某一天突然福至心灵，径称之为麝香葡萄。叫了多年，却发现它本有名字，叫“康科德葡萄”（Concord grapes）。网上查资料，说是由一个叫布尔的人，1849 年在马萨诸塞州的康科德培育出来的。麝香葡萄也确实存在，却另有其物。

康科德葡萄的特点就是我说的那种香味，然而手持一粒或一串，凑近鼻子，未必闻得出来。回想当初的强烈感觉，可能是搬回整箱，或大快朵颐，一边翻书，一边吃完一盒时自然而生的。还有可能，那香味其实是气味、滋味、口感、视觉的刺激等综合而成的印象。而今写作此文，特地从冰箱拿出一盒，反复嗅之，除了一点凉意和一丝微甜，一切都梦一般消失了。

等我查到维基百科上的介绍，巧了，它居然也提到了麝香。康科德葡萄因有强烈的气味而被称为“狐”味葡萄，但有时也被形容为有糖渍草莓味或麝香味。麝狐虽不同科，若论有体味，可谓一丘之貉。至于香臭与否，也许中西有异，各自见仁见智好了。我自己，舍不得独自颇为自得地叫了十几年的名字，康科德葡萄永远是麝香葡萄。

照布尔先生培育之说，麝香葡萄是地道的美国葡萄，可附近两家美国人的超市，以及所有的中国超市，从不进货。中国超市近年开始进少许散装的，卖相不好，也贵。只有韩国人每到季节，大箱小箱堆满店里店外。我买，喜欢整箱的，不仅相对价廉，和散装的似非一种，个稍大，更圆，色重而味浓。小盒装的，果霜不厚，颜色较浅，没有皮下的粉质层，香味淡而发酸。

麝香葡萄并不那么甜，肉质绵软，要说口感是差些的。至于那有点玄妙神秘的香味，未必为别人所承认和喜欢。我对麝香葡萄时有称扬，得到的应和不多。

玫瑰香和麝香葡萄之外，中古西域的余韵，在新疆葡萄中岿然独存。大马奶子葡萄没吃出太多的意思，我喜欢的倒是吐鲁番的小葡萄。葡萄初入中国，似乎就是马奶子葡萄，粒大而多汁，否则，徐君房不会说它像软枣，此就形状而论；而庾信也不会说它似荔枝，此就多汁而论。吐鲁番葡萄则粒小而甜度极高。因为甜度高，果汁黏稠，和荔枝一点也不像。当然，隔了两千年，今之马奶子葡萄和汉朝时候，谁能肯定大体不变？今之吐鲁番葡萄，说不定更是一步一步演变得这么小，这么饱满，这么甜的。

在吐鲁番的葡萄架下坐尝刚摘下的金黄的小葡萄，虽然只是唯一的一次经验，毕竟难忘。不知道世上还有哪一种葡萄会如此饱满，如此甘甜，无籽，而皮薄得舌头无法感觉得到。从新疆回北京，费了大周折，除了几把英吉沙小刀，还托运了一大箱子新鲜葡萄。

唐人说葡萄酒，带着对神奇事物的虔敬，在诗中，常常不自觉地拿来美饰现世生活中可能有的超逸部分。葡萄美酒夜光杯，纵是在大漠边陲，却哪里能够寻得？这样的潇洒，只有皇帝才有福分享受。一般的人，金樽美酒斗十千，大多还是米酒。绿蚁新醅酒，红泥小火炉。这才够实际。杜甫说，尊酒家贫只旧醅。旧酒是会发酸的。葡萄酒久存不败，让唐人大为惊奇。逆时光之流而凝驻，度千年如一日，晶莹婉转，嘉颜长红，这简直就是神仙的品质。谢弗引《清异录》，唐穆宗饮葡萄酒，赞叹道："饮此顿觉四体融合，真'太平君子'

也。”以“四体融合”自道微醺的感觉，贴切精妙。

偶尔喝些葡萄酒，颜色还是葡萄的颜色，香醇据说还是葡萄的香醇，但要说这味道与清风朗日下的葡萄差堪仿佛，我不能赞同。其中的区别，正如被译为白话文的唐诗对应唐诗原文。

玫瑰香不能晒成葡萄干，麝香葡萄肯定也不能。吐鲁番的葡萄，摊在黄土屋顶，在犹如远古的烈日下，轻轻易易完成了转变。美国的葡萄干，有一种粒大而金黄色的，浸润在透明的甜浆里，看上去美轮美奂，入口方知葡萄的原味不多，是糖渍出来的。吐鲁番葡萄干则是绿得起皱的小长颗粒，还蒙着灰土。我在干果店买葡萄干，吃过各种，只有吐鲁番的最好。那甜是葡萄所自有，而非砂糖单纯到一无所有的甜。

吐鲁番葡萄的好，在其西域本色。而玫瑰香和麝香葡萄，是它们身上与生俱来或后天修炼出的异国风味。这些品质，不管是真实存在的，还是品尝者施加的，使它们超出了现实的平面。正像德彪西在《平原之风》里借助那一串琴音所表达的：我们从一件微小的事物出发，到达的是一个远远超出我们想象的广阔世界。

2010年9月10日

梦幻蜡梅花

宋人称蜡梅为黄梅花。我没见过梅花，早先读书不求甚解，以为黄梅花顾名思义，就是黄色的梅花。梅花颜色在红白之间，书上说还有绿的，大概和绿色的菊花一样，是洁白中隐隐浮着一层绿意吧。这种绿菊我在武汉磨山的菊展上见过。如果绿色绿到和叶子差不多，那就不可思议了。花的颜色很有意思，变种中常有意想不到的情况出现。大仲马的小说《黑郁金香》，写一个青年医生培育出没有一点杂色的黑郁金香。现在，“黑色的”郁金香已经有了，但看照片，不过是蓝紫色重一些罢了。金银花先白后黄，司空见惯，可是在纽约路边第一次看见粉紫色的金银花，还是大为惊奇。牵牛花有白的，红的，蓝的，紫的，据说没有黄的，不知是否如此。受大仲马启发，日本侦探小说家东野圭吾写了一本《梦幻花》，说的就是牵牛花中的“神异”品种：黄色牵牛花。黄牵牛的种子可做迷幻剂，因此引出一桩凶杀案来。蜡梅和梅花本非同类，以梅相称，不过因开放季节相近，花的大小和形状近似，且又皆具幽香。称作黄梅花，似乎从侧面证明，梅花确实没有黄色的。

小时候熟悉的花，大半是山野之物。机关院里种植的，无非指甲花、一串红之类。泡桐花和槐花，没人觉得是观赏植物，也不是为此而种的，虽然真是不俗。桃花自然有，但不成林，偶尔一棵两棵，渲染不出“川原近远蒸红霞”的气氛。后来到武汉大学，喜欢校园山坡上到处点缀的碧桃，花朵重瓣异色，衬着比桃叶更绿的叶子，是天然的工笔画。剩下来，觉得最可一说的，第一是兰花，第二就是蜡梅了。上市的兰花是农民从山上采的，只取花茎，不带叶，用一根湿稻草缠扎成小束卖，一束七八枝。买回插在水瓶里，可以养好多天。兰花颜色浅，是一种象牙黄，不起眼。颜色稍重的，淡褐色，带斑点和色纹，就更加普通。很少人会去欣赏花的姿态，只喜欢它的清香。相比兰花，蜡梅很少，没听说有野生的，街上也没有卖的——也许有，我没见到。一般都是从种花人家讨来。不能多，顶多两三小枝。每年冬天，春节前后，家里多半插几枝蜡梅。简朴的日子里，插兰花，折蜡梅，案头碟子里供一只木瓜，盘子里铺几十粒小鹅卵石养一圈蒜苗，就像寒夜围着炭火，烧几颗栗子，烤一块红薯或糍粑，是随意的一点超越物质障碍的享受。

宋人咏黄梅花的诗，最爱王安石弟弟安国的这首七律：

庾岭开时媚雪霜，梁园春色占中央。
未容莺过毛先类，已觉蜂归蜡有香。

弄月似浮金屑水，飘风如舞麹尘场。

何人剩著栽培力，太液池边想菊裳。

尤袤的一首五律也值得一提：

破腊惊春意，凌寒试晓妆。应嫌脂粉白，故染麹尘黄。

缀树蜂悬室，排筝雁着行。团酥与凝蜡，难学是生香。

麹尘我也没见过，读了尤袤的诗，才明白王安国说“飘风如舞麹尘场”也是形容蜡梅的颜色的。蜡梅花萼色泽淡黄，薄而稍硬，掰下一瓣，圆凸的形状不变，捻在指间似滑而涩，轻掐有痕，仿佛蜡的质地，所以王安国和尤袤两位，不约而同，都以蜂蜡来比喻。李时珍《本草纲目》中就直截了当地说蜡梅“色似蜜蜡”。“弄月似浮金屑水”，写得迷离朦胧，有悠远的韵致。按说“金屑”一词有点干巴巴，硬邦邦的，加上水和月，就柔和了。只有自家庭院里种了蜡梅的人，朝夕相伴，才会有如此感受。

三十多年前，我在高中念书，校长办公室所在的一所小院，中庭便有一株很大的蜡梅。开花季节，必须细心看护，不然会被外人折尽。外人防住了，学校自己人像分红利一样，少不了每年一番瓜分。结果，那株蜡梅年年都是同样大小，枝条既不见高，也不见密。小院两边，一间间办公室，人进人出，几无停时，我们几个要好的同学，曾经窥探过几次，未能逮到机会，但看是看熟了。

几年前，摸索着学词，填了一首念奴娇，题为《忆中学内院蜡梅》，就写这一段往事：

> 夕吹撩乱，恍轻寒，幽砌暗分香缕。金屑似浮流水去，依约舟痕烟溆。雀语空檐，苔残冻井，缟素风前舞。一枝难折，娟娟霜月庭路。
>
> 别后云浅山圆，兰成未老，事过如飘絮。幸不相随，尘影重，却误他乡春暮。何事情牵，几曾醉醒，剩有闲诗句。天涯唤起，为倾千树花雨。

词中的兰成，指北朝大诗人庾信，庾信小字兰成。兰成离开家乡到北方，仍当壮年。词中“夕吹撩乱”四字，是从杨万里那里借来的；“金屑”，是从王安国那里借来的。杨万里的诗写得可爱：“栗玉圆雕蕾，金钟细著行。来从真蜡国，自号小黄香。夕吹撩寒馥，晨曦透暖光。南枝本同姓，唤我作他杨。”这里蜡梅又有个别名，叫小黄香。杨万里的“真蜡”和“黄香”两个词，像是八股文里的破题，好玩至极，我想借用而未得。这首词只求达意，其实是经不起推敲的。宋人有菊花究竟落不落的公案，我的“为倾千树花雨”，肯定犯了错误：蜡梅不会如桃花和海棠一般纷纷飘落。可是，要是在蜡梅树下，晚风起时，真有花瓣弥漫，坠人一身，不是很可回味吗？

我十七岁离家，我长大的那座县城早已面目全非，离家时和父母挥别的西门口早已不存在，幼时紧邻而居的湖已被填平，盖成一片黑压压的商品楼。除了地名和亲友，县城和我的记忆再无联系。中学里外，和三两同学经常攀爬、坐在横枝上聊天的大柳树，围墙外杂草丛生的旧城墙埂，墙埂上临水照影的刺槐，都不在了。我不相信，也不敢期望，当年的那株蜡梅还能幸存到今天。

对于蜡梅，我全部的记忆不过如此。后来在武汉和北京，十年之间，不曾再见。居纽约二十余年，更恍然不知蜡梅为何物。然而人与外事外物的关系，不能简单地以接触的长久和频繁来衡量，有视而不见，也有一见难忘。古人说人与人的交往，有白头如新，也有倾盖如故。这话延伸到书、画、玩物、城市、景色、音乐，直至某个特定时刻、特定情景下的风、声音、温度、触感、颜色和气味，我都觉得真切。

想到蜡梅，有时会把它的叶子和丁香混在一起，它的枝条又使我想到迎春和连翘，因为丁香、迎春和连翘都是常见的。但我终于想不起蜡梅究竟是乔木还是灌木，它的果实又如何。网上和书上的图片倒是越来越多，我可以对着图片作最细致的描绘，细致到千言万语而不觉冗杂和空洞，就像普鲁斯特描写他心爱的山楂花一样。但我不想这样，宁愿凭有限的记忆来拼写其姿容。

宋人诗话中颇有关于蜡梅的典故，当年曾摘录不少。首先当然是赵彦卫《云麓漫抄》中广为人知的一则："今之蜡梅，按山谷诗后云：'京洛间有一种花，香气似梅花，亦五出而不能晶明，类女功捻蜡所成，京洛人因谓之蜡梅。木身与叶乃类蒴藋。窦高州家有一丛，能香一园。’”

因为这个故事，花名一词，我更愿用“蜡梅”而非“腊梅”。第二个典故出自《王直方诗话》：“蜡梅，山谷初见之，戏作二绝，缘此盛行于京师。诗云：‘金蓓锁春寒，恼人香未展。虽无桃李颜，风味极不浅。’‘体薰山麝脐，色染蔷薇露。披拂不满襟，时有暗香度。’”

两则故事都牵涉到黄庭坚。蜡梅在北宋末才在士大夫间流行开来，说来真是难以置信。大约最初只是山野间物，开时又值严冬，故此识者不多。这两首五言小诗，在山谷诗中不算好，但为蜡梅扬名，功德无量。山谷还有几首向人索求蜡梅的诗，由此可见当时蜡梅不太容易得。《从张仲谋乞蜡梅》写道：“闻君寺后野梅发，香蜜染成宫样黄。不拟折来遮老眼，欲知春色到池塘。”

其中的描写，和王安国杨万里等人一样，也透着新奇之感。蜡梅入诗入世都不如梅花那么久远，人们对它所知不多，因此，王安国才会写出这样的首联：“庾岭开时媚雪霜，梁园春色占中央。”庾岭梅花天下闻名，写蜡梅用庾岭的典故，严格说来是不准确的。同样，西汉梁孝王的花园里奇花异草繁多，从没听说过有蜡梅。谢惠连作《雪赋》，假借梁园为背景，“岁将暮，时既昏，寒风积，愁云繁。梁王不悦，游于兔园”，召来众文士饮酒作赋。以后说起梁园，必夸耀雪中胜景。想象丰富的人再把各种寒冬植物移植其中，梅花当然是题中应有之义。安国用了这两个典故，说明在他心中，蜡梅马马虎虎，也算是梅花的一种，不过颜色有异罢了。

两宋之交的洛阳诗人陈与义，七律写得极好，他有四首蜡梅小诗，是简单的大白话，对花自语，好似对着一群小孩子说话，爱屋及乌，抄三首如下：

> 花房小如许，铜剪黄金涂。中有万斛香，与君细细输。
>
> 来从底处所，黄露满衣湿。缘憨翻得怜，亭亭倚风立。
>
> 奕奕金仙面，排行立晓晴。殷勤夜来雪，少住作珠璎。

到南宋杨万里，我们知道，蜡梅在诗词中已经占有一席之地了。周紫芝的《竹坡诗话》里说：南方有蜡梅，是不远的事，我小时候，都还没有见过。到元祐年间，黄山谷等前辈才在诗里写到，之前没有写蜡梅的诗。政和年间，李端叔在姑溪，正月十五在僧舍中看见，写了两首绝句，第二首说："程氏园当尺五天，千金争赏凭朱栏。莫因今日家家有，便作寻常两等看。"读李端叔的诗，我们知道，以前可不是家家户户都种有蜡梅的。

周紫芝是绍兴间人，距离黄庭坚去世，不过三十几年光景，可见蜡梅因为黄庭坚等诗人的称扬，很快被广泛引种，歌咏者也渐渐多起来。

前年上元节，在纽约市郊南亚人聚居的牙买加，案牍劳形之余，重读旧作，有感而再作一诗，题为《上元再赋蜡梅》：

魂魄不曾梦，裴回尘外寒。小斋人久卧，芳馥夜初阑。
云暗丹台影，光分白玉盘。青瓶疏牖下，相对且相欢。

说不曾梦，确实这些年里，从没梦见过蜡梅。大部分童年熟悉的事物，都没有梦见过。在很多梦里，它们一概是模糊的背景，固执地等待我走马回头，停下来，抬头或俯下身子仔细看一看，拉过枝条，抚摸一下，捻一捻它们的叶子，闻一闻它们的味道。它们一直在，而我们无暇关注。也就是说，尘世浸染太深，我们不免变得粗糙，变得麻木了，失去了一些能力。或者换一种说法，我们慢慢把自己抛弃了。瓶中一枝斜伸，窗下案头相对，这情景，希望它还是一个梦。在纽约这些年，熟悉的故乡风物，天涯永隔。即如曼哈顿年年有的兰花展，展出的却非兰花，而是热带各种奇形艳姿的花，叶子和花朵都极肥大。大街小巷，见惯了三色堇、紫罗兰、玫瑰和杜鹃，中国淡雅清芬的兰花，它没有。菊花和忍冬倒是非常多。时移世变，人们习惯的是一眼看去就觉得绚烂的东西，无须深思，不要回忆，如同在麦当劳点一杯可乐、一碟炸土豆条，一阵嚼饮，一番热闹，然后扬长而去。很多初看并不显眼、需要静心细品的事物，也许将慢慢从大众的视野里消失吧，好在我已经过了只知道进取的年纪。

2015 年 1 月 15 日作，2017 年 1 月 19 日改

红色忍冬

都市情调

都市确实有都市的情调，但总是在一些异常的角落。如果地方是大众化的，就在一些异常的时间。再如果，地点和时间都乏善可陈，就是一些特别的事、特别的场合，比如，鬼节之夜的假面游行，同性恋的聚会，食品节，还有非主流电影节的五色人众和海报。

有很多人喜欢抱着相机在城市的大街小巷乱窜，我则喜欢看他们的照片。太诡异的地方我不敢去，太酷烈的天气，又多有不便。熟悉的地方，在照片特殊的光线下，通过特殊的角度，展现出陌生。正是这种陌生把生活拔高了，最平凡的日常生活被发掘出，或者被赋予另外的意义。一个在地铁口摊开脏兮兮的帽子讨钱的老人，日日经过，正眼不瞥。由于他身上的味道，你还要拉开距离。可是，在照片里，他以为无人面对时的低垂眼光，艺术家说，那里头有两个字：沧桑。你可能没有注意到，他帽子上别着的几枚纪念章，是越战甚至是韩战留下的。这个题目，叫作被遗忘的历史，或历史的遗忘。

深夜酒吧外墙边斜倚的女孩，神态照例暧昧。抬头专注地看着电影海报的女孩，虽然只是一个背影，但那柔软的腰肢，却衬出海报上大明星的疲惫和衰老，尽管余晖依然灿烂得似难逼视。很多建筑是刻意设计得棱角分明的，在傍晚的天空映衬下，那些简洁而锐利的几何线条，再有力不过地表明，世界的一切奥秘都在数学里。人，宇宙，千花万卉，啤酒，梦和逻辑，都不过是一串数字和几个奇怪的符号罢了。

我爱看的画面之一是墙的一角，藤蔓从右上方探下来，左边，有老式的黑色路灯，形如郁金香，被细长的灯柱擎着。路灯旁边，你可以摆放任何物件，只要你喜欢，比如长椅，垃圾桶，小石桌。石桌上有喝剩下的咖啡，一副手套，女人的，但没有女人。有时候，左边再拉开些，一个孩子全身贴墙，小心翼翼地踩着离地半尺高处凸出的只有两三寸的墙带。墙必是没有粉饰的，大砖或石头砌成的，质地一定要粗糙。如果细腻，那就俗了。这种照片我看了很多，似乎摄影家们对此情有独钟，或者只是因为它易见而美。

庞大的事物被置于更广大的背景下，仿佛鲸鱼缓缓游转于案头的玻璃缸里，又像一群豹子沿着书页边缘没完没了地狂奔，它们与真实的世界隔离，消失了，成为观赏者的私产。这就是为什么教堂和广场总是在画面上被一棵树的微不足道的枝丫挤到一个很小的角落，而照片的主题永远不会是树。同理，另一些事物被放大，比如橱窗，人体的任何局部，木头的纹理，锈铁的质感，各种裂缝，还有叶脉。在照片上，人脸并非总是最有表现力的。有时候，一只手——注意它蜷曲的姿势和俯仰的方位，一只打开一半的手袋——带着它半遮的琐碎物件，胜过千言万语。

我有一张照片，是很多年前在苏荷一家小店门口被朋友随机拍下的。我坐在羊犄角做成的椅子上，羊毛大片是白的，小块是黑的，背后是一尊高大的头插羽毛的印第安勇士塑像，前景，右下方，在快门揿下的瞬间，闯进一个穿背心的棕发女人。三个人，构成一个稳定的三角形，而每个人——我这么恭维摄影者——都代表了不同的时空和文化。

橘与橙

晚上梦到口渴，想吃蜜橘，因为只有蜜橘可以解渴。拿起床头柜上剩下的半个，发现不是蜜橘，是很硬的橙子。很硬的橙子我不要吃。记得外面桌上还有白天剩下的两枚，起身下地去拿，还是橙子。橙子就橙子吧，总比没有好。再看，连橙子也不是，却是柠檬。

双刃剑

有些曾经喜欢的东西，因为明白在某种意义上，它始终是双刃剑，就不愿再喜欢，心中存了疑虑。利器本以防身，若时时有自伤的危险，像我这样的人，便干脆不要，宁可赤手空拳。以庄子自勉，想到庄子超过常人之处，在于他对十分尊敬的孔子的批判和修正。他讲臧谷亡羊的故事，臧因为读书而走失了羊，谷因为玩游戏而丢了羊，读书和玩游戏在世人眼里，高下有分，但对于造成羊的丢失，则毫无区别。看深一层，世界其实是很简单的，所有复杂，皆出己心。然而没有分别，则惊奇、恐惧、向往和觊觎之心何来？所谓努力精进，又该朝哪个方向？

任公子大钩巨缁，蹲乎会稽，投竿东海，五十牛以为饵，以求大鱼。我们做得了任公子吗？如果做不了，只能甘心做那条钓绳，那只竹竿，那只没被说出来的鱼钩？甚至不由分说，做了那五十头牛中的一头？还有可能，更直接明快地，做了那条韩愈念念不忘却无缘得到的鱼？

红色忍冬

早晨走路的时候，意外发现路边的院落，生着一蓬异常艳丽的忍冬。这忍冬不作金银二色，是粉紫色的。起初我以为是常见的那种紫茉莉，因为花形相似，都是细茎喇叭口的。

我没想到世上还有这样颜色的忍冬。偏于粉红的紫色，一般来说不太明亮，但此处的粉紫色却像含了光。花叶虽小而精神饱满，手指轻捻，感觉如婴儿肥嘟嘟的脚腕。因在僻静的小街，车少人稀，前两天又连连降雨，这蓬忍冬整个植株洁净无尘，叶背和藤条上的绒毛也像是晶莹晶莹的，没有质地。

紫红忍冬的颜色是一种奇妙的搭配。叶子的绿普通无异，茎却也是紫红色的。叶背的脉络，应该翻起看看的，却没有，说不定也是紫红的，那就更有意思了。花朵俯嗅也有清香，但比普通的金银花淡多了。

我自己的思路常常很偏狭，看惯了的，觉得天经地义。金银花绿叶白花，一白一绿，搭配何等淡雅。好比人穿衣服，上绿下白，便有清水芙蓉的态度。我不能想象一个人上绿下紫，更不能红绿配在一起。可是这忍冬，就是一紫一绿，照样婉媚可人。一点艳丽的同时，又安静和安详。

回到办公室，去网上一搜，还真有这种忍冬，名叫红花忍冬。真该补补植物志的课了。

说起来还有一种树，是枝叶繁茂的落叶乔木，果实一簇簇的，像倒挂的灯笼。这也是身边常见的树，至今不知其名。早些年在良乡，有一条街上都是这种树，和合欢夹杂而生，问人，皆曰不知。今年回北京，有一次打车，傍晚经过亮马桥一带，见街边此树夹道，小灯笼们迎着夕照闪闪发光，问那位像是老北京的司机，“这树北京特别多，是什么树呢？”他也只是摇头。

其实，读杜诗的时候，因为其中的很多树木都是不了解的，上网搜了照片来看，没看出什么名堂，不久就忘记了。看来，就是一棵树，如果不能朝夕相处，它的性情和好处，也是难以体会的。比如槐树，我们当然忘不了它满树甘甜的白花，花蕊中心，有汁如蜜，可是，我同样忘不了的，是锯倒的槐树横卧地上，树心里散发出的夺人心魄的苦味。

注：果实如灯笼的树，后来得知，是栾树。

2011 年 9 月 15 日改定

忍冬和老肖

很凉了。一路看见忍冬开得热火，有点吃惊。我总是记不住时间，五月开始盛开的这花，以为早该开败了，不料还一如既往。那株粉红的忍冬，大半叶子早已凋零，细藤只剩光秆，缠结不休，搁在镀镍的白亮围栏上，使人想起西画中几位倚栏看戏的仕女，画的重心，正是几双优雅的胳膊。今天走过，还有残花绽吐。闻闻那花，香气似乎淡了，普通金银花依旧幽香浓烈。听肖斯塔科维奇的协奏曲，觉得舒展痛快。小提琴高音区尖利的摩擦，像用力抓痒，抓得皮肤红了，开始感觉疼痛了，但真是痛快。老肖的音乐，基本上，好比川菜，要趁热吃，快吃不停，不能呵气，稍一缓下来就辣得受不了。吃完，满脑瓜汗珠子，连喝几口冰啤酒也压不下去。老肖狡黠，视天下自以为懂行的俗吏为白痴，骗他们，哄他们，因此不犯忌，还可得奖。其实音乐表现的，根本不是所说的那些。他连斯先生也敢戏弄。一段曲子表现什么，谁说得清呢？又不是文字，可以一个字一个字地坐实，可以歪曲解释，捕风捉影，罗织罪名。音乐不与概念相联系，感觉得到，说不清。第七交响曲一直被解释为围城中的斯大林格勒人民对德军的抗击，但斯大林死后，老肖在口述自传里说，反抗的不是德国法西斯，或者说，不仅是德国法西斯，更主要的反抗，是斯先生的铁腕统治。那个相当动听的，像罗马军团一样气势磅礴的黑暗主题，既是希特勒，也是斯先生。但如果只是希特勒，希特勒也当不起。

相信谁呢？我连老肖也不相信。肖的大嘴巴是举世闻名的。肖在音乐里的天才的严谨，在对话中变成了颠僧似的胡言乱语。这个我们只要想想俗小说中的济公和尚就找到感觉了。在隐喻不得不代替了日常语言的年代，每句话都不可靠，每句话都是言外之意，洋洋万言也可以是零，是语言的反面。痴人面前说不得梦，因为他当真。当真不要紧，问题是醒来之后怎么办。

一个陷阱。虚拟的真实。所有指代和诱发的联想都不可靠。

苏俄的三位演奏大师，钢琴家斯维亚托斯拉夫·里赫特过早谢顶，他的脸是最普通的鹅蛋形，似乎不大。眼睛有神，也不大。他演奏时面无表情。看照片，不笑，也没有不笑，平静，又像是不平静。没读过他的传记，不知道究竟是什么性格的人。看他的录像，先入为主，以为会很疯狂，结果很多时候安静得如一泓秋水。大提琴家穆斯提斯拉夫·罗斯托波维奇是个大胖子，脸大，又长。胖子脾气该是很柔和的，但我看老罗像是有倔脾气的。他拉琴的时候表情丰富，不能脱俗套的，也是以痛苦为主。总是很痛苦，有那么多悲哀的往事，所以他拉德沃夏克特别合适。由于他的脸比较大，痛苦看起来就更多。老肖的曲子不应当痛苦，要咬牙切齿才对。第一大提琴协奏曲不断在发狠，和人较劲，偶尔出现的不和谐音，在我听来最舒坦了：这么较劲的话，别人挡不住，受不了，可要落荒而逃，狼狈不堪了，可他们都是主席、院长和评奖委员会委员呐。

大提琴基本是温和的，发脾气有限度。老肖可以砸钢琴，可以让小提琴发疯。有大卫·奥依斯特拉赫这样的小提琴家，老肖怎么写都可以。奥依斯特拉赫不会使他失望，不会把他的情绪打一点折扣。第一小提琴协奏曲头尾两个乐章的片断，疾奏都快要成为炫技了，使人想起从前咱们的炫技性二胡曲，赛马呀什么的，音乐会到此，观众看到演奏者手忙脚乱地往前赶，琴弓抽风一样来回撞，顿时激动万分，掌声如雷，把音乐都盖下去了。类此，王羽佳在网上最受捧的小段子，自是风风火火的《野蜂飞舞》。奥依斯特拉赫用不着炫技，他替老肖说话。老肖在音乐里火冒三丈的当儿，奥依不动声色，但由于他也胖，感觉比罗斯托波维奇更胖，脸圆得像颗丰收年的大土豆。他的不动声色看上去也像在微笑。哎，音乐在那么激昂的节骨眼上，他好整以暇，不慌不忙，神情恍惚，还微笑。这怎么得了。可是真正的音乐就这么出来了，连老肖自己想象的最好的样子也赶不上这个。奥依斯特拉赫的每次演奏，等于替老肖把音乐重写了一遍。

我爱死了老奥的形象，一个好脾气的老爷爷，不会讲童话故事，不会背诗，大概连酒也不会喝。但没关系，他只要拉琴就好了。

我说到的这张唱片，老肖的第一小提琴和第一大提琴协奏曲，唱片封面蓝不蓝、绿不绿的，就是罗斯托波维奇和奥依斯特拉赫的独奏，其中所有的人都生气勃勃，都是最好的年华，这一点，音乐就是证明。在天气初凉的早秋，在连续下了多天的雨，地板潮湿得赤脚在上面蹭不动，洗坏了的光绪大钱在茶几一角都隐隐生出一层暗绿来，看老电影一边高兴一边犯困的日子，这张唱片的声音活泼到把刚过去的、令人恨得牙痒的酷夏又拨转来了。不过这是日头如刚用米汤浆洗过的布一样白，汤煮开了依然清澈透明的夏日，微烫的清风拂过山南山北一望无际的芬芳茅草，知了的鸣叫把午睡者催送到更愉快的梦境，而湖畔瓜田一百种不同的甜瓜散发出昏暗的、清幽的、冰凉的、带苦味的、若有所思的、自得和稍觉失落的甜味。

我感到身上充满了久违的力气。我把固定的行走路程向前拉一拉，拉出快车两个站的距离，拉出十五分钟，为此，喝咖啡的时间相应缩短。咖啡被喝得更快，也更热，和书页的关系暂时疏离一点点。在没有合适的书读的时候惯常被拿来救场的一本一千五百多页的宋诗选，终于在过于急速的翻动下，硬面和内页断开了，黄庭坚孤零零地悬置在两道山崖之间，失去了屏蔽。

偶尔，到达图书馆的时间太早，我绕开大门，朝两边迂回。老罗和老奥跳得正欢，怎么好扫他们的兴。这几条街乱糟糟的，停了太多的车，房屋门前的台阶，庭院，檐廊，没有一点讲究，也不勤扫。行人擦身而过，几秒钟后，鼻子里吸入一阵南亚香料的衍生气味。好几次我选择在高地街多盘桓一会儿，那条街紧靠荒芜的公园，和紧邻的车水马龙的山麓街恍若隔世。高地街上的花草是经过收拾的，谈不上惊奇，也不叫人失望，起码干净，叶子上常会带着水珠。我想当然地以为开败了的忍冬，在一个南北向的通道因为坡势太陡峭而中断的街角，居然被人种了绵延六七米的大大一丛。这丛忍冬花形成一个折角，叶子显然已经稀疏了，叶尖焦黄，而莹白的忍冬花蓬勃挺拔，香气像一群蝴蝶，盘旋在十米折角的四围，那是水晶一样极其淡的蓝紫色，如同西方女人的眼眸在一定距离下悠远深湛的映照。我喜欢忍冬，我要在自己的园子里沿路种上很多的忍冬，我要在夏夜坐在那里吹风看月，或在夏夜之外，直到迎接眉间落满的露水。

我和每个人都不相似，顶多和里赫特沾一点点边。他的额头发际线偏后，我的也如此。老肖因为眼镜不离脸，看上去颇有书生气，但我知道，他一点也不。“二战”正酣，《第七交响曲》传遍西方，红色苏联的形象因为他一个人，因为他一首交响曲而陡然改变。老肖应邀访美，《时代周刊》封面登出老肖戴头盔的照片，作为苏联人民抵抗法西斯的象征。

在那张照片上，眼镜，老肖孩童似的神情专注的脸，非常不妥协地，却又奇异地组合在一起。他看上去不像个战士，像个消防队员。那张照片再清楚不过地说明：一个人，如何在一个不平凡的时代，扮演了一个不属于他的角色。但无论如何，老肖是伟大的，尽管属于他的时代是那么不堪入目。

2012年9月20日11时

观鸟记

从图册上看鸟，大名鼎鼎的云雀原来其貌不扬，如果不是尾羽较长，体形较大，和麻雀差不多。它也不像我们想象的凤凰之类，仙气十足，非梧桐不栖，非澧泉不饮，而是习惯生活在地面。但云雀得此嘉名，是因为它“歌声嘹亮而富音韵，常从地面直飞天空，渐鸣渐高飞，歌唱于云端，然后长鸣一声，急骤下降至地面，歌声随即停止”。

夜莺，云雀，知更鸟，过去以为都是外国才有的鸟。大学时候，有同学写爱情诗：月光下夜莺鸣啭，玫瑰盛开。老师嘲笑说：你在哪儿见过夜莺？黑的还是白的？后来听人说，新疆就有夜莺，不知是否如此。云雀呢，也成了莎士比亚和雪莱的专利。曾在一首以贝多芬为题的诗里，很矫情地写下“云雀，莎士比亚的云雀”的句子。那时不知云雀为何物，至今也没见过云雀，或听过它的叫声。

因陈胜嘲笑而名垂青史的燕雀，看照片是相当灵巧可爱的。羽毛二色，“黑色如乌绒，栗色如火”，是一种快乐而机敏的小鸟。“燕雀安知鸿鹄之志哉？”这话说得多不讲理！燕雀为什么非要知道并且佩服鸿鹄的志向呢？各有自己的生活方式啊。按庄子的说法，只要顺应自然、快乐就好。何况飞得再高，飞得再远，比如大鹏，还是得依仗海风——犹有待也。

其实，燕雀是一种冬候鸟和旅鸟，迁徙时数百成群，在树上过夜。就迁徙而论，和鸿鹄并无不同。陈胜看不起它，或只是因为它体形太小？

古书上说，西王母的发型，很像戴胜鸟。看了戴胜，可以知道西王母头上是什么样子。高耸的羽冠给人威严的姿态，但黄中带黑纹又显示了一点幽默，表明世上一切最庄严的，都是仪式，也就是表演。西王母最初是部落首领，后来被神化，成了豹尾虎齿的凶神。再后来，由野蛮而文明，容颜秀丽，举止大度，成了天上的至尊女神。作为神祇，西王母在完成自身形象的宫廷化之前，发式繁复而古怪，是可以理解的。因为仪式的最大功用，就是借外在的力量加强自身。

美国诗人史蒂文斯写过一首题为《观察乌鸫的十三种方式》的诗。原来以为这是一种多么神奇的鸟，后来才知道，它就是草地上无处不在的那种黑乎乎的小鸟。图册上说，乌鸫在中国也叫百舌，因为它善于模仿其他鸟的鸣叫。很多鸟都喜欢模仿，鹦鹉和八哥甚至模仿人的说话，包括讨好和骂人。我一直不明白，鸟类发展出这种本事，在生物学上究竟有什么意义。传说中的应声虫，人一说话就应声，骚扰无穷，自鸣得意，结果被人家用雷丸打掉了。乌鸫全身漆黑，为明白起见，不如直接叫黑鸟。事实上，英文就是这么叫的。这种鸟在中国南方常见。

乌鸦，小时候接触最多的鸟之一，但我熟悉它的声音胜过形象。我从来没有很贴近地看过乌鸦。在一定的距离之外，它就和八哥和乌鸫混为一体了。年轻时囿于俗见，对乌鸦没有好感，以后却十分怀念乌鸦黎明时的孤唳。乌鸦代表的一切观念，都和大梦初醒后的所见所闻相合。不是荒凉，是安宁。在乌鸦成群栖息的地方，事物不再是累赘，不彼此粘连，不散发自我的气息。它们和你并列，共同构成景色的一部分。

这里不能不提到两种可爱的文鸟。白腰文鸟三五只相互依偎在枝头的形象，很能代表祥和的生活。马来半岛的灰文鸟有着一张如鲜花盛开的嘴，神态亲切，毫无心机。

我很遗憾那种叫朱雀的鸟产于北方，这样一来，它们就和代表南方和火的形象的神鸟朱雀没有关系了。真正的朱雀也许从不存在，也许只是在我读到的这本《中国观赏鸟》中存在。

还有鸡呢？这些不再是鸟的鸟类。它们是人类家的标志之一。从容啄食并不时互相追逐的鸡群，散发着慵懒和幸福的气息。我想，幸福总是和慵懒密不可分。急切匆忙，哪怕一本万利，哪怕一步跨过龙门，哪怕激动得两颊肌肉哆嗦，终不是幸福。晴朗的秋天，蜻蜓在水边的蒲叶上沉酣，鸡在稻场上奔走，鹰在云际盘旋。农人远远在高坡地上，像顽童画在墙上的弯弯曲曲的数字。外祖母亢声喝呼，仍然阻挡不了势如破竹的俯冲。毛血纷飞，如大曲之终。

竦身思狡兔，侧目似愁胡。鹰，没有被驯服的，已经快要灭绝。

鸽子太多，麻雀渐稀，红雉惊坠，绿鸭如鬼。猫头鹰在炉火边上打瞌睡，小提琴的声音咿咿呀呀，浓雾不散，彻夜车马。

我摸黑起来喝茶，一缕微光从窗帘缝隙照进厨房。玻璃杯箕踞在圆桌上，水波荡漾，一似微笑。

早时我读李商隐，他有一句关于鸟的奇怪的诗：在所有少女们的床边，栖息着天青色的鸾鸟。鸾是西王母的使节，颜色近于秘色，有人说，其实就是凤凰。

顺便说一句，在远古，凤凰即使有，也肯定和孔雀无关。尾巴长的东西多的是，比如山鸡。它痴迷于在水边照影自怜，可惜没人把它捧为灵鸟。而青鸾是带着梦来的，它就是斯特林堡的青鸟。暖香惹梦鸳鸯锦。女床无树不栖鸾。栖鸾的女床山上，树都是床腿发芽生根长成的，岂不是怪事？

2010 年 11 月 2 日改定

夏夜与梦槐

一、夏夜

星星从黑暗中涌出，狐狸融入苦艾的阴影。高坡上的湖，被月光环绕，无数水蛇运行的轨迹，把鱼尾翻起的轻波凝固成冰。

瓜的香气远远飘来了，预告着守夜人的睡眠，和整个村庄的呓语。空荡荡的街道现在是萤火的天下，萤火之后，步履参差是将来的群狼。

狐狸注视着野狗在月光下嗅着每一颗成熟的瓜，终于如中酒一般，倒在被灌输的梦境中。虫声四起，仿佛毫无预兆的一场暴雨。

红肚兜而丫角的野孩子一边戏水一边歌唱，或者骑在绿头鸭子的背上，采菱，采莲，采岸边的菖蒲。菖蒲何用？无非是一阵浓烈的香气。渔人的船没有倒扣在草地上，渔人的网没有收。大张着的网不是为了捕鱼，是为了让鱼熟悉。

从湖堤上望村子，村子像懒洋洋地卧了几百年的大龟，青色，半透明，冰凉又轻柔。

狐狸梦见成群的狐狸在通向集镇的大路上狂奔，酒肉满街，店铺都开着，桌子椅子擦得雪白，露出清晰的纹理，但没有人，静悄悄的，一个人都没有，卤肉的深锅咕嘟嘟地冒着热气。

长辈告诫，小心啊，吃了他们的肉，你们会变成人的。变成人，你们再也不能午夜满山满谷乱跑了。

一条烦躁的鲤鱼迷迷糊糊地跳出湖面，跳起三尺多高，在空中被月光一照，双目如中闪电，顿时惊出一身冷汗，乱了姿势，砸出一片水花。啃着香瓜的狗，忙不迭地纵身而起，一头滚下地埂，被一丛酸枣树扎得龇牙咧嘴。

星星没完没了地从天空深处往外冒，黑暗被挤碎的粉末，黑压压地落了萤火虫一身，而且撒在银盘似的水上，乍看还以为是天上起了云翳。

在整个村庄的呓语之下，牛们咀嚼着干草，捕捉田野的每一丝动静。

这样的夜晚，没有人敲门——无人夜归，无人梦游，不见宴罢，不见来客。

二、纳凉

夏夜纳凉，躺在竹床上望天，印象毕生不灭的，便是明澈的星空。银河横过当头，界限模糊而纯净洁白如冰。以神乳形容，未免浑浊了些。每个夜晚，总能看见流星在天边飞坠，往往在半空中就湮灭了。不少的星星在群星间慢慢滑行。那时眼睛好，夜空清朗，甚至能辨得出星星的不同色泽。一方面，天显得特别高，这是因为它透亮；另一方面，天又显得特别近，这是因为星星太晶莹剔透了，仿佛手一伸就能摸到。

月亮就更不可思议了。那么亮，以至有人说，在月光下晒，照样可以晒黑皮肤。月牙的时候，大人告诫小孩子不要用手指。如果指了，月亮婆婆夜深了会下来割他的耳朵。乡下人居然管嫦娥女士叫婆婆。

月光下大地是银色世界。走路、扎堆儿聊天、干活，都方便。我真的试过看书，不行，眼睛凑得很近才勉强看见。连连环画都不行。古人那种大字本的线装书大概可以，字大，而且浓黑浓黑。

夏夜肯定是乡村好，在城镇里，那种黄了吧叽的路灯最煞风景。月光是凉的，灯光催人发热发昏，招来无数的飞虫，蝼蛄们也在灯下乱蹿。这黄黄的臭茶叶水一泼，月光像纸上沾了茶渍，再也不是月光了。

桥头上本来多风，但护城河的水飘出腐肉的气味，浓浓的，重重的，黏黏的，热烘烘的，还夹杂着可疑的甜香。偶尔远方的某一棵树发了发狠，清香忽然袅袅而来，然而好景不长，像单身的行客，一晃就没影儿了。

所以常常是在院子里纳凉，一色的竹家伙：躺椅、竹薄（竹竿编排而成）、凉床、小竹椅。年久的竹器浸透了汗，天天毛巾擦，从里面泛出红来，透骨的清凉。树影摇个不停，把风的感觉放大了十倍。地面泼过水，暑气早早散尽。树枝和楼角的空缺处露出一点星空，浑浊得不行，又像底片不小心局部曝过光后冲洗出来的照片。

世界自从没了精灵鬼怪，就失去诗意了。自然的精灵鬼怪没有了，人不甘心，自己仿效，于是演出种种剧目，徒增烦恼。在银河远远传来的水声中，在无边无际的草木的暗影里，在荒疏的白得似骨的小路上，在各种野虫和夜鸟的鸣声和叫声之下，古代的纳凉人常常与奇遇结缘，没有获得什么，自然也无丧失，奇遇也许就是平静的一梦，醒来记不起，但日子毕竟不同了。他们就是这样成长并莫名其妙地幸福的。

三、梦槐

有天晚上做梦，梦见在院子里种槐树。也怪，那槐树才种下就已亭亭如车盖，繁花满枝，浓荫匝地。树干光溜溜的，似经无数孩子爬过。树下又有许多石墩，难得的平、圆、整齐，如传说中的石鼓。

于是就夏天了。夏天，该是高兴的日子啊。可是忧心不已：树上的绿虫儿太多了。从树下走过，一不留神，悬在丝上的虫会撞在脸上，或落到脖子里。

一下子，对树的期盼全部成空。想想这树的来路，也挺可疑。送树的人，形象始终模糊，甚至有没有形象也说不定。是朋友还是乡下的老圃，都不清楚。树是如何来的？就算是树苗，一米长的细条儿，也得一手递过来啊！难不成是从云中冉冉而下的？

睡前忽然想到，自己一向糊涂，也许院子里种的，本是刺槐吧。刺槐虽然木质既臭又硬，专一和木匠的锯子作对，剖开的树干黄得发苦，花却远胜此槐，花萼洁白，花托略染一抹紫色，微香，可食。槐花开时，刺槐树如同一个比房子还大的花球，或是一张三层楼高的花伞，在风中呼呼啦啦地摇，摇过来，摇过去，花的白色把槐叶的绿淹没了，但地上并不见落花纷纷。

于是起身回到院子。月色微暗，天河沁寒。是啊，哪里有什么虫子袅袅荡着秋千的槐树呢？这是一棵刺槐啊，在院子的一边，亭亭如车盖。

刺槐从不生虫，而且，不管灰尘多大，满树叶子上就是不沾一粒。有刺槐，可以养一对白兔的。

于是喜极而惝恍，一张口，衔住一枚待落的花骨朵，这下确定无疑：没错，甜的。

2005年

水底的郁金香及其他

菊花和决明

早晨慢慢喝咖啡，读杜甫的集子。窗帘不卷，光影幽深。卷一还是卷二，连着几首写秋雨，然后是絮絮叨叨说家常的《叹庭前甘菊花》："檐前甘菊移时晚，青蕊重阳不堪摘。明日萧条醉尽醒，残花烂熳开何益。篱边野外多众芳，采撷细琐升中堂。念兹空长大枝叶，结根失所缠风霜。"习惯了别人的絮絮叨叨，不知道自己在别人面前，是否也这样神气全无，自顾自地，近乎消沉了。

搬进新家，本想搬两盆小菊花回来的。几夜睡眠不好，菊花也就由他去了。这和杜甫的情绪差不多。残花烂熳开何益，孩子似的赌气话。又说：竹叶于人既无分，菊花从此不须开。没酒喝，也拿菊花出气。虽然说反话，看得出他是极爱菊花的。喜怒哀乐，都和菊花连在一起。

菊花到处都卖。地肥，长得茂盛，巴掌大的塑料小碗里，也是花团锦簇的一蓬。然而太娇嫩，容易枯死。有一年初冬，去 Home Depot 选了两盆。交完钱出门，开始暴风雪，气温陡降。尽管有报纸和塑料袋子遮护着，十五分钟路走回家，花朵还是冻残了，叶子湿漉漉的，像水烫过一般。小茶几上轻轻一顿，粉白纷坠。这也是时光的流转吧。远水上浮着的峰峦，冰激凌一样化开，涨起愁纹，雪肤花貌参差是，雪一直飘洒到没有菊花的地方。

这些异国的菊花，形状，颜色，芬芳，都无异样，可是说到傲霜耐冷，有点对不起国人两千年不厌倦的赞颂。温室里的盆盆罐罐，能说什么“莫嫌老圃秋容淡”，湘云的“圃冷斜阳忆旧游”也要成空。此情此景，只能拿老杜另外的诗句搪塞：雨中百草秋烂死，阶下决明颜色鲜。纽约的菊花，就是让人觉得随时可以在雨中烂死的。决明看上去体态柔弱，枝叶不如菊花劲挺。“著叶满枝翠羽盖，开花无数黄金钱。”老杜说决明喜雨，但我猜，叶花如果都肥大，也是不禁风寒的。

苍耳之类

时常想着在每天的工作之外，有少许时间，与植物为伍。不一定是名花异草，或蔬菜果木，只要寻常的杂草细木就行。办公室里能种的，类别有限，受到种种拘束，虽然也绿意盎然，却不能使人痛快，尤其是缺乏恣意开张的姿态。这和那些野草是不同的。在路上走的时候，常会被一两棵特异的植物吸引，停步看一看，最多一两分钟，而有时坐在某个地方，一坐半天，身边却没有杂物可看。两者结合，就是坐在园子里，无论春夏秋冬。

小时候熟识的植物，都是乡间最普通的品种，多半不入花卉谱，如黄荆条子、益母草、马鞭草之类。老杜催儿子去摘的苍耳，汪曾祺在《夏天》里提到的“巴根草”和“臭芝麻”，也在此列。巴根草，汪先生写道：“贴地而去，是见缝扎根，一棵草蔓延开来，长了很多根，横的，竖的，一大片。而且非常顽强，拉扯不断。”形容得这么具体，我立刻知道是什么。但不知道在家乡，这种遍地即是的草叫什么名字。“臭芝麻”，常沾人“一裤腿，其臭无比，很难除净”。读到这里，恍惚如见汪先生坐在面前，一伸手，拍他的膝盖，相与大笑。钻草窠子，最讨厌三种东西，第一是苍耳，第二就是“臭芝麻”。相比之下，苍耳还好办，容易揪下来，而且味道不那么难闻。第三种，是一种带细毛刺的小藤子，绊脚。用手拉，如果太用劲，手会拉破皮。“臭芝麻”另有名字，如今也忘了。

有两种后园里常见的小浆果，是那个时代的“美味”。其一，灯笼泡，茄科的小植物，果实外套着一层薄皮，像纸糊的灯笼壳子。熟透的果子浑圆，黄亮，很甜。未熟透的，微酸而苦。一般能长到樱桃大小。其二，“老鸹眼”，紫黑色，黄豆大小，浑圆，幼时是绿的，成熟后变黑，甜，有点药味。未成熟时不酸，有很死板的苦味。

灯笼泡少，老鸹眼多，但老鸹眼不如灯笼泡受欢迎。在超市里见过类似灯笼泡的浆果，比樱桃西红柿还大，青色，不透明，估计只能当菜吃。野地里老鸹眼很多，连法拉盛闹市区路边贴墙根的地方也有，灰尘满株，脏乎乎的。这种地方老鸹不会来，麻雀虽然在一边跳来跳去，却正眼不看，要么它们不知道这小浆果味道甘美，要么它们满街的剩菜残羹吃惯了，不肯再觅野食了。

阳台

昨晚做梦，还是住在楼上，但楼细瘦而高，像方形的塔，更像长疯了的风车草，单单一枝，故意不成簇。很小的阳台，在十几层高处，勉强可供三两人对坐。阳台下的院子，被相邻的楼夹着，狭长逼仄，中间一条卵石小道。树，大概只有女贞子，也许是樟树。小道两侧，依然泥地，铺着绿苔，地上看得见蚯蚓吐出的泥条。砖石围起来的尺许高的小灌木，枯焦了，却还未被移走。在阳台上闲坐，晒太阳。浸润出油光的小木椅。隔着栏杆看来往行人。我说，其实我是有恐高症的，如果没人陪，不会在这儿坐一个下午。你的眼睛里有说不出的东西。人在这时候，忽然把一切想开了。现在看下去，楼底下的人挺大，不像在世贸中心顶层，看街上的人如蚂蚁大小。平日这种时辰，人少，也没有猫狗鸡鸭，市声远在天边，隐约可闻，是一种委婉的安静。接着看，距离仿佛变近了，一伸手，能探到花木间的小道。花木葱茏，一瞬间，时世变了。

日子悠闲，午后的困倦打发不完。一杯茶，东一句西一句地说话，没有题旨，无非讲些老掉牙的事，不咸不淡的。这样，我也满足了，什么都不再想。容颜在时光里，像盆花探出的一小枝，尚未染上尘埃。我想找出些特别的细节，仔细看来却都是平常，然而很美。一切。一切。

你说，人怎么会老呢？假如该做的事还没有开始做。

鸡冠花

下午小雨。想起前几日下班路上，坐在公交车上，看见路边小房子前面，种了极大极好的鸡冠花，并排两株，一米多高，茎和叶子全是浓艳的红色，顶上的花冠，大如小孩的帽子，色作桃红，在灰蒙蒙的暮色里，如火焰散射着光辉。附近街上种鸡冠花的不少，没见过这么娇艳的。一连十多天，那花只顾闲散放纵地开着，看不出一点将要萎谢的样子。

小时候看惯了鸡冠花。家里种在小瓦盆里的，长得不高，颜色虽然红，形状却有些刻板。鸡冠花容易繁殖，撒一把种子，满地生芽，人家到处栽种。机关院子进门后的大花池子里，更少不了它。和凤仙、大花马齿苋、美人蕉还有蔷薇一样，是那时最普通的花草。鸡冠花的籽，细小黑亮，捻起一撮在掌心，光滑如厚缎子。我喜欢那种感觉，温顺的，羊羔似的，非常安适和任人请求的感觉。苋菜籽差不多也是这样的，但没那么黑、那么亮，没那么滑腻，因此，享受不到掌心揉搓的快乐。种子相似，使我觉得，鸡冠花和苋菜之间，应该是有关系的，一查，果然，都是苋科。

从我住的地方往闹市走，经过一栋红砖小楼，很不起眼的公寓楼，很旧，不高，给人好印象的是特别干净。看看门口的台阶和玻璃墙就知道管理员的勤谨。大门两边，有对称的花坛，长不过十米，宽不过一米半。可是它的整齐和雅洁，让我每次走过都想停下看一看。这里的花，有矮种的小杜鹃，有开淡紫花的吉祥草，还有扁柏，以及一些不知名的草花。花坛中央唱主角的，正是五六棵紧挨着的鸡冠花。这鸡冠花的品种，比我们当年种的好，一是花冠的质地，丝绸一样亮晶晶的，其次是颜色，红得异样，特别像农村年画上见到的所谓“洋红”，但比洋红纯正，有厚度。然而那么艳，却不让人觉得轻佻。阳光抚弄之下，通身晶莹，仿佛玻璃，仿佛水钻。花坛里的鸡冠花年年种，年年开得好。我琢磨着什么时候找种花人讨些种子，有朝一日自己种着玩。

可是，车上看到的鸡冠花，卓尔不群的气势把花坛里我多年的宠爱都压下去了。我决定去看看。

星期天，下雨，没有风。赶了一下午稿子，正好需要休息，便踏着小雨，不带伞，沿着公交车的路线走。走了约四十分钟，远远看见街边隐约一片灰绿色中，两柱通红的影子，在雨雾中弯弯曲曲地燃烧。大喜。逐渐走近，不禁哑然失笑：

哪里是鸡冠花？是一种巨大的红苋菜。粗壮如儿臂，叶和茎均作深紫色，一如红枫。靠近顶部，大半尺长的一段，叶子是艳红的，非常明亮，而且叶缘饰以金边。金色中带淡绿。我知道有供观赏的红苋菜，没想到会长成这个样子。

我想继续往前走，走到墓地。那里有一个花店，店主人养了一条脾气很好的狗。墓地进口处，绿影婆娑，打理得清爽。雨在这几十分钟里已经大起来。快步走过去，见墓园大门紧锁，除了平垄上的草绿得比往常鲜嫩，那些剪成馒头形的常绿树木和修长飘散的槭树，在近处看也只寻常。于是退回去，在加油站的篷顶下站了几分钟，等着。然而雨越发紧密，只得坐车回家。原本还可以去球场那边的林地的。

水底的郁金香

这是很久前做过的一个梦，一直觉得这个梦没风格，乏味得很。从日记里翻出重读，似乎也是某种心情的写照，而且和花有关，那就一并抄在这里吧。

一开始是一个计划，潜水，去海底取物。很多人已经去过了，传言纷纷，似乎那东西并不难得，却又很珍贵。一种自然生长的玻璃花，在海底。有什么用呢？梦里不曾解释。

我的装备只有一副潜水镜和一双蛙鞋。开始时，进一栋空旷的大仓库，走到仓库中间，揭开地面的钢板，露出一个方形的比井稍大的深筒，边长三米左右的样子。墙壁是水泥的，四面有钢筋做的扶手。人可以踩着护手，慢慢下到井底。入水之后，继续深潜，光线越来越少，但仍然能够看见四周的水泥构件。

终于，在很深的底下，墙壁消失了。人在井筒之下往前游，像钻入地道，没完没了的路，安静和黑暗得使人害怕。

不知游了多久，前面终于亮起来，不久就从水泥建筑底下出来，进入一片平缓的海底。这里很多水草，海底铺着沙石。光线一匹一匹，丝绸一样悬垂下来。这说明，海水并不深。

往前游，光线更加明亮。不用说，老远就看见了海底的玻璃花，一丛丛的，铺了几十平方米的一大片。清一色的郁金香，各种颜色都有。花茎小指粗细，脆脆的，很好折。很快折了几枝，再多却没法拿了。因为玻璃花没有弹性，花茎不能弯曲，花朵又比较大，一把只能握几枝。花瓣很薄，一碰就碎。

好吧，就是几枝。

持花前游，一路上不断有花瓣碎掉。凡是碎了的，哪怕一点点，我也不要。等到游近岸边，起身在浅水里走的时候，手上的花只剩三四枝了。

上了岸，烈日当空。置身在一眼看不到头的泥滩上。泥滩中间，被人踩出一条小道。我也就沿着这条小道走。

泥是黑青色的，踩上去软软的。太阳直晒，热气缭绕。青泥散发出一股腥臭味，像池塘在夏天清早常有的那种味道，说是腥臭，倒不是很难闻。可是走久了，热得难受。水汽蒸腾，呼吸不畅快，非常闷。

再看那些郁金香，原来挑选时，注意取不同的颜色。如今在太阳下看，彼此差不多，玻璃也不像在水底那么澄净，带点牛奶的浑浊。说真的，一点也不好看。乱嚷嚷的那些人岂不奇怪，每人都要去采这些玻璃花，采来何用？费这么大的劲，走这么远的路，不值。

正在满头大汗，高一脚低一脚地走，快要受不了的时候，醒了。

千万别告诉我，玻璃花象征什么理想或愿望。人有糊涂的时候，梦难道不是？

2010 年 11 月 30 日改定

秋山图

东汉的故事讲到一个叫壶公的老人，每日到市上卖药，座位边上悬一把药壶，日暮收市，便纵身跳入壶中安歇。人既不见药壶变大，也不见老人变小，然而人就那么不费力地到壶中去了。后来成为著名仙人的费长房，当时还是个二十出头的小伙子，从楼上窗口看到老人的举动，大为倾倒，从此做了老人的徒弟。

唐人的故事则是这么讲的：四川巴邛的一户人家，院子里有株大橘树，深秋降霜之后，橘子采尽，树叶也落光了，只剩下一颗特别大的橘子，红艳如火，挂在高高的枝头。主人家很惊奇，找人把它摘下，剖开一看，嘿，里面有两位白须老人对坐弈棋。橘子被剖开，老人起身笑着说，橘中之乐，不减商山，可惜被俗人搅了。话音未落，双双不知去向。

由于整天着急买房子，所以想起这两个故事，不由人不羡慕壶公和橘中老人的潇洒。

大多数人小时候都听过一段儿童故事，也是很潇洒的。

故事说道：

从前有座山，山上有座庙，庙里有个老和尚给小和尚讲故事，讲的是，从前有座山，山上有座庙……

讲故事的人说，这是世界上最长的故事，是永远讲不完的。

另一首儿歌是说颠倒话的，我只记得其中几句：

出门碰见人咬狗，
拾起狗来打砖头，
砖头咬了狗的手……

很有些言外之意。禅师得意地念偈子给门徒听，也不过是说：

人从桥下走，
桥流水不流。

是不是还不如儿歌唱得爽快？

明清人好像总不如汉唐人洒脱，药壶和橘子的故事是读不到了。明清人的故事总是太实，背着包袱，拖泥又带水的，例外是极少数。

一个例外是董说的《西游补》，故事太长，无法多加转述。踏空村一段，专爱在空中闲混的村民被小月王捉来凿天，“午时光景，大家用力一凿，凿得天缝开，哪里晓得又凿差了，刚刚凿开灵霄殿底，把一个灵霄殿光油油儿从天缝中滚下来，天里乱嚷：拿偷天贼！大惊小怪，半日才定。”孙悟空看戏一段，台上人七嘴八舌评戏：“《南柯梦》倒不济，只有《孙丞相》做得好。原来孙丞相就是孙悟空，你看他的夫人这等标致，五个儿子这等风华，当初也是个和尚出身，后来好结局，好结局！”

蒲松龄《聊斋志异》里有一篇《白莲教》，曾经令年轻的何其芳赞叹不已。故事说：

> 有一个白莲教的法师，大概是徐鸿儒的徒弟，很有道术，慕名求教的人很多。法师某一天晚上要出远门，在房里放了一个小盆，上面用大盆罩住，吩咐门人好生看守，不得启视。
>
> 法师走后，门人终是好奇，顾不上违命，揭开大盆来看，见小盆贮满清水，水上浮着一只草编的小舟。门人惊讶之余，不小心一碰，把小舟碰翻了，急忙扶正。可是，未等他将盆盖好，法师已冲进屋，骂他不遵师命。门人狡辩，法师说：“我正在海上航行，船好好的就翻了，你还敢说没动我的法器？”
>
> 又一天晚上，法师出门前，在堂上点上一支大蜡烛，

让门人照看，不能让风吹灭。门人熬到夜深，实在熬不住了，困极而睡，醒来看见蜡烛已熄，立刻重新点亮。师父却已怒冲冲地从外面进来，大骂徒弟惫懒，说："我正赶夜路呢，你连一盏灯都照看不了，害我摸黑走了十几里路。"

中国民间铸有一种钱形小物件，不作通货使用，是用来祈福求吉祥的，习称吉语钱。明清的吉语钱俯拾即是，钱上的文字，多是长命富贵、升官发财、状元及第之类。汉朝的吉语钱稀罕宝贝，文字别具趣味，最常见的是"长乐未央""君宜侯王"等，和汉镜上的差不多。我非常喜欢的一枚，钱文六个字是：

乐无事，宜酒食。

这样亲切明白的大白话，后人不知为何就是说不出来。是生活变得太复杂，还是人心变得太无餍足了呢？

倘叫今天的人许愿，他会仅仅说"乐无事，宜酒食"吗？

古人的生活条件肯定不如今天，这无妨他们有自己的快乐。境由心生，快乐是一种感觉，这难道是什么不易理解的理论吗？

南宋词人姜夔，有一年做客武陵。那时的武陵，"古城野水，乔木参天"，姜夔与"二三友日荡舟其间，薄荷花而饮，意象悠闲，不类人境”。

“秋水且涸，荷叶出地寻尺，因列坐其下，上不见日，清风徐来，绿云自动，间于疏处见游人画船，亦一乐也。”

姜夔的词多有序，这首《念奴娇》的序，我觉得比词还好，每次读，忍不住去想所写的情景。大片的荷花我也见过，那时年纪小，只忙着去摘莲蓬，或探泥寻藕，长大了想起来，却已难温旧梦。

夏目漱石读雪莱的《云雀》，其中的名句云：

> 我们最真诚的笑中亦有苦痛缭绕，
> 我们最甜美的歌声原是吟唱心中的愁思。

夏目漱石认为，雪莱的叹息固然不无道理，他却更喜欢东方诗词表现的对俗世的超脱。他引陶渊明的“采菊东篱下，悠然见南山”，指出其中的好处便是忘却俗世烦闷的光景：

> 这并非是因为篱笆那头有邻家的少女在偷窥，也不是因为有密友在南山供职。这两句话之所以能超然出世，在于将世上的利害损益如汗水一样挥洒开来。

但夏目漱石承认他是人类的一分子，“非人情”的思想不能持续太久。他的意思很实在，妙在他的说法有趣：

陶渊明并非终年望着南山，王维也不是好在竹林中挂蚊帐睡觉的人（前文引过王维的“独坐幽篁里”）。我想，他们仍会将多余的菊花卖给花店，把收获的竹笋卖给蔬菜店。

上面几段话出自《草枕》的开头部分，夏目漱石强调，人世难以安居，但又无法迁离，只好借助艺术，在心中留住可爱的瞬间。

仿佛早就准备着呼应夏目漱石的话，《浪迹丛谈》中记载了大画家恽寿平的一段题跋，记述黄公望一幅旷世杰作《秋山图》的始末。《秋山图》曾被董其昌推为黄传世之作的第一，画为润州修羽张氏所藏，大画家王时敏（烟客）慕名求观，一展视间，就令他“骇心洞目”：

其图乃用青绿设色，写丛林红叶，翕艳如火，上起正峰，纯是翠黛，用房山横点积成，白云笼其下，云以粉汁淡之，彩翠烂然，村墟篱落，平沙小桥相映带，灵奇而浑厚，色丽而神古，视向所见诸名本，皆在下风。

王时敏见过此图，“观乐忘声，当食忘味，神色无主”，第二天就派人去张家，愿以重金交换，不料遭张家拒绝。

不久王从京师奉使南还，重过其家，登门求见，却因张氏外出，下人不能接待，虽徘徊再三，仍无缘一睹《秋山图》。王时敏“既昼夜念此图不可得，后与石谷述其事，为备言当日寓目间，如鉴洞形，毛发不隔，口摹手拟，恍若悬一图于眼中者。其时思翁（董其昌）弃世久，藏图之家亦更三世，未知此图存否何如，每与石谷相对叹息”。

后来张家收藏尽归贵戚王长安，王氏为此大摆宴席，并招二王与会。王石谷先至，主人即吩咐取图，展开未及一半，在场的人都看着石谷的脸色，以为他一定会狂叫惊绝，但等到图卷全部展现，石谷却是恍惚若有所失，贵戚心动，忙问：“有什么可疑的吗？”石谷淡淡地说：“果然是神物，何疑之有？”正在这时，人报王时敏到，石谷出迎，上船相见，时敏问是不是真的《秋山图》，王石谷沉吟半晌，方开口说道：

“昔日先生所说，历历不忘，今日所见，全然不同，哪里是什么《秋山图》？”

王时敏随后登门，也认出王氏所得，绝非当年故物，但真的《秋山图》下落如何，却永久成谜。

恽寿平写到这里，感叹道：烟客曩所观者，岂梦境耶？

芥川龙之介将中国故事写成小说，是他的名篇。小说结尾，二王相对论画，大意是，《秋山图》虽然无复存留人世，但烟客心中的大痴遗迹，不仍然是峰峦萧瑟、云气淋漓吗？既然如此，找到找不到真本的下落，又有什么关系呢？

芥川的结尾是点睛之笔。《秋山图》长留心中，那才是真正的不朽。人间得失聚散，本无定则，得之喜，失之悲，求之不得，如煎如熬，得而复失，欲生欲死，盍有其极？想起

《秋山图》的故事，应该可以释怀了。

1995年5月16日

风景中的树

乌桕

银杏叶黄的时候，乌桕树的叶子也红了。霜已打过，田野上一片萧肃，割过的农田里，除了未收拾尽的残茬，就只有被晒得、冻得发白的土块了。树是清一色的铁色，灌木是清一色的细条儿，只待农人的砍刈。放眼世界，尚有颜色的只剩下银杏、乌桕和人家院落里的柿树。

依我的想象，乌桕该是长在野外山坡上的，岂知所见的这一株，却是长在池边，枝杈横斜，大半的树身吊在水上，红的、黄的和绿的叶错杂在一起，映在水面，被不时生起的波纹搅乱了，变成了斑斑斓斓的一团花影。

水上照例有水蜘蛛飞驰而过，它们的轻盈令人叹为观止，细腿在水上划过，竟然不起微痕。还有一种细瘦得叫人心疼的小鱼，三四寸长，民间戏称为“腰子”，最喜欢聚在水面之下，对飘浮的乌桕叶颇感愉快的迷惘，不时探头张口，呷喋一下，逗出大大小小、连环相套的涟漪。

乌桕叶的红，实比柿叶的红鲜丽。柿叶过于厚重，有些放不开，红得近乎古锈色，虽说也很耐看，终有失于轻灵潇洒。乌桕叶是卵形的，虽薄却不失硬挺，由绿变黄，由黄变红，一红便不可收拾，真有艳色欲滴之势。乌桕叶多残叶，多半是孩子们采树籽弄残的，因而就更加卖力地红，似乎要借这红，把被耍弄的气恼都发泄出来。

我在北方欣赏过满山红叶的奇景，回头再想乌桕，还是为它的淡泊而感动。和枫树、槭树等不同，乌桕很少成片成林，单个的植株也不高大，大概是因为农人从未寄望于它的成材，所以未遭削剪，旁枝斜干一律保留下来，延伸成各种线条。

奇怪的是，乌桕虽得发育的自由，并没长成蓬蓬勃勃的一团，永远是枝叶稀疏、一副自甘冷清的样子。这一点，倒和文人盛称的梅花相似了。因为疏，就有姿，有态，有气韵，有布局，不是一味俗不可耐的茂盛或繁华，也不像杉树之类，千树一面，直挺挺地摆出受了敕封要做栋梁之材的傲慢模样。

乌桕只适宜点缀在倪云林的山水里，添了红艳，却不添热闹；添了生气，却不添富贵。乌桕总是孤零零地独处一方，如一个隐士，然而并不孤单，走遍荒山野村，在涧边岭头一切不经意之处点上一笔，而顿使风景生色的，都是这些不成乔木而甘为散木的乌桕们。

苦楝

自从长大离家，再也没见过苦楝树。在北京的公园和街头看到合欢的时候，就会想起这种极普通的树来。

合欢是我喜欢的树，排列成羽状的叶子，绯红如伞的花丝，豆角状的果实，以及它的名字（汉乐府中最多“合欢襦”“合欢被”之类的描写），都让我喜欢。与合欢相比，苦楝少了一份妩媚与雅致，却多了一层清淡和值得回味的苦涩。

暮春开的楝花，是淡紫色的，紫中更多一些蓝，予人清凉而不失温馨的感觉。花是成簇的碎花，每一朵细看，也有精致的喇叭形状，嗅之也有带苦的清香，然而高悬在枝头，只见恍恍惚惚的一团，被周围浓密的暗绿所掩翳，随风荡摇，如影似幻。雨后的早晨，长了薄薄一层苔藓的青砖地上，到处散着这些亮丽的花粒，使人不忍踏踩。

苦楝顾名思义，一树都是苦，撕开一片树叶，揭开一层树皮，剥开一枚青果，立刻会闻到一股不加掩饰的苦味，初或给人不舒服之感，但它苦得落落大方，毫不躲闪，不像有的草木，明明苦，却偏偏先泛出一丝香味，让人以为香后便是甜。苦楝虽苦，却得了味中之正。

苦楝果尚青时，样子有点像葡萄，不少小孩子都被别人哄骗上过当，咬开一口，哇，张嘴吐半天，那苦味仍留在舌尖。

很少看过专门礼赞苦楝的文章，宋人有一些很雅致的诗，但不太为人注意。明清人的词中，苦楝渐渐多起来。蒋春霖的“海棠花落，白楝花开”，最为优美。

紫薇

紫薇的名字极雅，我想这可能和“紫薇”“紫微”同音有关。中国人尚紫是不消说了，虽然孔子早就唠叨过“恶紫之夺朱也”，后世尊孔偏不尊他这一条，尚红的风气要到二十世纪才得复辟。紫微是帝星，引申出来的意思自然差不到哪里去。唐人幽默，乐得将紫微和紫薇通用，白居易还以此开玩笑，说什么“黄昏独坐谁是伴？紫薇花对紫微郎”。

紫薇是做盆景的上好材料。做盆景的花木有一个共同的特点：要么是老也长不大，要么是少而有老相。从未听说有人拿泡桐做盆景。

紫薇外皮光滑，呈木质的土黄色，枝干又不圆，常是扁扁瘪瘪的，或多有凹瘢和骨突，虽然嫩得可以掐得出水来，样子却绝对地苍老瘦劲。

我对紫薇印象深刻，主要是因为小时候寄居在乡下，村前的池塘边就有一大丛这玩意儿，而紫薇在乡间是甚少见的。村里人不知其名，呼为“杆花”。杆读去声，记音而已，正字不知怎么写。花是一蓬一蓬的，紫红或粉红色，据说也有淡到近似白色的，花瓣薄软而皱缩，有点像石榴花，但远不及石榴花艳丽，开起来成团，远看和野蔷薇差不多。这些都不足为奇，奇的是村里所有人都相信，这花若摘了玩弄，手上会长“杆”，大概是一种恶疮什么的。但由于没有人见过“杆”，所以“杆”是什么样子，到底无人能说清楚。

我后来在中草药图谱和花谱上，时常留意有无这方面的记载，至今没有发现，看来这只是当地的讲究。至于花，我不仅摘过，还在掌中揉碎，挤出花汁玩，结果什么事也没有发生。

紫薇植于太湖石边，姿态确是不俗。它的花和叶都一般，但和它特异的枝相配，各方面都恰如其分了。

紫薇又叫“无皮树”和“怕痒树”。关于后者，书上的解释是，因它敏感，被人抓搔抚触时，就会颤抖。我因此去试过，结果是，枝干粗的，任你怎么爬弄，它纹丝不动；枝干细小的，固然颤抖了，却说不清它是自颤，还是被摇动了。

不过我不敢说“怕痒”的说法是无稽之谈，凡事因时因地而异，“橘过淮南而为枳”，虽不科学，道理还是不错的。我所接触到的几棵紫薇，大不过京鄂豫这几个地方，焉知他处的紫薇不是更聪明些呢？再说了，从古到今，千百年过去，紫薇的习性或许也在变化。草木既在世上为生命，和人也就差不多，也要顺时而变，这方面的例子多不胜举。东西变了，名目未变，不免引起误会，紫薇怕也是这样吧。看去像是无皮，实际上皮厚着呢！或者皮虽嫩却早已习惯了麻木，千痒万痒只当不是痒，哪还会再轻易为人“多情”一颤呢？

虽然，我还是喜欢紫薇。

栀子

纽约的人家，种花很普遍。由于土质肥，花不怎么调理也长得好。玫瑰、杜鹃、郁金香、雏菊、连翘、石竹、绣球，甚至还有意想不到的忍冬，即金银花。看到花朵硕大的玉兰，很容易想起栀子花。然而纽约似乎没有栀子花。我没有专门去逛植物园或花圃，这只是就平日所见而言。至于栀子花，和我也并无特别的渊源，不过幼时习见，因此无意间会连带想起来。

栀子花叶子肥厚，带蜡质，颜色绿得发暗，沾水挂露时才显得轻灵些。花不多，藏在密密的叶子之间，不容易发现，因为它虽然大，却不耀眼，它的白色不是银白或雪白，是秀气的象牙白，白中隐含着点棕黄，而质地绵软，摸起来如丝绸，拿到眼前细看，也真像丝绸。

栀子花香味清淡，雨天闻起来最舒服，有“香远益清”的感觉。我记得栀子花开放最盛的时候，正是乡下插秧前后，天气不冷不热，雨水特别多，漫山遍野绿油油的。蒙蒙细雨中的人影，若无灰黄色的斗笠和蓑衣，红色的油纸伞，以及形体庞大的水牛相映衬，是很难辨别的。

这里的女人极保守，桃花杏花先已开了，随后石榴花要开，桃杏和石榴花都很鲜艳，却没人摘来插在鬓边，她们唯一敢插的，就是栀子花——到底比不上江南的娇媚。

栀子花繁殖起来相当简单：折下一枝，顺手插在稻田里，过段时间生了根，就可以移回家里。农家的小院想来没什么布置，栽栀子花的倒是不少，大约还是省事的缘故。用碎砖断石垒一个台子，填上土，就是花坛。经年的花坛，砖石上生着绿苔，滑不溜秋，有金属色小虫在上面爬。女人爱把喝过的茶叶和梳头时梳下的几缕头发扔在花下，让它慢慢腐烂当肥料。花坛上常随手搁一些杂物，既不怕碰伤了花，也没有显得不协调。花在这里是日常生活的一部分，没有刻意的处理，死活荣枯都由它去。当然，到农家穷得连饭都没得吃的年头，栀子花只好在野地里当它的野花。

我住在乡下的时候，每当早晨起来，被院子里花的香气吸引，忍不住凑过去闻嗅。大家就笑说，栀子花呗，有什么好新鲜的！

2000年4月23日

将进酒

一、一个走路人

到没有剩下任何值得怀疑的东西的时候，就该怀疑你自己了。

不是怀疑有无错失，而是怀疑一贯的正确性。

正确的目的，正确的道路，并不必然导致完美的结局。

同样，大多数失败并不是由错误造成。

也可能恰恰是因为太正确。

一个为目的而远行的人，是了不起的；一个为目的而远行，而且最终达成目标的人，不仅了不起，而且幸运。

一个丧失了目的，仍然在行走的人，就只是一个走路人。

一个走路的人不应当想得太多。

依附在路上，寄居在路上，以路为快乐。在失去目的之后，为了给行为一个解释，只能说，路就是目的，走到哪儿，就是哪儿吧！

当我逐渐告别了青春的时候，我也告别了那个试图做些什么的自己，那个试图成为什么的自己。我现在只是一个走路人。我只想也只能做一个走路人。

只求不老死在床上。

在日光下走，在月光下走，在弥天花雨中走，在满地风沙中走，在无所事事中走。

走下去吧！

直到无疾而终。

这就是我的“光荣和梦想”。

二、三个境界

人生有三种境界令我感动，但不可一概以“向往”而形容之。有的境界是不可以用“向往”来形容的。它令我感动，令我欢喜，除此之外，与我并无关系。

第一个，是《水浒》上的“林教头风雪山神庙”。这个段子读的次数并不多，但想到的时候不少。我的记忆不是很好，然而每一想及，便十分动情。

方寸小画上的林冲，头戴毡帽，帽上一朵红缨，枪尖挑一只酒葫芦，敞着披风，在大雪中独行。

施耐庵叹道：那雪越下得紧了！

李少春改编的京剧，唱词中说“荒村沽酒慰愁颜”。差矣！错矣！

此时只是“快意恩仇”，只是无奈之后的觉醒和解脱，哪里来的愁颜？

而且痛苦也绝不是“愁颜”能担负得起的。

仅仅是家庭的破散，仅仅是功名事业的付之东流么？

太小觑豹子头林冲了吧！

第二个故事出自《西游记》，道是“孙悟空重整花果山”。

江山如有待。

大圣被昏愦的师父驱逐，意外得以“还家”。

杀退贪得无厌的猎户，救出备受摧残的群猴，寻来天上甘露，洗出花果山的千年灵秀。然后——

虽然只是在一块巨石上，虽然并非金口玉言的敕封，这猴子，仍然无忧无虑，坦坦荡荡，自由自在，大大方方地做了他的“大王”。

做“齐天”的王，总比与人为徒好。

大丈夫岂是与人为徒的么？

好猴儿啊！

第三个境界，千万莫怪我俗，乃是《三国演义》里的“茅庐三顾”。

我想说的当然不是刘备，更不是关羽张飞。

我想说的也不是诸葛亮。

我想说的只是三顾本身，卧龙岗的一些气氛，一些闲人。水镜先生，崔州平，黄承彦，诸葛瑾。

他们最后一次去，是在漫天大雪中。我怀疑，在历史上的任何冬天，冬天里的任何时候，会有那么好的一个日子，会有那么好的一场风雪：绵密，温厚，辽阔，悠长。

黄承彦像在戏台上一样，念了一首打油诗，让粗通文墨的刘备听得目瞪口呆。他当然不明白其中的妙处。那妙处只在最后两句：

> 骑驴过小桥，
> 独叹梅花瘦。

瘦的是梅花，不瘦的是谁？

在风雪中，骑马的人模糊不清，卧龙岗失去了龙的气势。登高远望，无数屯兵的城市沉睡在梦里，看不清旗帜，看不清是谁的王土。

在这样的大风雪中，甚至看不清诸葛亮。

我怀念黄承彦。

三、将进酒

现在很少喝酒了。

身体不好只是一个原因。喝少了，没有过程，也没有感觉；多喝两口，容易上头。

年轻时候，即使不会喝，拿身体硬接，几两酒还是顶得住的。那时的喝，只是热闹，只是玩，还带点仰慕古人的意思。

如今不必去仰慕或敬畏任何人了，知道他们和我不过彼此。如今也不再是玩闹的年龄，有时想喝，就真的是想喝。

一个人简简单单地喝。以菜为话，与空对饮，以齿牙之磨合为喧闹。不思远物，不及近事。唯喝而已，如听秋雨。

然而纵是在南方，雨也不是天天可听。

饮酒亦然。

去想象一座松涛中的茅屋？去想象一叶烟波上的轻舟？临水的曲岸？山间的危石？落叶满天的高楼？

是好去处，却已堕落为想象中的俗套。连俗套之门都未能跨入的，我们称之为现实。

毕竟是在现实中。

然而总不至于承认自己衰朽了。总不至于承认连听雨的意趣都荡然无存了。总不至于承认一辈子就这么过去了。或是，一辈子就将这么过去了。

时间的堤岸日复一日地坍塌。立足之地，势成孤崖。

想当年登舟将渡，回首旧家山，何曾有一丝畏葸？而今，不经意间，寒意已从足底慢慢升起。

父亲多年前有言：寒从足起。这一天终于来了。

不是敲门声。是雨珠密打篷瓦的哔剥声，是酒浆轻叩牙齿的叮咚声。

让我唱一曲“将进酒”吧。

四、先生

在灯影里，这个人其瘦无比。

灯是粗陶的灯台，没有釉色，底座不圆，灯柱不直，油是浑浊的，火焰恍惚如在昏睡中。

风从春天刮到秋天，又从秋天刮到春天。墙上的灰土簌簌而落，墙外传来干硬的草茎迎风发出的尖厉的声音。

小屋如孤亭，蹲在山腰上。山腰上没有树，没有乔木或灌木，没有葛藤或丝萝。山腰上只有草。直立的细如钢丝，偃卧的全无碧色。

天垂直地向小屋压下来。满天云气一齐朝屋子里钻，似要把屋子撑破，或是把屋子撑大。

在夜风里，山下的平原惊涛怒卷，无数渔舟在酣睡中颠簸，千万人发出的酣睡的呼吸声，与风声绞在一起，与母狼的嗥叫绞在一起。狼嗥声明亮如太阳，又像传说里青色的珠，冰色的宝石，像漆黑的树上银白色的残花。

灯光摇晃在人脸上。其瘦无比的人沉在护手椅里，手如旧椅子的红木颜色，红中带黑，光滑而且安静。他的手被椅子的旧色淹没了。

这是很奇怪的事。在鲜明的事物里，他鲜明；在沉颓的事物里，他沉颓。他在傍晚起来，石头们开始收割一天的阳光。

狼一次也没有造访他的小屋。甚至牛和羊，甚至一只野兔。

顺山而下的路上总是走着行人。人像影子一样飘过他的小屋。太阳斜挂在被雷劈过又烧过的榛子树上，被带锯齿的叶子零刀碎割。

我的先生，你如今可安好？

我的先生，只有你的冷漠是我此时此刻唯一的安慰。我梦到狼的时候必梦到你。太阳升起来了。

2000 年 4 月 17 日

夏日午后的庭院

夏天的午后在自家院子里独坐，除了蝉鸣，一片沉寂。背阴墙脚的绿苔幽幽地散发着凉意，而墙头下来的风却是干热的。水池在葡萄架底下，池子里贮着大半池水，镇着一个西瓜。爬到葡萄架上的丝瓜开了很多黄花，正当烈日，没有蜜蜂敢来逡巡。一朵花落在墨绿色瓜皮的西瓜上，虽是在暗影里，依然十分明艳。

阶下砖缝里种着书带草，由于常被人踩，有点蓬散，而且也不那么翠绿了。在窗台上绿釉小盆里栽着的，则亭亭玉立，要多秀气有多秀气。

蝉声将人的思绪往高处引。蝉所在的树多是梧桐，这是有洁癖的树，高大多荫，宜于画立轴而非横幅，古画的桐荫下，常露出茅檐的一角，有老者负手而立，看童子煮茶。茶不是红茶，更不是花茶，只能是今年的绿茶，恰如我面前杯中的一样。

窝在藤椅里翻了一本又一本书，被各种作家的奇思异想陶醉得过了头，有些糊涂了。偏偏越是昏昏欲睡，就越难入梦，时间仿佛没完没了。

几年前也正有这样一个下午，写了一组诗，分别是《幕》（台上的奸臣耀武扬威，令人切齿，正想开口怒骂，他却笑眯眯地跑过来，抹去化装，原来是久别的好友），《武松》（在老虎快要灭绝的今天，最痛苦的莫过于武松了），《吃苹果》（我们怎么知道所吃的那一枚苹果是不是应当有的最好的苹果），《敲门》（敲门像落花一样不可期待。落是要落的，但不知什么时候）和《信》（稀疏的信终于到来，然而读不懂）。复又想起古代一所大家的深院，一身吉服的女子端坐桌旁，听着隔了几重院落隐约传来的喧闹和鞭炮声，等待出嫁的时刻。现在，身边一个人都没有，高顶厚墙的老屋虽在盛夏亦清静幽凉。炉烟袅袅，日光透过明瓦照下来，在地上照出一个斜长方形的亮影。她凝视着那亮影，久久地，直到它幻化成一面铜镜，幽幽地映出一双秀丽的眉眼，云雾从眼睛深处慢慢泛起，飘过镜面，飘向屋的四角上下，然后穿出窗棂，春水一般将层层叠叠的大宅淹没了……

只有蝉声是现实的，透明，然而清晰。

时时有人从门外走过，有时脚步在门前停住了，想着铃声该响起来，会是谁呢？邮差或是意外来访的朋友？

然而脚步声又过去了。

有人来信或与朋友聊天都很好，尤其是在昏沉的午后。在树荫下喝茶摆一回棋也不坏。假期漫长，就没想过给人写信，觉得有话要说却要过好多天才能说到对方耳边，是挺不痛快的事。但读信却不然，你以为（事实上也是）写信人是此时此刻就在你身旁向你读信上的话，他的声音像平时一样，带着口音。

1997 年 10 月

晨光和暗色里的事物

泡桐花

泡桐叶子肥大，形如巨掌。质地粗劣，其貌不扬。花也大，然而并不骨肉停匀，因此便失却了大家闺秀的仪态。紫色的喇叭花，富含水分，花瓣粉嘟嘟的，不知是本身的粉，还是从花蕊上洒落的。指头一捻，溜腻如胭脂。

泡桐小的时候，只管噌噌地往上蹿，很快长成细细直直的一条。再过几年，青涩渐消，忽然想起横向展开。于是表皮变糙，肤色变深，旁枝齐出，最终的形状，是一把大伞。

桐花天天开，天天落。一落，满地都是。白天倒没什么可观的，被踩扁了，晒蔫了，被风吹走了，藕荷色衰朽为酱色，温情荡然无存。抬头看树枝上，依旧熙来攘往的繁华，密集得托住了天光。好看的时候是清早。一夜的飘落，地上柔柔匀洒，粘连勾带如霜华平铺，朵朵完好无损，且又沾了露水，所以颜色艳丽，显得饱满精神。

父亲习惯早起，不跑步，也不会太极，没事做，每天把机关大院扫一遍。院子不很大，垃圾不多，主要是树叶和烟头，间或有几张糖纸和冰棍的竹签——毕竟糖果和冰棍对于寻常人家的孩子，是奢侈的。花季的零碎当然以花叶为主。扫帚头上的细竹枝可能尖利了些，扫的时候，连带着把浮土带起来。砖石块的四周，揭起的土皮下面，就见忙着搬运苍蝇和甲壳虫的大黑蚂蚁人仰马翻，稍稍镇定之后狼狈不堪地从扫帚底下往外跑。

扫完一片，桐花和少许的桐叶归到一起，成一小堆，换一个地方扫。此时，战云已散，硝烟沉落，蚂蚁们还在四散奔逃。我蹲下来看，满鼻子都是泡桐花的怪味，想打喷嚏又打不出来。那是说不清的味，有点苦，有点臭，但不难闻。几十年后闻惯了各种花香，喜悦之余，却也怀念桐花浓烈的气味，还有楝花的一丝微凉，然而印象毕竟淡漠了。

农人喜欢在菜地四周种上泡桐，因为它长得快，不消一年半载，隐然成材，远看菜地，就不再是光秃秃的了。从村里看高坡上的菜地，欲晚的天色里，人影和树影一静一动，相映成趣。乡下的孩子教我一个在泡桐身上的恶作剧——也不是教，看他们做，学了——拿硬的小草棍往树皮上一扎，里面立刻流出清水来，眼泪一样汪汪的，顺着树干一直流下去。连扎几个洞，胳膊粗的树干上便铅泪纵横，有的因了树结，流出曲里拐弯的痕迹。这有什么好玩的呢？使坏罢了。

虾

虾在水里是透明的，看不见身体，只看见一双眼睛，黑漆皮灯笼似的，一闪而至。近了，脊背隐隐现出一条线，然后是弓起的尾巴，由于不断弯曲，仿佛棕色深重了。两排细爪急速划动，看上去却委婉之至，像是一个衣饰清爽的妇人在絮絮叨叨诉说往事。两排小黑点，如细碎的珠子，轮转不休。

岸边的水很难清澈，风把灰尘刮进去，行人把土踩下去，水带泥土的颜色，浊而似清，恰好是虾皮的颜色。幼虾纤瘦，细节尚未生发，连眼睛也若有若无。它们消融于水，显露还不如水下一瞬间的微流。

在孩子的枝条搅起的波纹平息之后，这一片水面，水蜘蛛会如飞驰过。有一种瘦小的蜻蜓，不到一寸长，几乎头发一般粗细，忽然不知从哪里飘出，盈盈飞到干枯的野菊花上头。

更远的地方，眼睛看不到的地方，向阳的窗台下，猫在水泥地上睡得正香。

虾长大了，被孩子捞起，成为给猫的真诚奉献。这些连带的关系，都是信仰。虽然互相奴役，其中也有幸福。

黄鳝

大雨持续多天，河塘涨水。水漫过塘埂往田里流，或者反过来，田里的水往河塘里流。堤埂有缺口的地方，一两尺高的落差，流水哗然。水流注落之处，堆出土黄色的泡沫。有人在缺口装了网子，截一些小鱼，还有小虾小螃蟹之类。

稻田里一直留着水，水稻长得高而密。稻田连绵不断，虽有细细的田埂隔开，感觉上是一大整块。从插秧到水稻成熟的期间，稻田仿佛丛林，成为动物的乐园。水里有小鱼，泥里有泥鳅和黄鳝，稻棵之间有秧鸡，还有其他不知名的鸟。昆虫就更不用说了。我在科普书里读到，夜间田头点灯，可以诱杀喜光的害虫。害虫我没有见到，或者见到了也没留心。我记得的是指头粗细的黄绿色的大蚂蚱，还有小而纯碧的尖头蚱蜢。

早年没有人工养殖，集市上卖的黄鳝是用一种竹编的圆筒子捕获的。圆筒子埋在泥里，内设诱饵，黄鳝钻进去，竹条依弹性合拢，它就出不来了。还听说有人用铁丝钩沿着岸边近水处找洞掏黄鳝，不仅费工夫，有时认错了洞，还会掏到蛇洞里。

我在稻田和小河沟里遇到过黄鳝，怎么抓都抓不住。他们教我，用食指和中指夹住黄鳝脖子，大概那地方软，一夹紧，就不怕滑了。这方法我一直没机会试。

稻子收割之前，田里的水排干。收割后的稻田，剩下柔软的泥地。如果村里有人盖房子，申请打土坯，就选定一块田，用石碾子反复碾，把土碾平碾瓷实了，然后切成约一尺多长、半尺宽、三分之一尺厚的土坯，再一块块起出，架空码好，等着风干。这样一块土坯，重得我搬不动。

起土坯的时候，有的土坯上带血，那是钻在泥里的黄鳝被切断了。事隔多日，血干了，鳝鱼也干成一段枯枝。鱼不能出声，被捕杀时，摇头摆尾地乱跳。黄鳝不仅无声，也不能动弹，就那么悄无声息地死于非命。

鸭儿藤

沟渠的堤埂修成梯形，成舒缓的斜坡。近水，又没人踩，草木自然茂盛。小孩子闲极无聊，找些野果子野花，类似鲁迅写过的覆盆子那样的紫红的浆果特别多，酸甜味美，但汁水少，核多，咬在嘴里，很快变成一团碎渣。我喜欢一种叶子像常春藤的小藤子，开花比五分硬币略大，花瓣肉茸茸的，像耳朵，颜色亮黄。模样周正的花，圆头圆脑，一头大，一头小，像只小鸭子。放到水上，就更像，可以随着水流一直漂游。

问过很多人，都不知道草的名字。我只在夏冬假期在乡下，没机会看到它结果，果实又是什么样子。

儿子还小的时候，家里浴缸边上摆着一组三只橡皮小鸭，一大两小，黄得鲜嫩可爱。浮在水上，算是陪着他洗澡。

看着这些小鸭，就想起开着鸭子一样花朵的野藤。我想我不会有机会再见到它们了，就叫它们鸭儿藤吧。古书里很多不存在的植物，说不定都是这么来的。

盛夏的稻草人

喜欢盛夏田野里的麻雀和稻草人。

稻草人在我记忆里是愉快的形象。辽阔的土地，热乎乎的风，满目的绿色和金黄色，千万种植物的清香和苦涩，河水的铁锈味，小池塘水藻的湿味和鱼虾草虫的泥土味。那是悠闲缓慢的日子，白天长，夜晚也长。太阳一升起来就不肯落下，月亮一升起来就不肯落下。鸟悠闲，稻草人悠闲，瓜地中间草棚里的看瓜人也悠闲。猛兽潜伏，人都在午睡。真的，让我坐在稻草人和看瓜人的草棚旁边吧。我不看书，不听音乐，我坐着不动，这样就好。

人和世界的关系，还不如麻雀和稻草人。人和人的关系呢，是两只麻雀还是两个稻草人？

讨饭者

过去的讨饭者，需要一点才艺，最常见的是打竹板唱一通。是不是莲花落，我不知道，肯定不是歌，腔调类似某种曲艺。说实话，不好听。但是，既然唱了，主人不好拒绝，总得拿出点什么。一碗米，一块糍粑，两颗红薯。小气点的，给一块锅巴。

能唱的讨饭人基本都是瞎子。那些面孔我不愿意看，皮肤皱皱的，风吹得薄了，发灰白色，干涸了的眼珠子尤其吓人，看不见，犹自闻声骨碌碌地乱转。为了防狗，都持了竹杖。好在那时的狗善良无城府，追着叫够了，看到主人从屋里出来，便也远远地在一边看热闹，等到这一家的程式演完，要去下一家时，重新跟在后头乱吠。

还有一种才艺是题诗，他们的布袋或篮子里带有笔墨。进了院子，走上台阶。正房门两边的墙，多是涂抹了白垩粉的，他们就在那里挥毫题写。一般是一首四句的诗，有七言，也有五言，还有六言的。

诗有格式，要么写景，春景最多，因为讨饭人最多的时候，是正月里头。春景不仅合时令，意思也吉利。此外就是纯粹的吉利话，无非是人丁兴旺、富贵荣华等。

我喜欢诗，毛笔字却始终没耐心练。遇到题诗的来，有双倍的好奇。感觉里，他们之中，偶有一些字写得不错，遗憾的是竖行不整齐，排不直。

最后一种，勉强可以归为算命的，不过太业余，说来说去都是套话。听长辈说，遇到有些很恶的，怕他乱说不吉利的话，甚至诅咒，往往迅速打发了事，还不能给的太少。

赶上灾荒年，来讨饭的大多数不是职业乞丐。他们穿得比较干净，满脸痛苦和羞辱的神色，眼睛红红的，显然哭过。

女人牵了孩子，孩子和我年纪差不多。小孩子的眼睛里既茫然又惶恐。我不忍看，心里难受，只希望大人这次慷慨些。

这是二十世纪六七十年代之交时的事。

地衣

去年回老家，吃到了地衣。拌在鸡蛋里炒，看着像幼嫩的黑木耳。吃到嘴里，什么味也没有。口感有点脆，似乎。不像香椿炒蛋气势那么足，鸡蛋一下子就成跑龙套的了。

忘了地衣土名叫什么，大概是地谷皮。雨后山坡上，贴地而生，藏在枯草叶下。抓在手里，软软的，肉肉的，颤巍巍的，很有实在的感觉。太阳一晒，马上缩成比纸还薄，匍匐在草根之间，看不出形状，只是一层不起眼的黑褐色。你以为土皮就是那样的颜色，薄到根本揭不起来。

乡下缺菜的日子，也吃芝麻叶。切碎拌好了，加一勺很稠的米汤。我吃东西爱清爽，米汤黏糊糊的，不对我的脾气。后来明白：焯水后反复浸泡才能去掉苦味的芝麻叶，摘的都是老叶，叶子粗糙，豁嘴。加米汤，就滑润了很多。

焯过的芝麻叶皱缩蜷曲，像是乌龙茶。味微苦而回甘，好吃，特别去腻。芝麻叶的味道一直记得真切。

但是地衣，别说味道，连当初怎么吃都忘了。肯定不是拿来炒蛋。吃掉了鸡蛋，就是吃掉了未来。别说我们没有未来。

浮沤

我不喜欢预先安排好的事情，虽然很多事情是应当预先安排好的。还有一些，涉及其他方面，你不得不接受某种安排。事情一旦安排好了，不管结果如何，哪怕是百分之百的实现，你会觉得和自己无关。完美是别人的，自己不过是世上某种力量假手完成一件事的那只手。往小的方向说，行为的乐趣在惊奇，一个念头突然生起，无缘无由，或者水泡一样迅速消失，或者引发了一个冲动，命定的程式变了，也无所谓更好或更坏，就像铁丝盘成的无限长的坚固的网上，毫无征兆地出现了一朵花，风声里突然夹杂了一段让人欣喜愿意接受的乐句。真是毫无来由。小时候在令人愁闷的春雨天气，暂时无法出门，只能坐在廊檐下粉色的麻石板地面，看着低洼的院子中央，围着花坛的青砖地上积水而成的浅池。雨点打出无数栗子大小的水泡，此起彼伏，看不清如何起，看不清如何灭。一天的时间被三餐划分成四个部分，早晨，上午，下午，晚上，其间唯一可以等待的是吃饭。你曾经想，数水泡，和数天上的星星一样，不可能，没有用，但迷人。

讨厌和害怕

我讨厌和害怕的东西，在树上是毛毛虫，在水里是蚂蟥。

我怕狼，怕鬼，怕小偷。但都只是怕，不讨厌。

也有讨厌而不怕的，如放屁虫，蚰蜒，老鼠。

和让人讨厌相比，让人怕的，也许还有可取之处。狼聪明，鬼幽默，狐狸机智，小偷说不定能成为侠盗，最不济，也能在戏剧里当个插科打诨的角色。

怕是攸关利害的情绪。讨厌不然。讨厌一样东西，是因为它背离了我们做人的基本准则：人不能在任何意义上被役使。

有些人甘于被奴役。奴役的好处明摆着：它使人有所从属，有所依傍。因为从属便不孤立，而且有了名分。而名分可以随时向人炫耀，同时又是地位的标志。被奴役还有所赐，有物质的，也有非物质的。任何一种，皆可自炫。

有些鬼是甘于做鬼，还有一些，急于轮回，重新做人。做鬼，当然无复从前的人。轮回了的，做了人，也不是从前的人。因为要灌迷魂汤，过奈何桥，去旧布新，不记得前世，经验和世故都忘掉，知识和技能也抹干净。甚至忘掉了自己曾经做鬼，苦候了多少年月才回到人世。

我喜欢水里的植物，喜欢水里的果实。菱角，鸡头米，莲子。喜欢所有水里的花，包括小小的浮萍，和一些没有姿色，花朵又小的花。

水生植物繁盛之处，近岸，水浅，容易搅起污泥，多有蚂蟥。

乌桕树如果单独一株，比枫树耐看。叶子颜色多变，不是单纯的一个红。枝干古朴，很会弯曲。乌桕的种子，坚果之外一层白蜡。劈开竹筷一头，夹一粒白蜡籽，拇指食指上下一摁，蜡籽急射而出，打脸很疼。天然一支豆豆枪。

可是，乌桕树上若有毛虫，就是最恐怖的那一种，颜色极鲜艳，形态极吓人，蜇人最疼。臂上被蜇过，那一道红肿，几天不能消。

因此之故，看见乌桕，不管多喜欢，还是先站在一边，端详半天。叶子密，毛虫多趴在叶背，不易被发现，大多数时候，你无法确定这树是干净的。

我不知道终有一天自己会不会被奴役，甚至不能确定是不是已在奴役之中。对于被奴役，我不害怕，只是厌恶。

信仰起源于情感，与需求相关。一旦成为信仰，便不承认与情感的关系，更不会说，就是一种情感。为了纯粹，甚至排斥情感。

因为厌恶，疏远是自然的。他们至少不能以恩赐换取人的甘愿被奴役，哪怕只是在一个微小念头上的奴役。在主观上，至少，我总是自由的。

2012 年 4 月 30 日

秋天的湖

从晚春直到现在，快要进入冬天，印象里下雨的日子特别多。说印象，和伞有关。走路喜欢两手空空，多了伞，手不得闲，有不自由的感觉。因此对于雨，印象更深。小雨，宁可沁润得浑身半湿，头发像洗过一样。一路闲行，完全放松。似乎魏晋人服了散，皮肤燥热，必得宽衣大袖，时时刻刻醍醐灌顶。雨又好似饮料，洒在身上，通透的是肝肠。算命人说，我是“火”命。虽然本能地习惯安静，遇事却常有夸大的激动。

雨水日积月累，湖水平添三尺，穿过林木一眼可见，湖面仿佛比往日贴近了许多，像是能扑上脸来。湖的东南角保留了一块原生的野地，丛生杂草灌木。水边密密的几丛芦苇，与水际隔着几尺距离，又与树木相错，这就使得它们看起来不像芦苇，而像是小叶的野竹或不寻常的肥大的茅草。如今水位抬升，浅岸被侵蚀，芦苇褰裳涉足于清涟，芦花垂映，添出几分秀色。两只麻鸭，一只小绿头鸭，躲在苇丛围出的一角浅水，自顾自地啄理毛羽。这就是一幅芦雁图吧。可是鸭羽的颜色和芦苇的颜色，鸭头的颜色和湖水的颜色，那么近似，鸭子的动作从容徐缓，不到跟前，简直注意不到有鸭子在那里。

湖的对岸斜坡映衬，坡顶全是大树，把坡的形状遮蔽到完全看不见，看见的只是一道青灰色的台阶通上去。湖边的树木，以明黄和橘红色为主，整整齐齐排成一条直线，树冠参差，疏密有度。湖面上回荡着一层水汽，透过这层水汽，对岸五彩的树影好像随时要晕散开来，慢慢地流溢和漾动，也可能是水中倒影造成或加强了错觉。人眼是一个天然的画框，横着的长方形，很自然地看过去，在水面和树木之上，留下的一道天空只有带子宽，天空的无色像是专为衬托树木和湖水的艳丽。美国人早年的很多油画，画的都是这样的景色，区别只在于，画中更多险峻的山岭和深邃的树林，甚至涧谷。不过在画里，天空和远方的草坡乃至小树林，仅仅作为背景而存在，易被忽略。而画的幅度毕竟有限，所以看上去，眼前小湖小林营造的气氛，也就与画景神似。

驻足小立，七八只鸭子簇拥着两只大白鹅，已经贴着湖边的围栏游到面前。鹅伸直了脖子向人张望，喉咙里轻哼几声，大概想讨食物。那些鸭子倒个个心不在焉，不断转动身体，眼光没有上抬过，也不离开彼此很远。大概一夜浓睡才醒，在无风而微凉的早晨，需要几个小时散梦。两只鹅太雄壮，比鸭子大出好几倍。我以前没见过这么大的鹅，它们比老电影《古刹钟声》里冒充和尚的日本特务养来看门报警的两只大白鹅还要大。被鸭子围绕，它们顾盼自如，威风凛凛，天长日久陶养出的那种豪杰气质，就连低头入水在烂泥里翻找小虫子时也不失分毫。鹅身雪白，只有那段颈子带黄色，显得有些脏，便是入水的痕迹。

起大雾的那几天，草上沾了霜，路旁院落的绣球花，叶子枯垂而不落，花的蓝紫色已经褪得快看不出任何意思了，还固执地抱成一团，被霜一涂抹，是很不堪的破落。倒是有一家门前的菊花，花瓣纯白，靠近花托的几瓣，隐隐带一缕紫红。紫红色是从花瓣内里透出来、渗出来的，不细看就看不见，虽然叶子全枯了，花枝照样挺拔。霜在花瓣上留不住，只在斜的茎枝上挂着点点滴滴。

湖东岸是一片几百年树龄的橡树，生得浓密，枝叶相纠，差不多把天空遮严实了。晴天漏下来的阳光，细碎如水银，在草地上骨碌碌地乱滚。橡树的叶子没有姿容，褐黄色，又焦枯，踩上去，嘎嘎吱吱地响。好在周围有枫树，也有银杏，还有一些说不出名字的树，颜色多样，质地各别，红红紫紫地一错杂，让人觉得这些橡树也还可观。雨后落叶被泡软了，厚厚的一层，走过无声，但半截鞋子都湿了。那天我看见一个女人端着相机在林子里向上仰拍，我试着像她那样仰头看，除了残叶逆光的背影，没看出什么名堂。

湖边的橡树最可喜的地方，是橡子特别肥大。住处周围的街道两边，橡子以大小区分，有两种，一种小的，和黄豆差不多，形状是圆的。另一种也是圆的，更大，直径有一个半厘米。由于小而圆，它们好像特别有弹性，落在地上蹦蹦跳跳，滚得满街心都是。另有一种比较少的橡子，长圆形，最大的有一寸多长，一个半厘米粗，很是精致可玩。湖边的橡子，略微扁圆，大如紫樱桃，小碗一样的果托，直径有超过两个厘米的。这样的橡实落在路上，看见了，总忍不住捡起几只。三两个连在一起的，跌落时果实抛出，只剩下小碗，也很可爱。

初秋时阳光温暖而不酷热，偶尔带一本书，在离湖边有段距离的高坡上的林荫道边，坐在长椅上看。午后阳光好，照人易困倦，看书总是以半闭着眼睛打盹儿为结束。花木太盛，思想不能集中，读过的章节，一概模糊，反而不如擦肩而过的路人印象深。有一次最舒适，就坐在普鲁斯特反复提到过的山楂花树下，面对着一个花坛。不远处的小路上，一对青年男女在打羽毛球，传来很轻的蓬蓬声。下一把长椅上，坐着一位白人老者，同样在闭目养神。我睁开眼，又睡过去，再睁开眼，又睡过去。朦朦胧胧里世界全是草的气味，药草一样的苦和香。不知不觉，椅子的影子爬过下一把长椅，爬上老人的膝盖：天就要晚了。

深秋阴雨，公园里的人渐少。晒太阳的，打球的，脱了外衣挂在树枝上做操的，钓鱼的，以及手持冰激凌边走边吃的孩子，都看不见了。看不见的还有蜻蜓、蝴蝶、水蜘蛛、草地上的鸟儿，喜欢早晨在水面慢慢游、中午爬上石头几小时一动不动的乌龟们。许是因为人多的缘故，这里尽管有最肥美的橡子，松鼠却不像预料的那么多。当然，它们完全可以晚上来。很少看见园林工人来打扫，但落了一地的橡子消失得那么快，应该是松鼠的功劳。

再不久，落叶从枯黄变为深褐色之后，高台的桌椅空空落落，草坡露出它脏兮兮的地表，一大半的苇枝折断，风把垃圾吹送到湖水最安静的一角，上面漂着干树枝和草叶。西岸林地的入口处，几年前被飓风连根拔起的大树，还有被砍倒的树，天长日久，树皮已经腐烂脱落，光溜溜的树干被雨水洗白了，现在横卧在枯草上，那么突兀。树叶脱尽之后，通往林中的路也显露出来，隔着湖水就能望见。那些小路全是木屑铺成的，如果不是林子里太阴森，沿着木屑的小路一直走倒别有趣味。最后走到一个大空场，有条水沟，发出淡淡的臭味。空场周围带刺的灌木，本身也有一股酸臭味。我没有费心去查那都是什么植物。这以后，二十天，最多一个月，就要下雪，湖面就要封冻。每天看见鸭子们鸦雀无声地蹲在冰上，像无家可归的流民，我会下意识地扣紧大衣最上一个扣子。大白鹅和另外两只杂色的不知是鹅还是大雁的家伙无踪无影。湖中临近北岸，有一个巴掌大的小岛，草木茂密，难道它们躲到那里面去了。灌木丛根部的那些细草想必很柔软也很温暖，又因为不靠岸，睡时无人打扰。就一点，最好无风。纽约的冬天虽然算不上严酷，但北风带来的，总是明确的寒意。

2011 年 11 月 22 日